Allic Well

Royal Promise

Roman

AF152049

PIPER

Mehr über unsere Autoren und Bücher:
www.piper.de

Wenn Ihnen dieser Roman gefallen hat, schreiben Sie uns unter
Nennung des Titels »Royal Promise« an empfehlungen@piper.de,
und wir empfehlen Ihnen gerne vergleichbare Bücher.

Wir behalten uns eine Nutzung des Werks für Text und
Data Mining im Sinne von § 44b UrhG vor.

**Wir produzieren
nachhaltig**
www.piper.de

ISBN 978-3-492-50847-6
© Piper Verlag GmbH, München 2025
Dieses Werk wurde vermittelt von der
Michael Meller Literary Agency GmbH.
Redaktion: Fam Schaper
Satz auf Grundlage eines CSS-Layouts
von digital publishing competence (München)
mit abavo vlow (Buchloe)
Covergestaltung: Emily Bähr, www.emilybaehr.de
Covermotiv: Bilder unter Lizenzierung von Shutterstock.com
genutzt
Printed in the EU

Allie Well
Royal Promise

Allie Well schreibt am liebsten im Zug und meist humorvolle New-Adult-Romane. Wenn sie nicht vor dem Laptop sitzt, unterrichtet oder Kekse backt, ist sie spazieren. Glücklicherweise bietet ihre Heimat Bayern dafür gute Möglichkeiten.

In diesem Roman werden Themen aufgegriffen, die für Betroffene potenziell belastend sein können. Eine Auflistung dieser befindet sich am Ende des Romans, enthält vereinzelt jedoch kleinere Spoiler für die Handlung.

Wir wünschen ein bestmögliches Leseerlebnis!

Für Lena

Kapitel 1

VERLIEBT, VERLOBT ... VERLASSEN:
Beziehungs-Aus im Hause Rutherford-Marlowe

Einmal mehr ist die High Society New Yorks Schauplatz einer schockierenden Beziehungskrise: Millionenerbin Sienna Rutherford und Star-Designer Jenson Marlowe, die noch vor wenigen Wochen mit #couplegoals #oneandonly und #isaidyes überraschten, gehen nun wohl getrennte Wege.

Die Timeline
Vor nur sechs Monaten traten die Erbin des Edelsteinmoguls Asher Rutherford und der aufstrebende Modeschöpfer erstmals gemeinsam ins Scheinwerferlicht. Doch schon im Frühsommer dieses Jahres warnte eine Quelle aus dem Umfeld des It-Couples, dass das Paar Probleme habe. Medienberichten zufolge eskalierte ein Streit bereits während eines gemeinsamen Urlaubs – ein Vertrauter Marlowes verriet uns, dass Rutherford sogar dem 26. Geburtstag ihres Partners fernblieb. Doch wenige Wochen später gaben die beiden ihre Verlobung bekannt. Die Hochzeit des Modeprinzen und der Schmuckprinzessin versprach DAS Ereignis des Jahres zu werden; die Verbindung ihrer Unternehmen der lukrativste Merger des Jahrzehnts.
Nun ist die Beziehung der beiden jedoch irreparabel be-

schädigt, wie Statements von Marlowe sowie die Sichtung von Sienna Rutherford ohne ihren Verlobungsring am vergangenen Sonntag zeigen. Es wird vermutet, dass das Beziehungs-Aus auf den Konflikt nach Marlowes Modenschau – Sicherheitspersonal musste eingeschaltet werden – folgte. Auch Bilder, die Rutherford nur wenige Stunden später stark alkoholisiert zeigen, bestärken diese Theorie.

Und jetzt?
Die New Yorker High Society ist schockiert. Nun stellt sich die Frage, wie nicht nur Rutherford und Marlowe, sondern auch ihre Konzerne die Trennung verkraften. Denn eines ist gewiss: Nach diesem Beziehungs-Aus ist eine Rückkehr der Rutherford-Erbin in die Party-Szene und die Welt der Alkohol-Skandale mehr als wahrscheinlich.
Während der Rutherford-Konzern nun um Schadensbegrenzung bemüht ist, scheint Marlowe die aktuellen Entwicklungen zu begrüßen. Exklusiv uns gegenüber gab ein Mitglied seines Teams an, der Modeschöpfer sei froh, Rutherfords »herrischer Manipulation« entflohen zu sein. Selbst äußerte er sich bisher nicht zu dieser Aussage.

*Für alle Updates aus dem Leben der Reichen und Schönen folgen Sie uns hier oder in den sozialen Medien!**

Was auch immer er zu sagen hatte, ich wollte es nicht hören.

Kaum setzte ich einen Fuß in das Arbeitszimmer meines Großvaters – ob der Teppich, die holzvertäfelte Wand oder der Mann vor dieser Kulisse am ältesten war, war eines der Rätsel, die ich in den zwanzig Jahren meines Lebens noch nicht gelöst hatte –, wusste ich, dass ich dieses Gespräch hassen würde. Ganz unabhängig davon, dass ich zu wenig geschlafen, zu wild durcheinander getrunken und zu wenig gefrühstückt hatte, was meine Laune auch nicht gerade hob.

Hätte Grandpa die Arme vor der Brust verschränkt und mich mit einem gleichermaßen wütenden Blick wie Vortrag empfangen, hätte es mich nicht überrascht ... oder gekümmert. Mit Ärger über die neuesten Schlagzeilen konnte ich umgehen. Ich hätte mir die Tiraden angehört, genickt, innerlich die Augen verdreht und meinen Großvater anschließend mit einer Zusage für irgendein Event, dessen Altersdurchschnitt ich um mindestens fünfzehn Jahre senkte, versöhnt. Business as usual.

Statt mir aber voller Frust entgegenzutreten, stand Grandpa nur da, die Arme wie zum Gebet vor dem Körper gefaltet. Für mein Seelenheil war es zu spät. Ich wurde maximal noch etwas scheinheiliger. Und in den Augen der Presse würde ich sowieso zur Hölle fahren.

»Sienna«, sagte er und wenn die Resignation ihm nicht schon ins Gesicht geschrieben gestanden hätte, hätte ich sie spätestens jetzt gehört. »*Unser Name steht für Klasse*« – er ließ es wie ein Mantra klingen, das man wiederholte, um jemandem etwas einzureden. Nicht, dass Grandpa bei mir noch Hoffnung zu haben schien. Unser Name Stand für Klasse. Und ebenjenen Namen zog ich regelmäßig durch den Dreck, wie weder die Medien noch Grandpas Assistentin zu erwähnen müde wurden. Darüber konnte er gern wütend sein, oder darüber, dass die Klatschzeitschrift, die hinter ihm auf dem dunklen Holzschreibtisch lag, ausnahmsweise nicht nur Unsinn geschrieben hatte. Aber wo ich Wut erwartete – wo ich Wut wollte –, war nur Mitgefühl.

»Das ist mein Name«, entgegnete ich, aber mein Großvater reagierte nicht einmal. Well, fuck. Er würde mich
durch eines dieser emotionalen Pseudotherapiesitzungen
voller Lebensweisheiten und geheucheltem Verständnis
zwingen. Und danach, wenn ich verletzlich geworden
war, würden die indirekten Vorhaltungen kommen. Der
Restalkohol in meinem Blut verpuffte rasant. Ich war eindeutig zu nüchtern für das Gespräch, das mir blühte.

»Setz dich«, sagte Grandpa nur und machte eine Geste
in Richtung der Sitzecke, die sonst für irgendwelche
hochrangigen Angestellten aus dem Marketing oder der
Produktion reserviert war, wenn er ihnen vorab neue Kol-
lektionsstücke zeigte.

Ich machte die paar Schritte zu den dunkelgrünen Le-
dersesseln und ließ mich in die Polster sinken. In den letzten Jahren waren sie auch nicht bequemer geworden.
Mein Großvater setzte sich mir gegenüber, lehnte sich
leicht nach vorne und stützte die Ellenbogen auf die Knie.
Er atmete geräuschvoll aus und mit der verbrauchten Luft
verließ auch ein Teil der Anspannung seinen Körper. Mit
herabgesunkenen Schultern und zusammengepressten
Lippen war trotz des Settings nicht mehr viel von dem
Mann übrig, den sein halbes Unternehmen und mindestens zwei Drittel der High Society als unnahbaren, kalten
Geschäftsmann betrachten würden. Je länger er schwieg,
desto unruhiger wurde ich. Ich begann, auf der Innenseite
meiner Unterlippe herumzukauen und mit meinen Gelnä-
geln zu spielen.

»Titelseite. Das dritte Mal diese Woche«, seufzte mein
Großvater und nickte in Richtung eines kleinen Stapels
an Klatschmagazinen.

»Das muss ein neuer Rekord sein.« Leider waren die
Schlagzeilen nicht gerade schmeichelhaft. Eigentlich un-

verschämt, wenn man bedachte, dass ich quasi im Alleingang dazu beitrug, dass die vorsintflutlichen Printmedien nicht gänzlich vom Aussterben bedroht waren.

Leider war Grandpa nicht im Mindesten von meinen Verdiensten beeindruckt. Auch dass ich auf jedem der Fotos, die abgedruckt waren, Ohrringe, Ringe oder Armreifen seiner neuesten Kollektion trug, besänftigte ihn ganz offensichtlich nicht.

»Was mache ich mit dir?«, fragte er so leise, dass ich nicht wusste, ob die Frage für mich bestimmt war.

Ich zog es vor, nicht zu antworten. Mein Vorschlag von »In Ruhe lassen« würde ohnehin nicht gut ankommen – und für die laufenden vierundzwanzig Stunden war ich genug angeeckt.

»Fremdgänger-Juwelen: Vergeben und doch behängt wie ein Pfau – ging Sienna Rutherford fremd?«, las Grandpa vor und hob die erste Zeitschrift hoch, dann die nächste. »Schmuckprinzessin auf der Erbse lässt Modeprinz Charming im Regen stehen.« Einmal mehr nahm er ein neues Klatschblatt in die Hand. »Rutherford-Erbin trinkt sich Ende der Märchenromanze schön.« Grandpa suchte meinen Blick und fiel wieder in seine zusammengesunkene Haltung zurück. »Was sagst du dazu?«

Diesmal würde ich um eine Antwort nicht herumkommen, schätzte ich. Ich kniff die Augen zusammen und fasste mir an die Nasenwurzel. »Wenn das die besten Schlagzeilen sind, auf die die Reporter kommen, gehören sie alle entlassen oder in ein Literaturstudium gesteckt. So schwer kann es nicht sein, einen Satz mit Inhalt herauszubringen.« Zumal Jenson der Pfau von uns gewesen war.

Würde mein Großvater die Krise bekommen, wenn ich mich über einen zweiten Sessel ausbreitete? Sicherheitshalber widerstand ich dem Impuls, mich hinzulegen, obwohl ich unfassbar müde war. Am Ende schlief ich noch während des Gesprächs ein und gab Grandpa einen weiteren Grund, angesäuert zu sein.

»Das ist alles, was dir dazu einfällt?«

Nicht ganz. Aber meine Ausführungen zum Mangel an Menschenverstand und Menschlichkeit in der Klatschpresse wollte niemand hören. Schon gar nicht jetzt. Nicht, wenn es relevantere Themen gab. »Ich habe Jenson nicht betrogen«, sagte ich stattdessen.

»Davon bin ich auch nicht ausgegangen.«

Ich zog eine Augenbraue nach oben. Dass Grandpa mir glaubte … irgendwie hatte ich nicht damit gerechnet. Er liebte mich, auf seine Weise, aber dass das bedeutete, dass er meine Version der Dinge nicht in Zweifel zog, kam doch überraschend.

»Das Problem ist, Sienna«, fuhr er fort, »dass die Presse davon ausgeht.«

Die Presse ging von Vielem aus. Der Großteil davon war an den Haaren herbeigezogen. An den Haaren und der Art billiger Extensions, die sich noch unterwegs aus ihrer Verankerung lösten und die Story gänzlich in der Luft hängen ließen. Aber mich gegen die Vorwürfe zu wehren, würde auch nichts bringen. Am Ende lief es nur darauf hinaus, dass ich ein Statement abgab, Jenson ein Gegenstatement, und an der Situation änderte sich nichts. Wenn Medien und Menschen die Wahl hatten, würden sie immer lieber dem strahlenden aufstrebenden Designer, der den American Dream inszenierte, glauben als der verwöhnten Erbin, die in kurzen Outfits mit Partyexzessen in den Medien auftauchte. Die Welt war unfair, mindestens so unfair wie die Presse. Ich musste nicht einmal versuchen, mich zu rechtfertigen oder gar verteidigen.

Warum Schlachten schlagen, die man nicht gewann, sondern nur mit mehr Wunden verließ?

»Ja«, sagte ich schließlich. Die Presse ging davon aus, dass ich Jenson ausgenutzt oder betrogen hatte, je nachdem, welches Klatschblatt man las. Was wirklich passiert war ... das wollte niemand wissen. Abgesehen von Grandpa, der mich mit mehr Fragen bombardierte, als ich beantworten wollte. Er mochte nicht wissen, was genau der Auslöser gewesen war, aber dass ich mich vor laufender Kamera auf die Zierrosen in der Lobby hier übergeben hatte, hatte Grandpa offensichtlich nicht gefallen. Er fragte, warum ich so lange mit Jenson zusammen geblieben war, wenn es schon seit Wochen gekriselt hatte. Und wie viel an den Gerüchten, dass ich in seinen Laufstegen und Fashion Shows nur eine Bühne für unsere Edelsteine gesehen hatte, dran war.

Das Schlimme waren nicht die Fragen selbst, so verletzend sie vielleicht auch waren. Auch nicht, dass ich keine guten Antworten auf sie hatte. Das Schlimmste war, dass sie nur unweigerlich auf die Folgefragen hinführten: Ob ich keinen Gedanken daran verschwendet hatte, dass mein Privatleben als Sienna auch Auswirkungen auf Rutherford Diamonds haben konnte. Ob ich mich nicht hatte zusammenreißen können, wenn schon nicht für meinen Ruf, dann wenigstens für den der Firma. Oder vielleicht war das Schlimmste auch, dass diese Fragen einmal mehr bestätigten, dass Grandpa sich mehr um Rutherford Diamonds sorgte als um mich.

»Ich denke, du brauchst eine kleine Pause«, meinte Grandpa und drehte das Mitgefühl in seiner Stimme hoch.

»Von Jenson?« Diesmal schaffte ich es nicht, mich zusammenzureißen, und ich schnaubte. Mit einer Pause war es nicht getan. Den Fehler, eine Beziehung mit Jenson zu führen, würde ich nicht noch einmal machen, davon war ich gründlich kuriert. Mit dem Mann war ich durch. Und auch er würde mich nicht zurücknehmen, das hatte er mehr als deutlich gemacht, als er mich mit seinen Security-Leuten, über meinen Namen angeheuert, von seinem Event hatte eskortieren lassen. »Glaub mir, das ist aus. Endgültig.«

Grandpa nickte langsam und legte den Kopf schief. Fast, als wüsste er auch nach all den Jahren, in denen ich in seinem Haus gelebt hatte, noch nicht, was die richtigen Worte mir gegenüber waren. Er liebte mich, aber er über Schmuck hinaus war er nicht wirklich in mein Leben involviert. Verstehen tat er mich sowieso nicht. Wie sollte er mich auch verstehen, er kannte mich kaum.

Es war wahrscheinlich besser so. Ich kannte mich; gut genug, um mich nicht wirklich leiden zu können.

»Nicht von Jenson. Das auch, wenn es euch guttut, aber von den Medien.«

Vielleicht sah ich doch bemitleidenswert genug aus, um großväterliche Gefühle in Asher Rutherford zu wecken und zum Vorschein zu bringen. Ich sah auf und meinem Großvater erstmals ins Gesicht. »Ein Urlaub?« Nun war ich es, die den Kopf schieflegte. Ein Urlaub klang genau richtig. Ob am Pool oder in einem Retreat, ich war nicht wählerisch. Aber weg von hier, weg von Jenson und dem ganzen Rest.

»Abstand von den Medien hier und von deinem Namen. Unserem Namen«, sprach er weiter. Wusste er, dass er mir das Herz brach? Ein bisschen mehr mit jedem Wort?

Natürlich. Warum auch die Enkelin auffangen, wenn es einen guten Ruf zu bewahren galt. »Willst du mich auch loswerden?«

Die Frage war heraus, noch ehe ich sie bewusst formuliert hatte, und ich hasste sie mindestens so sehr wie unser gesamtes Gespräch. Ich war Sienna Rutherford, ich zeigte keine Schwäche.

»Nicht loswerden«, beeilte sich Grandpa zu sagen. »Niemals! Aber ich denke, eine Auszeit wird das Richtige sein, bis die Wogen etwas geglättet sind. England soll um diese Jahreszeit wundervoll sein.«

Das Land der Regenschauer. Wundervoll definierte ich anders. Aber wenn mein Großvater diesen Ton an den Tag legte, war Widerspruch zwecklos. Er wollte mich auf einem anderen Kontinent parken, bis irgendwer einen echten Skandal anzettelte, der interessanter als eine beendete Beziehung war und der dem Unternehmen die Möglichkeit gab, sich ungestört von mir zu erholen.

Dass ich mich von etwas zu erholen hatte, interessierte niemanden. Die Presse nicht, New York nicht und meinen Großvater offenbar auch nicht. Manchmal war es, als hätte Grandpa zwei Enkelinnen; Rutherford Diamonds und mich. Und welche von uns er mehr liebte, war nicht zu übersehen.

Kapitel 2

INSTAGRAM:

@therealjensonmarlowe
Helloo ihr Lieben, wie ihr vielleicht mitbekommen habt, sind Sienna und ich nicht länger ein Paar. Ich habe sehr für unsere Liebe gekämpft, den Kampf aber leider verloren. Ab sofort werden wir getrennte Wege gehen. Ich bleibe dankbar für schöne Momente und die gemeinsame Zeit.
Byyy the way: Das hier wäre das Kleid gewesen, das ich Sienna für unsere Hochzeit entworfen habe. Auch wenn es das Mannequin nie verlassen wird, wollte ich es euch nicht vorenthalten.

9.871 Kommentare
@byjensonmarlowe.ofc – angepinnt
Dieses Kleid verdient eine neue Aufgabe. Welche, das entscheidet ihr!
-> Versteigerung für einen guten Zweck
-> Die nächste MetGala kommt bestimmt
-> Serienproduktion für eine Brautmodenlinie
@james_is_a_girl_s_name_too_0122
Zum Sterben schön O.o #inlove
@leandramakesmusicc88043
BRAUTMODE BY JENSON MARLOWE

AAAAAAAAAAH!!!

@spaceracerx1k994, ich warte auf deinen Antrag xD

@weightloss_with_kinsley_and_jen

Dieser Kommentar wurde verborgen, da es sich bei ihm um Spam handeln könnte. *Ansehen*

@unicorn.girrrl.mermaid.loverrr

#ripjenna sienna rutherford hatte dich sowieso nicht verdient!

> @james_is_a_girl_s_name_too_0122
>
> This! Wenn ein Mann SO ein Kleid für dich designt, meint er es ernst! Wetten, sie wollte ihn nur ausnutzen?
>
> @unicorn.girrrl.mermaid.loverrr
>
> 100 %! die b*tch @siennarutherford kann von mir aus zur hölle fahren #goodriddance
>
> *27 weitere Kommentare anzeigen*

@d1am0nds_are_a_g1rls_bf

Schon etwas scheinheilig, wie sie Rutherford den Marketing-Coup vorwerfen und Marlowe jetzt eine neue Linie launcht …

@_s_mile.high.club.88

Schon etwas scheinheilig, wie du Jenson vorwirfst, das Beste aus seiner Situation zu machen. Sienna Rutherford ist toxic und sich zu distanzieren ist aber das Falsche? Typischer Instagram-Feminismus …

8 weitere Kommentare anzeigen

Fucking Englische Literatur.

Ich blinzelte, aber die Immatrikulationsbescheinigung für das Oakfield College, zu dem mich der Fahrdienst chauffierte, änderte ihren Wortlaut nicht. Würden die

Reisetabletten, die ich seit meiner Abreise in New York inhaliert hatte, nicht so ausgezeichnet wirken, ich hätte auf die cremefarbenen Polster des Autos gekotzt.

Grandpa hatte mich nicht in einen netten englischen Ort geschickt, um mich dort entspannen und zur Ruhe kommen zu lassen, er ließ mich lieber im Glauben, es wäre so, nur um mir dann eine Immatrikulationsbescheinigung vom Fahrer überreichen zu lassen, sobald London und damit Zivilisation längst Meilen entfernt waren. Der Mann war nicht nur verstimmt, er hasste mich. Das, oder er wollte wirklich genug Abstand zwischen mich und Rutherford Diamonds – und sich – bringen, damit ich nichts tun konnte, was seinem geliebten Imperium schadete. Und um sicher zu gehen, dass ich nicht nur von der Bildfläche verschwand, sondern auch verschwunden blieb, nutzte er seine Kontakte, um mich ans, ich las nach, Oakfield College zu verfrachten. Ausgerechnet in ein Studium, von dem ich nichts hielt. Literatur? Und als Wahlfach belegte ich dann kreatives Schreiben, in der Hoffnung, ich würde zufällig einen Bestseller verfassen und über Nacht den Durchbruch erreichen?

Sollte das ein schlechter Scherz sein? Ja, ich hatte gesagt, die Klatschpresse inklusive Journalisten würden von einem Studium in dieser Richtung profitieren, aber das hieß nicht, dass ich es witzig fand, selbst in eines gesteckt zu werden. Wollte Grandpa sich jetzt auch noch über mich lustig machen?

Ich fuhr mir durch die Haare, aber die Bewegung war zu groß für die neue Haarlänge. Schulterlang, braun, mit dem Glätteisen bearbeitet – wenigstens meine Frisur erinnerte nicht mehr an die blonde Sienna, die ich in New York zurückgelassen hatte.

Meinen Hairstylist, der einzige Mann in New York, den

ich vermissen würde, hatte es in Verzückung versetzt, dass ich zusätzlich zum Kontinent und meinem Rufnamen auch noch mein Aussehen ändern wollte – nicht permanent, aber für den Moment. Vielleicht gab mir das den Abstand, den ich innerlich brauchte. Er hatte ganze Arbeit geleistet: Statt Lockenmähne eine gezähmte Haarpracht im Farbton Kaffeesahneschokolade und mit Curtain Bangs, die mich nach drei Minuten schon aufgeregt hatten. Immerhin sah ich mit typisch britischen Haarreifen in Karomuster gut aus, den Wangenknochen meines Vaters sei Dank. Tatsächlich sah ich aber vor allem wie meine Mutter auf alten Fotos aus: Brünett, große braune Augen, brav.

Nicht einmal Grandpa hatte die Ähnlichkeit übersehen können. Es hatte erschreckend lange gedauert, aber schließlich war auch er emotional geworden. »Du siehst aus wie deine Mom«, hatte er noch herausgebracht.

Er hatte nicht unrecht gehabt – und spätestens damit hatte ich dann auch verstanden, dass er nie Sienna Rutherford gewollt hatte, sondern nur eine dämliche Kopie seiner perfekten Tochter mit dem perfekten Auslandsstudium, der perfekten Ehe und dem perfekten Leben. Aber die perfekte Mallory Rutherford war gestorben und hatte ihm nur eine unperfekte Enkelin hinterlassen.

»Miss ...« Über den Rückspiegel fing mein Fahrer meinen Blick auf, als sich seine Anrede im Nichts verlor.

Innerlich seufzte ich, ehe ich mir ein halbherziges Lächeln ins Gesicht pflasterte und nickte. »Cammie«, ergänzte ich, ehe er auf die Idee kommen konnte, mich mit meinem eigentlichen Namen direkt in mein bisheriges Leben zurückzukatapultieren. Wenn Grandpa der Meinung war, sein Unternehmen und er hätten eine Pause von

Sienna Rutherford nötig, dann bitte. Dieselbe Pause stand mir damit auch zu.

Ich machte mir nichts vor. Ein geänderter Vorname und Haare, die sich von meinem üblichen Look unterschieden, machten noch keinen neuen Menschen. Aber ich hatte nicht damit gerechnet, an einer Universität zu landen, wenn ich ein Retreat erwartet hatte. Land ja, Landeskunde nein. Aber mein zweiter Vorname gepaart mit gefärbten Haaren gab mir doch ein gewisses Maß an Distanz, das ich brauchte, um mich wieder aufzubauen. Um mich in dem Scherbenhaufen, als der ich mich fühlte, wiederzufinden, um wieder ich zu werden, oder zumindest eine Version dessen, die ich nicht so hasste wie die Medien Sienna Rutherford. Die Medien ... und offenbar auch mein Großvater.

»Miss Cammie«, wiederholte der Mann und nickte. »Wir sind angekommen.«

Wieder sah ich auf das efeubewachsene Gebäude am Ende einer langen Einfahrt mit perfekt gepflegtem Rasen. So stellte ich mir ein typisches englisches Anwesen vor. Hätte ich den Studienzettel nicht in den Händen, hätte ich nicht gewusst, dass es sich bei dem Gebäude um ein Wohnheim handelte. Ich hätte es wahrscheinlich sogar hübsch gefunden, wäre ich nicht mit falschen Versprechungen hergelockt worden. So war es nur die neueste Masche, auf die ich hereingefallen war.

»Ihre Unterkunft, Miss Cammie«, sagte der Fahrer und bog auf einen Schotterweg ab, der uns näher an das Haus brachte. »Herzlich willkommen in Bollington.«

Herzlich willkommen in Bollington, dass ich nicht lachte. Wie es aussah, hatte mein Großvater seine Ansage, die Presse und mich voneinander zu trennen, ernst gemeint.

So ernst, dass er mich im hintersten Winkel Großbritanniens parkte.

Entweder Grandpa hasste mich, kannte mich absolut nicht, oder wollte mir eine Lektion erteilen. Mit was? Einer Ausnüchterungszelle mitten im Nirgendwo? Sicher nicht.

»Miss Cammie? Jetzt sind wir wirklich angekommen.« Er ließ die Aussage wie eine Frage klingen, auch wenn er den Wagen längst angehalten und den Motor abgestellt hatte. Zum ersten Mal erwiderte ich den Blick des jungen Mannes durch den Rückspiegel.

»Ja, danke.« Ich lächelte den jungen Mann an und strich mir die eine Hälfte des Ponys aus dem Gesicht. Höflich bleiben, sagte ich mir. Der Mann konnte auch nichts dafür, dass ich von einem Horrorszenario ins nächste schlitterte. »Sie dürfen mich jetzt nach London fahren.«

Und während er das tat, konnte ich mich um eine angemessene Unterkunft kümmern. In London würde es sich schon für einige Monate aushalten lassen.

Erst, als mein Fahrer nicht auf die Anweisung reagierte, fing ich seinen Blick wieder auf. »London«, wiederholte ich.

Wenn möglich wurde der Mann kleiner und versank beinahe in seinem Sitz. »Mr Rutherfords Anweisungen lauten …«

»Mr Rutherford«, betonte ich, »ist nicht anwesend. Miss Rutherford dagegen schon. Als solche wünsche ich, nach London gebracht zu werden.« London, wo statt verstaubter Bücher und uninteressanter Studienfächer, lästiger Studierender und halber Ruinen eine Flut an Boutiquen, Restaurants und Globalisierung auf mich wartete. Wo ich auch abseits der USA ein Leben vorfinden würde, in dem ich überleben konnte. London, nicht Bollington, oder wie das nordenglische Örtchen hieß.

Was sollte ich hier? Ich war Schmuckdesignerin, theoretisch jedenfalls, kein Mädchen frisch aus der Highschool, das sich erstmal sortieren und sein Leben mit irgendeinem Studiengang füllen musste, bis ein sinnvoller Plan feststand. Studium und ich würden keine Freunde werden, für die Erkenntnis hatte ich damals zwei Tage gebraucht. Daran hatte sich die letzten Jahre nichts geändert und ... ich verschwendete meine Zeit, je länger ich hier im Auto saß. Der Chauffeur kassierte einen eindeutigen Blick.

»Es tut mir leid ...« Wieder endete sein Satz im Nichts, als er offenbar weder den Mut fand, sich gegen meinen Großvater zu stellen, noch mir gegenüber etwas Rückgrat zu zeigen. Dann eben nicht. Ich brauchte den jungen Mann nicht. Dann fuhr ich eben mit einem Taxi.

»Ich gehe recht in der Annahme, dass Sie mir zumindest mit dem Gepäck behilflich sein werden«, sagte ich. Wenn er auf allen anderen Ebenen schon ein Totalausfall war, konnte er wenigstens meine Koffer ausladen.

»Natürlich, Miss Cammie!« Er beeilte sich, auszusteigen und kümmerte sich um meine Koffer.

Währenddessen suchte ich mir die Kontakte für die örtlichen Fahrdienste heraus. Fehlanzeige. Heute fuhr nichts mehr, nicht um diese Uhrzeit.

Ich presste die Zähne aufeinander, bis meine Kieferknochen zu schmerzen begannen und atmete tief durch.

»Auf Wiedersehen, Miss Cammie.« Ohne, dass ich es bemerkt hatte, hatte der Chauffeur mein Gepäck ausgeladen, zu einem hübschen Haufen angeordnet und sich wieder in seinen Wagen verkrochen; die Scheibe wie eine Schutzwand halb hochgefahren. Ehe ich mich noch mal

24

beschweren konnte, schloss er das Fenster und fuhr davon. Zurück blieben ein vollständiges Set roséfarbener Koffer, ein Mobiltelefon ohne Netz ... und ich.

Ich strich mir die kurzen Strähnen aus dem Gesicht, dann noch mal, als sie nicht hinter meinen Ohren hängen bleiben wollten. Als sie ein weiteres Mal zurückrutschten, schloss ich die Augen und hielt die Luft an, bis ich sicher war, nicht doch noch an Ort und Stelle loszuschreien. Das hier hatte ich nicht verdient.

Leider schien auch Großbritannien der Meinung zu sein, mich nicht verdient zu haben. Von einer Sekunde auf die andere begann es zu schütten. Na wunderbar. Mein leichter Mantel tat nichts, um die Tropfen abzuwehren. Innerhalb weniger Sekunden stand ich nass, noch schlechter gelaunt, und nach wie vor ohne Fahrdienst vor der Unterkunft, in der ich wohl oder übel übernachten musste, wenn ich mir hier nicht den Tod holen wollte.

Ich steckte mein Handy in die Jackentasche, schulterte meine Handtasche und ließ mein Gepäck zurück, um im Inneren des Gebäudes jemanden aufzutreiben, der sich der Koffer annehmen konnte. Der Kies knirschte unter meinen Füßen. Auf halber Strecke kam mir eine Frau, geschätzt Mitte vierzig, entgegengeeilt, einen riesigen Regenschirm in der Hand. Mit ihrem Hosenanzug und den flachen Schuhen passte sie sehr gut zu dem Gebäude hinter ihr.

»Oje, jetzt hat Sie das Wetter erwischt«, sagte sie anstelle einer Begrüßung und streckte eine Hand nach mir aus, nur um sie sofort wieder sinken zu lassen. »Sie müssen Miss Rutherford sein, richtig?«

Immerhin eine von uns war informiert. Ich nickte.

»Ich bin Mrs Barnes, Ihr Empfangskomitee. Bringen wir Sie erstmal ins Trockene. Ist das Ihr Gepäck?« Sie sah in Richtung der Hartschalenkoffer, die hoffentlich wasserdicht waren.

Während sie uns unter ihrem Schirm auf das Gebäude zuführte, plapperte Mrs Barnes munter vor sich hin. Ihren Monolog über Anreisetage und Semesterbeginn übermorgen, die Unberechenbarkeit der Witterung und ihr Bedauern, dass ich nass geworden war, hörte ich nur mit halbem Ohr. Erst, als sie versprach, sich um meine Koffer zu kümmern, schenkte ich ihr ein kurzes Lächeln.

»Ihr Apartment liegt ein Gebäude weiter. Ich zeige es Ihnen kurz; Ihre Koffer bringen wir Ihnen und morgen können Sie das Gelände nach Belieben erkunden.«

Ich nickte unverbindlich und ließ mich durch das beinahe antike Gebäude lotsen, nur um am anderen Ende ein weiteres Mal durch den Regen laufen zu müssen, um zu einem wesentlich moderneren Komplex zu gelangen. Auch dieses Wohnhaus sah alt aus, immerhin aber mit großen Fenstern und weniger antiquerten Gemälden ausgestattet. Im Inneren folgte ich Mrs Barnes die Treppen nach oben in einen Flur, der eindeutig zu viele Türen auf zu wenig Raum hatte, bis hin zu einer Tür, die einen »Ms Rutherford«-Schriftzug trug. Apartment. Es klang gut, aber ... mir schwante Übles.

»Dann darf ich Sie herzlich willkommen heißen, Miss Rutherford. Das Wohnheim für das Oakfield College mag auf den ersten Blick schlicht wirken, aber ich versichere Ihnen, dass unsere Sicherheitsvorkehrungen nicht das Geringste zu wünschen übriglassen.« Ihre Miene wurde mitfühlender. »Und an den Regen werden Sie sich auch gewöhnen.«

Damit schloss sie die Tür vor mir auf ... und wie es aussah, würde der Regen das geringste meiner Probleme sein.

Kapitel 3

Presse-Statement:
Der Launch der modernen Line *by Sienna* aus dem Juwe-
lier-Haus Rutherford Diamonds ist bis auf Weiteres vertagt. Genauere Daten wie auch Informationen liegen der-
zeit nicht vor.

Das Apartment war winzig. Winzig genug, um mich an
ein Ankleidezimmer zu erinnern, dessen Fenster den Blick
auf Regen und Grünzeug freigaben. Als zwei Männer meine Koffer hier abstellten, war damit schon fast kein freier
Fleck mehr auf dem Boden.

Möglicherweise hatte ich zu viel eingepackt. Und mit
möglicherweise meinte ich definitiv. Ohne meine Skizzen-
bücher und mindestens eine Grundausstattung an Werkzeug verließ ich nicht einmal New York, geschweige denn
den ganzen Kontinent. Strandete man irgendwo im
Nichts, war das gepaart mit einem beschädigten Hartschalenkoffer und damit einer Garderobe eine Herausforderung. Vor allem, wenn besagte Garderobe den Holzbo-
den volltropfte und die Räumlichkeiten keine Möglichkeit
boten, Abhilfe zu schaffen.

Zwar war das Zimmer vollständig eingerichtet, bot aber
mit einem kleinen Schrank, einem Bett, einem Regal und

einer Mischung aus Schreib- und Esstisch mit genau zwei Stühlen kaum genug Raum, um meine nasse Kleidung irgendwo aufzuhängen.

Welche Probleme waren am eiligsten zu lösen? Ich war nass und würde krank werden, wenn sich nicht zeitnah etwas daran änderte. Einen Föhn hatte ich eingepackt. Sobald ich mich umgezogen hatte, konnte ich mich um WLAN kümmern und meine Abreise organisieren. Tränen stiegen mir in die Augen und ich blinzelte sie schnell weg. Ich hatte eine Beziehung mit Jenson überlebt. Verglichen damit war das hier nicht einmal eine kleine Katastrophe. Und doch fühlte es sich nicht klein oder unwichtig oder zumindest machbar an.

Ich öffnete meine Koffer, bis ich den Föhn zwischen Glätteisen und Lockenstab fand und zog ihn heraus. Vielleicht war ich nur übermüdet und überreizt gewesen und alles hier war halb so schlimm. Es war nur für eine Nacht. Meine Kleidung würde wieder trocknen. Falls mir London nicht zusagte, konnte ich immer noch in das nächste Flugzeug steigen, zurück nach New York fliegen, und den Trip als eine der dämlicheren Episoden meines Lebens abhaken.

Die nächste Steckdose war schnell gefunden und ich rammte den Stecker meines Föhns in das Outlet ... oder versuchte es. Er passte nicht. Der zweite Versuch mit deutlich mehr Gewalt brachte nur dasselbe Ergebnis, der dritte ließ mich am Kabel abrutschen und mit den Knöcheln über die raue Wandfarbe schrammen. Das Brennen der abgeschürften Haut war zu viel und ich brach nun doch in Tränen aus.

Ein Teil von mir wusste, dass meine Reaktion unverhältnismäßig war. Ein Adapter oder ein Ersatzgerät würde sich notfalls auch heute noch auftreiben lassen, das hier war nur ein kleiner Rückschlag, aber ... triefend nass in einem Land, in dem ich nicht einmal sein wollte, fühlte es sich nicht klein an.

Auf meinen Großvater konnte ich nicht zählen, grundsätzlich nicht und hier schon gar nicht, meine Beziehung war zerbrochen, die Medien hielten mich für eine intrigante Opportunistin, und statt mich mit höherprozentigen Cocktails und Strand von dem Chaos, in das sich mein Leben innerhalb einer Woche verwandelt hatte, zu erholen, saß ich frierend und allein in einer Abstellkammer.

Wenigstens gab es hier im Nirgendwo niemanden, der meine Schluchzer aufzeichnete und auf Instagram postete. Das nutzlose Kabel rutschte mir aus der Hand und ich kauerte mich direkt daneben auf dem Boden zusammen.

Wie hatte so schnell so viel kaputtgehen können? Und wie hatte ich so schnell kaputtgehen können? Vielleicht hatten Grandpa und Jenson doch recht gehabt und ich war eine wandelnde Enttäuschung. Nicht einmal an Adapter dachte ich, wenn ich mich in ein fremdes Land verfrachten ließ. Ohne nennenswerte Gegenwehr noch dazu.

Gut, getäuscht und mit einer List in ein fremdes Land verschickt, aber ... ich war zwanzig, verdammt? Wann hörte ich endlich auf, den falschen Männern zu vertrauen? Vielleicht hatte ich es einfach nicht anders verdient.

***

Am nächsten Morgen hatte ich mich wieder gefangen, zumindest größtenteils. Eine Lösung für die Situation hatte ich nicht gefunden, ein WLAN-Passwort auch nicht, aber immerhin hatte ich mir den ersten Frust von der Seele geweint. Und vielleicht würde ich heute mit frischerem

Blick und einem ansatzweise ausgeschlafenenen Jetlag einen Ausweg finden. Einen Versuch war es wert.

Sobald ich mich frisch gemacht hatte. Das Badezimmer war fensterlos und nur mit dem Nötigsten ausgestattet, aber für eine erste schnelle Dusche und den Outfit-Wechsel zu Sportleggings und einem Pullover reichte es auch.

Mit Trockenshampoo und Haarspray bändigte ich meine Haare, wurde mit jedem Bürstenstrich wieder ein Stück mehr zu mir selbst, ehe ich meine Handtasche nahm und mich auf die Suche nach Mrs Barnes machte. Gestern hatte sie angemessen informiert und kompetent gewirkt; sie war ein guter Ausgangspunkt für die weiteren Schritte.

Noch ehe ich die Tür zum Flur öffnete, hörte ich, dass im Gegensatz zu gestern einige Menschen dort unterwegs waren. Kofferrollen polterten über Teppichkanten und andere Unebenheiten, Stimmen vermischten sich zu einer Kakophonie, der ich mich ohne Kaffee und oder Alkohol nicht gewappnet fühlte, und hin und wieder stieß jemand gegen die Tür, die mich von den Menschen draußen abschirmte

Die Flure waren genauso überfüllt, wie sie sich angehört hatten. Studierende wuselten hin und her, rammten einander mit ihren Gepäckstücken, oder kicherten in strategisch ungünstig platzierten Kleingruppen an sämtlichen Engstellen ... also dem gesamten Flur. Ich sperrte das Zimmer hinter mir ab und lief den Weg zurück, den ich gestern gekommen war. Für zwei Ecken ging es gut, dann fand ich mich in einem Treppenhaus wieder, das ich mit absoluter Sicherheit noch nie gesehen hatte. Zwischen zwei Gemälden fragwürdig gekleideter Rentner blieb ich stehen und versuchte, meine Orientierung wiederzufinden.

Ich wurde aus meinen Gedanken gerissen, als mich ein

riesiger Karton beinahe ummähte und hinter der Pappe nur ein »Aus dem Weg!« ertönte. Keine Rechtfertigung, von einer Entschuldigung ganz zu schweigen. Dafür ein britischer Akzent, der mit der tiefen Stimme durchaus attraktiv geklungen hätte, wären die Worte nicht so unhöflich gewesen.

»Pass doch auf!«, feuerte ich zurück und wich einer zweiten Kollision nur knapp aus. Diesmal hielt der Kartonträger zumindest inne und wirbelte herum. Diesmal war mein Schritt zurück nicht schnell genug und die Kiste stieß frontal gegen mich. Ich stolperte über meine eigenen Füße, taumelte zurück und prallte mit dem Hinterkopf voran an den Rahmen des Rentnerporträts.

Bevor der junge Mann, der seinen Karton etwas senkte und einen Haarschopf nur ein paar Nuancen dunkler als meinen über dem Rand hervorblitzen ließ, mich noch einmal rammen konnte, hatte ich mich wieder aufgerichtet und meine Haare wieder geordnet.

»Du hast mich umgerannt.« Anklagend verschränkte ich die Arme vor der Brust.

»Sorry.« Er klang nur bedingt zerknirscht. »Aber im Ernst, hast du mich nicht gesehen? Das Ding hier ist irgendwie«, er zuckte mit den Schultern, was die Kiste beben ließ, »riesig. Außerdem bin ich links gelaufen.«

»Willst du mir sagen, dass es meine Schuld ist, dass mich freilaufende Möbelpacker rammen? Dir ist klar, dass ich auch eine Treppe hätte herunterfallen können?«

Der Karton sank noch ein Stück und gab den Blick auf braune Augen mit Wimpern, für die ich eine Ewigkeit im Studio saß, frei. Verdammt. Wäre er nicht so rüpelhaft, wäre der Mann vor mir genau mein Typ gewesen. »Du bist aber nicht verletzt«, teilte er mir mit, dann zog er einen Mundwinkel hoch. Er legte den Kopf schief und wirkte fast jungenhaft – auch wenn der Begriff kaum auf den Mann vor mir zu passen schien. Und doch fand ich seine Erwiderung nicht nervtötend-frech, sondern beinahe charmant. Beinahe.

»Glücklicherweise«, schob ich dennoch hinterher und reckte das Kinn etwas vor. Ein Treppensturz hatte mir gerade noch gefehlt.

»Glücklicherweise«, echote der Mann. Er legte den Kopf schief, zog den zweiten Mundwinkel nach oben, und richtete sich und seinen Karton wieder auf. »Ich wollte dich nicht rammen. Tut mir leid.«

Einen Moment war es fast, als wollte er noch etwas hinzufügen, dann schallte ein »Nick! Komm!« durch das Treppenhaus. Er drehte sich nach der Stimme um und manövrierte sich diesmal unfallfrei durch die nächste Menschengruppe und ließ mich stehen. Falls ich ihn doch um Hilfe hatte bitten wollen, war es jetzt zu spät. Ich ließ den Blick über verschiedene Familien und Freundesgruppen gleiten und suchte mir schließlich einen Mann mittleren Alters aus, der Zwillingsmädchen dabei half, Koffer die Treppe hochzuhieven, und anschließend eine Wegbeschreibung an jede der beiden abzugeben schien. Gänzlich ortsunkundig wirkte er schon einmal nicht.

Hilfreich war er dennoch nicht. Statt der Auskunft, die ich mir gewünscht hatte, bekam ich Halbwissen und den Eindruck, es mit einem ausgewachsenen Snob zu tun zu haben. Ich presste die Lippen zusammen.

»Danke«, murmelte ich und lief auf eigene Faust weiter. Ich brauchte nur Mrs Barnes. Sie kannte sich aus, sie konnte mir helfen. Hoffte ich. Ich lief gegen den Strom an ankommenden Studierenden, bis ich im Erdgeschoss zu einem Ausgang gelangte, der mich in den Nieselregen, aber auch zum ersten Gebäude, durch das ich gestern gekommen war, führte.

Der Hosenanzug, den Mrs Barnes gestern getragen hatte, war wohl die Arbeitsuniform aller, die hier tätig waren. Zumindest liefen mehrere Menschen mit Klemmbrettern und denselben Outfits durch das Gebäude. Zwischen den geschäftigen Angestellten machte ich irgendwann auch die einzige Person, die mir hier positiv aufgefallen war, aus, und steuerte sie an.

»Miss Rutherford.« Mrs Barnes nickte mir zu. Eine Anspannung, von der ich nicht gewusst hatte, dass ich sie in den Schultern getragen hatte, fiel von mir ab, als sie mir voller Selbstverständlichkeit ihre Aufmerksamkeit schenkte. »Was kann ich für Sie tun?«

Ich schilderte ihr meine Probleme und sie streckte mir direkt eine kleine Karte mit QR-Code entgegen.

»Die Verbindung ist vermutlich instabil, bis alle Studierenden eingeloggt und die Eltern wieder ausgeloggt sind«, meinte sie und zuckte mit den Schultern. »Für ein verlässliches Netz installieren die Meisten einen eigenen Router, aber für den Anfang sollten Sie jetzt versorgt sein.«

Das würde ich sicher nicht. Lange genug bleiben, um einen Router aufzutreiben? Lieber nicht. »Danke.« Ich lächelte sie an. »Haben Sie zufällig auch einen Adapter dabei?«

Sie lachte. »Am Kiosk gibt es welche zu kaufen, wenn Sie einen benötigen.«

In Ordnung, das ließe sich später organisieren. Wichtige Dinge zuerst. »Eine Frage hätte ich noch.«

»Dafür bin ich da. Haben Sie sich gut einleben können?« Sie erwiderte mein Lächeln.

Einleben. Nichts, was ich zu tun beabsichtigte, nicht

hier, nicht an dieser Universität, nirgends. Einleben war für ein Zuhause gedacht, nicht für ein Exil. »Sie können mir nicht zufällig einen zuverlässigen Fahrdienst empfehlen?«

»Fahrdienst? Einen Kiosk gibt es direkt am Campus und Supermärkte ...«

»Nach London«, fügte ich hinzu.

»Der Semesterbetrieb beginnt morgen, Miss Rutherford, für einen Trip bis nach London ...«

»Sie kennen nicht doch einen Fahrdienst?«, fiel ich ihr ins Wort.

Sie verstummte und schüttelte etwas perplex den Kopf. Na wunderbar. Jetzt musste ich das wohl allein organisieren.

»Dann halte ich Sie nicht länger auf. Vielen Dank für Ihre Hilfe.« Ich lächelte noch mal und ließ zu, dass eine andere junge Frau meinen Platz vor Mrs Barnes einnahm, während ich schon den Code einscannte.

Eine Flut ungelesener Nachrichten und Markierungen in den sozialen Medien fluteten mein Handy, kaum, dass die Verbindung geglückt war. Ich wischte sie ungesehen weg. Kein Interesse. Der Internetbrowser reichte vollkommen aus.

Im nächsten Moment schnitt ich eine Grimasse. Zu früh gefreut. Einen Fahrdienst zu organisieren war eine Sache, aber die Buchung abzuschließen eine ganz andere, wenn die Schritte nicht abgeschlossen werden konnten. Und dafür gab es nur eine mögliche Erklärung:

Grandpa hatte den Zugang zu meinem Konto gesperrt.

Kapitel 4

Der neue Geheimtipp?
Oakfield College, der neue Hotspot der Rich Kids?

Mit seiner abgeschiedenen Lage in Bollington, Cheshire, und der begrenzten Auswahl an Fakultäten kann diese Universität wahrlich nicht mit den Studierendenmagneten Großbritanniens mithalten. Wer hier studiert, ist nicht auf eine prestigeträchtige Alma Mater wie Oxford oder Cambridge angewiesen, verwirklicht sich nicht in modernen Trendstudiengängen oder nutzt akademische Schwergewichte wie Reading, um sich wissenschaftlich zu etablieren. Und doch schreiben sich in den letzten Jahren zunehmend Sprösslinge der oberen zehn Prozent des Landes am Oakfield College ein. Denn hier, gut zwei Autostunden von der nächsten Großstadt entfernt, verspricht die Universität vor allem eines: Privatsphäre.
So scheint es kaum verwunderlich, dass sich im kommenden Semester einmal mehr junge Erwachsene unter den Erstsemestern befinden, die Rang und Namen haben. Fernab ihrer Familien- oder Firmensitze wollen sie einen beinahe normalen Alltag erleben. Beinahe; denn trotz des überschaubaren Campus und der Lage inmitten bezahlbaren Wohnraums haben es die Studiengebühren dieser Universität in sich – eine Notwendigkeit, so der Dekan, um weiterhin eine Vielzahl an Stipendien vergeben zu kön-

nen. Und dieses Programm spricht für sich, denn erst letztes Jahr gelang es einem Alumnus der Fakultät für Chemie, den begehrten »Dr. Margaret Faul Women in Chemistry Award« zugesprochen zu bekommen.

Wie ein Sprecher des Königshauses offiziell bekannt gab, zählt auch Lady Elodie, Großnichte und häufig gesehene Begleitung des Königspaares bei karitativen Events, zu den diesjährigen Studienanfängern. Damit ist sie nach Prince Nicolas das bereits zweite Mitglied der Royal Family, das sich gegen die traditionelle Wahl der University of Edinburgh oder das Trinity College in Cambridge entscheidet.

Doch nicht nur blaues Blut wird die über zweihundertsechzig Jahre alten Flure der Universität mit Leben füllen, mit Boyband-Frontman Clarke Davidson kehren auch die Pop-Musik und die Gerüchte legendärer Privatkonzerte auf den Campus zurück. Eines steht jedenfalls fest:

Auf dem Oakfield College ist einiges los, von dem wir gern mehr erfahren würden.

Mit einem gesperrten Kontozugang kam ich nicht weit und in New York hatten wir noch nicht einmal sechs Uhr morgens, sodass Grandpa zu erreichen unmöglich wurde.

Grandpa hatte mich loswerden wollen, egal ob auf Zeit oder nicht, und es ohne jede Anstrengung auch geschafft. Er hatte mich nicht gewollt, nicht in New York, nicht in Rutherford Diamonds ... nicht um sich.

Es war nichts Neues, und doch tat es immer wieder weh. Sienna Rutherford wollte man nicht.

Vielleicht hatte er recht und Rutherford Diamonds brauchte eine Pause von Sienna Rutherford. Oder er. Vielleicht brauchte die Welt eine Pause von Sienna Rutherford und ihren Skandalschlagteilen. Oder sie eine von den Medien. Oder ... von sich selbst. Ich eine Pause von mir?

Die bekam ich ja jetzt.

Der Weg zurück zu meinem Apartment war diesmal keine Herausforderung. Ich stapfte die Treppen nach oben, darum bemüht, niemanden umzurennen oder selbst einer Unaufmerksamkeit zum Opfer zu fallen. Zwischen Kartons, Koffern und Neuankömmlingen bahnte ich mir meinen Weg zurück zu meiner Unterkunft und beeilte mich, mich in das Zimmer zurückzuziehen. Den Schlüssel drehte ich im Schloss um, aber das Gefühl, endlich eine Barriere zwischen den Rest des Gebäudes und mich gebracht zu haben, stellte sich nicht ein. Nicht, wenn ich die Hälfte aller Gespräche auf dem Flur mitanhören konnte, nicht, wenn im Umkehrschluss auch alle hören konnten, was ich tat. Was wiederum bedeutete ...

Mein Nervenzusammenbruch letzte Nacht war keineswegs so privat und anonym gewesen wie angenommen. Vor der Tür stand mein Name auf der Plakette, hätte man gewollt, hätte man mich aufzeichnen können und ... ich fuhr mir mit der Hand durch die Haare.

Kein Grund, sich in etwas hineinzusteigern, das außerhalb meines Einflusses stand. Jenson hatte immer gesagt, ich wäre zu dramatisch und würde mich unnötig aufregen. Irgendwo hatte er recht gehabt. Selbst wenn ein Video mit meinem Namen und dem Theater, das ich veranstaltet hatte, im Internet landete, wäre es nichts Neues. Ob man mich wegen des einen oder des anderen Fauxpas abstempelte, war letztlich egal.

Mrs Barnes hatte von einem Kiosk auf dem Gelände gesprochen. Für etwas zu trinken und einen Adapter würde er reichen. Meinen Handyakku und auch den Föhn konnte ich damit als gesichert betrachten und allein das wäre schon ein Erfolg. Ich atmete tief durch, patschte mir auf die Oberschenkel und stand auf. Niemand traute mir viel zu. Grandpa nicht, sonst hätte er mir nicht Literatur als Studiengang zugemutet. Jenson nicht, das hatte er mehr als deutlich gemacht. Und auch sonst hatte mich hier niemand wirklich ernst genommen. Zum Teil höflich behandelt, aber nicht respektiert. Weder ungewohnt noch unerwartet. Zeit, das Beste aus der Situation herauszuholen.

Ich nahm mein Handy zur Hand, zupfte meine Frisur vor der Selfie-Kamera zurecht, und machte mich bereit, mich ein weiteres Mal in die Menschenmassen vor der Zimmertür zu wagen. Diesmal fragte ich eine vorbeilaufende junge Frau, die ebenfalls nur Leggings und ein T-Shirt in Übergröße trug, nach dem Weg und bekam direkt die Auskunft, sodass ich wenig später vor dem gut besuchten Ein-Frau-Betrieb stand und den Tresen ansteuerte.

»Die Schlange ist da hinten«, fuhr mich ein junger Mann an.

»Sorry«, murmelte ich.

»Gott, du denkst auch, du hättest es nicht nötig, wie alle anderen zu warten. Arrogant oder einfach nur dämlich« Eine Studentin einige Meter weiter hinten verdrehte die Augen und stieß dem Mädchen neben ihr den Ellenbogen in die Rippen. Beide trugen sie perfekt sitzende Blazer mit passenden Stoffhosen.

Aber im Gegensatz zu mir hatten sie die sozialen Gegebenheiten ohne Verzögerung verstanden und sich einfach eingereiht, statt negativ aufzufallen. Ich gab mir Mühe, die Worte an mir abprallen zu lassen, und drehte mich in Richtung Ende der Menschenschlange.

Ehe ich jedoch loslaufen und mich anstellen konnte, hatte mich eine fremde Hand gegriffen und in die bestehende Reihe gezogen – direkt vor die beiden Blazerstudentinnen.

»Da bist du ja! Ich dachte schon, du hättest dich verlaufen!« Eine weitere junge Frau, deren Outfit mit einem adretten karierten Rock und einem ausgewaschenen Sweatshirt gleichermaßen zusammengewürfelt wie gewollt aussah, hakte sich bei mir unter.

»Hey!«, protestierte die Studentin, die sich eben noch lautstark über mich beschwert hatte, und verschränkte die Arme vor der Brust. »Wir warten hier.«

»Wir auch.« Das blonde Mädchen im Sweatshirt schnitt ihr eine Grimasse und tätschelte meine Hand.

Etwas perplex blinzelte ich die junge Frau an und fädelte meinen Arm wieder aus. »Du verwechselst mich«, teilte ich ihr mit und pflückte einen Fussel von meinem Ärmel.

»Ich müsste irgendjemanden hier kennen, um dich mit jemandem zu verwechseln.« Sie grinste. »Außer Blair natürlich. Ignorier sie, sie hat ihre soziale Kompetenz aus Netflix-Filmen. Der Art, die nicht besonders lehrreich ist.«

Und ich hatte nicht das geringste Interesse, in die Fehde der beiden Frauen hineingezogen zu werden. Ich zog eine Augenbraue nach oben.

»Das ist der Zeitpunkt, an dem du dich für die Unterstützung bedankst.«

»Das ist der Zeitpunkt, an dem ich mich ans Ende der Schlange stelle«, korrigierte ich sie.

»Ich mag dich.« Das Lächeln der jungen Frau geriet nicht einmal ins Wanken. »Ich bin Willow. Und du bist ...«

... nicht an einem neuen Kontakt interessiert. Allerdings auch nicht daran, noch länger am Kiosk zu warten, also gab ich mich doch geschlagen. »Cammie.«

»Der Name passt nicht zu dir.«

Tag zwei und schon fiel auf, dass irgendetwas nicht mit mir stimmte? Die Quote war miserabel – mindestens so miserabel wie meine Schauspielkenntnisse. Ich setzte eine nichtssagende Miene auf. Wenn ich nichts sagte, war es auffälliger, als kurz zu reagieren, oder? Aber eigentlich war es egal. Sie musste meinen Namen nicht mögen, sie musste ihn nur verwenden. »Ich habe ihn mir nicht ausgesucht. Und Cammie ist besser als Camille.«

Ich war weder ein Kräutertee noch so alt wie mein Großvater, also war Camille … noch weniger ich als Cammie. Aber so sehr mein eigentlicher Rufname sich nach mir anfühlte, so wenig wollte ich gerade ich sein und …

»Fairer Punkt«, plapperte Willow weiter, riss mich aus meinen Gedanken und rückte mit mir einige Meter auf. »Nun denn, Cammie, wie hat es dich ans Oakfield College verschlagen?«

»Es geht das Gerücht um, dass Privatsphäre hier großgeschrieben wird«, sagte ich und verschränkte die Arme vor der Brust. Dem einzelnen Artikel, den ich vorhin gelesen und aus Langeweile wieder abgebrochen hatte, zufolge stimmte das sogar. Die Universität war nicht übermäßig präsent in den Medien. Ein Pluspunkt, wenn es sonst schon keine gab.

»Fairer Punkt«, antwortete die blonde junge Frau einmal mehr. Sie stockte. »Kein Gesprächsbedarf, verstanden.«

Gut. Ich zog einen Mundwinkel nach oben.

Leider hielt die Erkenntnis Willow nicht davon ab, nur dreißig Sekunden später zu ihrem Fragenkatalog zurückzukehren. »Von wo genau kommst du eigentlich? LA? Kennst du irgendwelche berühmten Menschen?«

Mehr als ich kennen wollte. »New York.« Ihre zweite Frage ignorierte ich. Man wuchs nicht in einem der führenden Schmuckimperien auf, ohne die ein oder andere berühmte Persönlichkeit nicht nur für Fotos oder namentlich kennengelernt zu haben, sondern auch privat zu kennen. Und alle von ihnen, allen voran die, die ich wirklich zu meinen Freunden zählte, hatten es mehr als verdient, dass ich nicht Wildfremden von ihnen erzählte. Privatsphäre war rar genug – wenigstens ich konnte sie bei anderen wahren. Wir hatten genug halbwahre Berichte über uns. Ich wollte nicht Teil des Problems sein.

»Wow.« Willow öffnete den Mund, um noch etwas hinzuzufügen, wurde aber von der Kiosk-Verkäuferin unterbrochen, die nun endlich Zeit für uns hatte und die junge Frau nach ihren Bestellungen fragte.

Meine neue Bekanntschaft deckte sich mit genügend Snacks ein, um eine kleine Familie durchzufüttern, zahlte und trat zur Seite, um ihre Ausbeute zu sortieren und zu verstauen.

»Was darf es sein?«, wandte sich die Verkäuferin an mich.

Ich erstand einen Adapter und eine Wasserflasche, ehe auch ich das Feld räumte und den Blazer tragenden Studentinnen hinter mir Platz machte. »Willow?«

Sie sah auf und lächelte mich an. »Ja?«

»Danke.« Sie war nicht die Gesellschaft gewesen, die ich mir selbst ausgesucht hätte, aber sie hatte zu helfen versucht. Das war mehr als die meisten Menschen zusammengenommen in den letzten Tagen für mich getan hatten.

Wenn möglich, wurde ihr Lächeln noch breiter. »Ich wohne im Northgate Building«, beeilte sie sich zu sagen. »Und ich habe Schokolade.«

»Wie gesagt, danke.« Ich nickte ihr noch mal zu und machte mich auf den Rückweg zu meinem Zimmer. Die Tür schloss sich hinter mir und zum ersten Mal erlaubte ich mir, wirklich aufzuatmen. Endlich allein, endlich Ruhe, endlich ... eine Barriere zwischen den anderen hier und mir.

Wie spät war es jetzt zu Hause? Egal. Ich musste meinen Großvater sprechen, besser früher als später. Davon, zu warten, wurde meine Situation auch nicht besser.

Meine Finger zitterten, als ich den Kontakt auswählte und den Anruf startete. Vielleicht schlief Grandpa noch, vielleicht hatte er einen wichtigen Termin, vielleicht saß er mit irgendjemandem beim Frühstück ... wie sehr ich gehofft hatte, er würde nicht abheben oder ich würde vertröstet werden, bemerkte ich erst, als er der Anruf durchging und mein Magen sich unangenehm zusammenzog.

»Sienna«, sagte Grandpa anstelle eines Grußes. »Ich sehe, du bist gut in Bollington angekommen.«

»Gestern, ja.« Die Worte kamen nicht halb so anklagend heraus, wie ich es mir gewünscht hatte. Stattdessen klangen sie beinahe kleinlaut. Nicht zum ersten Mal wünschte ich mir einen Drink, um mein Selbstbewusstsein zu putschen oder zumindest das kleine Mädchen, in das ich mich zu verwandeln drohte, zu betäuben.

»Wunderbar. Dann hattest du schon Gelegenheit, dich einzuleben.« Sein Tonfall teilte mir mit, dass das die einzige Version der Ereignisse war, die er zu hören bereit war. Er war kein Gramm besser als die Medien oder Jenson: Nur seine Version war wahr, andere oder gar meine nicht von Interesse.

Ich presste die Lippen aufeinander. Die Antwort, die Grandpa hören wollte, konnte ich ihm nicht geben. »Nein.«

Einen Augenblick schwieg er. »Das kommt mit den ersten Vorlesungen und Kursen. Bollington wird dir guttun, du wirst sehen.«

Würde ich das? »Grandpa«, sagte ich langsam. »Was ich sehe, sind ein winziger Raum ohne Privatsphäre und ein Großvater, der sich nicht um meine Wünsche schert. Oder um seine Versprechen.« Ich hatte nicht einen Albtrauma ausgestanden – überstanden –, nur um hier gleich in den nächsten zu stolpern ... oder gestoßen zu werden. Wann hatte ich endlich Erholung verdient? »Ich will hier nicht bleiben.«

»Auch nicht, wenn es besser ist, dass du es tust?«

Für wen, wollte ich fragen, für Rutherford Diamonds oder für mich? Ich hielt mich von Medien, die eine Begeisterung für Klatsch und Tratsch hatten, fern, mehr noch als sonst. Aber sogar ich hatte aufgeschnappt, dass Jenson meine Abwesenheit nutzte, um seine Version der Geschehnisse in Umlauf zu bringen, um mich als Dämonin darzustellen und positive Aufmerksamkeit für sich zu generieren. Wenn ich das wusste, wusste Grandpa es auch. Er wollte mich loswerden. »Ich *kann* hier nicht bleiben«, sagte ich.

»Sienna, du *wirst* dich einleben, ohne für Chaos zu sorgen.«

Ich sorgte grundsätzlich nicht für Chaos, die Aufregungen fanden nur immer einen Weg in mein Leben. Ich hatte es mir nicht ausgesucht, als Kind keine Kamera passieren zu können, ohne mein Bild irgendwo zu finden, und mit dem achtzehnten Geburtstag hatte es ohnehin kein Halten mehr gegeben. Wenn andere Leute dein gesamtes Leben dokumentierten, wurden eben auch die Pannen festgehalten – und die fanden die meisten sowieso viel spannender als die restlichen unkomplizierten achtundneunzig Prozent des Tages, in denen ich aß, schlief, durch die Gegend lief oder sogar jemanden anlächelte. Ich atmete tief durch. Mein Grandpa war nicht bereit, mir zuzuhö-

43

ren. Ihn interessierte, dass ich in einem Instagram-Video mit einem Drink in der Hand und verschmierter Mascara das »Wild Child« heraushängen ließ, aber nicht, warum ich überhaupt Alkohol und Tränen zu meinen Accessoires gemacht hatte.

»Meine Kontozugänge erweisen sich hier als Problem«, teilte ich ihm stattdessen mit.

»Eine Vorsichtsmaßnahme«, erwiderte er. »Um deine Anwesenheit zu gewährleisten – und um zu vermeiden, dass du ein weiteres Studium durch Abwesenheit zum Scheitern verurteilst.«

Dass er es nicht einmal für nötig hielt, zu leugnen, dass er meine Konten gesperrt hatte ... Was hatte ich anders erwartet? Wut kochte in mir hoch, aber ... was brachte das schon? Grandpa tat, was er wollte. Ich war dabei egal. Er hatte meine Konten gesperrt, um mich zum Studium zu zwingen? Vergebene Liebesmüh. Darauf, dass ich kein Konto brauchte, um Vorlesungen zu schwänzen, wies ich ihn nicht hin. Als ich mir ein Semester lang eingebildet hatte, in Pre-Law richtig zu sein, hatte ich auch kein Geld gebraucht, um zu erkennen, dass ein Studium und ich nicht zusammenpassten. »Du verstehst nicht ...«, setzte ich an, kam aber nicht dazu, meinen Satz zu beenden.

»Ich verstehe sehr gut«, unterbrach er mich, »dass die Freiheiten, die ich dir zu Hause gelassen habe, zu viele waren. Für deine Alltagsausgaben wird dir ein Budget zur Verfügung stehen, aber ich muss sicherstellen, dass du in Bollington bleibst, bis Gras über deine Eskapaden gewachsen ist.«

Eskapaden. Ich schluckte und blinzelte die Tränen, die mir in die Augen stiegen, weg. Meine Eskapaden. Davon, dass ich verlobt gewesen und dem Ganzen gerade erst entkommen war, dass ich kaum damit zurechtgekommen war, ließ er nichts hören. Er hatte zwei Enkelinnen, erinnerte ich mich. Ich hatte nur das Pech, die ungeliebtere zu sein. »Du willst mich zwingen, ein Studium, das ich nicht brauche, abzuschließen?«, sagte ich, um nicht nichts zu sagen.

»Ich möchte, dass du einem Studium eine ernsthafte Chance gibst«, korrigierte er mich.

»Du meinst, du willst mich nicht in New York haben, bis du dir sicher sein kannst, dass ich mehr Nutzen als Schaden bringe«, verbesserte ich. Dass man meine Bitterkeit kaum hörte, wertete ich als Erfolg.

»Gib dem Studium eine ernsthafte Chance«, wiederholte er. »Dem Studium und dir, ohne deinen Partyprinzessin-Ruf. Mit einem erfolgreich abgeschlossenen ersten Semester erhältst du alle Zugänge und Annehmlichkeiten zurück – und deine Kollektion.«

Damit hatte er mich und er wusste es. Mich zu erholen wurde zur Nebensache, wenn *by Sienna* involviert war. Ich wollte diese Kollektion, mehr als fast ... mehr als alles andere in der Welt. Wenn ich sie nur bekam, indem ich nach Grandpas Regeln spielte, würde ich es versuchen. Irgendwie. »Sprich weiter.«

»Du bekommst deine Kollektion. Sie ist verschoben, nicht abgesagt. Wir haben ja schon einen neuen Launch-Termin festgesetzt. Aber ich möchte, dass du den Abstand nutzt, bleibst und studierst, ein Semester lang. Keine Skandale. Du beweist, dass du zuverlässig und seriös sein kannst. Bis dahin ist das, was für die europäische Elite gut genug ist, auch für dich ausreichend. Deine neuen Kontodaten kannst du im Laufe des Tages erwarten.« Eine kurze Pause. »New Yorker Zeit.«

Obwohl ich quasi eingewilligt hatte, breitete sich dieselbe Ohnmacht, die ich auch während meiner Beziehung gekannt hatte, in mir aus. Ich war – schon wieder selbst gewählt, schon wieder wegen meiner Entscheidungen – gefangen in einer Situation, aus der ich nur fliehen wollte, aber ohne jede Möglichkeit dazu. Ich biss mir auf die Lippe, bis ich Blut schmeckte.

Am anderen Ende der Leitung bekam Grandpa nicht mit, welchen Effekt seine Worte auf mich hatten. Für ihn war die Sache erledigt. »Englische Literatur, das solltest du schaffen«, startete er einen vergeblichen Versuch, halbwegs motivierend zu wirken. Stattdessen klang er nur herablassend. »Es wird dir guttun.« Er ratterte noch ein paar weise Ratschläge runter, verabschiedete sich und beendete das Gespräch.

Für ihn war das Problem gelöst: Die Enkelin war weg, ihr Einflussgebiet eingeschränkt, seine Schuldigkeit mit Telefonat und Organisation getan. Familienname und Unternehmen waren vorerst vor Negativschlagzeilen geschützt.

Mein Horror dagegen ging jetzt erst richtig los.

Kapitel 5

INSTAGRAM:

@oakfield.college.bollington.uk
♡-lich willkommen @ Oakfield College!
Wir wünschen allen Erstis einen erfolgreichen Start ins
Winter Term … und an alle anderen: welcome back!
Allgemeine Fragen rund um den Semesterstart?
⌐, wende dich an die Studienberatung
Orga-Fragen?
⌐, wende dich an die Studentenkanzlei
Und don't forget, nächsten Freitag begrüßen wir das neue
Semester mit @_therealcdvdsn ♡-♡
#firstyear #oakfieldcollege #winterterm #startoftermparty
#clarkedavidson #welcomeback #staytuned

> **@dex018976439**
> Welcome back? Welcome HOME! #teamoakfield
> **@not.a.tree.but.still.a.willow**
> OMG, ich glaube ich habe Lady Elodie auf dem Cam-
> pus gesehen O.o
> **@ellebelle_giselle**
> Kann sein … oder auch nicht xD
> *6 weitere Kommentare anzeigen*

Meine neuen Kontodaten waren in der Tat gestern noch übermittelt worden, gemeinsam mit einem erschreckend geringen Budget. So konnte ich eine Rückreise vorerst vergessen. Kurzum, ich saß hier fest. Und mit *by Sienna* hatte mein Grandpa noch mal sichergestellt, dass ich mich nicht gegen ihn wehrte. Der Mann war gerissen, das musste man ihm lassen.

Heute stand der erste Tag als Studentin auf dem Campus an und nicht einmal einen vernünftigen Kaffee hatte ich auftreiben können.

Kaffee war nur eine schlechte Alternative zu meinem Bett, aber einen Lagerkoller zu riskieren oder mich mit dem WLAN in meinem Zimmer herumzuschlagen ... die Suche nach einem Ort mit besserer Verbindung war die richtige Entscheidung gewesen. Auf dem Flur hatte ich den Tipp mit den Hörsälen bekommen. Es sagte alles über die Gesamtsituation aus, dass ich freiwillig zu einer Vorlesung erschien. Aber ich hatte E-Mails zu beantworten, meine Abwesenheit zu kommunizieren und meinem Team einen Fahrplan mitzuteilen, solange ich hier festsaß. Dafür war mir auch eine Uni-Veranstaltung recht.

Immerhin hübsch war es am Campus, wenn auch auf eine verwunschene Art und Weise, die einen harten Kontrast zu meinem Großstadtleben bildete. Gepflegte Rasenflächen, denen der Regen sicher guttat, Efeu, der Universität wie auch Wohnheim zierte. Dazwischen moderne Gebäudekomplexe, die sich erstaunlich stimmig in das Gesamtbild einfügten. Rein optisch konnte ich wirklich nicht klagen – solange ich in einem der normalen Hörsäle saß und nicht in dem winzigen Zimmer, in dem ich untergebracht war.

»Ist der Platz noch frei?« Eine junge Frau, rote Haare, die ihr wellig über die Schultern fielen, tippte mit einem perfekt manikürten Fingernagel auf den Stuhl neben mir. Der Raum um uns füllte sich, aber nicht komplett. Es waren genügend andere Plätze frei, was wollte sie unbedingt bei mir?

»Ja.« Ich zog meine Tasche etwas näher zu mir und rückte auch den Laptop, den ich schon aufgeklappt bereitgestellt hatte, mehr in meine Richtung.

»Danke.« Die junge Frau lächelte mich an. »Erster Tag. Superspannend, endlich zu studieren.«

So groß wie ihre Augen dabei wurden, glaubte sie den Unsinn tatsächlich. Ich presste die Lippen aufeinander und machte eine Kopfbewegung, die sie als Nicken interpretieren konnte, wenn sie wollte, sagte aber nichts. Ein Studium garantierte gar nichts. Ich hatte keinen Abschluss, von der Highschool abgesehen, und kam wunderbar zurecht. Was ich hatte – und viel mehr brauchte als einen akademischen Hintergrund –, war ein Auge für Ästhetik, die Ideen für neue Designs und genügend Rohstoffe, um meine Skizzen zum Leben zu erwecken. Viel davon war Gespür, einiges Übung, ein Großteil der Wille, sich durchzusetzen ... und dass ich in eine wohlhabende und auf dem Markt etablierte Familie geboren war. Ich war nicht naiv genug, mir jeden Erfolg zuzuschreiben.

Wofür ich aber allein die Verantwortung trug, war, dafür zu sorgen, dass meine erste Kollektion nicht hoffnungslos unterging, solange ich nicht vor Ort war und sie über Wasser hielt. Angefangen damit, dass ich Unmengen an E-Mails in meinem Postfach in den Spam-Ordner verschob. Journalisten, die mich um Statements baten, ob ich Jenson nur benutzt hatte, um meinen Schmuck auf seinen Laufstegen zu zeigen. Ich löschte die Mails, ohne sie komplett zu lesen.

»Studierst du auch Geschichte?«, fragte die junge Frau neben mir.

»Nein.«

»Sondern?«

»Ich bin nur wegen des Internets hier«, sagte ich und machte eine Show daraus, mich erneut meinem Postfach zu widmen. Die meisten Krisen ließen sich aus der Ferne gut lösen, aber je mehr ich delegierte, desto mehr juckte es mich in den Fingern, zurückzufliegen und mich der Probleme persönlich anzunehmen. Aber Grandpa hatte sehr deutlich klar gemacht, dass meine Kollektion nur dann erschien, wenn ich mich fügte und hier blieb. Eine andere Wahl hatte ich damit dann wohl nicht.

Ich griff nach meinem Handy und sah mehr aus Reflex als aus Interesse auf die Zeitanzeige des Sperrbildschirms ... und das abgebildete Foto. Es war eine schwarz-weiße Nahaufnahme meines Halses, an dem das erste Schmuckstück hing, das ich je entworfen hatte. Das war noch vor der Produktion der Linie gewesen. Die filigranen Glieder hatte ich selbst mühsam in Form geschmiedet hatte. Ich war so unglaublich stolz gewesen, als ich die Kette das erste Mal getragen hatte. Kein Foto der Welt hatte einfangen können, dass ich mehr gestrahlt hatte als der Edelstein in seiner Verankerung. Reflexartig griff ich mir an den Hals, aber wo früher Metall gewesen war, war jetzt nur glatte Haut, bis meine Finger den Stoff meines Kragens erreichten.

Etwas fehlte. Und im selben Moment auch nicht. Ohne die feinen Glieder am Hals fühlte er sich leer an – aber zugleich auch leichter. Niemandes Blicke wurden auf den Edelstein zwischen meinen Schlüsselbeinen gelenkt, niemand wurde nur von dem Schmuck angezogen, niemand umgab sich nur wegen meiner hochkarätigen Accessoires mit mir ... oder machte mich zu einem solchen. Vielleicht war es gut, ohne Schmuck hier zu sein, nicht als Sienna Rutherford durch die Gegend zu laufen.

»Sag bloß, du bist in das eduroam reingekommen.« Die rothaarige Frau meldete sich wieder zu Wort, ein Tablet in den Händen. Die Schutzhülle war über und über mit Katzenstickern beklebt. Welche Farbe sie ursprünglich gehabt hatte, würde ein Rätsel bleiben.

»Ich habe das universitätseigene Netz genommen.« Das Problem verdiente eine Lösung und meine Antwort. Ich hatte genug für uns beide mit schlechtem Internet gekämpft. »Du kommst über die Zugangsdaten, die du auch in den Portalen für Mails brauchst, rein.«

»Danke.«

Ich zuckte mit den Schultern und sah wieder auf meinen eigenen Bildschirm. Vorne war eine Dozentin damit beschäftigt, ihren Laptop aufzubauen und an verschiedenste Kabel anzuschließen. Das konnte dauern. Umso besser, ich hatte noch zu tun.

Neben mir loggte sich die junge Frau tatsächlich in das WLAN ein und öffnete sofort einen Satz an PowerPoint-Folien, der wohl schon im Vorfeld zur Verfügung gestellt worden war. Na, das war mal gute Vorbereitung. Ihre Motivation würde für uns beide reichen müssen. »Falls du eine sichere Verbindung brauchst, bau ein VPN darüber«, murmelte ich. Keine Ahnung, warum ich mir überhaupt die Mühe machte. Im Zweifel war sie ohnehin beratungsresistent.

***

Am Nachmittag lief ich vollbeladen mit Einkäufen aus dem Kiosk quer über den Campus.

Eigentlich hatte ich von Klatsch und Tratsch die Nase

voll. Und doch konnte ich nicht anders ,als aufzuhorchen, als sich drei junge Frauen vor mir lautstark unterhielten.

»Hier ist es so wunderschön!« Eine der Studentinnen drehte sich mit ausgebreiteten Armen um sich selbst. »Fast, wie ein Disney-Film!«

Eine andere junge Frau lachte. »Eher Hallmark, oder? Genügend Prinzen haben wir ja.«

»Einen.« Ein drittes Mädchen schnaubte. Prinzen? Märchenhaft nahm diese Universität offensichtlich wörtlich. »Genügend wären drei. Mindestens. Für jede einer.«

Diesmal war ich es, die mit ausreichend Sicherheitsabstand schnaubte. Beneidenswert waren Prinzen nicht, wenn der halbe Campus, egal welchen Geschlechts, hinter ihnen her war. Prinzen und andere Objekte der Begierde.

»Apropos Prinzen, habt ihr mitbekommen, dass sich der komische Lord von seiner Freundin getrennt hat? Sie ist jedenfalls am Arm eines Trust-Fund-Erben durch die Gänge spaziert – die zwei sind definitiv mehr als Freunde.«

»Der komische Lord – du meinst den, der seinen Hund über Zeichensprache trainiert? Der ist ziemlich süß. Und der ist wieder single?!«

Als sich das Thema damit endgültig auf irgendwelche Adeligen, die es sich zu angeln galt, verfestigte, zog ich mein Tempo an und überholte sie. Für den Moment hatte ich genug gehört. Ich beeilte mich, die Studentinnen hinter mir zu lassen. So wenig ich das Wohnheim mochte, es war mir lieber als der Campus hier.

»Achtung, deine Tasche hat einen Riss ...« Die Warnung kam mindestens zehn Sekunden zu spät. Die Papiertasche, die ich zu meinem Einkauf bekommen hatte, riss. Egal, wie katastrophal ich den Tag empfunden hatte, es ging offenbar noch schlimmer. Die Lebensmittel verteilten sich auf den Stufen der Treppe – nur einen Flur von meinem Zimmer entfernt. Die letzten Meter hatte die Tasche nicht mehr aushalten können?

Im ersten Moment blieb ich einfach nur stehen und starrte auf die Packungen, die um mich herum auf dem Boden lagen. Aus dem Augenwinkel kam ein junger Mann mit dunklen Haaren näher, aber vor meinem inneren Auge sah ich nur den blondierten Jenson, wie er die Arme vor der Brust verschränkte und den Kopf schüttelte.

»Sienna«, hörte ich ihn beinahe sagen, ein müdes Lächeln in der Stimme. »Dafür gibt es Angestellte. Profis. Das ist nichts für dich, du bist nicht für die mondänen Teile des Lebens gemacht.«

Er hatte mir immer davon abgeraten, mich um Dinge selbst zu kümmern. Um mich zu verwöhnen, hatte ich erst gedacht. Dann, um mich zu schonen, inmitten des Stresses um die Modenschau. Um mich kleinzuhalten, mein Selbstvertrauen einzuschränken, mich abhängig zu halten, hatte ich letztlich realisiert. Was ich erst jetzt verstand, war, dass ich keinen Jenson brauchte, um unfähig zu sein. Scheitern, das schaffte ich auch allein.

»Hey, alles okay mit dir?« Der junge Mann hatte mich mittlerweile erreicht und wedelte mit seiner Hand vor meinem Gesicht herum.

Ich blinzelte, bis ich wieder in der Realität ankam. Ich wollte nicht mehr an Jenson denken. Stattdessen fokussierte ich mich auf den Mann vor mir. Er kam mir bekannt vor, irgendwie. Nicht nur wegen seines Gesichts, das ich definitiv schon einmal gesehen und als attraktiv eingestuft hatte, sondern vor allem wegen seiner Stimme.

»Ja«, sagte ich langsam. »Wir kennen uns. Flüchtig?«

»Ich habe dich förmlich umgehauen«, entgegnete er, ein Grinsen auf dem Gesicht.

Ja. Das hatte er. Ohne, dass ich es wirklich wollte, wanderten auch meine Mundwinkel nach oben. »Aber weder mit deinem Charme noch mit deinem guten Aussehen«, meinte ich. »Kartons zählen nicht.«

Er lachte auf und hielt mir seine Hand entgegen. Ich reichte ihm meine. Doch statt meine Hand einfach zu schütteln, deutete er einen spöttischen Handkuss an. Antiquert, aber irgendwie nett. »Erlaube mir, es wieder gutzumachen.«

Ehe ich reagieren konnte, ließ er meine Hand wieder los und begann, die Lebensmittel um uns herum einzusammeln. Ich beeilte mich, es ihm gleichzutun. »Danke.«

Ein Schulterzucken. »Kein Thema. Du magst Salate wirklich, nehme ich an?« Er nickte auf die Packungen an Fertigsalaten, die sich in seinen Armen stapelten. »Und Joghurt?«

»Das waren die einzigen verzehrbereiten Lebensmittel, die ich gefunden habe. Und in Ermangelung einer Küche ...«

Er blinzelte. »Ich wohne nicht hier«, sagte er, »aber sogar ich weiß, dass es Küchen für jede Etage gibt. Mit Kühlschränken, in die du deinen Joghurtvorrat stellen solltest. So als gut gemeinten Rat von jemandem, der das auf die unangenehme Weise lernen musste. Zimmertemperatur und Milchprodukte kann übel enden.«

»Gemeinschaftsküchen?«

»Ich zeige sie dir.« Er hob den letzten verbleibenden Salat auf, während ich die Packung Joghurt, die Proteinriegel, die Äpfel und zwei Flaschen Wein einsammelte und ihm anschließend folgte.

Einmal mehr bedankte ich mich. Wie kam es, dass ein junger Mann, der nicht einmal hier wohnte, freundlicher war als alle anderen Menschen auf dieser Etage zusammen? Das Mädchen nebenan hatte mich nur angefaucht, dass ich vor sieben Uhr morgens weder duschen noch meine Haare föhnen sollte, weil das den Schlaf stören würde. Zwei Zimmer weiter hatte man sich über meine Telefonate beklagt – als würde mir die Zeitverschiebung gefallen! Ich hatte nachts zu arbeiten, wenn ich meine Kontakte erreichen wollte, daran würde auch sein empfindliches Gehör nichts ändern.

»Du kannst mich übrigens Nick nennen.«

»Ich wüsste nicht, wie ich dich sonst nennen sollte.«

Das ließ ihn kurz stolpern. »Die meisten Menschen versuchen es mit förmlichen Anreden«, meinte er, als wäre damit alles gesagt. »Zurecht, aber nachdem ich dich erst umgerannt und dann deinen Salat getragen habe, können wir den Teil überspringen.«

Nick war offiziell der netteste Mensch, den ich hier getroffen hatte, aber im selben Moment auch der seltsamste. Da konnte der Lord mit Hund nicht mithalten, egal, was man über ihn tratschte. »In diesem Fall darfst du auch Cammie zu mir sagen«, kopierte ich seine Ausdrucksweise. »Ist das die Küche?«

»Genau.« Nick führte mich in einen offen gestalteten Raum mit zwei Öfen, jeder Menge Küchenschränken, zwei großen Kühlschränken und einem Bereich mit Herd, Spülbecken und Arbeitsplatten. »Ich muss weiter – du bist ja jetzt versorgt.«

»Ja. Danke.«

Er stellte die Salate ab und verschwand. Ich widmete mich den Kühlschränken. Ich öffnete sie beide und fand im Inneren mit Zimmernummern beschriftete Fächer vor, die mit Lebensmitteln aller Art gefüllt waren. Auch das Fach mit der Nummer meines Apartments war voller Käse und ... war das eine halb gegessene Currywurst? In jedem Fall war es nicht mein Gericht und damit fehl am

Platz. Ich nahm den Teller und stellte ihn auf eine der Arbeitsflächen im Raum, den Käse ebenfalls. Den Platz brauchte ich für meine neuen Joghurtvorräte. Einen Großteil der Salate inklusive Fertigdressings brachte ich auch noch unter, den Alkohol und die Äpfel konnte ich auch in meinem Zimmer aufbewahren.

Ich machte mich auf den Weg dorthin und schüttete das Fertigdressing der ersten Salatbox über ihren Inhalt. Verhungern würde ich damit schon einmal nicht mehr.

Während ich schlecht marinierten Salat gabelte, wischte ich mich durch die Instagram-Storys meiner New Yorker Clique. Keiner von ihnen hatte sich bei mir gemeldet – und das, obwohl sie wussten, dass ich nach der Trennung eine Auszeit verordnet bekommen hatte. Stattdessen sah ich sie mit Cocktail in der Hand auf Partys, mit perfektem Teint am Strand, oder bei Geschäftsevents. Ich biss mir auf die Lippe. So einfach war man zu ersetzen, wenn es noch andere Mitglieder gab, die am Ende des Tages die Rechnung beglichen. Ich legte das Handy weg. Zeit zu arbeiten, bevor ich mich in Gedanken verlor. Ein Becher Wein und die kleinen Krisen, die meine Vertretung für mich aufgelistet hatte, würden sich gleich leichter lösen lassen.

Ich nahm einen meiner neuen Plastikbecher aus der Verpackung und hatte die Hand schon am Hals der Flasche, als ich innehielt. Wirklich besser fühlen würde ich mich damit nicht, oder? Ich konnte das Alleinsein betäuben, auch mit dem zweitklassigen Wein, den ich gekauft hatte, aber die darunterliegende Einsamkeit würde er mir nicht nehmen. Ich ließ die Flasche stehen und nahm eine Wasserflasche zur Hand. Für den Moment würde auch das reichen.

Kapitel 6

**»Beste Entscheidung« – Jenson Marlowe bricht
Schweigen nach Trennung von Sienna Rutherford**

Als aufstrebender Modedesigner steht Jenson Marlowe,
27, im Scheinwerferlicht. Unfreiwillige Aufmerksamkeit
zog er jedoch mit dem Ende seiner turbulenten Beziehung
zu Sienna Rutherford, 20, auf sich. Gerüchte um toxische
Beziehungsmuster, Intrigen und gegenseitiges Ausnutzen
machten die Runde. Nun, wenige Wochen nach dem Tief-
punkt seines Privatlebens, den er in einen beruflichen Erfolg
verwandeln konnte, äußert sich Marlowe uns gegenüber:
»Sienna und ich sind kein Paar mehr. Die Trennung war
schmerzhaft, aber die beste Entscheidung meines Lebens.«
Und genau danach sieht es aus. Ausgehend von dem nun
überflüssigen Brautkleid, das nach dem Platzen seiner
Hochzeit viral ging, kündigte Marlowe vergangenen Samstag eine ganze Hochzeitskollektion an – die in der gesamten Modewelt noch vor Erscheinen hoch gehandelt wird.
So scheint es wenig verwunderlich, dass er sein Beziehungs-Aus mit jener Erbin, die ihm die ersten Schritte in
die High Society New Yorks nicht zwangsläufig ermöglich-
te, in jedem Fall aber erleichterte, als beste Entscheidung
seines Lebens bezeichnet, bedingte sie doch seinen fina-
len Durchbruch auf den internationalen Laufstegen.
Knapp einen Monat war es nach den initialen, wenigen

Kommentaren Jenson Marlowes zur Trennung still um sein Privatleben. Zu schmerzhaft seien, so unsere Quellen, die emotionalen Wunden, die Rutherford auf ihm hinterlassen habe. Exklusiv im Gespräch mit unserer Journalistin sagte Marlowe hierzu:

»Ich lebe jetzt mein bestes Leben. Sich von Menschen zu befreien, die einen hemmen oder sich von einem nähren, ist nicht immer ein leichter Schritt, aber ein wichtiger. Ein gesunder Umgang mit sich, seinen Ressourcen und seinem Umfeld ist das A und O und für den Moment bin ich glücklich damit, wie die Dinge liegen. Ich musste siebenundzwanzig werden, um das zu begreifen.«

Sowohl für sein Wohlbefinden als auch seine Karriere scheint es ganz so. Konkret auf seine Ex-Verlobte angesprochen hatte er ein wehmütiges Lächeln im Gesicht und meinte:

»Nicht jeder Mensch ist für Beziehungen gemacht, aber jeder Mensch kann sich zur besten Version seiner selbst entwickeln. Ich wünsche Sienna denselben lehrreichen Effekt, den unsere gemeinsame Zeit auf mich hatte, und für die Zukunft nur das Beste.«

Zu weiteren Kommentaren war er nicht bereit. In Bezug auf seine kommende Brautmodenlinie fand er weitaus positivere, wenn auch nicht minder kryptische Worte. Sie wäre »in Arbeit« und verspräche, großartig zu werden. Den genauen Termin für einen ersten Blick darauf behielt er jedoch für sich. Der Druck, den es aufbauen würde, würde die Öffentlichkeit wissen, es wäre bald soweit, wolle er sich ersparen, so seine Begründung für die Geheimniskrämerei.

Eines steht jedoch fest: Updates erfahren Sie, liebe Leser*innen, von uns zuerst!

Die Vorlesung hatte noch nicht richtig angefangen, da setzte sich die rothaarige Studentin mit dem Katzen-Tablet auch schon neben mich, gerade, als ich meine Mails zu beantworten begann. Es gab Verzögerungen mit der Produktion von *by Sienna*? Egal, mit wem ich Kontakt aufzunehmen versuchte, ich kam nicht zur Wurzel des Problems durch. Dann schob sie mir einen Haufen ausgedruckter Zettel herüber. War das schon die Anwesenheitsliste? Heute aber früh.

Doch dann sah ich mir die Blätter noch mal genauer an. Das hier war keine Anwesenheitsliste. Niemand schrieb ganze Seiten mit Anwesenheiten voll, diese Blätter waren Mitschriften. Aus dem Kurs hier. Sehr strebsam, die junge Frau. Ich sah auf und direkt in ihr lächelndes Gesicht. »Danke?«

Sie zuckte mit den Schultern. »Du warst krank, oder? Jedenfalls hast du die letzten Sitzungen verpasst und ich wollte nicht, dass du den Anschluss verlierst, nachdem du mir mit dem WLAN geholfen hast.« Je länger sie sprach, desto mehr zog sie den Kopf ein – fast als erwartete sie Kritik für ihren Eifer. Vor ein paar Jahren war ich ähnlich gewesen: äußerlich so unsicher wie innerlich, stets um Rechtfertigung bemüht. Dann hatte ich gelernt, mir ein dickeres Fell zuzulegen oder zu erkaufen – Menschen, deren Luxus man finanzierte, waren erstaunlich sparsam mit Widerworten und Kritik.

Aber ohne solche Menschen im Leben ... ließ es sich aushalten. Ich war zwei Wochen hier, dank des Deals mit Grandpa, und auch wenn die Einsamkeit nie ganz verflogen war, hatte ich den Wein, den ich gekauft hatte, nicht angerührt. Wie es aussah, hatte mein Alkoholkonsum mehr damit zu tun gehabt, dass ich mir mein Leben wirklich hatte schöntrinken müssen, als damit, dass ich nicht widerstandsfähig war. Vielleicht hatte Jenson einen nicht geringen Einfluss darauf gehabt, wie schnell ich zu einem Drink griff, vielleicht aber auch die allgemeine Gesellschaft, die ich mir gesucht hatte. Woran auch immer es lag, es war wenigstens eine Entwicklung, die gut war.

»Danke«, wiederholte ich mit festerer Stimme und erwiderte ihr Lächeln. »Das ist nett von dir ...?« Ich ließ den Satz offen. Sie war offiziell die erste Person hier, die ich nach ihrem Namen fragte.

Ihre Wangen röteten sich und sie wuchs um mindestens eineinhalb Zentimeter. Neben mir war sie noch immer winzig. Nicht, dass ich mit meinen geschätzt eins-siebenundsechzig gut reden hatte. Aber es war schön, nicht die Kleinste im Raum zu sein, auch ohne High Heels. »Elodie. Und du bist?«

»Cammie.« Mit jedem Mal, das ich den Namen nutzte, ging er mir leichter über die Lippen. Und mit jedem Mal wurde er mehr von einem Namen zu meinem.

»Der Tipp mit dem VPN war Gold wert«, sagte sie.

»Keine Ursache.«

»Doch. Du warst die Erste, die nett zu mir war, ohne mich zu kennen.« Elodie hob die Schultern fast bis zu den Ohren.

»Wie gesagt, keine Ursache.« Ich versuchte mich an einem ehrlich freundlichen Gesichtsausdruck. Wenn meine Erste Hilfe in Sachen Internet schon ein Highlight war, war der Maßstab ausbaufähig. Wer war sie, dass sie Kleinigkeiten wie unbekannterweise zu helfen so schätzte? Entweder einer der vielen Promisprösslinge hier oder ... egal. Das war eine Frage für ein anderes Mal. Die Dozentin kam und begann beinahe sofort mit ihrer Sitzung. Als Thema hatte sie Chaucer, irgendeinen längst verstorbenen Schriftsteller, gewählt. Na wunderbar. Er interessierte mich ebenso wenig wie die meisten lebendigen Menschen. Neben mir schrieb Elodie mindestens jedes zweite Wort, das die Frau vorne über ihn verlor, mit, ich maximal jeden dritten Satz.

Dafür waren meine Mails am Ende des Kurses auf dem aktuellen Stand und außer einem Gespräch mit dem Bankberater stand nur noch das Telefonat mit Grandpa an. Wenn schon sonst niemand, würde er wissen, was mit *by Sienna* los war. Auf was davon ich weniger Lust hatte, wusste ich noch nicht. Im Zweifel mein Großvater; zumindest zog ich, nachdem ich Elodie nett verabschiedet hatte, die bestehenden Probleme mit meinem Konto vor. Grandpa war naiv, wenn er dachte, ich würde mich mit seinem Budget zufriedengeben. Die Konten konnte er sperren, aber ich konnte zumindest einzelne wieder entsperren lassen. *by Sienna* war eine ganz andere Hausnummer.

Als das geklärt war, atmete ich tief durch und wählte die Nummer meines Großvaters an.

»Asher Rutherford.« Grandpa nahm beinahe sofort ab. Ich sah auf die Uhr. Wie spät war es in New York? Zumindest hatten sie keine Uhrzeit, zu der mein Großvater einen Anruf von mir erwartete, das machte die Sorge in seiner Stimme mehr als deutlich. »Sienna? Ist etwas passiert?«

Einige Sekunden schwieg ich. Für seine Spielchen konnte er jetzt auch kurz schmoren. »Ich höre, die Produktion der neuen Linie hat noch nicht begonnen?«

»Sienna.« Grandpa klang streng. Von Erleichterung, dass ich nicht aus einer englischen Notaufnahme oder anderweitig verstört anrief, keine Spur. Was auch immer er jetzt sagte, ein Teil von mir wollte es nicht hören. »Wenn du mich auf dem Handy anrufst, gehe ich davon aus, dass es einen Notfall gibt. Für Geschäftliches rufst du im Büro an.«

»Das hier ist ein Notfall. Die Kollektion ist angekündigt, warum ist sie nicht in Produktion?«

Ein Seufzen. »Wir halten es für besser, das Erscheinen noch etwas weiter hinauszuzögern. Die aktuelle mediale Aufmerksamkeit für Rutherford Diamonds ist noch zu negativ, um *by Sienna* zu launchen, zumal dein ehemaliger Verlobter aktuell kaum lobende Worte für eure Beziehung findet. Wir sind der Meinung, dass ein Verschieben sowohl für deine Linie als auch die Marke die beste Lösung ist.«

Das Ganze war einstudiert. Mit »wir« meinte er sich selbst, Pluralis Majestatis eben. Als ob er jemandes Meinung so sehr schätzte, dass sie in die Entscheidungen eingebunden würde. Er nahm ja nicht einmal auf seine eigene Enkeltochter Rücksicht, egal, wie viele Nächte sie durchgearbeitet hatte, um alles fristgerecht vorbereitet zur Evaluation vorzulegen, egal, wie lange sie dafür gekämpft hatte, nicht nur seine Zustimmung, sondern auch die aller Investoren und Marketingabteilungen zu gewinnen. Damit ergab es einmal mehr Sinn, warum er mich hier festhielt: Hier waren meine Mittel und Möglichkeiten, etwas an seinem Entschluss zu ändern und mich notfalls auch gegen ihn durchzusetzen, begrenzt. Begrenzt im Sinne von verschwindend. Ich schluckte. »Verschieben auf wann?«

»Auf unbestimmte Zeit. Sobald du dein Semester erfolgreich abgeschlossen hast und an eine Universität in den USA wechselst, bist du wieder vor Ort und kannst mit uns am Launch der Kollektion arbeiten.«

Ein Fortsetzen des Studiums in den USA? Das war nicht abgesprochen gewesen. Wir hatten einen verdammten Deal gehabt. »Ich habe nicht vor, in den USA zu studieren. Schon gar nicht Englische Literatur. Grandpa, ich hasse Literatur. Und du hast doch gesagt, dass ich dann *by Sienna* bekomme, wenn ich hier bleibe. Ich bin hier und studiere, was willst du noch?«

»Englische Literatur ist eine Bewährungsprobe, Sienna.« War das Müdigkeit in Grandpas Stimme? War er die Diskussion leid? Mich leid? »Nichts, worin du so natürlich brillierst wie in der Schmuckindustrie, aber machbar. Ich bestätige den Produktionsauftrag, sobald ich sehe, dass du etwas, dein Studium, ernst nimmst. Sei keine Prinzessin, setz dich hin und arbeite für deine Privilegien.«

»Pretty Princess. Privilegiert, aber ohne jeden Kampfgeist. Schade eigentlich, du hättest Potenzial gehabt. Traurig nur, dass es an dich verschwendet ist.«

Mit einem Mal war es nicht mehr Grandpa, der mich Prinzessin nannte und mir im selben Augenblick sagte, dass ich ungenügend war, so wie ich war. Ein anderer Mann, ein anderes Leben, trotzdem waren die Worte an mich gerichtet. Ich wünschte nur, sie würden aufhören. Beide, der Mann in meiner Erinnerung und der am Telefon. Ich biss mir auf die Zunge, bis ich Blut schmeckte – und hörte auch dann nicht auf. Sie sollten aufhören, still sein, mich endlich in Frieden lassen! Wann war es endlich genug damit?

Was auch immer Grandpa noch sagte, noch an Bedingungen stellte, über das Rauschen in meinen Ohren hörte ich es nicht. Irgendwie schaffte ich es, das Gespräch zu beenden und aufzulegen, ehe mir das Handy noch auf dem Campus aus der Hand glitt. Wenigstens etwas Gutes hatte der immer feuchte Rasen: Er federte den Fall genug ab, dass das Smartphone heil landete.

Einige Minuten stand ich nur da. So eine Pretty Princess – nutzlos über ihren Namen und ihr Aussehen hinaus. Wenn das alles war, was sie in Sienna sahen, alles, was Sienna war, dann wollte ich nicht mehr Sienna sein.

Die beliebtesten Royals des Quartals – Das Ranking

Die Umfrage, die im vergangenen Quartal in Großbritannien durchgeführt wurde, brachte neue Ergebnisse: Die Monarchie verjüngt sich. War im letzten Jahr noch Queen Gwendolyn mit rund 79 % der Stimmen, die sie als positiv betrachten, Spitzenreiterin der königlichen Familie – gefolgt von Princess Margaret of Wales mit 73 % und King Benedict mit rund 71 % –, so hat nun gerade die jüngste Generation signifikant an Zuspruch gewonnen.
Sehen Sie hier das aktuelle Ranking:

Prince Nicolas:	81 %
Queen Gwendolyn:	79 %
Prince Conrad:	74 %
King Benedict:	72 %
Princess Margaret:	71 %
Prince Richard:	62 %
Lady Elodie:	57 %
Earl Raymond:	55 %
Count Maxwell:	11 %

Zurück in die USA konnte und wollte ich nicht. Schon gar nicht, wenn dort nur Menschen warteten, die mich nicht ernst nahmen. Aber hierzubleiben war genauso wenig eine Option, mit der ich mich anfreunden konnte, obwohl ich das musste, wenn ich *by Sienna* nicht verlieren wollte. Aber nicht einmal Menschen, mit denen ich mich anfreunden konnte, fand ich. Meine Nachbarin hatte es sich zur Mission gemacht, meine Lebensmittel zur Seite zu räumen, um ihre in meinem Fach zu platzieren. Zumindest war ich mir sicher, dass sie dahintersteckte – aktiv bezeugt hatte ich ihr Verhalten nicht. Dafür hatte ich nicht wenige Becher Joghurt entsorgt, die unbestimmte Zeit außerhalb der Kühlung verbracht hatten. Was auch immer sich Nick eingefangen hatte, als er gelernt hatte, verdorbenen Milchprodukte in Ruhe zu lassen, ich wollte es nicht auch bekommen.

Ich pflückte einen halben Bund Radieschen aus meinem Fach und legte sie auf eine der Arbeitsplatten, gefolgt von dem restlichen Grünzeug, das auf der Glasscheibe im Inneren des Kühlschranks liegen geblieben war.

»Candy!« Meine Zimmernachbarin stapfte in die Küche und verengte die Augen, kaum, dass sie die vor die Tür gesetzten Radieschen sah.

»Candy klingt nach einer Stripperin. Ich heiße Cammie«, murmelte ich und begegnete ihrem Blick. »Ich weiß nicht, wem das Gemüse gehört, aber in meinem Fach war kein zusätzlicher Platz mehr.«

»Du musst echt lernen zu teilen«, sagte sie und rümpfte die Nase. »Kein Wunder, dass du keine Freunde hast.«

»Wenn du das sagst.« Ich zuckte mit den Schultern und schloss den Kühlschrank. Wirklich viel Aussagekraft hatten Tipps nicht, wenn sie von ihr kamen. »Jetzt entschuldige mich. Manche von uns haben Sinnvolleres zu tun als Kühlschrankterror zu betreiben.«

Ich ging zurück zu meinem Zimmer, in dem meine Koffer noch immer halb ausgepackt herumstanden, und ließ meinen Laptop den Kampf gegen das WLAN verlieren, ehe ich kapitulierte und zum Campus lief. Hatte ich theoretisch nicht sowieso eine Vorlesung? In »Einführung in die Englische und Amerikanische Literaturwissenschaft; Schwerpunkt Abenteuerromane der Kolonialzeit«, so mein Stundenplan. Das erklärte, warum ich nie in der Veranstaltung aufgetaucht war. Aber sie versprach Sitzplätze und stabiles Internet, also war heute ein guter Tag, um das zu ändern. Der zusätzliche Input würde auch nicht schaden, zumindest nicht, wenn ich den Kurs bestehen wollte. Eher musste; Grandpa war dahingehend mehr als deutlich gewesen.

Der Professor, ein enthusiastisch sprechender bebrillter Mann Ende vierzig, hatte seinen Kurs bereits begonnen, als ich am Raum ankam und mich auf den erstbesten Randplatz setzte, den ich entdeckte. Er erzählte ausufernd von Schatzsuchen und fragwürdigen Figuren in den Texten. Der Student neben mir schien sehr empört über die Darstellungen Einheimischer, die der Professor vorstellte. Ich verdrehte die Augen. Was erwartete man politische Korrektheit und Sensibilität von Menschen, die wahrscheinlich noch gedacht hatten, die Erde wäre eine Scheibe, und die an die Existenz von Hexen geglaubt hatten?

Ich klappte meinen Laptop auf und begann zu tippen, kaum dass sich mein Laptop mit dem Uninetz verbunden hatte. Noch ehe ich die E-Mail aber abschickte, kam eine andere Benachrichtigung ins Postfach. Endlich gute Neuigkeiten, Zeit war es ja geworden. Ich hatte wieder Zugriff auf einige Konten und somit war ich endlich keine

Studentin mit Budget mehr, sondern ein vollständiger und unabhängiger Mensch. Vor Erleichterung traten mir Tränen in die Augen.

»Hier.« Der Typ neben mir hielt mir ein Taschentuch hin. »Es ist wirklich zum Heulen, was in diesem Roman alles passiert.«

Oder so. Seine Geste war nett und aufmerksam, also nickte ich, damit er sich nicht ganz vor den Kopf gestoßen fühlte. »Danke.« Ich tupfte mir die Tränen aus den Augenwinkeln und packte das zerknüllte Papiertaschentuch in meine Tasche auf dem Boden.

»Ihhh!« Etwas Kaltes und Nasses schob sich zwischen meine Finger. Ich ließ Henkel und Taschentuch gleichermaßen fallen und zog die Hand nach oben. Sämtliche Blicke des Hörsaals waren mit einem Mal auf mich gerichtet, Professor inklusive. Die Stille wurde beinahe ohrenbetäubend laut.

»Ihhh?« Der Professor zog eine Augenbraue nach oben.

Neben mir lief der Student rot an. Bis eben hatte er mit seinen dunkelblonden Haaren und dem blassen Teint eigentlich ganz annehmbar ausgesehen, jetzt wirkte er wie ein hilfloser Teenager. »Lucy«, murmelte er, ließ die Hand unter seinen Klappsitz gleiten, bewegte irgendetwas – und plötzlich tauchte ein Hundegesicht neben ihm auf.

Der Dalmatiner legte seinen Kopf auf den Oberschenkel meines Sitznachbarn und sah ihn aus blauen Augen treu an. Oh. Eine Hundenase auf der Suche nach Essbarem oder mit Interesse an Taschen und Taschentüchern? Das ergab Sinn. Ich lächelte, erst in Lucys Richtung, dann in die ihres Besitzers.

»Ich bin nur erschrocken«, sagte ich laut, als der Professor noch immer in meine Richtung sah. »Entschuldigung.«

Damit gab er sich zufrieden und nahm seinen Vortrag wieder auf. Lucys Besitzer presste die Lippen aufeinander und zog die Mundwinkel nach oben. Sanft strich er über das Fell seiner Hündin, dann bewegte er seine Hand in ihr Sichtfeld, ließ Gesten folgen, auf die Lucy sofort reagierte.

»Sorry.«

Ich zuckte mit den Schultern. »Ich bin nur erschrocken.«

»Sorry«, wiederholte er und bedeutete seiner Hündin, sich wieder hinzulegen. Einmal mehr verwendete er keine Worte.

Moment. Waren Dalmatiner nicht oft taub? Blauäugige Dalmatiner, irgendwas hatte ich dazu aufgeschnappt. Auch ein Student mit einem Hund, der nur über Gesten trainiert wurde … dazu hatte ich etwas gehört. Ich legte die Stirn in Falten. Sonst konnte ich mir auch jeden Unsinn merken, nur Klatsch und Tratsch vergaß ich so schnell, wie ihn sich andere ausdachten. Komisch.

Komisch! Genau, das Stichwort. Der komische Lord, der seinen Hund nonverbal erzog. In diesem Moment fand ich ihn vor allem sympathisch.

»Lucy ist süß«, sagte ich leise. »Ich hoffe, ich habe sie nicht auch erschreckt.«

Während sein Gesicht wieder eine normale Farbe angenommen hatte, blieben seine Ohren knallrot. Offenbar hatte er die auf uns gerichtete Aufmerksamkeit noch nicht ganz verwunden. »Hast du nicht. Sie hat dich nicht gehört, also kannst du so viel quietschen, wie du willst. Abgesehen davon ist sie es gewohnt, dass Menschen mehr Berührungsängste mit ihr haben als umgekehrt.«

»Sie ist taub, oder?«

Er nickte.

»Ich könnte ihr meinen Namen in Gebärdensprache buchstabieren, aber nur amerikanisch.«

Er sah mich vollends entgeistert an und blinzelte mehrmals. »Sie ist ein Hund und sicherlich clever, aber nicht hochbegabt.« Dann breitete sich ein Grinsen auf seinem Gesicht aus. »Aber das ist mit Abstand das Netteste, das jemand zu diesem Thema gesagt hat. Du bist süß – auf die beste Art! Ich bin übrigens Hugh.«

Jetzt war ich es, die die Augen aufriss. Süß. Ich. Das hatte seit mindestens dreizehn Jahren niemand mehr gesagt. Es fühlte sich ... gut an. Ausnahmsweise eckte ich nicht an, stieß niemanden vor den Kopf, war nicht so sozial inkompetent, wie ich mir neben dem Social Butterfly, der mein Ex-Verlobter gewesen war, oft vorgekommen war. »Cammie.« Der Vollständigkeit halber jagte ich meine Finger etwas ungelenk durch die paar Zeichen, die aus meiner Gebärdensprachkurs-Zeit hängen geblieben waren.

Hugh lachte leise, ehe er sich wieder auf die Vorlesung konzentrierte. Und als Lucy das nächste Mal meine Finger anstupste, hielt ich ihr die ganze Hand hin und hatte kurz darauf nicht nur eine klebrige Handfläche, sondern vielleicht auch zwei neue Freunde.

***

»Cammie, dein Handy.« Elodie tippte mir leicht gegen den Arm und nickte in Richtung meines Smartphones. Es lag neben dem Tablet auf dem Tisch im Vorlesungssaal vor mir. »Du bekommst einen Anruf.«

Das Handy war stummgestellt, also ignorierte ich es einfach. Ich sah wieder auf die Skizze, die ich gerade von unserer Dozentin anfertigte. So gut ich mit Schmuckstücken war, so wenig Talent brachte ich mit, wenn ich die Gesichtszüge eines Menschen einzufangen versuchte.

Elodie begann, auf ihrem Sitz auf und ab zu wippen, herumzurutschen und doch immer wieder zu meinem Handy zu sehen. Zwei Minuten dieses Programm und sie würde entweder abheben oder ein Spontanworkout zu verbuchen haben. Ich seufzte. »Wer ruft an?«

»Ein Bild von Darth Vader und ein Totenkopf-Emoji?«

»Mein Großvater. Kannst du den Anruf ablehnen?« Aus dem Augenwinkel sah ich sie genau das tun. »Danke.« Wirklich benannt waren die wenigsten meiner Kontakte. Nachdem ich als Teenager mein Handy immer wieder in der Schule verlegt hatte, hatte ich begonnen, Namen durch Emojis zu ersetzen. Im Zweifel nahm doch immer jemand Kontakt auf, egal, wer auf das Handy sah, und außer mir hatte niemand zu wissen, welche Details wer teilte.

»Wow.« Elodies Tonfall ließ mich nun doch wieder aufsehen und meine Aufmerksamkeit auf sie richten. Für ihre sonst so mustergültige Art, der Veranstaltung zu folgen, war sie heute erstaunlich kommunikativ. Ich hatte einen miserablen Einfluss auf sie, sie konnte mir dankbar sein. Das, oder der dritte Exkurs der Dozentin, die einem besonders strebsamen jungen Mann von ihren eigenen Forschungsreisen erzählte, langweilte nun auch sie. Wenn nicht mindestens der halbe Hörsaal fremdbeschäftigt war, wäre ich überrascht. Aber dass wir der Dozentin so egal waren wie sie uns, war eine nette Abwechslung.

Ich zuckte nur mit den Schultern.

Sie nickte in Richtung Handy. »Die Kette ist wunderschön.« Elodie tippte auf das Display und das Foto von meinem Hals, um den die Kette gelegt war, erschien wieder. »Erbstück?«

Ein Lächeln breitete sich auf meinem Gesicht aus und ich ließ meine Skizze auf der Seite liegen. »Selbst gemacht.«

»Das Foto?«

»Die Kette.«

Elodie blinzelte und sah mit offenem Mund von dem Foto zu mir und zurück – ich saugte jeden Funken davon auf. So reagierten Menschen auf meinen Schmuck. Wie konnte Grandpa das sehen und nicht nutzen wollen? Meine Linie war jung, ja, aber genauso elegant, genauso suchterzeugend, sie hatte den Rutherford-Effekt wie die die anderen Kollektionen auch. Vielleicht sogar mehr.

»Du hast sie gemacht.«

»Ja. Von der ersten Idee bis zum fertigen Schmuckstück.«

»Wie? Ich meine warum? Wie?« Sie schüttelte den Kopf. »Niemand bastelt mal eben eine Kette, die so aussieht, Cammie.«

Ich zuckte mit den Schultern. »Ich bezweifle auch, dass herkömmliche DIY-Sets verlangen, dass man jahrelange Goldschmiedeerfahrung hat.« Oder dass man die perfekten Edelsteine zur Verfügung hatte, um sie so geschliffen einzusetzen, dass sie das Stück nicht nur vervollständigten, sondern erst ausmachten.

»Damit könntest du richtig Geld verdienen, Cammie. Ich würde das sofort kaufen – von der High Society hier ganz zu schweigen.«

Wie gut ihre Bestätigung tat, konnte sie nicht ahnen. Schon gar nicht, nach Grandpas letzter Aktion. Natürlich war meine Kollektion gut, daran zweifelte ich nicht. Ich war Sienna Rutherford, ich war zwischen Edelsteinen aufgewachsen. Ich lebte und atmete Schmuck. Und doch hatte Grandpa mich verunsichert.

»Du hast echt Talent. Designer würden Outfits um solche Ketten herum bauen, nicht andersherum. Du könntest krasse Kooperationen bekommen.«

Wie freudlos mich das auflachen ließ, überraschte uns beide. Ganz sicher nicht. Keine Kooperationen mehr, mit diesem Thema war ich durch. Dafür hatte Jenson mehr als gesorgt. Designer, die sich von meinem Schmuck inspiriert fühlten, waren schön und gut. Kollektionen, die auf meinen Schmuck abgestimmt waren, waren schön und gut. Bis sie auf Kosten ihres Ursprungs vermarktet wurden. Ich hatte Jensons Show als Bühne für meinen Schmuck nutzen wollen? Nur weil es meine erste Linie war und seine dritte? Nie wieder. Niemals wieder würde ich irgendjemandem die Chance geben, mich auf dieser Schiene zu treffen. Niemals wieder würde ich jemandem vertrauen, der mir so wehtun konnte.

»Okay.« Elodie zog den ersten Vokal lang. »Ich wittere eine Geschichte.« Sie stockte. »Falls du darüber reden möchtest. Du musst nicht, ich will nicht neugierig sein.«

»Ich habe meine Erfahrungswerte, was Designer betrifft. Wenn du einen Rat willst: Date keinen Mann aus der Modebranche.«

Jetzt war es Elodie, die leise auflachte, ein belustigtes Funkeln in den Augen. »Ich glaube, meine Freundin hätte ein Problem mit einer dritten Person in der Beziehung. Aber danke für den Tipp.«

»Gefahr gebannt, würde ich sagen.« Das Lächeln, das ich ihr schenkte, fühlte sich aufrichtig an. »Und danke für das Kompliment, was die Kette betrifft.«

Elodie erwiderte mein Lächeln. »Warum trägst du sie nicht? Wenn ich so eine Kette hätte, würde ich sie nie abnehmen.«

Das hatte ich auch gedacht – auch gesagt, ständig, seit

ich sie das erste Mal angelegt hatte. Jenson hatte sie gehasst. Je näher mein Launch gerückt war, desto mehr hatte er sie gehasst.

»*Immer diese Kette, Sienna. Pretty Princess – ohne die Kette wärst du pretty worthless, meinst du nicht? Sienna, nur so viel wert wie das Vermögen an ihrem Hals. Nimmt man die Kette weg, was bleibt dann? Nichts.*«

Jensons Lachen hallte in meinen Ohren nach, ebenso wie der Ruck, mit dem er mir die feinen Glieder vom Hals gerissen hatte. Meine Finger wanderten in meinen Nacken, wo der Verschluss dem Zug nachgegeben hatte. Er war sauer gewesen, weil die Kette den Partnerlook, den er für uns ausgewählt hatte, gestört hatte, ich sie aber nicht hatte ablegen wollen. Also hatte er das für mich übernommen. Etwas unsanft, aber mehr war es nicht gewesen. Er hatte sich für die Härte seiner Reaktion entschuldigt, ich mich für meinen Starrsinn.

Die Kette hatte sich leicht reparieren lassen – Vorteil lebenslanger Übung mit Werkzeug – mein Vertrauen nicht. Weder in ihn noch in mich. Die Kette war wunderschön, aber zu ihrem und meinem Schutz nicht länger an meinem Hals.

»Es gibt noch andere Schmuckstücke«, murmelte ich. Mit dem Themenwechsel hatte ich Elodie einen Gefallen tun wollen, sodass sie sich nicht unwohl fühlte. Zu dem Preis, dass ich es nun tat. »Siehst du, was auf der Folie steht? Sie macht die Schrift mit Absicht winzig, oder?«

Elodie legte die Stirn in Falten. »Die Schrift ist riesig, Cammie.«

Oh. Na dann. »Ich muss neue Kontaktlinsen kaufen, schätze ich. Meine sind mir ausgegangen.« Ich hatte nicht erwartet, so lange zu bleiben, dass ich sie würde ersetzen müssen. Und wo in Bollington die nächste Anlaufstelle war, hatte ich heute auch noch nicht in Erfahrung gebracht. Wirklich lebensuntauglich war ich auch ohne Sehhilfe nicht – nur für Vorlesungen eben nicht optimal gerüstet.

»Hast du keine Brille?«

Ich zuckte mit den Schultern. Sicher hatte ich eine Brille. Nur bevorzugt nicht auf der Nase. Sonnenbrillen waren eine Ausnahme. »Damit sehe ich zu professionell aus.«

Normalerweise kicherten Leute albern. Bei Elodie klang es beinahe liebenswert, auf eine verdrehte Art und Weise. »Und wir können ja nicht riskieren, dass jemand denkt, du wärst eine strebsame Studentin. Das wäre fatal.«

Sie hatte es erfasst. »Fatal«, bestätigte ich – aber dagegen, dass es mir nicht mehr gänzlich fatal vorkam, half auch mein sicherer Tonfall nicht.

***

»Hey! Carly, komm her! Dich meine ich! Mit dem karierten Haarreif! Carly, komm!«

Die Stimme kannte ich doch. Und den Haarreif auch, theoretisch. Ich blieb stehen und zog eine Augenbraue nach oben, als Willow zu mir aufschloss und mich vorwurfsvoll ansah.

»Was?« Ich verschränkte die Arme vor der Brust.

»Du hast mich ersetzt!«

Den Tonfall konnte sie sich bei mir gleich ganz sparen. Wer war sie bitte, dass sie glaubte, ein Anrecht auf meine Zeit, Aufmerksamkeit oder Zuwendung zu haben? Früher hatten Jenson und Grandpa so ein Anrecht geltend gemacht, aber nun lag ein Ozean zwischen uns. Zum ersten Mal in meinem Leben gehörte mir mein Leben ganz allein. Kein Partner, der bestimmte, kein Großvater, der erzwang, was er nicht anders bekam, keine Presse, die dokumentierte. Nur ich, die jeden Tag gestaltete.

Willow tauchte in den Überlegungen nicht auf. Himmel, sie hatte es nicht einmal in meine Gedanken geschafft.

»Ich habe niemanden ersetzt.«

Sie zog einen Schmollmund. »Nach dem ersten Tag dachte ich, wir wären Freundinnen, aber jetzt, wo du die Royals hast, bin ich wohl überflüssig.«

Was auch immer sie damit meinte, es war die Nachfrage nicht wert. »Du warst sehr nett und das weiß ich zu schätzen«, sagte ich. »Aber man kann nach einem kurzen Gespräch schwer von Freundschaft sprechen. Alle anderen hier habe ich genauso zufällig getroffen wie dich.«

»Aber jetzt hängst du nur mit Lord Hugh ab und dabei warst du meine Amerikanerin!«

Ich wusste, wann ich verloren hatte. Jede höflich-abwiegelnde Antwort war vergebene Liebesmüh, mit jemandem wie Willow konnte man nicht normal sprechen. »Ich bin kein Accessoire und schon gar nicht deines. Ich bin mir sicher, wenn du lange genug suchst, findest du hier weitere US-Amerikaner, vielleicht Kanadier oder auch Australier. Aber nachdem du mehr an meiner Herkunft als an mir interessiert bist und auch meinen Namen schon nicht mehr weißt, ist das Gespräch hier beendet.«

Schwungvoll drehte ich mich weg, ließ meine Haare durch die Luft fliegen und stapfte davon. »Du wirst schon sehen, bald haben dich die Royals satt! Wetten, dass du nur gekommen bist, weil du deine Freunde in Amerika auch vergrault hast!«, hörte ich noch hinter mir, gefolgt von Kichern um mich herum. Anscheinend hatten wir jetzt auch noch Publikum. Großartig.

»Die Amerikanerin ist ziemlich hochnäsig«, hörte ich jemanden sagen. Von mir aus war ich auch das, wenn es bedeutete, dass ich meine Freunde selbst wählte oder eben nicht wählte. Ich stapfte schnell weiter und ignorierte die neugierigen Blicke. Es sollte mir egal sein, was Willow dachte oder sagte. Aber einmal mehr verurteilt zu werden, tat mehr weh, als ich zuzugeben bereit war. Sogar vor mir.

Kapitel 8

Jenson Marlowe veröffentlicht Screenshot des Chats mit Sienna Rutherford 3 Tage nach der Trennung der beiden in den sozialen Medien

Verpasster Sprachanruf
Zum Zurückrufen tippen
Sorry, der anruf warein vrsehn

Ok.

fuck
kein versehen
ich wollte Anruf en
mit dir reden
deine Stimme hören und
deun lachen
ch weiß, wir reden grade nicht mit einander
aber i-wie vermiss ich dich
Es tut mir leid, J.

»Lucy, es hängt noch ein Mensch an der Leine«, erklärte ich der tauben Hündin, die mich in einem Tempo durch den Nieselregen zog, das mehr an Sprints erinnerte als an den entspannten Morgenspaziergang, zu dem ich mich bereiterklärt hatte. Aber da ihr Besitzer nicht als Dolmetscher hier war, hatte ich nur die Möglichkeit, an meinem Ende der Leine zu ziehen, um sie auszubremsen – und nachdem ihr Ende an ihrem Halsband hing, siegten meine Skrupel und ich rannte dem Tier seit zwanzig Minuten hinterher. Es war zu früh für Sport, ganz besonders für Cardio-Einheiten. Nicht, dass die Hündin dafür Verständnis hatte. »Außerdem habe ich die falschen Schuhe an.« Die Blasen spürte ich schon kommen.

Lucy dachte nicht einmal daran, langsamer zu werden. Vielmehr war es, als hätte sie mit einem Mal neue Energie freigeschaltet, die sie an Geschwindigkeit zunehmen ließ. Ihr Schwanz peitschte hin und her und sie bellte. Meine Google-Recherche nach unserem ersten Kontakt hatte ergeben, dass auch taube Hunde normal bellten. Wieder etwas gelernt.

Schließlich gab ich auf, ihr Tempo halten zu wollen, und entriegelte ein weiteres Stück der Flex-Leine, die Hugh mir vorausschauend mitgegeben hatte. Die Hündin sprintete nach vorne, direkt auf einen Jogger zu. Ich beeilte mich, die Leine wieder zu sperren und leicht daran zu zupfen, um sie vorzuwarnen, ehe ihr Bewegungsradius eingeschränkt wurde. Beinahe beleidigt blieb sie stehen und sah mich vorwurfsvoll an.

S-O-R-R-Y, formte ich mit der freien Hand, aber Effekt hatte es keinen. Wieder zupfte ich leicht an der Leine und winkte die Hündin zu mir. Diesmal hatte sie mehr Ahnung, was ich von ihr wollte. Ihre Ohren stellten sich auf, dann wandte sie den Blick von mir ab und dem laufenden Mann zu, der näherkam. Ich nutzte den Stillstand, um zu ihr aufzuholen und sie an der kurzen Leine zu halten. Keinen Moment zu früh. Sie warf sich gegen das Band und versuchte, dem Mann kläffend näherzukommen. Warum um alles in der Welt hatte ich es für eine gute Idee gehalten, allein mit dem Tier nach draußen zu gehen?

Der Jogger, ein athletischer Mann mit dunklen Haaren und sehr grellorangen Shorts, steuerte uns an. War er von allen guten Geistern verlassen? Dass ich die Hündin kaum unter Kontrolle hatte, konnte doch nicht schwer zu erkennen sein. Besonders, als Lucy vollends durchdrehte. Noch etwas mehr Schwanzwedeln und sie würde vom Boden abheben wie ein gefleckter Helikopter.

Der Mann blieb vor Lucy stehen und ging in die Hocke, um sie zu begrüßen. Ich war schon drauf und dran, auf ihn zuzustürmen und ihn anzufahren, was er fremde Hunde, ohne zu fragen, anfasste, als ich endlich nah genug war, um seine Gesichtszüge zu erkennen. Nick? Eigentlich sollte es mich nicht überraschen. Kein anderer Kerl konnte in dieser Hose noch attraktiv aussehen.

»Dir auch einen guten Morgen, meine Liebe.« Er lachte, als Lucy ihn unmissverständlich zum Spielen aufforderte und wie ein Flummi herumsprang. »Das ist aber nicht dein Hund«, sagte er, diesmal an mich gewandt.

Ich zuckte mit den Schultern. »Hugh ist krank. Bei dem furchtbaren Wetter hier kein Wunder.«

Den Zusatz ignorierte Nick vollkommen. »Hugh ist mindestens einmal im Monat krank. Das erklärt nicht, warum du mit Lucy spazieren bist. Um«, er sah auf seine schrittzählende Uhr, »halb sieben. Ich hätte dich für eine Langschläferin gehalten.«

»Die bin ich auch«, brummte ich. Aber Hugh hatte gestern schon den halben Hörsaal zusammengehustet und nachdem ich Lucy mochte und ihn irgendwie auch, hatte ich meine Hilfe angeboten. »Er sah richtig fertig aus.«

Nick pfiff durch die Zähne und ich ertappte mich dabei, wie ich anerkennend nickte. Mit Fingern oder Zähnen zu pfeifen hatte ich immer können wollen, aber nie gemeistert. »Cammie, Cammie«, meinte er, »du wirst doch wohl nicht etwa nett zu Leuten sein wollen?«

Ich verdrehte die Augen, gab aber die emotional tiefgefrorene Studentin: »Ich wollte nicht, dass er sich im Regen den Tod holt und man mich wegen unterlassener Hilfeleistung verklagt.«

Er lachte auf. »Plausibel.«

»Du wärst überrascht. Ihr habt die seltsamsten Gesetze hier. Irgendwas von wegen York erlaubt das Erlegen freilaufender Schotten mit Pfeil und Bogen, wenn es kein Sonntag ist?« Zumindest hatte das Elodie erzählt. Offenbar studierte ihre Freundin Jura und stolperte dabei über Regelungen, die mich das gesamte Land hinterfragen ließen.

»Allerdings ist es sonntags gestattet, betrunkene oder bewaffnete Schotten zu erschießen, solange man es ohne Pfeil und Bogen tut«, fügte Nick hinzu. »Auch das nur in York und bestenfalls gar nicht.«

»Ihr gebt Schotten quasi zur Jagd frei. Mit Auflagen wie bei Tieren? Das ist absurd.«

Nick grinste. »Ich werde ein ernstes Wort mit dem König wechseln, wenn es dich beruhigt. Auch wenn ich befürchte, dass für eine Gesetzesänderung die Premierministerin die bessere Anlaufstelle wäre.«

»Ich bin mir sicher, der König hat ein offenes Ohr für einen Studenten, der sich von einer internationalen Studentin genötigt sieht, sich der Legislative anzunehmen.« Ich zog eine Augenbraue nach oben.

Diesmal brauchte er einen Moment, bis er reagierte. Er blinzelte mehrmals, dann war das gewohnte Grinsen zurück auf seinem Gesicht, als er zu mir aufsah. »Du wärst überrascht.«

»Lass mich raten: Dein unwiderstehlicher Charme erweicht sogar die gusseisernen Palasttore?«

»Genau genommen zwingt mein Vitamin B das Sicherheitspersonal, mich widerstandslos in sämtliche Gebäude spazieren zu lassen. Aber die Version, in der ich unwiderstehlich bin, gefällt mir besser, also bleiben wir bei der.« Er zwinkerte mir zu.

Jetzt war ich diejenige, die verwirrt blinzelte. »Du bist aber nicht auch irgendein Lord, oder?«

Schweigen.

»Oder ein Vicount«, schob ich hinterher. Was hatte es in der Regency-Serie Bridgerton noch gegeben? Den heißen Typen aus der ersten Staffel. Wohin es ihn verschlagen hatte, hatte ich auch nie herausgefunden. »Ein Duke?«

Eine Regung.

»Ein Duke.« Ich schüttelte den Kopf. Was überraschte es mich überhaupt noch? Diese Adeligen hatten doch irgendwo ein Nest. So viele konnte es sonst gar nicht geben.

»Künftiger Duke«, korrigierte Nick mich beinahe kleinlaut. Als wäre das Detail wichtig. Vermutlich war es das für ihn auch. Mit Titeln hatte ich wenig Erfahrung.

Künftig hin oder her, es erklärte die seltsame Formulierung mit seinem Namen. Natürlich hatte er darauf angespielt, ich müsste sonst seinen Titel verwenden. Einen Titel, von dem ich bis eben noch nichts gewusst hatte. »Wie wäre dann die korrekte Anrede?«

»Für dich? Nick.«

Duke oder nicht, dafür kassierte er ein Augenverdrehen.

»Offiziell also. Seine königliche Hoheit Prince Nicolas.« Er schnitt eine Grimasse und tätschelte Lucy den Rücken. »Alle weiteren Vornamen erspare ich dir – und mir. Manche davon kann man nicht vor hübschen Damen aussprechen, ohne sich sämtliche Chancen zu verbauen.« Warum war mir das Grübchen, das er bekam, wenn er lächelte, noch nie aufgefallen? »Kein Mann will gefriendzoned werden.«

»Die Sorge kann ich dir nehmen. Du wirst maximal ge-princezoned, Prince Nick.« Der Titel, so scherzhaft ich ihn auch verwendete, ging mir schwer über die Lippen. So sehr es auch Teil seines Namens war, so unpassend kam es mir vor. Vor allem für einen Studenten, der in neonfarbenen Laufshorts durch die Gegend joggte.

Er schnitt eine Grimasse. »Können wir wieder zu dem Teil zurückkehren, an dem wir über meinen unwidersteh-lichen Charme gesprochen haben?«

»Es ist wenig charmant daran, mit meinem Leihhund zu flirten, während ich buchstäblich im Regen stehen ge-lassen werde«, meinte ich. Wir hatten alle Themen, die wir nicht vertiefen wollten. Wenn Nicks Rolle außerhalb seines Studiums sein Thema war, würden wir es ruhen lassen. »Ich will nicht so krank werden wie Hugh.«

»Fairer Punkt.« Einmal strich er Lucy noch über das Fell, dann richtete er sich auf und animierte auch die Hündin dazu, es ihm gleichzutun. Ihre Nase klebte beina-he an seinen Beinen.

»Wehe du rennst wieder los. Dieses Tier ist ein ver-kappter Leistungssportler und ich … nicht.«

Nick hob die Hände. »Kein Joggen, versprochen.«

Gut. Ich nickte. »Es ist sowieso zu früh für Sport. Und zu nass.«

»Langsam frage ich mich, wie es dich hierher verschla-gen hat. Du magst keinen Regen, dein Wohnheim ist auch kein Grund, hier zu sein, laut Elodie interessierst du dich nicht für eure Kurse und über Adelstitel kannst du nur Witze reißen, wenn du sie überhaupt zuordnen kannst.

Also verrate mir, Cammie, warum um alles in der Welt du dir Bollington ausgesucht hast.«

Ich zuckte mit den Schultern. »Eine unschöne Trennung und ein diktatorischer Großvater, der mir nicht mehr zutraut, als in einem Kaff Literatur zu studieren.«

Schweigen, dafür geweitete Augen und betreten zusammengepresste Lippen. »Und was willst du? Wenn Literatur nicht dein Fall ist?«

Was wollte ich? Das Beste für meine Schmucklinie. Ernst genommen zu werden. Aber nicht mehr nach Hause, irgendwie. Zumindest nicht sofort. Vielleicht blieb ich noch ein zweites Semester, nicht unbedingt wegen des Studiums, aber wegen der Überschaubarkeit hier. Wenige weltbewegende Probleme, wenig Aufmerksamkeit ... irgendwie fühlte es sich langsam doch nach Retreat und Detox an. Mit Beschäftigungstherapie oder so. Aber was ich konkret wollte? »Keine Ahnung. Etwas Sinnvolles. Wirtschaft? Betriebswesen? Nächstes Semester wähle ich andere Kurse, soviel steht fest.«

»Wenn du nicht vorher exmatrikuliert wirst.« Meinen fragenden Blick deutete er richtig: Ich hatte keine Ahnung, warum man mich exmatrikulieren sollte. Außer den Studiengebühren überwies Grandpa vermutlich eine nicht geringe Summe an Spendengeldern. Niemand würde darauf verzichten wollen, oder? »Wenn du mehr als die Hälfte deiner Kurse nicht bestehst, kannst du in den ersten Semestern hier wieder gehen. Da versteht die Uni wenig Spaß – es soll den Partys vorbeugen. Man munkelt zwar, dass das auf Clarke Davidsons Konto geht, die Regelung ist aber schon mehrere Generationen alt.« Er zuckte mit den Schultern. »Nur als Warnung.«

»Danke.« Die Warnung war nicht ungerechtfertigt. Ich besuchte kaum die Hälfte meiner Kurse, schon gar nicht regelmäßig. Das würde ich ändern müssen – nicht nur wegen mir, auch wegen Grandpa. Nur ein erfolgreich beendetes Semester würde ihn dazu bringen, *by Sienna* zu launchen. »Und selbst? Was führt dich her?«

»Privatsphäre. Das und dass mein Cousin in Edinburgh studiert hat. Wir haben dieselbe Schule besucht, in unterschiedlichen Jahrgängen, aber die Lehrer haben uns trotzdem verglichen. Das wollte ich nicht noch mal.«

Erstaunlich schlüssig. »Aber Literatur studierst du nicht.«

»Glücklicherweise nicht, nein. Pharmazie.«

Oh Himmel hilf, dann doch lieber Literatur. Vielleicht war mein Studiengang nicht ganz so furchtbar, wie ich immer gedacht hatte.

***

»Cammie?« Elodie hob fragend eine Augenbraue, als ich ausnahmsweise pünktlich zu einem Kurs erschien, den ich bis heute geschwänzt hatte. Kreatives Schreiben, wenn ich mich recht erinnerte. Das, oder ein Crashkurs in Mittelenglisch, was auch immer das genau war. Englisch aus der Mitte des Landes? Dialektkunde für Einsteiger? Oder Englisch aus dem Mittelalter? Hatte man damals überhaupt Englisch gesprochen, oder war das der Französisch-Trend gewesen? »Seit wann interessierst du dich für Kreatives Schreiben?«

Ich schnitt ihr eine Grimasse. »Seit ich weiß, dass ich ihn brauche, um das Semester zu bestehen.« Darüber hinaus? Kein Bedarf. Sollten andere leere Seiten mit Nonsens und den seltenen sinnvollen Texten füllen, ich war praktischer veranlagt.

»Oje.« Sie atmete geräuschvoll aus. »Also für diesen

Kurs gibt es wöchentlich das Angebot, einen Text abzugeben, der sich mit dem Thema der Woche beschäftigt. Erst war es die Frage, ab wann Adjektive zu viele werden, dann ging es um Cliffhanger, letztes Mal waren es Metaphern und Vergleiche auf der Meta-Ebene des Texts.« Elodie nickte, um was auch immer zu bekräftigen.

Vorsichtshalber nickte ich mit. Die Themen klangen nach reiner Zeitverschwendung.

»Eines der Themen wird zur Zwischenprüfung in ein paar Wochen noch mal gefragt. Den Text musst du dann auch abgeben. Ein Drittel der Gesamtnote bekommen wir darauf, den Rest dann mit der Abschlussprüfung am Ende des Kurses. Soweit verständlich?«

»Ja, danke.« Ich seufzte. Wie viele Wochen hatte das Semester noch? Neun? Oder so. Das war beinahe absehbar, das würde ich irgendwie überleben.

»Cammie, darf ich fragen, warum du Literatur studierst, wenn du offensichtlich keine Lust darauf hast?« Elodie legte den Kopf schief.

Durfte sie. Egal, wie wenig wir außerhalb unserer Kurse miteinander zu tun hatten, langsam sah ich sie als meine erste Freundin hier. Bisher war sie nichts als hilfsbereit und aufgeschlossen gewesen. »Hier ist so wenig los, dass man es nicht merkt, aber ich bin ziemlich partyaffin.« Zumindest in der richtigen Gruppe und mit der richtigen Motivation. »Und nachdem meine Verlobung geplatzt ist, war ich meinem Großvater etwas zu wild unterwegs. Er wollte, dass ich möglichst viel Abstand zwischen mich und den Ruf seiner Firma bringe. Also hat er mich einfliegen lassen und für Englische Literatur eingeschrieben.« Ich zuckte mit den Schultern. »Wir haben einen Deal, dass ich wenigstens das erste Semester hier bleibe. Vorher kann ich leider nicht weg.«

»Du lässt hier echt eine Bombe nach der anderen hochgehen.« Sie blinzelte. »Du warst verlobt?«

»Mit einem Designer.«

Der Moment, in dem die Verknüpfung in ihrem Kopf entstand, war in ihren Augen sichtbar. »Wow. Cammie, das tut mir so leid!«

Ich zuckte mit den Schultern. Mir auch. Aber darüber nachzudenken würde eine Flut an Emotionen freilassen, mit denen ich mich nicht befassen wollte. »Ich rede nicht gern darüber.« Es reichte, wenn es alle andere taten, laut meiner Medienkorrespondentin des Vertrauens noch immer irgendwie; da musste ich es nicht auch noch tun. Meine Wahrheit wollte sowieso niemand hören – mich eingeschlossen.

»Und jetzt erpresst dich dein Großvater? Und warum Englische Literatur?«

Weil ich mich so darüber lustig gemacht hatte, wie einfach es wäre, einen vernünftigen Artikel oder Text zu schreiben. »Weil meine perfekte Mutter mit Englischer Literatur glücklich war.« Ich verdrehte die Augen. »Wahrscheinlich hofft er, dass ich hier auch ein bisschen perfekter werde, bevor ich sein Unternehmen erbe.«

»Wow.« Sie schüttelte den Kopf. »Und ich dachte, mein Leben wäre wie ein einziger schlechter Roman. Aber bei dir ist es krass. Immerhin siehst du Licht am Ende des Tunnels, was das Semester angeht.«

»Ein *schlechter* Roman?« Ich betonte das Adjektiv. »Ist alles in Ordnung? Riegel?« Ich zog zwei Proteinriegel aus der Tasche und ließ einen zurückfallen, als Elodie nur die Nase rümpfte. Dann eben nicht.

Sie zuckte mit den Schultern. »Ich mag meine Familie, wirklich. Aber die rosarote Brille habe ich trotzdem abgesetzt.«

Oh ja, sie hatte sich umfassend mit Metaphern und Vergleichen beschäftigt. »Möchtest du darüber sprechen?« Seit wann war ich ein Mensch, der das anbot? Am Ende machte dieses Studium wirklich etwas mit mir.

»Es ist manchmal schwer, sich in dem Bild, das meine Familie nach außen trägt, selbst zu finden und nicht zu verlieren. Ich bin mehr als hübsche Kleidchen und Ausritte mit meiner Großtante«, ihr Blick huschte zu mir und ich beeilte mich zu nicken, »und das ist auch in Ordnung. Jeder weiß, dass ich auch andere Interessen habe. Aber viel davon passt nicht in die Rolle, die erwartet wird. Jean, unter anderem.«

»Deine Freundin?« Den Namen hörte ich zum ersten Mal. »Die Juristin?«

»Ja.« Sie zog einen Mundwinkel nach oben, ließ ihn aber gleich wieder fallen. »Am Wochenende ist ein Familienevent. Ich hätte sie gern dabei, aber auch wenn meine Familie offen ist, ist ihnen das zu viel. Außerdem bin ich der niedliche Sidekick meiner Großtante. Mehr Identität möchte nach außen niemand sehen.«

Aber mein Leben war der schlechte Roman? Der Autor ihres Lebens hatte einen mindestens genauso grausamen Sinn für Humor. »Das tut mir leid«, sagte ich, weil ich nicht wusste, was ich sonst sagen sollte. In eine Rolle gezwungen zu werden, die zu klein war, war furchtbar. Egal, ob es die Medien, die Familie oder die ganze Welt war, die einen hineinsteckte. Ich stieß sie leicht mit dem Ellenbogen an. »Irgendwann schreiben wir die Geschichten selbst um. Ohne überflüssige Adjektive, mit wohldosierten Cliffhangern und coolen Vergleichen. Deal?«

Diesmal fiel ihr Lächeln nicht gleich in sich zusammen. »Deal.«

Kapitel 9

**Rutherford Diamonds dominiert Schmuck-Messe –
neue Kollektion nahezu ausverkauft**

Exquisit, modern und prachtvoll – die neuesten High-Je-
welry-Kollektionen führender Modehäuser versprechen
das perfekte Accessoire für jeden Look. Doch war es die
neue Kollektion, mit der Rutherford Diamonds überrascht
hat, die die Blickfänge der Saison präsentiert.
Atemberaubende Edelsteine, hochwertige Designs und
die Überraschung über die unverhofften Neuheiten sorg-
ten dafür, dass diese bereits wenige Tage nach Veröffentlichung nahezu ausverkauft sind. Während die Rutherford-
Erbin ungewohnt still und abwesend ist, zeigt sich Fami-
lienoberhaupt Asher Rutherford mit der neuen Linie stabil
wie immer. Ob die neue Entwicklung auch eine Distanzie-
rung von Sienna Rutherford und ihrer Kollektion bedeutet, bleibt abzuwarten.
Eines steht jedoch fest: Jedes der Stücke, die Rutherford
Diamonds uns präsentiert, ist es wert, gesehen und getragen zu werden. Nutzen Sie also die Chance und schlagen
Sie zu, bevor es zu spät ist!
Um Ihnen die Qual der Wahl zu erleichtern, erläutern wir
in unserer exklusiven Bildergalerie die Vorzüge eines jeden Schmuckstücks, das unsere Aufmerksamkeit erregt
hat, sowie seine individuelle Geschichte.

Mit jemandem aus der höheren Gesellschaft des Landes befreundet zu sein, hatte seine Vorzüge. Wie es aussah, hatte ich mich nur einmal bei Elodie über die Gemeinschaftsküche und den Kleinkrieg um mein Kühlschrankfach beschweren müssen, um sie zu veranlassen, mit einem ihrer Freunde zu sprechen. Natürlich kannte die Lady den Spross einer so großen Immobiliendynastie, dass sogar Besitz in diesem Kaff vorhanden war ... der zufällig noch Platz für mich bot. So schnell umzuziehen ... ich hatte nicht gewusst, dass das möglich war. Aber wenn sich die Möglichkeit bot, dem Wohnheim zu entkommen, war mir das mehr als recht.

Mit einem Mal hatte meine komplette Garderobe Platz, ich meine Privatsphäre und vor allem einen Kühlschrank für mich allein. Alles andere ... es war nicht New York oder ein Luxusleben, aber ich war zufrieden. Ich schlief besser, lebte zufriedener und auch die etwas längeren Wege zum Campus nahm ich gern in Kauf. Dass ich mein Leben plötzlich auf die Reihe bekam, hätten wahrscheinlich weder Grandpa noch Jenson gedacht.

Nein. Beide hatten nichts in meinem Kopf verloren. Weder dort noch in meinem Leben. Ich hatte mir selbstständig Möbel organisiert und mein altes Zimmer untervermietet. Das hatte ein Problem gelöst, aber nicht alle anderen. Ich musste mich trotzdem mit meinem Mittelenglischkurs, der direkt auf Kreatives Schreiben folgte, herumschlagen. Zu lernen, wie Menschen, die nicht nur tot, sondern auch mehrfach verwest waren, vor zu vielen Jahrhunderten gesprochen hatten, hätte ich mir lieber erspart. Leider widersprach das dem erfolgreichen Semesterabschluss, weshalb ich statt in meiner neuen Wohnung mit ergonomischem Arbeitsplatz in der Uni-Bibliothek mit weitaus unbequemeren Sitzgelegenheiten saß und mich mit dem aktuellen Übersetzungstext abmühte.

»Cammie?« Nick blieb neben mir stehen. »Du hier?«

Ablenkung. Endlich. Und dann auch noch ein Mensch, den ich nicht unausstehlich fand – Jackpot. Ich lächelte ihn an und klappte meinen Laptop zu. »Müsste nicht ich das fragen? Das hier ist nicht die chemische Fakultät.«

»Pharmazeutische«, korrigierte er, grinste aber.

»Das war keine Antwort.« Eigentlich wollte ich ein »Hoheit« hinterherschieben, verkniff es mir aber. Nick wollte keine Titel und Höflichkeitsformen, also würde ich mich nach seinen Wünschen richten. Auch wenn es viele ungenutzte Steilvorlagen bedeutete. Ich zog eine Augenbraue nach oben.

»Italienisch-Kurs.« Wie zum Beweis hob er ein Wörterbuch. »Meine Großeltern finanzieren einen Großteil des Studiums und meiner Partys. Ihre Bedingung war, dass ich während des Studiums jedes Semester einen Kurs wähle, der außerhalb meiner Komfortzone liegt.«

Das klang nach ziemlich coolen Großeltern. »Und da hast du dir Italienisch ausgesucht. Magst du Italien? Die Strände sollen so toll sein wie der Limoncello.«

Er verzog das Gesicht. »Ich mag überhaupt keine warmen Länder.«

»Dann ist Italienisch natürlich naheliegend.« Nick war schon seltsam. Seltsam ... und dabei erstaunlich süß.

»Für Finnisch habe ich die Anmeldefrist verpasst und die anderen Kurse waren zeitlich schwierig. Aber jetzt muss ich da einfach durch.«

Erstaunlich süß, etwas verplant, aber bereit, Verantwortung für seine Entscheidungen zu übernehmen. Und vor allem keine Tendenz dazu, in Selbstmitleid zu versinken. Ich mochte es. Und ihn.

»Und du? So strebsam habe ich dich noch nie gesehen.«

»Du hast mich generell noch nie im Inneren der Universität gesehen.«

Er neigte den Kopf hin und her. »Fairer Punkt. Wartest du auf jemanden?«

»Ich warte nur auf Ablenkung. Aber jetzt bist du ja da.« Ich zwinkerte ihm zu. »Wirklich motivierter als ich siehst du nicht aus.«

»Das werte ich als Nein. Ein paar Freunde und ich sitzen weiter hinten – da, wo die Aufsicht mit ihrem Gehstock nicht mehr hinkommt und wir ungestört snacken können. Wir hätten noch einen Platz für dich frei, falls du dich anschließen möchtest?«

Nervennahrung und keine Aufsicht? Count me in. »Musik in meinen Ohren.« Ich stopfte Tablet und Laptop in meine Tasche und stand auf.

Nick lotste mich zwischen den Regalen hindurch in einen anderen Bereich der Bibliothek, der deutlich ungestörter und zugleich belebter war. Kleingruppen saßen umgeben von kalten Kaffeegetränken und verschiedenen Kekspackungen an den Tischen und unterhielten sich mehr miteinander, als dass sie lernten. Definitiv mein Schlag Mensch.

»Hugh hat erzählt, dass du umgezogen bist?« Nick steuerte einen Tisch, an dem ich Hugh zu erkennen glaubte, dazu einen weiteren Mann und eine brünette Frau.

Ich nickte. »Wohnheime und ich sind nicht kompatibel.«

Er gluckste. Wie das bei einem Mann seiner Größe und Statur nicht albern klingen konnte, war mir ein Rätsel. Aber gut. Nick war eben ein Sonderfall. »Das habe ich in meinem ersten Semester hier auch gelernt.«

»Das klingt, als hättest du es hier schon eine Weile ausgehalten.« Ich schürzte die Lippen. »Hut ab.«

»Neuntes Semester, ein Ende ist langsam in Sicht.« Er tat, als schickte er ein Stoßgebet gen Himmel. Nachvollziehbar. Mehr als nachvollziehbar. Neun Semester, das bedeutete, dass er schon mehr als vier Jahre hier war – da konnte ich mit meinem halben Semester in den USA und meinem ersten hier nicht mithalten. Nicht, dass ich den Anspruch hatte.

Manche Menschen waren dazu gemacht, Medikamente zu mixen wie andere Cocktails, andere trugen weniger zum Überleben der Welt bei und mehr zu ihrer Ästhetik. Nicht alle von uns waren wichtig in der Gesellschaft, aber damit hatte ich mich abgefunden. Es konnte nicht nur Helden geben.

Nick und ich waren endlich nah genug an seine Freunde herangetreten, dass ich ihre Gesichter erkennen konnte. Neben Hugh saß eine brünette junge Frau, deren Haare zu einem unordentlichen Dutt gebunden waren und die in einem übergroßen Pullover beinahe versank. Der blondierte Mann auf ihrer anderen Seite kam mir bekannt vor. Von der Lederjacke im Inneren von Gebäuden hin zu den kleinen Tattoos auf den Fingern.

»Ist das Clarke Davidson?« Ich tippte Nick an, um seine Aufmerksamkeit auf mich zu lenken, und nickte in Richtung des Sängers. Die Frage war reine Formsache. Wenn ich hier am Ende der Welt auf ein bekanntes Gesicht traf, täuschte ich mich nicht. Schon gar nicht, wenn es der Typ war, der mich noch in jedem Klatschblatt mit Schlagzeilen ausgestochen hatte. Allein dafür hatte er meine Sympathie verdient.

»Der Sänger, ja. Bitte sag mir, dass du kein Groupie bist, der durchdreht.« Nick biss sich auf die Unterlippe.

Ein Schnauben entwich mir, ehe ich mich zusammenreißen konnte. »Kein Groupie. Wir kennen uns.«

»Ihr kennt euch? Das hat er nicht erwähnt.«

Ich wedelte mit der Hand in der Luft herum. »Flüchtig.
Er hat mich unter den Tisch getrunken. Mehrmals. Wir
waren in derselben Clique unterwegs, wenn er in New
York war.«

»Du bist in derselben Clique unterwegs wie Britain's
Sweetheart?«

Ich mochte keine Britin sein, aber dass das Wort Sweetheart und Clarke Davidson nicht in denselben Satz gehörten, wusste sogar ich. »Ich bin mir verhältnismäßig sicher, dass der Titel eher dir gebührt.«

Er blinzelte mehrmals, bis er schließlich einfach nickte
und mir einen der freien Stühle zurückzog. »Setz dich.«

Ich lächelte und ließ zu, dass Nick mir den Stuhl zu-
rechtrückte, als ich mich zu den anderen an den Tisch
setzte. »Danke.«

Nick winkte ab. »Hugh und Clarke kennst du«, sagte er
und lenkte mit den Namen auch die Aufmerksamkeit seiner Freunde auf uns. »Das hier ist Mary. Wir waren gemeinsam auf der Schule. Hugh kenne ich schon ewig und
Clarke ist mir im Studium zugelaufen. Oder ich ihm, je
nachdem, wen du fragst. Leute, das ist …«

Mit einem Mal stand Clarke auf und er stützte sich auf
dem Tisch vor sich auf, um sich besser in meine Richtung
beugen zu können. »Sienna?«, unterbrach er seinen
Freund und ließ den Blick über mich gleiten.

»Cammie«, beendete Nick seine Vorstellung und sah
von Clarke zu mir und wieder zurück. »Ich dachte, er
kennt dich.«

»Ich kenne sie, aber das Erkennen macht sie mir verdammt schwer. Scheiße, Sienna, was ist mit deinen Haaren passiert?«

»Es nennt sich Farbe, Clarke. Jemand, der sich blondiert, sollte das wissen.«

»No shit. Ich hab das mit Jenson mitbekommen. You okay?« Jeglicher Spaß war aus seiner Stimme gewichen und er legte den Kopf schief.

»Sienna? Jenson? Ich kann nicht der Einzige sein, dem essenzielle Informationen fehlen, oder?« Hugh richtete den Blick auf mich, beinahe eine Spur anklagend. Wir hatten zusammen Möbel ausgesucht, als der Kurs etwas verspätet begonnen hatte, aber das bedeutete nicht, dass er meine Lebensgeschichte kennen musste. Ich wusste auch nicht mehr über ihn, als dass er Hugh hieß, ein Lord war und den sympathischsten Hund überhaupt hatte.

Nick schüttelte langsam den Kopf. »Bist du nicht.«

Plötzlich lagen alle Blicke, Marys eingeschlossen, auf mir. »Cammie«, sagte ich langsam. »Sienna ist mein erster Vorname, aber ich bleibe im Moment bei Cammie. Kurz für Camille, aber ich bin kein Erkältungstee, also wüsste ich es zu schätzen, nicht wie einer genannt zu werden.«

Das entlockte der Gruppe ein Lachen.

»Jenson ist mein Ex, er war auch in der Clique in New York. Oder ist es noch, keine Ahnung.«

Marys Augen weiteten sich. »Du bist die Ex von Jenson Marlowe!«, platzte sie heraus und zückte ihr Handy. »Ihr seid durch die Medien gegangen. Ist es wahr, dass du ihn nur wegen deiner ...«

»Ist es nicht.« Clarke starrte sie an. »Sienna ist ...«

»... nicht daran interessiert, das Thema zu vertiefen.« Ich stellte meinen Laptop auf den Tisch. Lieber quälte ich mich durch meinen Übersetzungstext, als mein Privatleben mit einer Fremden zu diskutieren.

»Sienna ist quasi die amerikanische Version von Adel. Schmuckprinzessin, oder?« Mary sah zu mir und, als ich nicht reagierte, zu Hugh.

»Moment, du bist die Rutherford-Erbin?« Er legte die Stirn in Falten und unterzog mich einer Musterung. Irgendwas fügte er hinzu, aber was, bekam ich nicht mit. Jensons Stimme in meinem Kopf war lauter als er.

»Kaum mehr als ein großer Name, nicht? Wären die Menschen auch so begeistert, wenn sie wüssten, was für ein kleines Mädchen sich dahinter versteckt? Pretty Princess, aber Grandpas Fußstapfen kann ein nettes Lächeln auch nicht füllen.«

Unter dem Tisch ballten sich meine Hände zu Fäusten und ich krallte die Fingernägel in die Handinnenfläche. Wann war es endlich genug? Wann würde das Echo in meinem Kopf endlich aufhören? Wann würde *er* endlich aufhören, auch aus tausend Meilen Entfernung noch auf mich einzureden? Fast wünschte ich, ich hätte nicht nur Wasser in meiner Flasche, um Jenson irgendwie zum Schweigen zu bringen.

»Cammie«, Nick betonte meinen Namen und legte mir eine Hand auf die Schulter, »hat dasselbe Recht auf Privatsphäre, das ich auch habe und das wir alle haben.«

»Sienna, alles in Ordnung?« Clarke suchte meinen Blick und ich beeilte mich zu nicken. Natürlich war alles in Ordnung, ich war anwesend, ich lächelte, ich …

… fühlte mich in mir selbst gefangen. Ich brauchte eine Pause davon, die Rutherford-Erbin zu sein. Jenson brachte Menschen gegen mich auf, Mary offenbar zumindest zum Zweifeln an meinem Charakter, aber ich konnte das nicht an mich heranlassen. Nicht, wenn einzelne Worte schon reichten, um mich wieder zu Jensons Pretty Princess zu machen. Das hatte er Sienna angetan. Cammie dagegen war ein unbeschriebenes Blatt, Cammie kämpfte nur mit dem Studium, nicht mit sich. Oder zumindest weniger. Ich warf Nick einen Blick zu, der nicht annähernd so viel Dankbarkeit ausdrückte, wie ich ihm entgegenbrachte. Er hakte nicht nach, sondern akzeptierte einfach, dass ich ebenso wenig über mein Leben außerhalb des Campus' zu sprechen bereit war wie er.

Clarke war eine andere Geschichte. Er kannte mich, irgendwie und war dennoch noch nicht verschreckt. Außerhalb der Partys hatten wir keinen Kontakt, aber er hatte trotzdem sofort nach mir gefragt, nicht nach meinem Ex. Er hatte zumindest eine Antwort auf seine Frage verdient. Es musste ja keine ehrliche sein. »Wenn du dich meines Mittelenglischtexts annehmen würdest, wäre alles in bester Ordnung«, meinte ich. »Du produzierst Songs, du solltest damit keine Probleme haben.«

»No joke, Sie-, ich meine Cammie, wenn ich unsere Songs texten würde, wären wir längst weg vom Fenster.« Er zwinkerte mir zu. »Ich schreibe fließend Codes, keine Songs.«

Codes. Informatiker also. Der Mann steckte voller Überraschungen. »Einen Versuch war es wert.«

»Leute, wenn wir die Midterms bestehen, wird gefeiert!« Hugh nickte, um seine Aussage zu unterstreichen. »Ich übernehme die Orga.«

Mary stöhnte. »Nicht schon wieder ein Krimi-Dinner. Immer Mord und Totschlag.«

»Das sagst du nur, weil du die Mörderin warst. Ich fand es großartig, Hugh!« Clarke grinste in die Runde.

»Du warst letztes Mal auch der hotte Schönheitschirurg, auf den alle Männer und Frauen fliegen.« Nick griff sich einen Keks von der Mitte des Tischs. »Natürlich hat es dir gefallen.«

Der Sänger versuchte nicht einmal, zu widersprechen. »Was wäre dann nach deinem Geschmack, Mary? Royal Wedding als Thema fürs Krimi-Dinner, oder was? Trauzeuge mit Blumenstrauß totgeschlagen?«

Damit traf er ins Schwarze. Mary nickte schnell, Nick seufzte und Hugh schien den Vorschlag tatsächlich in Erwägung zu ziehen. »Wir könnten die Rollen verlosen und improvisieren«, sagte er langsam. »Ohne Royal, versteht sich.«

»Danke«, meldete sich der Royal zu Wort. »Mit Conrads Hochzeit habe ich schon genug Royal Wedding. Ihr wollt euch das Chaos hinter den Kulissen nicht vorstellen.« Er verdrehte die Augen. »Da ist man fast dankbar, dass man mit den Midterms Abstand von dem Trubel halten kann.«

»Wunderbar.« Hugh klatschte in die Hände und erntete entnervte Blicke von den umliegenden Tischen. »Eine Hochzeit also, ohne Mord für Mary, ohne Royal für Nick. Cammie, wir setzen dich auf die Gästeliste.«

Die britische High Society kam auf absurde Ideen. Mit den Mitgliedern der gehobenen Gesellschaft befreundet zu sein hatte interessante Nebeneffekte. Aber beklagen würde ich mich nicht. Vorerst zumindest.

Kapitel 10

Was lange währt, wird endlich gut

Es ist offiziell: Wie der Palast bestätigt, heiratet Prince Conrad seine bürgerliche Verlobte Josephine Sanderson am 18. Februar kommenden Jahres in der St Paul's Cathedral. Damit geht für die 25-Jährige der Wunsch vieler kleiner Mädchen in Erfüllung: Sie wird die künftige Königin. Denn bei ihrem royalen Beau handelt es sich um keinen Geringeren als den künftigen König Großbritanniens. Kennen lernte sie die aktuelle Nummer zwei der britischen Thronfolge während eines gemeinsamen Praktikums in Edinburgh kennen, als sie ihre Physik-Studiengänge für einige Wochen in dasselbe Unternehmen führten. Mehrfach trafen sie aufeinander, verloren sich aber stets wieder aus den Augen. Während Prince Conrad zu seinen royalen Pflichten zurückkehrte, verschlug es seine damalige Bekannte an eine der führenden Kliniken Schottlands – wo sie sich während eines offiziellen Besuchs des Prinzen erneut über den Weg liefen. Der Rest gleicht einem Märchen, wie es sonst nur Disney-Filme zeigen.

Nach nur wenigen Monaten gaben die beiden zunächst ihre Beziehung, vor einigen Wochen ihre Verlobung bekannt – nun folgt der Hochzeitstermin. Josephine, so der Prinz, habe sich immer eine Winterhochzeit gewünscht. Den Termin selbst erklärt Premierministerin Mitchell zum

nationalen Feiertag: »Wir wissen, dass die Augen des Landes und der Welt an diesem Tag auf das Paar gerichtet sein werden. Auch Prince Conrad und seiner Josephine ist es wichtig, allen, die den Tag mit ihnen feiern möchten, die Gelegenheit zu geben, das Event zu verfolgen.«
Dass es sich dabei um ein Spektakel, das nicht hinter den Hochzeiten der anderen europäischen Königshäuser zurückzustehen verspricht, handelt, zeichnet sich schon ab. Rund 55 Millionen Pfund, so schätzen unsere Experten, soll die royale Eheschließung kosten. Diese Summe wird überwiegend von Prince Conrads Familie getragen; ein Teil wird jedoch auch vom Staat beigesteuert, steht die erste Royal Wedding der neuen Generation britischer Royals doch auch für Nationalbewusstsein und den Fortbestand dessen, was in der Mentalität vieler Brit*innen als gleichbedeutend mit nationaler Identität verankert ist: Our very own Royal Family.
Besonders vor diesem Hintergrund ist es ein Zeichen für die Verjüngung und Modernisierung der königlichen Familie, dass eine bürgerliche Frau, in einer eigenen naturwissenschaftlichen Karriere verankert, diese nun bald auch offiziell ergänzen wird.

Hugh sah mich an, als wäre ich ein Alien. Nick mischte die Karten des Reservestapels brav weiter, Mary tauschte die leere Kekspackung gegen eine volle und Clarke hing am Handy. Wenn jede der wöchentlichen Lernverabredungen mit diesem Spiel endete, würden wir uns bald gegenseitig an die Kehle gehen.

»Du musst acht nehmen«, wiederholte ich und deutete

auf die Karte, die ich eben gespielt hatte. »Ich wünsche mir Grün.«

»Man darf keine Plus-Vier auf eine Plus-Vier legen!«, protestierte er. Neben Hugh nickte Mary, den Mund noch voller Keks. »Das ist gegen die Regeln!«

»Sagt derjenige, der gerade eine rote Plus-Zwei auf eine gelbe gelegt hat. Du kannst dir die Regeln nicht aussuchen, wie sie dir gerade passen!«

Nick lachte und nahm sich einen Keks, nur um sich zurückzulehnen und uns zu beobachteten, wie wir einmal mehr die Regeln ausdiskutierten. Hugh stellte sich an, soviel stand fest. Er hatte Nick und mich bei Monopoly insolvent gehen lassen und Schach war auch eine seiner Stärken, aber bei UNO setzte jedes strategische Gespür, das er hatte, aus. Natürlich frustrierte es ihn, einmal nicht zu gewinnen, aber das wertete ich als erzieherische Maßnahme.

»Das ist etwas Anderes!« Er verschränkte die Arme vor der Brust. »Nick, sag du etwas!«

»Ich kenne beides«, entgegnete er, zumindest vermutete ich das. Einen großen Cookie auf einmal in seinem Mund unterzubringen ging mit dem Verlust klarer Artikulation einher.

»Clarke?« Hughs Tonfall wurde beinahe anklagend. Wer hätte gedacht, dass ihm ein einfaches Kartenspiel so nahe gehen würde?

Ruckartig hob der den Kopf und sah von seinem Smartphone auf. »Sienna hat recht«, sagte er nur und richtete den Blick wieder auf den Bildschirm. Keine Sekunde später wandte er sich doch mir zu. »Um was geht es?«

Ich lachte auf. Mary verdrehte ebenfalls lachend die Augen und gab ihm einen Klaps mit der Cookies-Packung. Das leere Plastik knackte, als es auf Clarke aufkam. Die Packung war eindeutig nicht groß genug gewesen, um auch nur den halben Nachmittag hier zu überstehen.

Hugh ließ die Karten, die er auf der Hand hatte, sinken und verschränkte die Arme vor der Brust. Das leichte Lächeln auf seinen Lippen war unübersehbar. »Du kannst Cammie nicht per se in Schutz nehmen, Clarke!«

Dieser legte sein Handy zur Seite. »Kann ich nicht?«

»Du bist wie die entspannte Version eines großen Bruders«, teilte Mary ihm mit. So wirklich einschätzen konnte ich sie noch nicht. Sie war an Klatsch und Tratsch interessiert, mochte Kekse, ihre Freunde und ihren Studiengang, der irgendetwas mit Geschichte zu tun hatte, aber mehr Informationen hatte ich nicht. Gut, Nick kannte sie aus der gemeinsamen Schulzeit an einem Internat, dessen Namen ich wieder vergessen hatte, aber sonst? Die beiden waren auf eine Art befreundet, die ich nicht durchschaute, aber verstand – man musste nicht viele Gemeinsamkeiten haben, ob Interessen oder Charakterzüge, um in der Promi-Welt zu Verbündeten und dann zu Freunden zu werden. Dass sie das für Nick war, reichte. Ich musste sie nicht kennen. Wenn er ihr vertraute und die anderen mit ihr befreundet waren, konnte sie nicht furchtbar sein, schätzte ich. »Null bevormundend, aber wehe, jemand sieht dich falsch an.«

Clarke zuckte nur mit den Schultern. »Sienna ist eine von den Guten.«

»Das sagt er nur, weil ich oft genug seine Cocktails gezahlt habe.« Ich grinste schief. Clarke würde nicht damit aufhören, mich Sienna zu nennen. Sein Umgewöhnungsprozess war gescheitert, aber allein, dass er es versucht hatte, war nett gewesen. Generell war er nett – sogar wenn wir beide nüchtern waren.

»Fake News«, murmelte Clarke, vertiefte sich aber wieder in sein Handy, als niemand ihm groß Aufmerksamkeit schenkte. Dann sah er wieder auf. »Hugh, wenn ich mich nicht irre, musst du acht nehmen, nicht?« Er legte den Kopf schief und zwinkerte mir zu.

»Mary hat so recht.« Nick grinste. »Eure Dynamik ist wirklich wie die von Geschwistern.«

»Sagt das Einzelkind«, warf Mary ein. »Aber ich lasse mir gern recht geben.« Nun war sie es, die ihm zuzwinkerte. »Hugh, jetzt nimm deine Karten, ich will weiterspielen.« Hugh stöhnte und verdrehte die Augen. »Das sind nicht die offiziellen UNO-Regeln, möchte ich anmerken, aber von mir aus.« Grobmotorischer als es nötig gewesen wäre, nahm er sich die Karten vom Stapel, den Nick mittlerweile gemischt zurückgestellt hatte, und sah mich an. »Darf ich jetzt eine Gelbe Karte legen, wenn ich gezogen habe?«

»Nein?«

»Du stellst völlig neue Regeln auf!«

»Mit Sicherheit nicht?«

Er schnaubte, spielte aber keine Karte. Dafür verdammte mich Mary mit einer grünen Karte zum Aussetzen und Hugh fühlte sich wohl angemessen gerächt. Verlieren würde er trotzdem.

***

Die Midterms hatten es in sich. Wie Elodie es schaffte, sich entspannt in eine Prüfung nach der anderen zu setzen, zwischendurch auf Dates mit ihrer Freundin zu verschwinden und auch noch die Vorbereitung für die letzten Kurse nicht schleifen zu lassen, war mir ein Rätsel. Ich quälte mich entweder durch eine literaturhistorische Zusammenfassung – auch aus Elodies Feder –, übersetzte zunehmend kohärent aus dem Mittelenglischen, oder brachte mein Team in den USA auf Spur. Wenn Grandpa mir schon in den Rücken fiel, konnte ich wenigstens dafür sorgen, dass der Rest der Zuständigen tat, was ich wollte. Sollten sie ruhig denken, dass an einem baldigen Termin für den Launch festgehalten wurde: Entweder Grandpa brachte sie noch diesen Winter auf den Markt, oder ich würde es mit meinem Team anders realisieren – außerhalb des Familienunternehmens. Ich hatte nicht mindestens fünf Jahre damit verbracht, dekorativ am Arm diversester Vertreter von Event zu Event gereicht zu werden, ohne dort die richtigen Freundschaften aufzubauen. Meine Kollektion war mindestens so gut wie meine Kontakte – mein Großvater und Rutherford Diamonds waren immer meine erste Wahl und finanziell wie organisatorisch auch die beste, aber sie waren nicht die einzige Alternative.

»Schließen Sie die Türen«, wies unsere kauzige Prüfungsaufsicht, ein Mann mit einem Pullunder seine Kollegen an. Die schweren Holztüren fielen zu und der Mann begann, liniertes Papier herumzugeben und ... war das ein Overhead-Projektor? Dass es die Teile noch gab ... Und britische Unis lehrten noch mit Geräten, die eigentlich mit den Dinosauriern hätten aussterben sollen?

»Die Arbeitsanweisung sehen Sie an der Wand. Ihre Arbeitszeit beträgt hundertfünf Minuten, ich wünsche viel Erfolg«, sagte er, schaltete das Gerät ein und legte eine Folie auf. Verschwommene, graue Zeilen erschienen an der Wand. Beste Qualität, wie mir schien.

Meine Augen brauchten etwas, um sich an die verlaufene Schrift und das Flimmern der Buchstaben zu gewöhnen, aber irgendwann verwandelten sich die grauen Streifen in halbwegs lesbare Zeilen. Fast wünschte ich, sie wären unleserlich geblieben. Die eigentliche Herausforderung des Arbeitsauftrags bestand nicht in der Entschlüsselung desselben, sondern … fuck.

Eigentlich verdiente das College eine Klage dafür. Die Rechtsgrundlage würde ich finden oder aus dem Nichts herbeiargumentieren, aber ich würde den Professor, den Kurs, die Verantwortlichen verklagen. Eine Aufgabe wie diese im Kurs zu stellen war grenzwertig. Mehr als das. Aber in der Klausur? Wo man keine Möglichkeit hatte, zu sagen, dass die Anforderung eigene Grenzen überschritt, wo man gezwungen wurde, sich mit Dingen auseinanderzusetzen, die man nicht grundlos vermied. Autobiografisches Schreiben zählte zu psychischer Folter.

»Ich erinnere mich« – drei Worte, die Ihnen im folgenden Text eine Stütze werden und eine Sogwirkung auslösen sollen. Beschreiben Sie eine besonders nachwirkende Erinnerung, die sich nie dauerhaft verdrängen ließ, aus Ihrem eigenen Leben. Beginnen Sie jeden Ihrer Sätze mit diesen drei Worten. Eine bestimmte Textlänge ist nicht vorgegeben. Viel Erfolg!

Sicher, ich konnte etwas erfinden und niemand konnte beweisen, dass dem so war. Aber so kreativ war ich nicht. Ich konnte Schmuck aus dem Nichts erschaffen, aber keine Szenen aus meinem Leben. Dafür gab es genügend Fanfictions zu mir – aber keine von mir. Blieb nur etwas Echtes. Der Tod meiner Eltern bot sich an. Nur hatte ich nicht eine einzige Erinnerung an meine Eltern. Meistens war ich froh, dass ich zu jung gewesen war, um etwas mitbekommen zu haben. Es machte weniger traurig, weniger betroffen, weniger beeinflusst. Nur jetzt auch weniger imstande, das Thema zu wählen.

Zählte das Entsetzen, das ich beim ersten Betreten des Zimmers im Wohnheim gefühlt hatte, als nachwirkende Erinnerung? Wohl kaum. Jede Party, jedes Event war blass und langweilig. Irgendwann, als ich sie mit Champagner und Cocktails in der Hand bestritten hatte, waren sie ineinander verschwommen. Ein einziger, farbloser Fluss an Abenden und Nächten, die ... was eigentlich? Was hatte ich die letzten zwei Jahre über erlebt, das es wert war, sich daran zu erinnern? Eigentlich stach nur eine Phase heraus: die Beziehung mit Jenson.

Wieder spürte ich, wie er mir die Kette vom Hals riss, auch wenn ich keine mehr trug. Nicht einmal mehr Schals, egal, wie windig es hier war. Nichts mehr um den Hals, nie wieder. Nichts mehr, was man gegen mich verwenden konnte.

Der Moment war signifikant gewesen, hatte sich mir ins Gedächtnis eingebrannt. Ich wollte mich nicht damit auseinandersetzen. Gänsehaut breitete sich auf meinen Armen aus und die Finger, um die ich mir eben noch eine Strähne gewickelt hatten, verkrampften sich und zogen an ihr an. Ich wollte nicht.

Aber mir die Blöße geben und jetzt aufzustehen, das wollte ich auch nicht. Ich hatte kein Problem damit aufzufallen oder Position zu beziehen, aber ich hatte ein Problem damit, aufzugeben, wenn es nicht nur um mich, sondern auch um meine Kollektion ging. Sicher, ich konnte sie irgendwie auch allein durchsetzen, aber das Beste für sie ... war leider Rutherford Diamonds. Ich wollte das Beste für das, was mir am Herzen lag, um jeden Preis. Und der Preis war dieses verdammte Semester.

Ich schloss die Augen, atmete tief durch, und setzte den Stift auf das Papier.

Ich erinnere mich ...

Ich erinnere mich an das erste Mal, das ich dich gesehen habe. Ich erinnere mich an dein Lächeln, daran, wie deine Augen an meinen hängen geblieben sind, nicht an meinem Hals oder Ausschnitt. Ich erinnere mich daran, wie beeindruckt ich von dir war. Ich erinnere mich, dass du mich zum Tanzen aufgefordert hast. Ich erinnere mich an die Musik, zu laut, zu langweilig, und wie froh ich um meine Tanzkurse gewesen bin. Ich erinnere mich daran, mich wie eine Prinzessin gefühlt zu haben – und bald danach deine Prinzessin.

Ich erinnere mich an die ersten Tage, die ersten Wochen, in denen du mir jeden Wunsch von den Augen abgelesen hast; »Pretty Princess«, eingekleidet exklusiv von dir. Ich erinnere mich an den Blick in den Spiegel und die Frage, wer mehr strahlt, meine Edelsteine oder ich.

Ich erinnere mich auch an das erste harsche Wort, die Entschuldigung und die Versöhnung. Ich erinnere mich, dass ich nicht wusste, dass sich der Kreislauf wiederholen würde – und Himmel, hätte ich es gern gewusst. Ich erinnere mich, dass ich es hätte besser wissen müssen, als die harschen Worte weniger geworden sind, dass ich den Umschwung zu leiserer Kritik hätte bemerken müssen, dass ich ... ich weiß es nicht.

Ich erinnere mich, immerhin das weiß ich, dass ich es nicht sehen konnte, nicht wollte, bis es nicht mehr nur Worte waren. Ich erinnere mich an den Abend. Ich erinnere mich an das Sonnenlicht, das durch das Fenster fiel, wie es meine Kette hat glitzern lassen und dein Kleid schimmern. Ich erinnere mich daran, wie schön ich mich gefühlt habe, wie eine Prinzessin, deine Prinzessin. Ich erinnere mich, wie sicher ich mir war, dir zu gefallen.

Ich erinnere mich an dich, wie du ins Zimmer gekommen bist, erst ein Lächeln im Gesicht, den perfekten Dreitage-

bart, die Uhr, die ich dir geschenkt habe, an deinem Handgelenk. Ich erinnere mich daran, dass dein Lächeln nicht bis zu den Augen gereicht hat. Ich erinnere mich an deinen Hinweis, die Kette würde nicht zum Kleid passen, und meine Antwort, sie würde zu mir passen. Ich erinnere mich nicht an die Worte, die danach fielen, aber ich erinnere mich, wie du immer wütender geworden bist und an die Schritte auf mich zu. Ich erinnere mich, dass ich das erste Mal welche zurück machen wollte.

Ich erinnere mich daran, dass ich deine Hand habe kommen sehen. Ich erinnere mich, dass ich trotzdem überrascht gewesen bin, als du die Finger um den Anhänger gelegt und ihn abgerissen hast – Pretty Princess sollte pretty sein, schätze ich. Ich erinnere mich an den Ruck im Nacken, an den Kratzer im Gesicht, den die Uhr, mein Geschenk, auf meinem Gesicht hinterlassen hat, aber vor allem erinnere ich mich an die Leere in mir. Ich erinnere mich an nicht viel sonst, weder an unseren Streit noch an den Abend danach. Ich erinnere mich nur an die Leere und das zunehmende Gefühl, nicht richtig zu sein.

Ich erinnere mich erst wieder an einen Tanz, als ich in deinen Armen endlich gewusst habe, warum. Ich erinnere mich, wie ich mich gefragt habe, wie ich mit jemandem zusammen sein soll, der seine Kreationen über meine stellt, seine Vision über meine, sein Glück über meines. Ich erinnere mich daran, dass unsere Beziehung in dem Moment, in dem du die Kette zerrissen hast, zu Ende war, auch wenn ich es damals nicht gewusst habe – vielleicht, weil ich nicht gewusst habe, dass es nicht meine Schuld gewesen ist.

Ich erinnere mich, dass ich das Echo des Rucks nie abgeschüttelt habe, noch immer nicht. Ich erinnere mich, dass ich mit niemandem darüber gesprochen habe – wer sollte verstehen, warum eine Kette so viel Bedeutung trägt?

Ich erinnere mich ... dass ich mich nie wieder daran habe erinnern wollen, auch nicht heute. Ich erinnere mich, nein, ich werde mich daran erinnern, dass Sie mich dazu gezwungen zu haben.

Als ich den Stift wieder absetzte, musste ich mich zurücklehnen, um keine Tränen auf das Papier tropfen zu lassen. Der letzte Satz war gewagt, aber dadurch nicht minder wahr. Ich hatte nicht darüber nachdenken wollen und hatte es nun trotzdem getan. Ich fühlte mich fast so verletzt und ausgeliefert wie damals. Ich hasste jeden Augenblick davon. Das war nicht ich, das war, wozu ich gemacht worden war. Von Jenson ... und jetzt auch dem Professor hier.

Den Text las ich mir nicht einmal mehr durch, bevor ich ihn abgab. Rechtschreibfehler, Kohärenzprobleme oder Stilfragen waren vollkommen egal. Wichtig war nur, dass ich hier herauskam, bevor das ewige »Ich erinnere mich« noch dazu führte, dass ich mich an mehr erinnerte als die Ketten-Szene und mich am Ende in den Erinnerungen verlor. Das alles gehörte in einen Teil meines Lebens, mit dem ich gerade nichts zu tun haben wollte.

Als die ersten Studierenden den Hörsaal verließen, schloss ich mich gleich an, nur um direkt vor der Tür Elodie in die Arme zu laufen. Na wunderbar. Ich beeilte mich, mir über die Wangen zu wischen und meine Miene in eine entnervte zu verwandeln.

»Cammie! Was sagst du zur Prüfung? Wie ging es dir? Worüber hast du geschrieben?«

Ich wollte nicht darüber nachdenken, schon gar nicht darüber sprechen. Ich gähnte, um Müdigkeit vorzutäuschen. »Die Zeit war sportlich«, meinte ich. »Was meinst du?«

»Ging mir genauso! Bis ich endlich wusste, dass ich

über mein erstes Pferd schreiben will, war mindestens eine halbe Stunde vorbei und dann hatte ich ja immer noch nicht angefangen.« Sie schnitt eine Grimasse.

»Das glaube ich.« Ich gähnte noch mal, um die Farce zu beenden. »Ich glaube, ich brauche ein Power-Nap, bevor ich mich dem nächsten Fach widme«, murmelte ich.

Elodie nickte schnell. »Same. Eigentlich wollte ich dich fragen, ob wir noch zusammen Mittagessen gehen, aber ...«

»Das verschieben wir?« Ich nickte ebenfalls. Aber immerhin hatten wir die Prüfung überlebt. Und nach diesem Arbeitsauftrag konnte keine andere Klausur mehr so schlimm werden, dass ich sie nicht schaffen würde. Wenigstens das machte Mut in Sachen Midterms.

Kapitel 11

INSTAGRAM:

@ellebelle_giselle
OMG, ich habe meine ersten Midterms überlebt O.o Ist das
dieses Erwachsenenleben? #nailedit

> *135 Kommentare*
> **@maisie_mitchell.first_daughter.uk**
> props to you, girrrl!!
> **@real.pr1nce.charm1ng**
> Warte mal die Finals ab, Elodie ;)
>> **@ellebelle_giselle**
>> Bei allem Respekt, Nick, f*ck off 0:D Lass mich
>> stolz sein^^
>>> **@who.is.hugh.080903**
>>> Stolz und bereit für die Party :p
>>> **@ellebelle_giselle**
>>> Deal!
> **@mcknz.schndr_012345**
> Dieser Kommentar wurde verborgen, da es sich bei
> ihm um Spam handeln könnte. *Ansehen*
> **@authorjamieanderson__**
> #nailedit #waytogo #ladyelodie

@hrh.prince.conrad
Die ersten von vielen :) Herzlichen Glückwunsch,
Elodie!
@not.a.tree.but.still.a.willow
PRINCE CONRAD kommentiert Lady Elodies Post?!?!
    @wes_but.without.buttercup_0871_
    Auch Royals haben Familie, I guess?
    5 Antworten anzeigen
120 weitere Kommentare anzeigen

Braut.

Warum um alles in der Welt hatte ich mich darauf eingelassen, bei Hughs fiktivem Hochzeitsevent mitzuspielen? Ausgeloste Rollen, ein vager Ablauf, sonst nur Improvisation – was gepaart mit dem Catering, das Nicks Großeltern gestellt hatten, wie ein lustiger Abend geklungen hatte, hatte innerhalb kürzester Zeit jeden Spaß eingebüßt. Warum hatte ich ausgerechnet die Rolle der Braut gezogen?

Ich hatte einmal beinahe geheiratet und das war einmal zu viel gewesen. Das war eine Weile her und ich war dennoch nicht einmal bereit, mich zurück in die Dating-Welt zu wagen, geschweige denn mich einem Altar zu nähern. Es war egal, wie echt oder unecht er war. Aber kaum hatte ich protestieren und mich einfach von der Midterms-Party abmelden wollen, hatten mich sowohl Hugh als auch Lucy mit einem Hundeblick, nur bei einer der beiden authentisch, angesehen und meine Widerworte im Keim erstickt. Und jetzt saß Elodie mit mir in meiner Wohnung, in ein hellgrünes Brautjungfernkleid gehüllt und mit ihrem Make-up beschäftigt.

»Können wir um halb sechs los? Dann schreibe ich George, dass er uns abholen soll.« Sie sah mich durch den Spiegel an. »Das hieße, du müsstest dein Kleid anziehen, wenn wir rechtzeitig fertig sein wollen.«

Sie freute sich darauf. Ihre ersten Midterms, ihre erste Midterms-Party, ihr erstes größeres Event von Hugh, für das er den Landsitz seiner Familie in einem der vielen Shires des Landes zur Verfügung stellte. Das würde ich ihr nicht kaputtmachen, schon gar nicht, nachdem sie mich mit ihren Skripten durch die Prüfungen getragen hatte. Ich hatte genug Events überlebt, zu denen ich nicht hatte gehen wollen. Auf eines mehr oder weniger kam es nicht an. Ich nickte und verschwand in mein Schlafzimmer, um mich umzuziehen.

Weißes Kleid aus dem Internet, dunkle Haare zu Locken gedreht, zum ersten Mal seit Monaten wieder ein eigenes Schmuckstück am Körper. Haarspangen waren etwas, das Grandpa nie in sein Sortiment aufgenommen hatte – aber gerade für Anlässe wie Hochzeiten oder Bälle war Haarschmuck geeignet. Und als ich vor der Wahl gestanden hatte, etwas für die Uni zu tun oder welchen herzustellen, hatte ich lieber Letzteres getan. Ohne mich zu sehr zu loben: Er sah gut aus – ich sah gut aus. Alles passte atemberaubend zusammen. Ich war verkleidet und doch fühlte ich mich so sehr wie ich wie lange nicht.

Ich schenkte meinem Spiegelbild ein Lächeln, das ich mir beinahe selbst glaubte, und ging zurück zu Elodie. Für Make-up hatte sie dasselbe Talent wie für Literaturkurse. »Du siehst wunderschön aus.«

Es war keine Lüge oder Halbwahrheit, Elodie war wunderschön, ob zurechtgemacht oder nicht. Mit ihrem Lächeln hatte sie nach und nach sogar mich für sich gewonnen und mit ihrem Kleid und dem dezenten Lidschatten setzte sie es nur noch mehr in Szene als sonst. »Soll ich ein Foto für Jean machen?«

Elodies Lächeln wurde noch eine Spur breiter und erreichte ihre Augen. »Das wäre nett!«

Das war nicht nett, sondern selbstverständlich. Ihre Beziehung war gesund und gesunde Beziehungen sollte man immer unterstützen. Ich machte gleich ein Dutzend Bilder. Irgendeines würde schon ihren Geschmack treffen.

»Ich schicke sie dir.«

»Danke.« Elodie räumte ihren Platz vor dem Spiegel, den wir auf meinem Schreibtisch aufgebaut hatten. Inmitten der Mitschriften, Technik und provisorischen Arbeitsordnern wirkte er vollkommen deplatziert. Fast wie ich in dem weißen Kleid. Mit etwas Fantasie würde es schon als Brautkleid durchgehen, zumindest für eine standesamtliche Trauung. Dort waren lange Roben nicht mehr unbedingt nötig – nicht, dass ich mich in ein langes, weißes Kleid gequält hätte.

Jenson hatte ein Kleid entworfen, ich hatte es mehrfach anprobiert – es war wunderschön gewesen. Ein wenig Glitzer hier und da, sonst eher schlicht, modern und perfekt auf mich zugeschnitten. Ich würde es niemals tragen. Der Gedanke war erstaunlich beruhigend.

Das Kleid heute war kürzer, kaum länger als knielang, voller Spitze und das Gegenteil dessen, was ich getragen hätte, hätte ich wirklich geheiratet. Hätte ich das durchgezogen, wäre ich jetzt eine verheiratete Frau. Allein der Gedanke kam mir mittlerweile absurd vor.

»Links von dir im Schrank ist ein Einsatz für Schmuck. Du kannst dich bedienen.« Ich begann, das gewohnte Make-up für formelle Veranstaltungen aufzutragen.

»Das ist ein Aktenschrank.« Elodie sammelte ihre Schuhe ein.

113

»Falsch. Das sieht aus wie ein Aktenschrank. Die linke Tür habe ich entriegelt.«

Kaum öffnete sie die Tür, stockte Elodies Atem. »Cammie? Das ist wie in ›Plötzlich Prinzessin 2‹.«

Ich steckte den Deckel wieder auf den Lippenstift und drehte mich zu ihr. »Nur ohne die Tiaras.«

»Die hast du nicht alle selbst designt.«

Sie hatte keine Frage gestellt, dennoch nickte ich bekräftigend. »Die Designer im Haus.«

»Rutherford Diamonds.«

Wieder keine Frage, wieder nickte ich. Elodie begann, die Schmuckstücke zu begutachten, das eine oder andere an ihr Kleid zu halten, um die Kombination zu prüfen. Ich wusste, welche Kette sie auswählen würde, ehe sie es tat. Aber ich sagte nichts. Wenn ich gelegentlich in Grandpas Hauptquartier mit integrierter Schmuckboutique eingesprungen war, hatte ich auch die Anordnung der Stücke geändert oder eine zusammengestellte Auswahl empfohlen. Besser, die Leute kamen von allein zum richtigen Schluss als durch eine Anweisung. Niemand ließ sich gern vorschreiben, was zu tragen oder zu kaufen war. Eine gute Verkäuferin beriet und lenkte vielleicht, aber sie entschied nicht ungefragt.

»Elodie?«, sagte ich, als sie endlich die Kette erst an ihr Kleid und dann an ihren Hals gehalten hatte. Sie liebte sie, das war nicht zu übersehen.

»Ja?« Als hätte ich sie bei einer geheimen Schwärmerei ertappt, ließ sie das Schmuckstück sinken.

»Die Kette ist perfekt für dich, besonders in diesem Kleid. Leg sie an.«

Beinahe augenblicklich zog sie den Kopf ein. »Ich will sie nicht verlieren«, murmelte sie schließlich.

Wenn es weiter nichts war. Für jemanden, der nicht

zwischen Schmuckstücken aufgewachsen war, der sie nicht immer als Arbeitsgrundlage gesehen hatte, war eine Kette wie diese wertvoll. Für mich war sie zugleich auch austauschbar und ersetzlich. »Sie gehört dir.«

»Cammie, das kann ich ni-«

»Kannst du. Wirst du. Ich habe sie nie getragen, dir steht sie, mir fehlt sie nicht.« Und mit Ketten hatte ich ohnehin abgeschlossen. »Allerdings wüsste ich es zu schätzen, wenn du kein Wort darüber verlieren würdest, dass ich Schmuck verschenke.« Ich zwinkerte ihr zu. Dass ich es ernst meinte, würde sie trotzdem verstehen.

Elodie füllte die nächsten Minuten mit Dankesbekundungen, aufgeregten Last-Minute-Vorbereitungen und dem rapiden Essen meiner Notfallschokolade. George, ein schmächtiger angehender Jurist, der passend den Standesbeamten mimen sollte, holte uns schließlich ab und fuhr uns zu den anderen.

Hughs Zuhause oder der Landsitz seiner Familie war schwer zu übersehen und es lag nicht an der exzessiven Lichterkettendeko, die irgendwelche Angestellten schon an der Auffahrt angebracht hatten. Das Anwesen war riesig und lag an einem See mit direktem Zugang zum Wasser. Das verträumte Gebäude stand inmitten einer malerischen Landschaft. Im See hatten sie sogar eine kleine Yacht. Der gepflegte Rasen reichte, so weit ich sehen konnte.

»Cammie?« George öffnete die Tür zum Rücksitz, wo mich Elodie mit dem Argument schrecklicher Reiseübelkeit geparkt hatte, und bot mir den Arm zum Aussteigen an. Je mehr Zeit ich mit dem Freundeskreis, der sich sowohl um Nick als auch um Elodie und Hugh scharte, verbrachte, desto mehr wurde mein Glaube in das Gute in Männern wiederhergestellt. Galanterie war noch nicht ausgestorben, das machten sie mehr als deutlich. Clarke ... war eine Kategorie für sich.

»Danke.« Ich drückte ihm den Champagner, den ich für den Gastgeber mitgebracht hatte, in die ausgestreckte Hand und stieg allein aus. Höflichkeit in allen Ehren, ich konnte das allein. »Weißt du zufällig, wer heute welche Rolle gezogen hat?«

In der Theorie wussten wir nur unsere eigenen Rollen. Praktisch hatte ich Elodies Funktion für den Abend mitbekommen und auch George war kein Geheimnis geblieben, als er sich seinen Mangel an Talent als Trauredner eingestanden und die Lady um Hilfe gebeten hatte. Sonst wusste ich nichts – nicht einmal, mit wem ich vor einen fiktiven Traualtar treten sollte.

George schüttelte den Kopf. »Hugh hat den exzentrischen Onkel abbekommen, das ist aber alles, was ich weiß. Sonst ... wer kommt überhaupt noch?« Er sah zu Elodie. »Jean?«

»Krank«, antwortete sie. »Zum Glück nicht ansteckend, aber trotzdem.« Sie suchte meinen Blick und ich gab ihr die mitfühlende Miene, die sie heute mehrfach gebraucht hatte. Ich verstand ja, das sie ihre Freundin gern dabei gehabt hätte, aber wenn das Mädel Krämpfe aus der Hölle hatte, waren ein Sofa und eine Wärmflasche einfach attraktiver als eine abenteuerliche Party. Wenn die Sehnsucht zu groß wurde, konnte Elodie immer noch ein Taxi nehmen, Jean war nicht aus der Welt.

George hörte ihr kaum noch zu. Er hatte schon was anderes entdeckt. »Wow. Ist das ...?« George blinzelte mehrfach, dann brach er in schallendes Gelächter aus und steckte sowohl Elodie als auch mich damit an. Er hatte ein nettes Lachen, ohne wirklichen Spott, aber mit viel Belustigung. Mich überraschte es nicht, dass Clarke sich traute, in einem Kostüm, das er irgendeiner Rentnerin abgenommen haben musste, aufzulaufen. Niemand würde sich ernsthaft über ihn lustig machen. Für einen Verzicht auf harmlosere Scherze konnte ich dagegen nicht garantieren.

Clarke hatte uns entdeckt und stapfte in Sandalen mit Absatz auf uns zu, in denen er erstaunlich gut laufen konnte. Er hatte sogar zartgelb lackierte Zehennägel, passend zu seinem Kostüm. Nur das Tribal-Tattoo, dunkelblau auf seinem Unterschenkel, wollte nicht recht dazu passen. »Ich bin die Großmutter der Braut.« Sein Blick blieb an mir hängen. »Das wärst dann du?«

Ich nickte ergeben. Begeisterung war anders, aber mit Elodie und Clarke an meiner Seite würde der Abend vielleicht erträglich werden?

Was machte ich mir vor? Ich würde jeden Augenblick der falschen Trauung hassen.

»Sehr gut. Deinen Göttergatten in spe habe ich auch schon getroffen.« Er hakte sich bei mir unter. Für jemanden, der gerade so kompetent in den Sandalen gelaufen war, stützte er sich sehr auf mich. »Einer von den Guten, bevor du fragst. Kennst du Bertie?«

Ich schüttelte den Kopf.

»Kurz für Norbert. Hat sein Studium geschmissen und ist zur Polizei gegangen, feiert aber trotzdem immer mit. Seine Zimmerpflanzen sind nach Disney-Prinzessinnen benannt. Du wirst ihn mögen.«

»Dich mag ich auch, deshalb würde ich dich aber nicht gleich heiraten. No offense.«

Er winkte ab und führte mich auf das Herrenhaus zu. »Das lässt sich alles annullieren. Oder du brennst mit dem Trauzeugen durch.«

Ich rümpfte die Nase. Das klang nach zu viel Aufwand. Wir betraten das Anwesen, das im Inneren erstaunlich modern und zugleich gemütlich eingerichtet war, und liefen durch das Foyer in einen kleinen Speisesaal, der bereits mit Stehempfang, Wein, Champagner und Häppchen ausgestattet war.

»Erschreckend viel Alkohol für erschreckend viele Teenager«, meinte ich, um mich von der Kulisse abzulenken.

Clarke schmunzelte. »Alkohol gibt es hier ab achtzehn. Sogar du darfst völlig legal trinken, Sienna.«

Nick trat zu uns, ein Lächeln auf den Lippen, ein Grübchen auf der Wange und eine Champagnerflöte in der Hand. Clarkes und mein Gespräch war mit einem Mal vergessen. »Braut?« Er nickte mir zu. »Cammie, du siehst atemberaubend aus. Josephine kann mit ihrer Royal Wedding einstecken.«

Clarke verschluckte sich an ... was auch immer, hustete und schlug sich schließlich mit der Faust auf den Brustkorb. Er fädelte sich aus meinem Klammergriff und stakste ein paar Schritte davon, um sich in Ruhe auszuhusten. Übrig blieben Nick und ich.

»Es ist nur ein weißes Kleid, Nick.« Ich zwang meine Gesichtsmuskeln in eine nichtssagend-freundliche Miene. »Und du musst gerade reden. Du siehst großartig aus.«

Der Teil war nicht einmal reine Höflichkeit. In einer hellgrauen Anzughose mit dezenten Karos, einem hellblauen Hemd und einer passenden Weste sah Nick großartig aus. Er konnte offiziell alles tragen und dabei attraktiv aussehen. Mehr als das. Die hochgekrempelten Ärmel gaben den Blick auf definierte Unterarme frei und ließen nur vermuten, was der restliche Stoff verbarg. Aber nichts davon war so anziehend wie sein Lächeln gepaart mit dem Funkeln in den Augen und ... gut, dass seine Haare genau richtig fielen, war auch ein Faktor. Wirklich großartig sah er für mich nur aus, weil ich wusste, wie gut der Mensch unter all der Optik war.

Gut und bescheiden. Er winkte nur ab. »Nicht das weiße Kleid, obwohl das auch hübsch ist. Du.«

Das Kompliment lieferte er ab, ohne auch nur rot zu werden. Respekt. Ich lächelte und neigte den Kopf. »Zu freundlich, aber vielen Dank.«

Wieder winkte er ab. »Mein Job heute ist es, nett zu Braut und Bräutigam zu sein. Meine Rolle ist Berties Trauzeuge. Hast du ihn schon kennengelernt?«

Ich schüttelte den Kopf. »Kein Bedarf.«

»Ehe auf den ersten Blick also. Klingt wie ein Reality-TV-Format, meinst du nicht?«

Mein Nicken war fast schon mechanisch.

Nick hielt eine vorbeilaufende junge Frau, die wohl auch zum Freundeskreis gehörte, an und winkte sie zu uns. »Was denkst du. Schleier oder kein Schleier?« Er suchte meinen Blick. »Josephine streitet seit Wochen mit meiner Tante, was das Thema betrifft. Jede gute Hochzeit braucht polarisierende Fragen«, informierte er mich und zog sich einen Fetzen Tüll aus dem Ärmel. Hatte er ernsthaft einen Schleier dabei? Wie es aussah, nahm er seine Rolle als Berties Trauzeuge mehr als ernst. Irgendwie charmant.

»Oh, definitiv ein Schleier«, mischte sich Clarke ein, die Stimme hoch und verstellt. Seinen Hustenanfall hatte er offenbar überlebt. »Wenn sie schon so wagemutig ihre Füße zeigt, muss wenigstens ihr Haar bedeckt sein.«

Bevor ich überhaupt reagieren konnte, war eine Debatte über die Notwendigkeit von Schleiern und Hauben für Hochzeiten entbrannt, zu der alle Anwesenden Meinungen hatten. Dass ausgerechnet dieses Thema so viele starke Überzeugungen zutage förderte, hatte ich nicht erwartet.

Je länger die Unterhaltung ging und je hitziger sie wurde, desto mehr rückte ich in den Hintergrund. Niemand
fragte mich, was ich eigentlich wollte, niemand interessierte sich für die Vorstellungen der Braut, die die Pläne
aller anderen letztlich ausbaden und realisieren musste.
Warum machte es mir noch etwas aus? Hochzeiten funktionierten wohl so und selbst wenn nicht, das alles hier
war nicht echt. Was machte es schon für einen Unterschied, ob man mir Tüll ins Haar hängte oder nicht? Als
sich immer mehr Menschen – wie groß die Gesellschaft
war, hatte ich auch nicht kommen sehen – in die Debatte
einmischten, zog ich mich an den Rand des Raums zurück. Jenson und ich hatten solche Gespräche auch geführt, selten zu zweit, meist mit der Hochzeitsplanerin
und einem Team helfender Hände, die den Tag organisiert hatten.

*»Nein, keine Spitze.« Jenson zog den Schleier aus meinen
Haaren und ich pflasterte mir weiter ein Lächeln ins Gesicht, auch, als er mit den Haarnadeln meine Haare heraus-
riss. »Die Princess soll pretty sein ...« Beinahe manisch murmelte er Halbsätze vor sich hin, steckte einen Stoff in meine
Haare, ersetzte ihn durch einen anderen, ließ seine Angestellten Vorschläge machen und verwarf doch alle Ansätze.
Meine Kopfhaut protestierte, meine Augen brannten und als
Jenson mir vorwarf, nicht mit dem Bild in seinem Kopf mithalten zu können ...*

Ich blinzelte, um die Tränen zurückzudrängen. Er sollte
still sein. Ich wollte nichts mehr hören, nicht ihn und
nicht die Leute hier. Wann war es endlich genug?

Jensons Stimme klang in meinem Kopf nach, bis sie
schließlich die Leute um mich herum übertönte. Die Ohren konnte ich mir nicht zuhalten – und es war nur in
meinem Kopf, sagte ich mir, wieder und wieder. Jenson

war nicht da. Ich musste niemanden heiraten. Es war alles in Ordnung.

Warum spielte ich also an meinen Haaren herum? Warum griff ich immer wieder in den Rock meines Kleids, um die Struktur der Spitze zwischen den Fingern zu spüren und sie beschäftigt zu halten? Warum hatte ich auf einmal ein Glas Wein in der Hand? Und warum war es leer, noch ehe die selbsternannten Modeexperten zu einem Ergebnis gekommen waren?

Kapitel 12

15 Stars und Sternchen, die mit Sucht gekämpft haben – oder den Kampf noch austragen

Wenngleich populär und gemeinhin nicht als Droge verteufelt ist Alkohol ein Genussmittel, das für Viele den Einstieg in eine Abhängigkeit bedeutet. Die komplexe Erkrankung, die über einen schlichten »Hang zur Flasche« oder »Social Drinking« hinausgeht, ist, obwohl kein seltenes Phänomen, oft weitgehend unerkannt und stigmatisiert. So ist uns, bevor im Zuge der Sichtbarmachung und als Beitrag zur Salonfähigkeit des Themas eine Kurzvorstellung bekannter Persönlichkeiten, deren Biografie die Erkrankung miteinschließt, folgt, Folgendes ein Anliegen: Hier stellen wir Ihnen eine Methode zur Reflexion eigenen und fremden Konsumverhaltens, die nicht nur, aber auch, auf Alkoholgenuss angewendet werden kann, vor, den sogenannten CAGE-Test. Dabei werden die Begriffe »cut down«, »annoyed«, »guilty« und »eye-opener« als Ansatz genommen, eine Sucht zu determinieren. Stellen Sie sich mit uns also folgende Fragen:

1. Haben Sie oder die beobachtete Person je überlegt, den Konsum zu reduzieren?
2. Wurden Sie oder die beobachtete Person jemals auf ihren Konsum angesprochen oder dafür kritisiert und haben daraufhin Ärger empfunden?

3. Fühlen Sie oder die beobachtete Person sich aufgrund des Konsums schuldig oder haben dies in der Vergangenheit so empfunden?
4. War morgendlicher Konsum für Sie oder die beobachtete Person je ein Mittel zur nervlichen Stabilisation oder das Entgegenwirken potenzieller Entzugserscheinungen?

Sofern Sie mindestens zwei der Fragen bejahen oder mit einer dahingehenden Tendenz beantworten können, zögern Sie nicht, das Gespräch mit einer vertrauten Person oder einer professionellen Anlaufstelle Ihrer Wahl zu suchen. Angebote und Kontaktdaten finden Sie am Ende des Beitrags.

Nun aber zu 15 Stars und Sternchen aus unserer Zeit und der jüngsten Vergangenheit, die nicht nur diese Einschätzungsfragen, sondern auch die konkrete Frage nach einer vorliegenden Suchterkrankung mit »Ja« beantworten konnten – oder deren Verhalten diesen Schluss nahelegt.

Nummer 1: Sienna Rutherford …

Um diesen Artikel freizuschalten, melden Sie sich bitte mit Ihren Benutzerdaten an oder schließen Sie die Registrierung in drei einfachen Schritten ab. Starten Sie jetzt in unsere 7-tägige kostenlose Probezeit!

»Wichtige Frage, Cammie.« Eine halbe Stunde später hatte Nick mich in dem Nebenraum, in den ich mich schließlich zurückgezogen hatte, ausfindig gemacht. Er hatte eine ernste Miene aufgesetzt, während er zwei Plastikblumensträuße in den Händen hielt. Das brachte mich tatsächlich zum Lachen. Komisch. Dass ich Gesellschaft gerade mehr schätzte, als ablehnte, hatte ich nicht erwartet. »Pink oder gelb?«

Die Bouquets waren für Plastikblumen ausladend und mit vielen Blättern als Beiwerk ausgestattet. Völlig billig konnten sie nicht gewesen sein, dennoch hatte man aus irgendwelchen Gründen zwei Sträuße angeschafft. Leider bissen sich beide mit den Blumentapeten in ... was auch immer der Zweck dieses Zimmers war. Fast war es, als käme es mit den antiquierten Sofas direkt aus einer Bridgerton-Folge. Blumen über Blumen hier.

»Pink natürlich!« Ich ließ mir meinen Brautstrauß geben und tat, als würde ich an den Blumen riechen. Der Duft nach Massenproduktion und Chemikalien stieg mir in die Nase, ließ mich beinahe niesen, in jedem Fall aber weiterlachen. Wenn ich den Brautstrauß später warf, zählte das Ding dann schon als Waffe? Probehalber warf ich es einmal in die Luft und fing es wieder. Notfalls mussten die Leute eben in Deckung gehen.

»Pass auf, dass sich nichts in deinem Schleier verhakt.« Nicks Rat kam mit ebenso geschäftiger Miene wie die Wahl der Blumen, seine Stimme dagegen war voll unterdrücktem Lachen. »Jetzt, wo man sich so große Mühe gegeben hat, sich zu dem Vorhang durchzuringen. Siehst du überhaupt noch etwas?«

Sie hatten einen zweilagigen Schleier unter meiner Haarspange am Hinterkopf befestigt und mir eine der Schichten über das Gesicht gehängt. Großtante Clarke hatte sich entzückt gegeben, ich eher weniger. Mit dem Stoff vor dem Mund trank es sich erschwert. Aber sehen konnte ich. Immerhin. »Ja, ich sehe alles außer dem Sinn der Aktion.« Ich zupfte am Saum des Schleiers.

»Historisch betrachtet ist ein Schleier vor dem Gesicht ein Zeichen für die Tugend der Braut.«

»Tugend im Sinne von charakterlichen Qualitäten? Ich fürchte, da erfülle ich die Anforderungen nicht.« Zumindest waren alle Männer in meinem unmittelbaren Leben zu diesem Schluss gekommen. Sonst wäre ich kaum weggeschickt worden oder das Mädchen, das nur beinahe geheiratet hatte.

»Tugend im Sinne von Unschuld.« Nick seufzte und verdrehte die Augen. »Jungfräulichkeit«, fügte er hinzu, als ich nicht sofort verstand.

Ach so. Das hätte er auch gleich so sagen können. Ich klappte den Schleier zurück, sodass ich endlich wieder atmen konnte, ohne eine Lage Stoff zu inhalieren. »Der Zug ist abgefahren. Oder eingefahren, wie man es nimmt.« Ich lachte, unterbrochen von Schluckauf, und griff mir eine Champagnerflöte.

»Der Witz«, mein Gegenüber atmete geräuschvoll ein und aus, »war miserabel.« Und doch kämpfte auch er gegen ein Lachen an. »Cammie, wie viele von denen hast du intus?«

Champagner? Zwei ... glaubte ich. Egal, ich war funktionsfähig. Ich zuckte mit den Schultern. »Nicht genug.«

Schlagartig verschwand jeglicher Humor aus Nicks Gesicht. »Cammie?«

Er klang so erschrocken, so ehrlich besorgt, dass auch ich viel zu schnell ausnüchterte und die angenehm benebelnde Wirkung nachließ. Die Überemotionalität dagegen nicht. Tränen traten mir in die Augen.

»Cammie«, wiederholte Nick, diesmal drängender. Er streckte die Hände nach mir aus, ließ sie jedoch wieder sinken, als ich einen Schritt zurückmachte und den Blumenstrauß zwischen uns brachte. »Soll ich Elodie holen?«

Heftig schüttelte ich den Kopf und steckte den Schleier, der sich halb aus meiner Frisur löste, wieder fest. »Ich hasse Hochzeiten«, murmelte ich und begegnete seinem Blick. Er sah fürchterlich erschrocken aus, also nutzte ich den Moment, in dem er sich umsah, vielleicht nach Elodie, um meine Miene in eine so glaubhaft amüsiert-entnervte zu zwingen, dass Nick verwirrt blinzelte, als seine Aufmerksamkeit wieder auf mir lag. »Besonders meine eigene«, fügte ich betont peppig hinzu und zog einen Mundwinkel noch weiter nach oben.

»Das merke ich.« So trocken und sarkastisch kannte ich ihn nicht. Plötzlich stockte er, dann schlug er sich die Hand vors Gesicht. »Du warst verlobt. Wie konnte ich das nur vergessen?«

»Das war ich.«

»Du warst verlobt und wir verheiraten dich hier, Spaß hin oder her.«

Ich zuckte mit den Schultern. Wäre es nach mir gegangen, hätte eine normale Party gereicht. Hätten sie mich gefragt, hätte ich auch ein Krimi-Dinner mit gestelltem Todesfall lieber gehabt als diesen Zirkus hier, aber mich hatte man eben nicht gefragt. Ebenso wenig wie mit dem Schleier, der Musik und dem ganzen Event, das sich zum Teil darum drehte, mich an den Mann zu bringen, kaum dass ich einem anderen entkommen war. »Bernie kann nicht schlimmer sein als Jenson«, meinte ich und tätschelte Nick den Arm.

»Bertie«, korrigierte er. »Aber was man so liest, ist es nicht schwer, weniger schlimm als dein Ex zu sein.«

»Du hast über Jenson gelesen?«

Nick zog den Kopf etwas ein. »Ich habe euch gegoogelt.«

Euch. Uns. Plural. Jenson und mich. Ich zog eine Augenbraue nach oben und sah mich nach einem Glas Wein um. Ohne Schleier im Gesicht konnte ich wenigstens anständige Getränke wählen. Und auf einer Party nach den Prüfungen war es kaum auffällig, wenn die Braut etwas tiefer ins Glas schaute. »Irgendwelche neuen Erkenntnisse? Habe ich Jenson mittlerweile nicht nur benutzt, sondern auch betrogen? Um ein Vermögen erleichtert? Emotional gefoltert?« Wer wusste schon, was diesmal in den Medien zu finden war? Obwohl ich die Sozialen Medien noch immer mied, wusste ich, dass sich irgendwelche Gerüchte finden würden. Egal ob Presse oder der Designer selbst, im Zweifel erfanden sie denselben Mist. Jenson, das hatte ich gelernt, war alles zuzutrauen.

Einen Moment lang schwieg der junge Mann. Irgendwann räusperte Nick sich. »Er sagt furchtbare Dinge über dich.«

Ich zuckte mit den Schultern. »Gut möglich.«

»Du wehrst dich nicht.«

»Nein.« Ich lachte freudlos auf, unfähig, es als Schluckauf oder Husten zu tarnen. »Nein. Mich hat man lieber außer Landes gebracht. Ich wehre mich nicht, das hat sowieso keinen Sinn.« Ein Sündenbock, der sich nicht wehrte, war dafür immer gut – ein Sündenbock, der sich nicht mehr traute, sich zu wehren, war noch besser.

»Wir hätten das Motto ändern sollen«, murmelte Nick, bevor er es schaffte, meinem Blick zu begegnen. »Cammie ... es tut mir unfassbar leid, dass ich von deiner Verlobung wusste und das Problem nicht gesehen habe.«

Bis jetzt. Die Vorwürfe, die er sich machte, standen ihm ins Gesicht geschrieben. Ich beeilte mich, meine Mimik unter Kontrolle zu bringen. Es reichte, wenn mein Abend eine Katastrophe war. Ich wollte nicht daran schuld sein, dass er sich auch für Nick in ein Gefühlschaos verwandelte. »Es ist okay«, log ich, leider aber so offensichtlich, dass Nick einige Sekunden brauchte, um sich zu einer Reaktion durchzuringen. Ich zuckte nur wieder mit den Schultern. Was sollte ich schon sagen? Dass ich bewusst nicht mehr las, was über mich verbreitet wurde? Dass man in den Medien aufwachsen und trotzdem jedes Mal von Schlagzeilen verletzt sein konnte?

Schließlich straffte Nick die Schultern. Er steckte seinen Plastikstrauß zu einem deutlich lebendigeren Bouquet in eine Vase und bot mir seinen Arm an.

Ich hakte mich unter und Nicks Blick schnellte zu mir. »George meinte vorhin, du seist etwas ablehnend Gentlemen gegenüber.«

»George ist Jurist. Das und Gentleman schließt sich quasi aus. Du bist Apotheker.«

»Pharmaziestudent, vielen Dank.« Er grinste mich an. »Aber ich weiß es zu schätzen, dass du nicht zuerst Prinz gesagt hast.«

»Ist nicht der Sinn des Oakfield Colleges, dass Stammbäume keine Rolle spielen? Oder Titel, in deinem Fall? Egal, wie oft ich ›Prince Nick oberkörperfrei‹ bei Google eingebe.«

Das Häppchen, das er sich endlich doch in den Mund geschoben hatte, spuckte er beinahe wieder aus, als er losprustete. »Cammie, du hättest nur fragen brauchen«, brachte er hervor.

Danke, kein Bedarf. Ich war wirklich keine Unschuld vom Lande, aber Männern wollte ich erstmal meiden. Prinzen eingeschlossen, egal wie gutaussehend und charmant. »Fragen, bitten, betteln ... das hat nie einen Unterschied gemacht.« Die Worte waren heraus, bevor ich mich zusammenreißen konnte. »Aber gut zu wissen«, schob ich hinterher und zog ihn in Richtung des Buffets. »Muffin?«

Nick zückte sein Handy. »Später. Ich glaube, Hugh

128

trommelt gerade alle zusammen.« Er sah mir in die Augen – er hatte schöne Augen. »Und Cammie? Wenn du jemals reden möchtest, über Jenson oder allgemein, bin ich da. Du hast meine Nummer.«

Ich presste die Lippen aufeinander. »Danke.« Wir wussten beide, dass es bei dem Angebot bleiben würde.

»Gilt auch für oberkörperfreie Bilder.« Er führte mich unverrichteter Dinge von dem Buffet weg und zurück zur Hochzeitsgesellschaft, die sich in dem provisorischen Saal sammelte. Vor der Tür blieben wir stehen und er löste seinen Arm von meinem. »Ich muss zu Bertie. Schaffst du die Zeremonie? Danach kannst du mit dem hotten Trauzeugen durchbrennen, wenn du raus musst, aber wenn du jetzt fehlst, fällt es auf.«

Mein Lachen war diesmal ehrlich. »Vielleicht komme ich darauf zurück. Geh du meinem Zukünftigen beistehen, ich komme zurecht.«

Mit einem Salutieren verabschiedete er sich in den Saal und ließ mir einen Moment zum Durchatmen. Das rosa Plastikgestrüpp in den Händen, einen Schleier in den Haaren, ein weißes Kleid aus dem Internet am Körper – ich war genug verkleidet, um Sienna und alle Hochzeitserfahrung, die ich hatte, zumindest für den Augenblick hinter mir lassen zu können. Spätestens nach einem Glas Wein, das ich mir noch genehmigte, war ich bereit, die falsche Trauung durchzustehen.

Elodie gesellte sich bald zu mir, die Wangen gerötet und die Augen leicht glasig. Na da hatte jemand noch einiges an Übung vor sich, wenn sie meine Alkoholtoleranz erreichen wollte. Ich schmunzelte und lotste sie zu einem Glas Wasser zwischendurch. »Hast du Spaß?«

»Voll!« Sie strahlte mich an, nippte an ihrem Wasser und stellte das Glas naserümpfend zur Seite. »Da ist Kohlensäure drin. Igitt! Hast du Clarke irgendwo gesehen? Er ist heute zum Wegschmeißen!«

Wow. Angetrunken war sie noch aufgekratzter als sonst. »Das freut mich. Ich denke, er sitzt drinnen, irgendwo vorne, und verdrückt schon ein paar theatralische Tränen vor Rührung?«

»Wenn George von meiner Rede abweicht, wird er eher vor Qual weinen.« Elodie verdrehte die Augen und griff nach meinem Arm, als allein das sie schwanken ließ. »Ich schwöre, seine Plädoyers werden mehr Trauerspiel als Komödie.«

Um Himmels willen, sie lebte und atmete sogar alkoholisiert noch Literatur. Ich stellte sie wieder gerade hin und sah mich nach dem Vater der Braut um, der hoffentlich nicht nur mich, sondern auch unsere angetrunkene Brautjungfer sicher Richtung Altar bringen würde. Falls nicht, musste eben Hugh oder irgendjemand sonst einspringen.

Der Vater der Braut, optisch jünger als ich und damit ziemlich falsch besetzt, kam auf uns zu und schnitt nur eine Grimasse, als er die wankende Lady neben mir sah. Kurzerhand hakte er sich bei uns beiden unter und führte uns auf den Altar zu. Holy shit, es wurde ernst. Nur ein Spiel, erinnerte ich mich, nichts davon war echt. Ich schluckte und verdankte es mehr meiner Willenskraft als allem anderen, dass ich mich in die richtige Richtung bewegte.

Etwa auf halber Strecke fing Nick meinen Blick auf und ließ ihn nicht mehr los, bis ich neben einem nett lächelnden jungen Mann geparkt war – und auch dann nahm er alle paar Sekunden Blickkontakt mit mir auf, bis George uns zum Glück sehr effizient und ohne zu lange Reden verheiratet hatte. Den Hochzeitskuss übersprangen Bertie und ich, stattdessen deutete er einen Handkuss an. Das hatte erst ein Mann vor ihm getan – und ich kam nicht umhin, mir zu wünschen, es wäre auch jetzt Nick, der meine Hand an seine Lippen führte.

»Hey«, sagte Bertie, blond und mit sogar unter dem Anzug sichtbaren Muskeln, als wir unter Pfeifen und Johlen aus dem Saal schritten. »Ich bin Bertie.«

»Cammie.« Ich deutete ein Lächeln an. »Herzlichen Glückwunsch zur Hochzeit, schätze ich.«

Er lachte auf. »Ebenfalls. Halt mich bitte nicht für oberflächlich, aber du siehst umwerfend aus.«

»Der Schleier reißt es heraus, würde ich sagen.« Ich klemmte mir die Plastikblumen unter den Arm und rückte den Kamm, mit dem er festgesteckt war, wieder zurecht. »Hübsche Krawatte übrigens.«

Bertie sah an sich herunter auf die zartrosa Krawatte, die auf dem weißen Hemd sehr blass wirkte, aber wenigstens zu meinem Brautstrauß passte. »Schrottwichteln mit den Kollegen. Wer hätte gedacht, dass ich sie jemals brauchen könnte? Aber alle anderen gehören zur Uniform, also ...«

»Du bist Polizist, richtig?«

»Genau. Ziel ist, zur berittenen Polizei zu gehen, aber vorher schadet Erfahrung nicht. Magst du Pferde?«

Himmel, nein. Die Monster mochte ich maximal animiert in Märchenfilmen. Als Kind hatte mich eines beinahe zum Frühstück verspeist und mir eine Angst fürs Leben beschert – sollte er seine Ungeheuer für sich behalten und auf Verbrecher loslassen. »Aus der Ferne«, sagte ich. Vielleicht sollte ich Diplomatin werden.

»Dann hast du Hattie noch nicht kennengelernt.«

Klang nach dreizehnjährigem Pferdemädchen mit Hang zu ausschweifenden Schwärmereien über liebenswerte Pferde, Einhörner und weitere Fabelwesen. »Hattie«, echote ich.

Bertie begann zu strahlen. »Nicks Pony. Wir haben alle auf ihr reiten gelernt, glaube ich. Sie denkt wahrscheinlich, sie wäre ein Hund. Verschmust ist sie jedenfalls und ...«

»Ich bin allergisch«, fiel ich ihm ins Wort, ehe er sich vollends in Lobeshymnen auf ein Pony verlieren konnte. Eine kleine Lüge, die uns beiden nicht wehtat.

»Auch gegen Hunde?« Mein frisch Angetrauter legte den Kopf schief.

»Glücklicherweise nicht. Lucy ist mein Lieblingslebewesen am Oakfield College, denke ich.« Ich schmunzelte. Dankenswerterweise brachte Hugh seine Hündin zuverlässig mit zu unseren Kursen – was mich eindeutig zuverlässiger erscheinen ließ.

Wir machten höflichen Smalltalk über die Dalmatinerdame und führten die Hochzeitsgesellschaft in einen voll ausgestatteten Speisesaal, in dem sich schnell wieder Grüppchen bildeten. Zielsicher nahm Bertie mich mit zu zwei lachenden jungen Frauen, blond und brünett, die halb in ihre Champagnerflöten lachten. Na da hatte aber jemand Spaß. Bertie stellte sie mir als Gräfinnen vor, die wohl zu seinem Bekanntenkreis gehörten, und ließ sich in das Gespräch rund um eine Namensfindung ziehen. Ich überließ meinen Angetrauten den beiden. Wirklich fehlen würde mir der Mann, so freundlich er war, nicht.

Ich nahm mir den Muffin, den ich vorhin nicht bekommen hatte, stieß mit verschiedensten Studierenden an und hatte nach dem zweiten oder dritten Champagner beinahe vergessen, was genau ich an Hochzeiten eigentlich so schrecklich fand.

»Ganz allein?« Elodie, noch angeschäkerter als vor der Zeremonie, stellte sich zu mir. »Hast du Nick gesehen?«

Ich schüttelte langsam den Kopf. »Seit vorhin nicht, nein.«

Sie nickte, hörte aber nicht mehr damit auf. »Er sieht gut aus, wenn man seinen Groupies glaubt. Oder meiner Großtante.« Sie lachte. Wo kam das jetzt her? Nicht, dass sie unrecht hatte, aber trotzdem. »Sie denkt, er wäre der begehrteste und attraktivste Junggeselle des Landes«, fuhr sie fort. »Mindestens.«

Ich zog eine Augenbraue nach oben.

Elodie wedelte mit der Hand in der Luft herum. »Meine Großtante ist seine Grandma. Die Queen, graue Haare, Leidenschaft für Katzen und Pferde, etwa so groß?« Sie hielt eine Hand neben sich. »Du hast bestimmt von ihr gehört?«

Moment. Er war nicht irgendein beliebiger Prinz, sondern der Enkel des Königspaares? Und Elodie war seine ... wie auch immer geartete Verwandte? Ich sah sie nur stumm an.

»Das hast du nicht gewusst?« Elodie gluckste. »Cammie, Nick ist Platz vier der Thronfolge.« Sie überlegte kurz. »Noch. Wenn du mich fragst, setzen Josephine und Conrad nächstes Jahr ein Kind in die Welt. Sie üben jedenfalls lautstark, sagt Tante Gwendolyn. Sie hofft auf Urenkel.«

Gwendolyn. Das war die Frau des amtierenden Königs, die Queen. Soweit reichte meine Bildung noch, genauer hatte es mich nicht interessiert. Nick war ein Prinz, Hugh der Single-Lord und Elodie eine Lady. Mehr hatte es nicht gebraucht – aber sie so über die Enkelkinder des Königspaars sprechen zu hören ... sogar für mich, die ich in der High Society aufgewachsen war, war es etwas ungewohnt. hatte mich gegoogelt – hätte ich es ihm mal besser gleichgetan, anstatt ihn nur damit aufzuziehen, dass ich nach oberkörperfreien Fotos gesucht hatte.

»Die Damen?« George trat zu uns und deutete eine Verbeugung an und obwohl Elodie betrunken war, bekam sie einen ganz ansehnlichen Knicks hin. Mit einem Mal fiel es mir nicht mehr schwer zu glauben, dass sie mit der Königsfamilie verwandt war; so natürlich wie die Bewegung wirkte. »Cammie, du kannst schon mal zu Bertie gehen, wir machen mit dem Brautwalzer weiter.«

Na wunderbar. Ich exte den Rest meines neuen Champagners und ließ mich erst durch den Saal wirbeln und lernte dann, dass eine Braut im Anschluss durchgereicht wurde, um sich von allen Freiwilligen über die Tanzfläche schieben zu lassen.

»Wo hast du so tanzen gelernt?« Hugh schürzte die Lippen und nickte anerkennend, als ich ihm verhältnismäßig anmutig durch eine Reihe von Figuren folgte.

»Tanzkurs.« Genau genommen für die Hochzeit. Ab Verlobung hatte Jenson einen Tanzlehrer für mich ausgesucht, der mich erst allein, dann mit ihm gemeinsam für eine Choreografie, die sie sich ausgedacht hatten, gedrillt hatten. Es hatte nicht lange gedauert, bis ich die Schritte im Schlaf beherrscht hatte.

Einige Tänze später hatte ich ebenso viele Kommentare zu meinem Kleid wie Tanzpartner abbekommen. Mein aktuelles Gegenüber, ein brünetter junger Mann, befand meine geplatzte Verlobung für deutlich interessanter. Anzunehmen, ich wäre mit einer neuen Frisur und einem anderen Rufnamen für alle hier anonym unterwegs, war offensichtlich ein Irrtum gewesen.

»Ich verstehe nicht, wie der Mann dich hat gehen lassen können. Du warst blond, oder?«

Ein pflichtschuldiges Nicken. Was auch immer meine Haarfarbe mit irgendetwas davon zu tun hatte.

»Blond warst du ein Eyecatcher, mit dir am Arm hätte er immer sofort die Blicke auf sich gezogen«, fuhr der Mann fort und verlor sich in einigen Geschichten über seine Gedanken zu meinem Körper, die nicht unbedingt für fremde Ohren gedacht waren. Ganz nüchtern konnte er nicht mehr sein.

Aber was er gesagt hatte, war nicht haltlos gewesen – Jenson und ich hatten einander gut ergänzt: Ich hatte Ruf und Aufmerksamkeit mitgebracht, ihn in den richtigen Kreisen platziert und ihm Gespräche verschafft, er mir die nötigen Flügel, um mich etwas von Rutherford Diamonds abzunabeln. Attraktiv hatten wir einander auch gefunden, keine Frage, aber außer Ambitionen, Drinks und Sex hatten wir kaum Gemeinsamkeiten gehabt, oder? Die Blicke waren auf ihn – uns – gerichtet gewesen. Anfangs ideal, aber als auch seine Kollektion nicht dauerhaft von der Freundin hatte ablenken können, hatte sie gehen müssen. Ich.

»Und dann habe ich dich allein mit Nick in diesem Seitenzimmer gesehen!« Der Student drehte mich beinahe in die falsche Richtung. Okay, er war definitiv nicht mehr nüchtern. »Der Bursche hat Geschmack, wenn er sich dich aussucht.«

Wen auch immer sich Nick irgendwann aussuchte, der Mensch hatte Glück. Humorvoll, hilfsbereit und dazu noch attraktiv – abgesehen von seinem Titel und der damit einhergehenden medialen Präsenz hatte er keine wirklichen Red Flags. Aber wer auch immer das Glück hatte, ich war es nicht und wollte es nicht sein. Nicht privat und schon gar nicht in der Öffentlichkeit.

»Du könntest Prinzessin werden. Hübsch genug bist

du, auch mit braunen Haaren. Pretty Princess, I guess.« Er lachte und mit der nächsten Drehung wandte sich sein Monolog der wirklichen angehenden royalen Braut, dieser Josephine, zu. Seine Welt drehte sich einfach weiter, während meine einen Moment lang stehen blieb.

»Pretty Princess.« Jensons Finger strichen von meiner Wange über meinen Hals, Brust, Rippen zu meiner Hüfte und hinterließen eine Gänsehaut. »Eine Königin in Weiß.« Ein Kuss auf die Schulter, ein Griff an der Taille. »Meine Königin.«

»Alles in Ordnung?« Die Stimme meines Tanzpartners holte mich in die Realität zurück. »Deine Augen waren richtig creepy ohne Fokus und du bist totenbleich geworden. Ich dachte, du stirbst mir weg. Hast du einen Herzfehler oder so?«

Langsam ebbte das Gefühl der Überhitzung ab und seine Worte kamen wirklich bei mir an. Herzfehler? Nein. Ich hatte nur einen Fehler damit gemacht, mein Herz an den Falschen zu hängen.

Mein Blick huschte durch den Raum und blieb für einen Augenblick an der Hochzeitstorte hängen, an den Blumengirlanden, den Ballons, dem ganzen Festsaal. Zu viel, zu laut, vertraut ... ich musste hier raus.

»Hallo? Brauchst du einen Traubenzucker? Müsli-Riegel? Keks?« Er sah mich an. »Oder ein Wasser?«

»Trinken«, entschied ich und schnitt ihm eine Grimasse, nur um ihn dann stehen zu lassen. Unsere Meinungen über ein angemessenes Getränk gingen zu weit auseinander – und einen Zeugen meines unausweichlichen Zusammenbruchs konnte ich auch nicht gebrauchen.

Noch unterwegs fing ich Nicks Blick auf.

Kapitel 13

Titanic 2.0 – Student*innenparty endet mit sinkendem Schiff und romantischen Bildern

Todesopfer gibt es keine und auch das Eis stammt bei diesem Crash nur aus gekühlten Cocktails, dennoch erinnern die Bilder, die vom Ende einer Student*innenparty im Netz kursieren, an das Finale des wohl bekanntesten Filmdramas der letzten Jahrzehnte: durchnässte Abendkleider, im Wasser treibende Schiffsbestandteile, eine Yacht, die langsam auf den Grund des Sees sinkt, und ein Kuss verzweifelter – frisch verheirateter? – Liebender.
Doch wie kam es dazu? Sprosse der überwiegend britischen High Society trafen sich zu einem rauschenden Fest auf dem Landsitz der FitzAllans, das sich im Laufe des Abends über den privaten Steg auf die familieneigene Yacht verlagerte. Im Zuge der dortigen Feierlichkeiten kam es zu einer Fahrt auf dem See. Ohne fachkundige Fahrzeugführer*innen am Steuer kam es schließlich zu einem Auffahrunfall auf dem Wasser, wobei die unbeteiligte und unbemannte Yacht Dritter sank. Hinweise auf den Einfluss nicht-alkoholischer Rauschmittel sind uns nicht bekannt.
Doch es sind die Szenen im Anschluss, die die Parallelen zu »Titanic« ziehen lassen, als das wohl prominenteste Mitglied der Partygesellschaft, der 24-jährige Enkel des

Königs, Prince Nicolas, am Ufer des Sees mit einer tränen-
überströmten jungen Frau in weißem Kleid abgelichtet
wurde. Nur wenige Sekunden später zeigen Aufnahmen
die beiden, nass und einander umklammernd, bei einem
innigen Kuss. Stehlen sie der Royal Romance rund um
Prince Conrad und seine Josephine die Show? Oder ver-
birgt sich hinter dem Schnappschuss eine harmlose Geschichte?

Unseren Quellen zufolge handelt es sich bei der jungen
Frau um Sienna Rutherford, die 20-jährige Erbin einer US-
amerikanischen Schmuckdynastie. Ob es sich bei dem
verzweifelten Kuss der beiden um eine Stressreaktion auf
das Geschehene handelt oder ob Großbritanniens begehr-
tester Junggeselle nun pünktlich zur Royal Wedding mit
einer Beziehung aufwartet, konnten wir vorab nicht verifi-
zieren. Und doch mutet die Unfallstelle wie die Kulisse
einer ganz eigenen Royal Wedding an.

Fest steht: Bei dem Unfall wurden keine Personen verletzt
und Prince Nicolas präsentiert sich gleich einem jungen
Leonardo di Caprio ganz von einer jungen Schönheit in
den Bann gezogen vor der Kulisse eines sinkenden Schiffs.

Was auch immer er zu sagen hatte, ich wollte es nicht hören.

Dann wiederum wollte ich generell nichts hören, bis
ich nicht mindestens zwei Schmerztabletten und einen
Kaffee intus hatte. Nichts, schon gar nicht mein Handy,
das sich mit dem Klingelton, der speziell für Grandpas
private Nummer reserviert war, meldete und jedem Versuch, noch etwas Schlaf zu bekommen, ein Ende setzte.

Ich stöhnte, rieb mir die Augen und setzte mich auf. Im
selben Moment verstummte das Smartphone. Grandpa

hatte offenbar aufgegeben, aber der Schaden war angerichtet: Ich war wach.

Einen weiteren Moment brauchte ich, um zu realisieren, dass ich nicht in den USA war, sondern noch immer in England. Am Ende der Welt in England. Das Memo hatte mein Kopf nicht bekommen; er dröhnte nichtsdestotrotz wie nach einer New Yorker Party, obwohl ich den Alkohol eigentlich aufgegeben hatte. Und Grandpa hatte weder einen Grund noch das Recht, mich um diese Uhrzeit zu stören. Das hatte er sich verspielt.

Leider sah er das anders und nach einem Blick auf die Uhr – beinahe zwei Uhr nachmittags – konnte ich ihm immerhin sein Timing nicht mehr zum Vorwurf machen. Mein Handy begann erneut zu klingeln, und ich musste einsehen, dass es damit vermutlich nicht aufhören würde, bis ich endlich ranging und dieses Gespräch hinter mich brachte. Was auch immer er zu sagen hatte, wollte ich trotzdem nicht hören. Ich tastete nach meinem Handy, tat es zwischen zwei Kissen auf, und wollte den Anruf ablehnen. Nachdem ich irgendwas eingeworfen hatte, konnten wir telefonieren.

Wie so viel in letzter Zeit funktionierte der Plan nicht und ich hatte jemanden in der Leitung, von dem ich anhand des strengen »Sienna« anstelle eines Grußes nicht wusste, ob er mein Großvater oder Leiter eines Milliardenkonzerns war. Vermutlich schloss sich das nicht aus; die beiden Seiten konnte man ohnehin nicht mehr voneinander trennen.

Ich antwortete nicht sofort, sondern stopfte mir nur einen Großteil meiner Kissen in den Rücken, um halbwegs aufrecht zu sitzen und nicht bei nächster Gelegenheit wieder wegzunicken. »So heiße ich.«

Gelegentlich. Für manche Menschen. Zunehmend auch

Cammie, aber das wusste er nicht – und es würde ihn auch nicht interessieren.

»Geht es dir gut?« Was auch immer ich erwartet hatte, das war es nicht gewesen. Schon gar nicht in einem ehrlich besorgten Ton.

Aus dem Konzept gebracht blinzelte ich erstmal. Ging es mir gut? Nach Jenson hatte ich gedacht, es würde mir nie wieder gut gehen, ich würde mich immer betäuben müssen, um das Leben zu ertragen, egal zu welchem Preis. Aber selbst mit dem Nebel in meinem Kopf wusste ich, dass es jetzt anders war. Es ging mir nicht gut, aber besser. Besser, als ich es mir hatte vorstellen können.

»Sienna, geht es dir gut? Bist du verletzt?« Grandpas Fragen wurden drängender.

... verletzt? Warum sollte ich verletzt sein? »Nein?«, antwortete ich langsam. »Also ja, es geht mir gut, nein, ich bin nicht verletzt.«

Ein hörbares Aufatmen, gefolgt von einigen Sätzen, die er nicht an mich gerichtet abseits des Hörers sagte. Es ginge mir gut, so die weitergeleitete Information. Dann kehrte er wieder zu unserem Gespräch zurück, aber noch immer hatte ich keine Ahnung, womit ich den Anruf verdient hatte. Ja, alle Gliedmaßen noch dran und in einem fremden Bett war ich auch nicht aufgewacht, niemand hatte mich folglich entführt oder abgeschleppt: Entwarnung. »Sienna, was hast du dir dabei gedacht?«

Oder doch keine Entwarnung. Der Umschwung in seiner Stimme war unüberhörbar. An die Stelle des seltsam besorgten Großvaters war der Geschäftsmann getreten, der wieder einmal ein Problem mit oder in mir sah, von dem ich nichts ahnte. Gut, falls es mit den letzten vierundzwanzig Stunden zusammenhing, wusste jeder mehr als ich, aber auch sonst war das Muster nicht neu.

Nachfragen musste ich nicht. Asher Rutherford setzte mich in Kenntnis. »Studentenpartys sind schön und gut, aber du bist nicht eine von tausenden anonymen Studienanfängern an einer beliebigen Wald-und-Wiesenuni, sondern eine Rutherford an einem europäischen Elite-College. Wenn du dich danebenbenimmst, sehen es die falschen Menschen, von der Presse ganz zu schweigen!«

»Ich dachte, du hast das Oakfield College ausgewählt, weil es so privat ist«, warf ich ein. Diesen Teil hatte ich zumindest verstanden. »Eine Party sollte kein Problem sein.«

Das war die völlig falsche Antwort gewesen. »Eine Party ist eine Sache, Sienna! Aber wenn diese Party den Campus verlässt und eine versunkene Yacht der geringste Schaden des Abends ist, ist es eine vollkommen andere Größenordnung!« Er musste nicht einmal schreien, um mich das Handy von meinem Ohr weghalten zu lassen. Die Wut, die seine Sorge vorhin nur überdeckt hatte, war nicht zu überhören.

Eine versunkene ... Yacht? Was zur Hölle war gestern passiert? Party, das wusste ich noch, zumindest überwiegend. Motto-Event auf dem Landsitz von Hughs Eltern, eine Fake-Hochzeit und ... der Rest verschwand in einem Blackout. So viel zum Thema den Alkohol aufgegeben zu haben. Die Fake-Hochzeit musste sich zwischendrin nicht mehr fake angefühlt haben, sonst hätte ich sie mir nicht schöntrinken müssen. Glaubte ich. Was zur Hölle war da noch passiert? Was hatte ich vergessen? »Der geringste Schaden«, wiederholte ich. Was hatten wir noch erlebt? Wie hatten wir das überlebt?

»Du und dein Prinz seid auf den Titelseiten aller Klatschblätter.«

Bitte was? Ich verschluckte mich an meinem eigenen Speichel und hustete direkt ins Mikrofon

»Ich war ähnlich überrascht, meine Enkelin, in einem Hochzeitskleid, wohlbemerkt, an einem britischen Prinzen festgesaugt zu sehen. Die Fotos eures Kusses gingen um die Welt! Sienna, du hast gerade den letzten Beziehungs-Skandal hinter dir, was hast du dir dabei gedacht? Ich habe dich nicht nach England geschickt, damit du mir noch mehr schlechte Presse machst als in New York!«

Er sprach weiter, von meinem ohnehin schon ruinierten Ruf, unserem Deal, an den ich mich nicht gehalten hatte, dass man sofort annehmen würde, ich würde nun den Hochadel ausnutzen, den schlechten Schlagzeilen für Rutherford Diamonds und schmückte das alles mit Vorwürfen und Vorhaltungen aus – den Großteil hörte ich nur durch immer lauter werdendes Rauschen in meinen Ohren. Ich hatte einen Prinzen geküsst? Was hatte ich noch alles getan? Besser, ich fand es jetzt heraus, als später irgendwann. Meine Finger zitterten nicht einmal, sondern wurden nur steif und wie eingefroren, als ich dem einzigen Prinzen, den ich kannte, schrieb.

Wir haben uns geküsst? Habe ich dich auch geheiratet?

Die Nachricht kam an, wurde nicht sofort gelesen, kein Wunder. Vielleicht versteckte er sich vor der Welt. Ich wollte mich auch verstecken. Unter der Decke vergraben und nie wieder herauskommen. Dann wäre Grandpa zufrieden, die Welt zufrieden ... Was auch immer ich letzte Nacht getan hatte, vielleicht war es besser, dass ich mich nicht daran erinnerte. Aber wenn das, was mein Großvater sagte, wahr war, wenn ich wirklich einen Prinzen ...

Wie konnte ich mich an einen Kuss mit Nick nicht erinnern?

Grandpa sprach weiter, aber seine Worte verschwammen zu einem einzigen Fluss aus Lauten, bis ich schließlich einfach auflegte. Er rief erneut an, diesmal lehnte ich den Anruf allerdings erfolgreich ab und schaltete das Handy auf lautlos. Eigentlich war es in meiner Wohnung hier angenehm warm, selbst in Unterwäsche, jetzt fühlte ich mich wie eingefroren. Ich zog die Bettdecke bis ans Kinn und kauerte mich in den Kissen zusammen.

Was auch immer passiert war, es war dokumentiert und in den Medien festgehalten. Grandpa hatte recht gehabt; die Yacht war der geringste Schaden des Abends.

***

Erst einige Stunden später war die lähmende Kälte in meinen Knochen genug zurückgegangen, dass ich einen Arm aus meinem Kokon schälte und mein Handy zu mir heranzog. Einige entgangene Anrufe von Grandpa, deutlich mehr Nachrichten unbekannter Nummern auf meiner Mailbox und ungelesene Nachrichten en masse. Von allen Menschen, die mir geschrieben hatten, ignorierte ich nur Nick nicht.

Hey :)
No worries, ich war der Trauzeuge, mit dem du
durchgebrannt bist xD Also Kuss ja, Ehe nein :D
Ruf mich an

Drei Nachrichten, keine davon enthielt Vorhaltungen oder Schuldzuweisungen. Ich hatte nicht bemerkt, wie groß die Befürchtung gewesen war, ehe mir dieser Stein vom Herzen fiel. Er war der Trauzeuge gewesen. Wie hatte ich vergessen können, dass wir nur gespielt hatten? Eine inszenierte Hochzeit, die sich verselbstständigt hatte. Aber auch wenn ich die ersten Bilder des Abends wieder abrufen konnte, allein Clarke war unvergesslich gewesen, hatte ich nicht die geringste Idee, wie der Abend in einem Kuss und bei einer Yacht geendet hatte.

Wie viel hatte ich getrunken? *Was* hatte ich getrunken? Wahrscheinlich war das der falsche Ansatz und ich musste fragen, was ich *nicht* getrunken hatte. Eine gerammte und gesunkene Yacht war schön und gut, nicht günstig, aber dafür gab es Versicherungen. Alles nicht zu abwegig. Und der Rest?

Ich atmete tief durch. Antworten, ich brauchte Antworten. Nick würde Antworten haben, oder? Ich tippte auf den Telefonhörer in der oberen Leiste unseres Chats. Es klingelte nicht öfter als drei Mal, bevor er das Gespräch annahm.

»Cammie?« Er klang ebenso wenig verstimmt, wie es auch seine Nachrichten gewesen waren. Ich erlaubte mir, aufzuatmen. »Wie geht es dir?«

Sofort erschien die Anfrage, das Telefonat auf einen Videocall umzuschalten. Ich nahm an und sah einen Augenblick später in Nicks sanft lächelndes Gesicht. Wie kam es, dass ich mich wie von einem Lkw überrollt fühlte, vermutlich so aussah, und er so sortiert und wach wirkte? Diese Prinzen-Gene waren besser als jede Skin-Care-Routine, die ich je ausprobiert hatte.

»Wie geht es dir?«, fragte er einmal mehr. »Kein Grund für Panik. Du hast niemanden geheiratet.«

»Das weiß ich.« Ich fuhr mir durch die Haare. »Was ich nicht weiß, ist, was nach dieser Fake-Zeremonie passiert ist.«

Nick blinzelte. »Du hast einen ziemlichen Filmriss, oder?«

Mein Kopf mochte schon das leichte Nicken nicht. Falls ich über den Mangel an Erinnerungen noch einen Beweis für meinen Alkoholkonsum gebraucht hatte, war er jetzt gegeben.

Die Antwort ließ Nick sich mit der Hand über das Gesicht fahren. »Dann wird dir wenig von dem, was ich dir erzähle, gefallen.«

Und doch wollte ich, im Gegensatz zu vorhin, hören, was man mir zu sagen hatte. Vielleicht lag es daran, dass es Nick war, der noch nie gegen mich gearbeitet hatte, in jedem Fall schaffte ich es, unbeteiligt zu wirken und mit den Schultern zu zucken. »Raus damit.«

Hätte ich nicht gehört, wie tief Nick durchatmete, hätte ich ihm die Anspannung nie angemerkt. Seine Miene blieb glatt, freundlich und beinahe beruhigend. Wer auch immer ihn für Kameras trainiert hatte, hatte einen guten Job gemacht. Exzellent sogar, wenn Nick es schaffte, die Fähigkeiten auch vor Freunden anzuwenden. Dieses Level hatte ich nie erreicht – wer mich kannte, kannte mich auch mit brechenden Masken, zumindest früher oder später. »Wir haben die Midterms gefeiert, Motto-Party mit Thema Hochzeit und verlosten Rollen. Du warst die Braut.«

»Daran erinnere ich mich«, sagte ich. »Sonst an nicht viel, aber die Basics weiß ich.« Ich verkniff es mir, die Augen zu verdrehen.

Ein Nicken. »Dir ging es nicht so gut, denke ich«, sagte er, ehe sein Ton vorsichtiger wurde. »Mit der Kulisse und so.«

Leider kam mir auch dieser Teil irgendwie bekannt vor und ein Schauer jagte mir über den Rücken. »Ich habe getrunken.« Nichts, worauf ich stolz war. Seit ich in England gelandet war, hatte ich keinen Alkohol gebraucht, um mein Leben oder mich zu ertragen. Und kaum schlüpfte ich in ein weißes Kleid, war es mit der Stabilität vorbei. Also war ich nie wirklich stabil gewesen, egal, was ich gedacht hatte. Grandpa hatte recht gehabt, als er mich längerfristig hatte hierlassen wollen. Offensichtlich brauchte ich den Abstand – aber genauso offensichtlich brauchte ich mehr als Abstand, um mich nicht nur sicher zu fühlen, sondern auch sicher zu sein.

»Mach dir keinen Vorwurf«, kam es von Nick. War ich eine so schlechte Schauspielerin geworden? Über Nacht? »Wir waren alle nicht nüchtern. Elodie kann sich an absolut nichts erinnern und ich müsste lügen, würde ich sagen, ich hätte keine verschwommenen Momente.«

Falls mich das beruhigen sollte, verfehlte es sein Ziel. Ich würde mir immer einen Vorwurf machen, wenn ich die Verantwortung für ungünstige Entwicklungen trug. Das Foto, von dem Grandpa gesprochen hatte, kam mir wieder den Sinn. Oh ja. Vorwürfe waren definitiv angebracht. »Was ist mit dem Foto? Von uns.« Von dem Kuss, den wir geteilt hatten. Ich biss mir auf die Lippe. Wenn Grandpa davon gewusst hatte, war das Bild öffentlich gemacht worden. So öffentlich, dass er einen halben Erdball entfernt davon erfahren hatte, nur Stunden nach der Aufnahme.

Nick schnitt eine Grimasse. »Was das betrifft … Deswegen wollte ich mit dir reden.« Ja. Reden. Ich nickte langsam.

Er räusperte sich. »Das Foto ist der Grund dafür. Es ist weiter nicht schlimm, aber es ist in den Medien gelandet und …«

Ja, offensichtlich war es in den Medien gelandet. Langsam kam die Erkenntnis, was genau das bedeutete, bei

mir an. Ich hatte jemanden geküsst oder mich küssen lassen, was davon spielte keine Rolle. Aber ich hatte mich
auf jemanden eingelassen, mit dem es ein mediales Nach-
spiel hatte, ohne es zu wissen. »Warum interessiert es die
Medien so, wen du küsst?«

»Britischer Prinz«, sagte er, als würde das alles erklären. Tat es nicht. Auf der Party waren viele britische
Lords und Ladys und sämtliche anderen Adeligen herum-
gelaufen. Wir konnten unmöglich die einzigen beiden
halbwegs Prominenten sein, die alkoholisiert jemanden
geküsst hatten. Die anderen hatten auch getrunken, mindestens so viel wie Nick. Warum waren wir es, die dieses
Gespräch führen mussten, und nicht eine der betrunke-
nen Gräfinnen oder so? Was machte ausgerechnet uns so
interessant?

»Man kennt nicht jeden beliebigen Prinzen, der am Ende nur über Ecken mit dem Königshaus ...« Ich unterbrach mich, als das Stichwort einen weiteren Erinne-
rungsfetzen freischaltete: Elodie, die mir von Nicks Großmutter erzählte. Der verdammten Königin. Ich hatte einen
Prinzen geküsst, einen der Hauptadeligen oder wie man
sie nannte.

»Prince oder Princess sind Titel, die ein Kind nur bekommt, wenn es bei seiner Geburt Kind oder Enkelkind
des regierenden Monarchen ist. Meine Großeltern sind
die amtierenden Monarchen«, begann er zu erklären, als
ich längst wieder up to date war. Er fuhr sich mit der
Hand durch die Haare. Die Bewegung brachte sein Bild
auf meinem Handy ins Schwanken.

»Ich weiß«, fiel ich ihm ins Wort. »Ich weiß es wieder.« Nick war ein Prinz und wir hatten uns geküsst.
Himmel, ich lernte nicht dazu, oder? Kein Wunder, dass
mir niemand etwas zutraute. Pretty Princess, aber darüber

hinaus eben doch nichts. Jenson hatte letztlich schon recht gehabt.

»Cammie? Wohin auch immer du gerade in deinem Kopf verschwindest, komm zurück.«

Nicks Stimme blieb sanft, aber die Anweisung war unmissverständlich. Wieder ein Mann, der die Linie vorgeben wollte, der mich dahin schieben wollte, wo ich seiner Ansicht nach zu sein hatte. Wie hatte ich glauben können, irgendetwas würde sich ändern, nur weil ich mit einem anderen Namen und einer anderen Frisur in einem anderen Land war. Der gemeinsame Nenner für jede dieser Situationen blieb ich. Was das aussagte, musste ich nicht analysieren, um es zu verstehen.

»Das Bild ist in den Medien gelandet«, wiederholte ich seine Worte von eben. In den Medien, wo jeder ihn sah, ihn und mich ... uns. Ich schluckte. »Es tut mir leid. Ich erinnere mich nicht an den Kuss oder daran, dass wir Publikum hatten, aber es tut mir leid.«

Wie hatte ich so dumm sein können? Ich fiel schon wieder auf einen Mann herein und auch wenn sich ein Teil von mir sicher war, dass Nick mir keine Falle gestellt hatte, keinen schwachen Moment ausgenutzt hatte, um mich in eine Situation zu bringen, die ich nicht wollte, zweifelte der Rest von mir an ihm so sehr wie an mir. Ich hatte schon so oft den falschen Menschen vertraut. Die Wahrscheinlichkeit, dass ich es wieder getan hatte, war hoch. Vorsichtshalber eine Entschuldigung einfließen zu lassen konnte nicht schaden. Bei Jenson hatte es das nie. Geholfen auch nicht, aber definitiv auch nichts schlimmer gemacht.

»Dann ist es eben so.« Nick zuckte so betont gleichgültig mit den Schultern, dass es nicht ernst gemeint sein konnte. Ganz so perfekt war seine Fassade wohl doch nicht. »Spätestens mit der nächsten Schlagzeile wird alles vergessen sein.«

Ich sah ihm zum ersten Mal heute direkt ins Gesicht. Keine Spur von Augenringen, er sah so gut aus wie sonst auch. Seine Gene waren wirklich eine Klasse für sich. »Glaubst du das wirklich, Nick? Mit einer versenkten Yacht und einer amerikanischen Opportunistin, die jetzt den Lieblingsprinzen deines Landes ausnehmen will?« Ich hatte nicht so bitter klingen wollen, aber als ich es an meiner Stimme hörte, war es zu spät, die Worte zurückzunehmen.

Nick presste die Lippen aufeinander. »Bilder kommen und gehen. Artikel auch.« Er wirkte nicht so, als würde er seine eigenen Worte glauben. Aber ich kam mit meinen Gefühlen zu der Sache schon nicht zurecht, ich konnte mir um seine nicht auch Gedanken machen. Davon abgesehen, dass er alt genug war, um für sich selbst einzustehen.

Mein Handy zeigte einen weiteren eingehenden Anruf an – wieder mein Großvater. Er würde die Sache klarer sehen als Nick. Und sich deutlich weniger um irgendjemandes Wohlbefinden Gedanken machen als er.

»Nick, ich melde mich gleich wieder bei dir, okay?«

Er nickte und sofort beendete ich das Telefonat. Ich atmete tief durch. Wer hätte gedacht, dass ich meinen Alltag komplett ändern und doch dieselben Fehler wiederholen konnte?

Willkommen zurück im echten Leben, Sienna.

Kapitel 14

INSTAGRAM:

@not.a.tree.but.still.a.willow
WTF, jetzt nimmt sich Sienna Rutherford auch noch IRL
Prince Charming vor O.o Ich wusste gleich, dass
irgendwas an ihr faul ist. Sie ist auf meiner Uni und war
von #day1 hinter Prince Nicolas her :O Kann man ein Gold
Digger sein, wenn man selber reich ist?

> 1.109 Kommentare
> **@not.a.tree.but.still.a.willow – angepinnt**
> OMG, mein erster viraler Post O.o DAAAAAAAAANKE
> an alle, die mich unterstützen!!!
> **@emilienordstroem0801_99**
> #golddigger #cancelsiennarutherford
> **@annacareeeeen_in_a.lovesbooks**
> sorry, aber was geht dich das an?? leben und leben
> lassen^^ die zwei sehen süß zusammen aus <3
> **@unicorn.girrrl.mermaid.loverrr**
> Das ist #jensonmarlowe 2.0 … kann sie bitte in das
> loch zurückgehen aus dem sie gekrochen ist?
>> **@KayandJayandMay.1.1.1.3**
>> PREACH, GIRRRRL (oder BOYYY oder PERRRR-
>> SON xD) Wetten, dass sich wieder irgendwelche
>> Pseudofeministinen auf ihre Seite stehlen??

@therealjensonmarlowe
@byjensonmarlowe.ofc du bist nicht allein!
@unicorn.girrrl.mermaid.loverrr
Ich hasse sie. Wie kann man nur so falsch sein?!
Wetten, sie denkt dass sie jetzt die Kronjuwelen
neu designen kann? An sie ist ihr Talent verschwendet #cancelsiennarutherford
@d1am0nds_are_a_g1rls_bf
Lernt erstmal, Feministinnen (und alles andere)
richtig zu schreiben ... Ist euch aufgefallen, dass
sich weder das Königshaus noch Rutherford Diamonds geäußert haben? Hauptsache haten und
spekulieren ... Gehirnzellen sind Mangelware,
wie es aussieht.

19 weitere Kommentare anzeigen

@tru3lov3st0ries_instagramm
Off-topic, aber mich erinnert das voll daran, wie
@rmacalastair17 und @alice_k__ damals Instagram-
official geworden sind^^ Das Foto ist genauso süß <3
<3 #reedmacalastair #nhl #buffalosabres #truelo-
veinstagram #love

    @rmacalastair17
    danke! aber wie stellt man die benachrichtigun-
    gen aus wenn man ein mal verlinkt wurde? bei
    allem respekt, ich kenne die leute hier nicht
    @alice_k__
    Ignoriert ihn, ich stelle es ihm später ein.

102 weitere Kommentare

@spill_the_tea_with_me.ofc.uk
Für Hinweise und Insider-News zu sowohl Prince Nicolas als auch Sienna Rutherford sowie ihnen nahe-
stehende Quellen bieten wir ein großzügiges Hono-
rar. Angebote und Inhalte bitte an harriet@intern-

spilltheteawithme.news.uk

@not.a.tree.but.still.a.willow vielleicht?

@wes_but.without.buttercup_0871_

Glückwünsche an das glückliche Paar! Auch Royals verdienen die große Liebe – wo sie eben hinfällt #americanprincess

@gemmabella.diamondofthefirstwater

Himmel, Sienna ist auch nichts heilig, oder? Wie kann man nur so verzweifelt Publicity suchen? Und der Prinz ist auch nicht cleverer ... uns ist allen klar, welches Körperteil gerade am Steuer war, als er sie geküsst hat. Oder sie ihn?

@not.a.tree.but.still.a.willow

Echt so!!! Prince Nicolas hat eine Bessere verdient! (Du hast eine PN ;D)

243 weitere Kommentare

Am Campus hatte ich mich schnell in der Bibliothek verschanzt. Mit einem Tisch im direkten Sichtfeld der Aufsicht würde mich niemand ungestraft ansprechen. Allein dieser Gedanke machte den Weg dorthin, inklusive zweier Fragen nach Nicks und meinem Beziehungsstatus, drei Kommentaren über mein furchtbares Image und der freundlichen Bitte, ich möge doch einfach sterben, erträglich. Kaum angekommen, schrieb ich Nick eine schnelle Reihe an Nachrichten:

*Können wir **bitte** ein Statement veröffentlichen, in dem wir mit den Beziehungsgerüchten aufräumen?*
Ich schlage #princezoned als Hashtag vor.

Im Ernst, ich werde ständig angesprochen. Können wir die
Leute in den Tower werfen?

So. Der Ton klang locker genug, dass Nick nicht sofort anrief und sich Sorgen um mein Seelenheil machte, aber drei
Nachrichten waren auch ein Zeichen für Dringlichkeit. Sicherheitshalber schaltete ich dennoch den Flugmodus an
und aktivierte erst dann das WLAN erneut. Anrufen war damit definitiv vorgebeugt. So sehr uns Menschen, die uns sogar beide kannten, für ein Paar hielten, an ausuferndem
Kontakt mit dem Prinzen hatte ich keinen Bedarf. Er hatte
mich getäuscht. Absichtlich oder unabsichtlich, das Ergebnis
blieb. Eigentlich war ich ja selbst schuld. Mich schon wieder
auf jemanden wie ihn einzulassen, das war mein eigener
Fehler. Einer, den ich mit jeder schlaflosen Nacht, die ich
schon gehabt hatte und noch weiter haben würde, würde
büßen müssen. Irgendwann würde sich der Ärger von Nick
auf mich selbst verschieben, bis ich ihn schließlich in dieselbe Ecke meiner Gedanken stopfte, in der ich auch die letzten
Monate vor Semesterbeginn aufbewahrte.

Noch immer trug ich es ihm nach, mir nicht ins Gesicht
gesagt zu haben, dass es einen Unterschied zwischen frei-
laufenden Adeligen, die niemand auseinanderhalten
konnte, und einem Prinzen gab. Alle hier hatten gewusst,
dass ich mir nichts aus Titeln und ihren Zusammenhän-
gen machte, auch Nick. Er hatte das Thema Adel nicht vertiefen wollen, sein gutes Recht, aber dann hätte er doch nicht
annehmen dürfen, dass ich fachlich versiert war.
Eine Nachricht erschien auf meinem Sperrbildschirm.

Was das angeht, müssen wir reden. Kann ich dich anrufen?

Nein, konnte er nicht. Ich war in der Bibliothek. Ich begann zu tippen.

Ich kann gerade nicht (frei) sprechen. Was ist los?

Sofort wurde meine Nachricht als gelesen markiert. Er schrieb.

Hugh denkt, ich will unsere Beziehung vor ihm geheim halten und sogar mein Cousin (auch Prinz; er wird später König) zweifelt an meinen Beteuerungen.

Und?

Ich sehe das Problem nicht. Es geht weder Hugh noch den Prinzen etwas an?
Zeig dich mit Mary oder einer anderen Freundin, führ sie zum Tanzen aus oder was Royals eben tun, und schon sind wir auch medial wieder nur Freunde?

Nick schrieb. Dann pausierte die Anzeige. Dann schrieb er wieder.

Niemand glaubt, dass wir nur Freunde sind, nicht einmal unsere Freunde oder meine Familie ...
Das Ganze generiert immer mehr Aufmerksamkeit und mein Großvater (der König; der andere hat kein Social Media) wäre nicht begeistert, würde ich mich zu oft mit wechselnden Damen zeigen.

Der Prinz sollte also handzahm wirken und sein perfektes Image aufrechterhalten. Wo dann sein Problem lag, konnte nur er selbst verstehen. Wir gaben ein Statement heraus und fertig. Nick wartete einige Zeit, bis alle das Bild vergessen hatten. Danach konnte er daten, wen er wollte, und ich hakte die Episode als weitere Jugendsünde ab. Genau das schrieb ich ihm.

Cammie, ich weiß, dass es viel verlangt ist, aber würdest du für einige Wochen meine Freundin spielen?

Hell no. Das hatte er nicht wirklich geschrieben, oder? Nick wusste es besser, spätestens nachdem er erlebt hatte, was allein eine gespielte Hochzeit mit mir gemacht hatte. Er wusste es besser, er konnte mich das nicht fragen, er durfte es nicht. Ich schloss den Chat und schaltete sowohl an meinem Handy als auch am Laptop das Internet aus. Eine Fake-Freundin. Ich. Never ever.

Mit der Männerwelt hatte ich abgeschlossen. Eher fand ich zum Glauben und trat in ein Kloster ein, als mich dem ein weiteres Mal auszusetzen. Kein Mann würde mir wieder so nahekommen, dass er mir wehtun würde, das hatte ich mir geschworen. Es hatte nur eine Party gebraucht und schon war es wieder passiert. Wie es aussah, brauchte es keine Beziehung, damit ein Mann mich verletzte. Freundschaftliche Bitten reichten aus.

Davon abgesehen ... warum wollte er das? Was hatte Nick, britischer Prinz mit Verbindungen zum Thron, davon, eine skandalbelastete Amerikanerin zu daten, wenn nicht sein Herz involviert war? Und das konnten wir ausschließen, dem Himmel sei Dank. Ich verstand ihn nicht. Irgendwie wollte ich ihn auch nicht verstehen.

***

Ich wollte das nicht. Ich wollte das nicht und die entgan-

155

genen Anrufe von Nick, mit denen mich mein Handy begrüßte, als ich es reaktivierte, änderten auch nichts daran. Und als sich Grandpa einmischte und ein Telefonat verlangte, hatte sich meine Meinung ebenfalls nicht geändert. Ich wollte das nicht. Ich war nicht für Beziehungen gemacht. Meine letzte hatte mich nicht nur meine Kollektion gekostet, sondern auch einen Großteil meines Charakters und meiner Leichtigkeit. Hätte man mir vorher gesagt, dass man sein eigenes Wesen verlieren konnte, nur, weil man jemanden datete und das Ganze zerbrach, hätte ich die Person für bedingt intelligent gehalten. Letztlich war nur ich diejenige, die bedingt intelligent durch ihr Leben stolperte und wartete, dass es endlich wieder das eigene wurde.

»Grandpa?« Wie es aussah, wollte er nicht einen Telefontermin vereinbaren, sondern genau jetzt mit mir sprechen. Wenigstens war ich in meiner Wohnung, ohne zu neugierige Menschen um mich herum, ohne Leute, die bezeugen konnten, wie mein Großvater und ich entweder aneinander vorbei redeten ... oder aneinandergerieten. Den Anruf wegzudrücken hätte das Problem nur vertagt, das hatte ich mit der Yacht gesehen. Niemand hatte sich genau erinnern können, wer die Nachbarsjacht versenkt hatte – wenn ich an meine Fahrkünste dachte, hatte ich mich im Verdacht, aber dann wiederum hatte ich immerhin einen Führerschein und Clarke beispielsweise nicht – und die Versicherungen hatten sich etwas geziert, aber wenn Geld keine Rolle spielte, waren das nur lästige Probleme, keine Krisen.

»Sienna.«

Ich wartete darauf, dass er einen vollständigen Satz anhängte, aber außer Papierrascheln im Hintergrund kam nichts von seinem Ende des Telefonats. »Ist alles in Ordnung?«, fragte ich schließlich. »Mit Rutherford Diamonds ... und mit dir?«

Damit verschlug es ihm vollends die Sprache. Verständlicherweise. Weder er noch ich konnten uns daran erinnern, wann ich das letzte Mal nach ihm als Mensch gefragt hatte. Meistens waren wir mit Gesprächen über das Unternehmen beschäftigt oder einer von uns regte sich über den anderen auf.

»Ich habe Nachricht von den Investoren für meine Linie«, fuhr ich fort, solange ich seine ungeteilte – und stumme – Aufmerksamkeit hatte. »Sie sehen wie ich die Chancen, die ein Launch zur Weihnachtszeit mit sich bringen würde. Geschenke, besonders auch für eine jüngere Zielgruppe ...«

»Deshalb rufe ich nicht an.« Und schon war es mit der stummen Aufmerksamkeit vorbei. Es gab wohl wenig Belebenderes für meinen Großvater als die Möglichkeit, mich auszubremsen. »Die sicher plausiblen Punkte kannst du mir zukommen lassen, ich sehe sie mir an. Der Grund für unser Gespräch ist ein anderer. Dein europäischer Prinz und du sorgt nach wie vor für Spekulationen und ich bin zu dem Schluss gekommen, dass es sich als vorteilhaft erweisen könnte, diese zu nutzen.«

»Du willst, dass ich Nick date«, übersetzte ich.

»Aktuell sieht dich die Welt als verzogenes Partygirl, das auf Kosten von Rutherford Diamonds über die Stränge schlägt und nach dem Chaos, das sie in New York hinterlassen hat, jetzt auch den europäischen Hochadel aufmischt.«

»Sehr charmant«, warf ich ein, damit Grandpa den Stich, den mir seine Worte versetzten, nicht bemerkte.

»Rutherford Diamonds mit diesem Image in Verbindung zu bringen, ist problematisch. Und doch bist du eine

Rutherford, dein Verhalten wirkt sich immer auf das Unternehmen aus. Ich habe dich nach Bollington geschickt, um deinen negativen Einfluss einzuschränken.« Er seufzte. »Offensichtlich war das nicht weit genug.«

Seine Worte waren ein Dolch, mit dem er wieder und wieder zustach, auch wenn ich schon ausblutete. Ich presste die Lippen aufeinander.

»Jetzt eine seriöse Beziehung vorzuweisen und zumindest einen Teil der aktuellen Schlagzeilen positiv zu konnotieren, könnte zur Abwechslung einen positiven Effekt haben.«

»Und natürlich würde Rutherford Diamonds sehr davon profitieren.« Ich biss mir auf die Unterlippe.

»Jetzt denkst du wie eine Unternehmerin.« War das Stolz in seiner Stimme? Vermutlich war das eher mein Wunschdenken. »Natürlich würde sich, angesichts der Vorwürfe nach deiner letzten Beziehung, der Launch der Kollektion, die du planst, um einige Wochen oder Monate nach hinten verschieben. Damit es nicht wieder Vorwürfe gibt, du würdest eine Beziehung ausnutzen. Schlechte Presse können weder du noch Rutherford Diamonds gebrauchen und eine Veröffentlichung würde Öl ins Feuer gießen.«

»Ich denke, es ist an der Zeit, dass du verstehst, dass ich keine Linie plane«, ich betonte das Wort, »sondern realisiere. Die Planungen sind abgeschlossen, die Formalitäten geklärt, die Investoren begeistert. Ich möchte *by Sienna* mit Rutherford Diamonds umsetzen, aber im Gegensatz zum Rest ist das ein Wunsch, keine Bedingung. Wenn ich muss, ziehe ich das alles auch ohne dich durch.«

»Denkst du nicht, dass *by Sienna* aktuell wie eine weitere deiner Launen wirken würde?«

Eine weitere meiner Launen?

»Denkst du nicht«, setzte ich an und kämpfte darum, den schnippischen Ton, den er mehr als verdient hatte, zu unterdrücken. Weiterbringen würde mich das bei ihm letztlich auch nicht. Grandpa hörte nur auf dem Ohr gut, das ihm geschäftlich etwas brachte. Emotionalität war nichts, worauf er ansprang. »Denkst du nicht«, wiederholte ich deutlich gefasster, »dass ich Jensons«, der Name gingt mir beinahe ohne Stocken über die Lippen, »Version unserer Zeit nur bestätigen würde, würde ich mich jetzt mit Nick treffen und dann den Launch durchziehen? Ich sehe nicht, wie eine Alibi-Beziehung irgendjemandem nützen würde.«

Jetzt war von meinem Großvater nichts mehr zu hören; Asher Rutherford hatte übernommen und ich mochte zwar seine Enkelin sein, konnte mir davon aber nichts erwarten. »Ich formuliere es anders: Mit jeder Schlagzeile zerstörst du deinen Ruf und den des Unternehmens ein Stück mehr. Und trotz aller meiner Mühen kann ich weder dich noch Rutherford Diamonds vor dir schützen. Sienna, du musst jetzt Schadensbegrenzung betreiben und sowohl dich als auch deine künftige Linie als verlässlich und seriös präsentieren. Geh eine Beziehung mit dem Prinzen ein, ob echt oder gespielt spielt keine Rolle. Der Junge hat Charme, vielleicht färbt genau das auf dich ab?«

Ich schnaubte und setzte zu einer Erwiderung an. Grandpa gab mir nicht einmal die Chance, einzuhaken.

»Du wirkst wie ein Partygirl außer Rand und Band. Das Image deines Prinzen kann dir nur guttun, lass dich von ihm zähmen, zumindest nach außen hin. Gib dem Ganzen bis Semesterende, danach realisieren wir *by Sienna* mit Rutherford Diamonds.«

Ich lachte auf. »Sorry, dasselbe Versprechen, das du, seit du es das erste Mal gegeben hast, immer an neue Bedingungen geknüpft hast? Ich lasse mich nicht länger mit leeren Worten abspeisen, Grandpa. Oder Mr Rutherford, falls dir das lieber ist.«

»Sienna ...«

»Lass einen deiner Assistenten ein Angebot aufsetzen und mir die sicher plausiblen Punkte zukommen, dann sehe ich sie mir an. Es mag ja eine meiner Launen sein, aber nachdem ich dir das letzte Mal vertraut habe, habe ich plötzlich Literatur studiert. Sieh es mir nach, wenn ich mir diesmal schriftlich geben lasse, was ich dafür bekomme, dass ich diese Beziehung spiele. Ich erwarte keine Wunder oder Traumbedingungen für die Linie. Mach ein vernünftiges Angebot und ich nehme es an. Danke für deine Zeit und deinen Vorschlag.«

Das Ende klang beinahe geschäftsmäßig, schätzte ich. Immerhin konnte Grandpa nichts dagegen sagen, wenn ich ihn mit seinen eigenen Waffen schlug, auch wenn er mir vorwerfen konnte, kleinlich und nachtragend zu sein. Aber ich würde für *by Sienna* über Leichen gehen, angefangen mit meiner.

»Nun denn, Miss Rutherford.« Diese Schiene also. Ich reckte das Kinn vor, auch wenn er es nicht sehen konnte. »Du kannst den Entwurf in den nächsten vierundzwanzig Stunden erwarten.«

»Es freut mich, mit dir Geschäfte zu machen«, entgegnete ich und beendete das Gespräch mit ein paar höflichen Floskeln. Ich hatte gewonnen, auf irgendeiner Ebene. Warum fühlte es sich trotzdem wie verlieren an?

***

Das Angebot war gut. Besser, als ich es erwartet hatte und großzügiger, als es Asher Rutherford entsprach. Vielleicht war mein Großvater doch nicht ganz in dem Geschäftsmann verloren gegangen. Ankündigung innerhalb der nächsten drei Monate, Veröffentlichung maximal sechs Wochen später, keine Fallstricke und Hintertürchen. Unnötig zu sagen, dass ich annahm.

Blieb nur mein Teil des Deals, den ich zu erfüllen hatte. Hoffentlich hatte Nick seine Meinung nicht geändert. Ich verabschiedete mich endgültig von dem Gedanken, in diesem Kurs etwas mitzubekommen, und zückte mein Handy.

Nick?

Mehr tippte ich erstmal nicht in mein Handy.

Cammie?

Die Antwort kam sehr schnell.

*Was genau würde das bedeuten, deine Freundin zu spielen?
Ich trage keinen dieser unansehnlichen Hüte, die sich
Frauen bei euch auf den Kopf schnallen. Ich bin ein Mensch,
kein Wegweiser für landende UFOs.*

Die Nachricht schaltete nicht sofort auf gelesen um, doch den Chat zu schließen und mich anderweitig zu beschäftigen kam auch nicht in Frage. Alle paar Sekunden tippte ich auf das Display, damit es sich nicht abschaltete, sortierte in der Zwischenzeit meine Kugelschreiber neu in den Stiftehalter ein, rückte die Ordner im Aktenschrank zurecht und wartete. Trotzdem setzte mein Herz einen Schlag aus, als Nick endlich antwortete – und dann nur eine Reihe Emojis schickte, die gleichzeitig lachten und weinten.

Wenn das deine größte Sorge ist, bist du für den Job geboren.
Die Antwort ist: Keine Angst, keine Hüte. Tee könnte ich dir
nicht ersparen, aber keine Hüte. Im Winter empfehle ich
aber Mützen; der Wind in London ist KALT O.o

Maximal informativ, Hoheit. Durchlaucht? Was auch immer. Vorher hatten mich solche Details nicht interessiert, aber nun würde ich mich wohl oder übel damit auseinandersetzen müssen.

Die Frage war ernst gemeint ... was würde das bedeuten?
Fotos? Hier und da ein gemeinsamer Spaziergang?

Diesmal musste ich nicht lange auf eine Antwort warten.

Auch. Vermutlich ein paar Dates. Restaurants, Events, aber
auch am Campus. Als würdest du einfach so mit mir
Ausflüge machen, nur eben mit etwas mehr Show ... und
vermutlich einem Sicherheitsdienst.

Das klang erstaunlich machbar. Eine normale Beziehung spielen, wenn hinter verschlossenen Türen alles anders war. Wenn ich das mit Jenson in den letzten Wochen geschafft hatte, konnte ich das auch mit Nick. Für die Kollektion – und damit irgendwie auch für mich.

Hast du morgen Uni?

Nick tippte schnell. Nur wenige Sekunden später kam seine Nachricht.

Nur Labor, warum?

Warum wohl, Prince Nick? Sicher nicht, weil ich meine neue Leidenschaft für Literaturkurse entdeckt hatte, auch wenn ich zugeben musste, dass Mittelenglisch mir zunehmend weniger kryptisch vorkam.

Du kannst mich um 11 von meinem Kurs abholen; Standort schicke ich dir
Wenn du mir Kaffee – keinen Tee – bringst, bitte mit Hafermilch und mindestens zwei Päckchen Zucker

Wieder bekam ich eine ganze Armee lachender Emojis, dann:

It's a date :)

Kapitel 15

SPILL THE TEA WITH ME (UK) – DER BLOG
Britain's Sweetheart ist off the market*
Ein Artikel von H. Hastings

Tragische Neuigkeiten oder freudige Nachrichten? Wie auch immer man zu der Information, dass ausgerechnet Britain's Sweetheart, Prince Nicolas, Platz vier der Thronfolge, neben seinem akademischen Glück nun auch sein privates Happy End am ländlich gelegenen Oakfield College gefunden hat, stehen mag – es macht sie nicht weniger wahr. Doch wer ist die Frau, die das Herz unseres Lieblingsprinzen im Sturm erobert hat?

Brünett und in weißem Kleid mag sie auf den Fotos unbekannt, wenn nicht gar unscheinbar gewirkt haben. Doch bei genauerem Hinsehen handelt es sich bei der Partnerin des Prinzen weder um eine Unschuld vom Lande noch um ein unbeschriebenes Blatt.

Sienna Camille Rutherford, amerikanische Erbin eines Schmuckimperiums und in ihrer New Yorker Heimat als Tabloid Princess Dauergast in den Schlagzeilen, ist nicht nur reich, schön und wild, sondern auch die Ex-Verlobte des Modedesigners Jenson Marlowe. Ihre Biografie kann ihrem Wikipedia-Eintrag entnommen werden – uns interessiert vielmehr, was es mit dieser stürmischen Romanze auf sich hat.

Der Prinz und seine Freundin haben sich, so berichtet eine unserer Quellen, auf dem Campusgelände kennen- und lieben gelernt:
»Sienna Rutherford hat sich gleich zu Beginn mit dem Prinzen gut gestellt, seinen Freundeskreis infiltriert und so seine Aufmerksamkeit langsam auf sich gerichtet«, so eine anonyme Vertraute der Erbin. Statements aus dem uns bekannten Umfeld des Prinzen wurden verweigert. Eines ist jedoch gewiss: Am Oakfield College ist es mit medialem Desinteresse vorbei, jetzt wo Großbritanniens Prince Charming seine American Princess dort gefunden und mit einem Kuss an sich gebunden hat. Über alle weiteren Entwicklungen halten wir Sie natürlich auf dem Laufenden.

*Angaben ohne Gewähr

Haben auch Sie spannende Informationen über die glitzernde Welt der Oberschicht? Zögern Sie nicht, sich an uns zu wenden! Sie erreichen uns unter harriet@intern-spilltheteawithme.news.uk *– wir freuen uns auf Sie!*

Letztlich brachte Nick mir keinen Kaffee mit, sondern stand mit bedauerlich leeren Mehrwegbechern in den Händen in einem der altehrwürdigen Flure der Universität vor meinem Kursraum, als ich die »Einführung in die Englische und Amerikanische Literaturwissenschaft; Schwerpunkt Abenteuerromane der Kolonialzeit« verließ. Im Gegensatz zu Hugh, der die Romane tatsächlich wöchentlich las, hatte ich nicht das Geringste Interesse, mich mit fiktiven Briten der falschen Jahrhunderte und ihren

Verbrechen auseinanderzusetzen. Abenteuerromane. Das einzig Abenteuerliche an diesen Romanen waren die Facetten von Rassismus, die man damals ganz ohne Internet schon verbreitet hatte. Umso mehr war ein Kaffee der Lichtblick gewesen, wenn auf den Kurs schon ein falsches Date mit einem Mann, dem ich noch immer nicht ganz verziehen hatte, folgte.

»Hey.« Nick lächelte mich an, als hätte es den vergessenen Abend und die anschließenden seltsamen Gespräche zwischen uns nie gegeben. Als wären wir einfach nur zwei Freunde, die sich verabredet hatten.

»Hey.« Ich zog ebenfalls die Mundwinkel nach oben. Mit etwas Glück würde es wie ein freundliches Lächeln aussehen. »Ich rieche keinen Kaffee.«

»Ich dachte, wir könnten uns einen holen. Das Chemie-Pharmazie-Gebäude hat ein gutes Café, das einen Spaziergang wert ist. Besser als Labor-Kaffee oder das, was sie hier als solchen verkaufen.« Er zwinkerte mir zu und irgendeine Studentin hinter mir seufzte.

Himmel, Nick war wirklich nichts, worauf sie eifersüchtig sein musste. Aber sie konnte ihn gern haben, wenn sie wollte. »Okay«, sagte ich, obwohl ich angesichts des Regens draußen hatte protestieren wollen. Als ich morgens hergekommen war, hatte es deutlich weniger nass und windig ausgesehen und ein Blick aus dem Fenster reichte, um mich davon zu überzeugen, dass ich mit meinen Stoffschuhen wirklich keinen Bedarf an Spaziergängen über den Campus hatte. Aber Ausflüchte zu finden, wenn es unbequem wurde, war auch nicht meine Art, also tat ich, als wäre Nicks Vorschlag gut und winkte Hugh zu uns.

Lucy im Schlepptau kam er herüber und sah von Nick zu mir. »Also doch ein Paar.«

Das würde ich ihm nicht beantworten. »Wir gehen spazieren«, teilte ich ihm stattdessen mit. »Falls es dich heute nicht in den Regen zieht, können wir Lucy mitnehmen und ich bringe sie dir in einer Stunde wieder zurück?«

»Können wir«, beeilte Nick sich zu bestätigen, nachdem ich ihm einen vielsagenden Blick zugeworfen hatte. »Was sie sagt.«

Hugh lachte, sah aber von Nick zu mir und zurück, bevor er schließlich nickte. »Da sage ich natürlich nicht nein«, meinte er. »Ich bin nicht böse, wenn ich in Ruhe essen gehen kann.«

Das konnte ich mir vorstellen. An seiner Stelle würde ich den Speisesaal auch dem Regen draußen vorziehen. Aber schlechtes Wetter oder nicht, Lucy war die perfekte Begleitung für dieses Date – und der ideale Grund, sich irgendwann zeitnah verabschieden zu können. Eine Hündin, die man ihrem Besitzer zurückbringen musste? Perfekt.

Hugh stattete uns mit Kotbeuteln und Leine aus, dann strich er Lucy zum Abschied über den Kopf und nickte uns zum Abschied zu. »Danke euch.«

»Keine Ursache.« Nick erwiderte das Nicken und zupfte leicht an der Leine. Lucy sah sich einige Male nach Hugh um, zwei Ecken später hatte sie aber verstanden, dass wir nach draußen gingen, und übernahm die Führung.

Es war ein Wort, das Elodie eher verwenden würde als ich, aber jeder Schritt neben Nick war irgendwie … awkward. Wir hatten zu viel zwischen uns stehen, um entspannt und scherzend nebeneinanderher zu laufen, hatten unter all dem aber genug Sympathie, um nicht gezwungen zu wirken. Nur brachten wir auch keine filmreife Inszenierung eines Pärchens in der College-Zeit auf die Bühne.

Ein paar Schritte im Regen reichten, um mich meinen

absurd winzig zusammenfaltbaren Schirm aus der Tasche ziehen zu lassen. In New York hatte Jenson immer einen Schirm zu Hand gehabt, selbstverständlich auf seine Garderobe abgestimmt, weswegen ich nie einen hatte mitnehmen müssen. In Dingen wie diesen war er der perfekte Gentleman gewesen.

»Du verdienst es, wie eine Prinzessin behandelt zu werden.« Ein Kuss auf die Schläfe, ein dadurch wackelnder Schirm und ein paar verirrte Regentropfen auf meinem Arm. »Du bist meine Prinzessin, oder nicht?«

Tja, jetzt war ich keine Prinzessin und hatte meinen eigenen Schirm. Ich beeilte mich, ihn aufzuspannen und mich mit ihm nicht nur vor dem Regen, sondern auch vor ungebetenen Echos des letzten Mannes, mit dem ich auf Kaffee-Dates gegangen war, zu schützen. »Nick?«, fragte ich, um Jenson endgültig aus meinem Kopf zu vertreiben, und nickte in Richtung Schirm. So klein er auch verstaut werden konnte, so groß war er in funktionalem Zustand. Groß genug für uns beide, soviel stand fest.

»Tausche Hund gegen Schirm?« Der junge Mann hielt das Ende der Leine hoch und machte eine Geste in Richtung Schirm. »Sonst musst du dich am Ende noch strecken.«

»Der Deal klingt gut.« Ich zögerte, ehe ich ihm ein Lächeln schenkte. »Danke, Nick.«

Er erwiderte das Lächeln. »Dafür nicht.«

Während er uns heroisch gegen die Regentropfen verteidigte, übernahm ich eine wild schnüffelnde Lucy, die unser Grundtempo eindeutig für zu gering hielt. Ihr Pech. »So«, sagte ich irgendwann, als die Stille zwischen uns die Grenze von in Ordnung zu unangenehm überschritt.

»So.«

Nicht hilfreich, Nick. Sonst war er auch nie um einen

frechen Spruch verlegen. »Wie genau«, setzte ich an und senkte die Stimme, »läuft das jetzt? Das mit uns.«

»Mit uns?«

Ich verdrehte die Augen, zog Lucy sanft, aber bestimmt, von einem Haufen zweifelhafter Herkunft weg, und warf Nick einen eindeutigen Blick zu. Er musste sich nicht dumm stellen. Der Typ studierte Pharmazie und zwischenmenschlich war er sonst auch gut zu gebrauchen. Er hatte keinen Grund, so zu tun, als wäre es anders.

»Ziemlich so, wie ich geschrieben habe«, kam es irgendwann von ihm, als ich ihn lange genug angeschwiegen hatte. Na also, es ging ja doch. »Wir sollten uns mehrfach die Woche sehen, idealerweise nicht nur in Gruppen, und auch außerhalb des Geländes Zeit miteinander verbringen. Ich würde das durchziehen, bis uns beiden geholfen ist. Versprochen.«

»Versprochen«, echote ich. Ein Team auf Zeit, gemeinsame Outings. Damit konnte ich leben. Aber er? Warum wollte er damit leben? Was brachte es ihm? Ich brachte ihm nur Chaos, sonst nichts. Oder? Na ja, er musste es wissen, schätzte ich. »Ich war lange nicht in London.« Ich nickte ihm zu. »Wir können einen Ausflug dahin machen.«

Nick lachte. »Was ist in London? Tower? Westminster Abbey? Beefeaters? Du bist niemand für ein Touri-Programm, Cammie.«

»Für Fleischfresser muss ich auch nicht nach London fahren. Dafür reicht ein Besuch in jedem beliebigen Speisesaal hier.« Ich rümpfte die Nase. Menschen stellten alles aus.

Einen Augenblick lang sah Nick mich ungläubig an, dann lachte er mich an ... oder aus. »Yeoman Warders?«

Bitte wer? Ich blinzelte ihn an.

»Yeoman Warders? Die Wachen vor dem Tower of London?« Nick schüttelte nur den Kopf. »Ich gebe auf. Was ist Interessantes in London? Harrods?«

Das Kaufhaus. Am ehesten noch. Bevor ich irgendwelche Wachmänner ansah oder vor Gebäuden stand, bei denen die Bilder im Internet schmeichelhafter waren als das echte Bauwerk, lief ich auch durch ein überfülltes Kaufhaus. Eigentlich waren aber einzelne Boutiquen oder ordentliche Restaurants mehr mein Ziel. Wann hatte ich das letzte Mal eine wirklich gute Mahlzeit gehabt? Es musste noch in New York gewesen sein. »Essen.«

»Wir haben großartiges Streetfood.« Er klang so stolz, als hätte er es selbst zubereitet.

»Nicht das, was ich im Sinn hatte, aber bestimmt.« Camden Market und vergleichbare Orte, schätzte ich. Notfalls sah ich mir auch das an. »Du magst Streetfood?«

Er lachte. »Ich mag alles, was ich nicht selbst kochen muss und, wichtiger, was nicht von meiner Mum gekocht wurde. Versteh mich nicht falsch, meine Mutter ist toll, aber wann immer wir konnten, sind Dad und ich vor ihren Kochkünsten geflüchtet und haben die Imbisse der Stadt unsicher gemacht. Der Sicherheitsdienst hat es gehasst, aber ich habe es geliebt. Streetfood verbinde ich sehr mit meiner Kindheit.« Jedes Mal, wenn Nick eine animierte Geste machte, schüttelte er die Tropfen am Rand des Schirms auf mich ab.

Trotzdem wurde das Lächeln auf meinem Gesicht immer breiter, je länger er sprach. Sein Vater klang nach einem großartigen Mann.

»Aber sei vorgewarnt: Wenn man mich auf einen der Märkte loslässt, esse ich mehr, als mir guttut. Nicht, dass mich das an irgendwas hindern würde.«

Plausibel. Und so begeistert, dass ich geneigt war, mich

das nächste Mal anzuschließen. Falls sein Streetfood nicht genießbar war, bot die Hauptstadt immerhin Ausweichmöglichkeiten.

»Aber New York ist auch ein kulinarisches Highlight, oder?«

Diesmal war ich es, die ihre Antwort mit einem Schulterzucken einleitete. Was wusste ich schon von New Yorks Straßen und Ecken, deren Imbissbuden und Märkte als Geheimtipp galten? Man hatte mich wie eine Prinzessin behandelt, das stimmte. Dazu, meinen Palast zu verlassen, hatte ich nie einen Anlass gehabt, geschweige denn Grund oder Bedürfnis. Aber je länger ich hier war, desto mehr kam mir mein Palast wie ein goldener Käfig vor – erst mit Edelsteinen verziert, dann mit Stoffen verkleidet. »Möglich. Ich bin mehr Typ Sternerestaurant, muss ich gestehen.«

»Wenn du mich in einen Imbiss an der Straße begleitest, führe ich dich in ein Londoner Restaurant mit Warteliste für Reservierungen aus.« Die freie Hand zum Einschlagen erhoben sah er mich an.

Ich schlug ein. Auf ein Versprechen mehr oder weniger kam es auch nicht mehr an. »Das klingt nach annehmbaren Bedingungen.«

Wir steuerten auf das Pharmazie-Gebäude zu. Wären Nick, der zielstrebig auf den Eingang zuging, und das große Schild mit dem Fachbereich nicht, hätte ich es nie als solches erkannt. Wie der Rest des Colleges war es aus Stein, dem man die Jahre seiner Existenz ansah, und zum Teil mit Efeu überwachsen. Nicht gerade das, was man als Räumlichkeiten für hochmoderne Labore und was auch immer Pharmazeuten und artverwandte Wissenschaftler noch an Arbeitsplätzen brauchten, erwartete. »Dürfen wir mit Lucy bis zum Café?«, fragte ich.

Mein Date hielt in der Bewegung auf den Türgriff zu inne. »Ich habe beim besten Willen keine Ahnung. Ein Kommilitone hat seinen Assistenzhund dabei, aber rein rechtlich zählt das nicht als Tier, also ...« Nick sah mich an. »Kaffee mit Hafermilch und viel Zucker?«

Ich hatte ihn nicht erinnern müssen – wow. Es war, als schaltete er damit eine Attraktivität, die nichts mit seinem Äußeren zu tun hatte, frei; machte sie für mich sichtbar. Ich überspielte den Eindruck mit einem geschäftigen Nicken. »Notfalls auch ohne Milch, Hauptsache keine Kuhmilch oder Sojamilch.«

»Ist notiert. Ein Wasser für die Dame?« Diesmal nahm Nick Lucy ins Visier. Diese zeigte sich vollkommen ungerührt von dem Angebot und kroch halb in ein Gestrüpp.

Nick drückte mir den Schirm in die Hand und beeilte sich, ins Innere des Gebäudes zu kommen. Lucy war mit sich selbst beschäftigt und ich hatte keine Hand frei, um mein Handy rauszuholen. Stattdessen war ich einer kichernden Gruppe Studierender ausgeliefert, die mir erst zuwinkte und den Mangel an abweisenden Reaktionen meinerseits als Einladung, zu mir zu kommen, interpretierte.

Bei der Gelegenheit schoss eine blonde junge Frau gleich ein Foto von mir, wie ich vermutlich halb durchnässt, mit Hund und Schirm und unperfektem Outfit vor einem Trakt auf dem Campus stand, in dem ich absolut nichts verloren hatte. Je näher die Gruppe kam, desto bekannter kamen mir ein paar der Gesichter vor. Eine der Frauen in der Gruppe kannte ich für meine Verhältnisse gut. Willow?

»Sienna!« Definitiv Willow. Sie machte einige Schritte auf mich zu, die Arme ausgebreitet und offensichtlich auf eine Umarmung aus.

Ich wich ihr zur Seite aus und positionierte den Schirm zwischen uns.

»Sienna, schön dich zu sehen!«

»Cammie«, korrigierte ich. Nur weil irgendwelche Zeitschriften und Online-Blogs mich konsequent bei meinem eigentlichen Namen nannten, hießt das nicht, dass ich auch wieder so genannt werden wollte.

Sie zuckte mit den Schultern. »Der Name passt nicht zu dir.«

Das hatte sie schon einmal gesagt, oder? Ich biss die Zähne zusammen und lächelte zuckersüß. Wer wusste schon, wann das nächste Foto nahte? »Das ändert nichts an der Tatsache, dass es mein Name ist. Wie kann ich helfen?«

Eine Studentin, deren dunkle Haare zu beneidenswert langen Locs geflochten waren, verlagerte das Gewicht von einem Fuß auf den anderen. Was auch immer sie fragen wollte, wenn es sie solche Überwindung kostete, war die Frage vermutlich entweder unangemessen oder über die Maße neugierig. »Ist es wahr, dass du die Universität verklagst?«

Willow stieß ihrer Freundin den Ellenbogen in die Seite. Okay, das hatte sie wohl nicht fragen sollen.

Langsam schüttelte ich den Kopf. »Nein«, betonte ich, für den Fall, dass mein Kopfschütteln fehlinterpretiert wurde. »Ich verklage aktuell niemanden, von den gelegentlichen Klatschblättern und ihren sogenannten Quellen abgesehen. Keine Ahnung, wer das Gerücht in die Welt gesetzt hat, aber die Person ist es, die verklagt gehört.« Den letzten Satz konnte ich mir nicht verkneifen.

»Die hätte es auch nicht anders verdient, meinst du nicht?« Eine neue Stimme mischte sich mit ein und ehe ich verstand, warum Lucy geradezu unter ihrem Busch hervorschoss, hatte ich mich selbst umgedreht und Nick gesehen. Seine befüllten Mehrwegbecher in den Händen kam er zu mir und tauschte den Schirm wortlos gegen einen der beiden aus.

»Meine ich.« Ich nippte an meinem Kaffee und verbrannte mir prompt die Zunge. »Danke.«

»Ich kann mir nicht vorstellen, dass irgendjemand freiwillig Klage einreicht. Wie dem auch sei.« Er sah zu den Studentinnen, dann zu mir. »Deine Freunde?«

»Ja«, antwortete Willow im selben Moment, in dem ich verneinte.

»Wir kennen uns flüchtig«, fügte ich der Diplomatie halber hinzu. »Können wir? Hugh wartet auf seinen Hund?«

Nick verabschiedete uns freundlicher, als ich es getan hätte und trat mit Lucy und mir den Rückweg an. Kaum außer Hörweite ließ ich das Lächeln fallen und rümpfte die Nase. »Meinem Instinkt nach verkauft Willow Geschichten an die Presse. Eigentlich kann sie mich nicht ausstehen, weil sie denkt, ich hätte Elodie, Hugh und dich ihr vorgezogen, weil ihr Titel habt.«

Er schnitt mir eine Grimasse. »Sie wirkt etwas anstrengend.«

»Und du wirkst etwas euphemistisch.« Ich nippte einmal mehr an meinem Getränk, diesmal vorsichtiger, und lächelte. »Aber mit dem Kaffee hattest du recht. Euer Café war den Spaziergang mehr als wert.« Ich sah zu ihm hoch. »Und die Gesellschaft.«

Kapitel 16

WERBEANZEIGE.

Pretty in Pink: Wanna be my Princess? by Jenson Marlowe
👑 Ob (Abschluss-)Ballkönigin, Brautjungfer oder Damsel
in Distress – mit der bald erscheinenden »Pretty in Pink«-
Kollektion des Stardesigners Jenson Marlowe wird jede*r
zur Märchenprinzessin 👑
♡ Wir lieben die Kooperation zwischen Jenson Marlowe
und internationalen Modehäusern! Sie auch? Dann si-
chern Sie sich JETZT eines der Stücke – die Welt kann nie
genügend Prinzessinnen haben! ♡

»Hier, lass mich!« Nick stellte den Thermobecher, der mit
dem beginnenden Laborpraktikum zu seinem ständigen
Begleiter geworden war, mit ins nächstbeste Regal und
machte Anstalten, mir meinen Bücherstapel abzunehmen.
»Wohin?«

Ich trat die Sammelbände, die ich auszuleihen plante,
an ihn ab. Nicht, dass sie inhaltlichen Mehrwert für mein
oder irgendjemandes Leben mit sich brachten, aber am
Oakfield College glaubte man offenbar nicht, dass Feuer
heiß war, ohne einen wissenschaftlichen Beleg zu zitieren. Dementsprechend hatte ich eine ganze Liste an Bü-

chern bekommen, die ich für Elodies und meine gemeinsame Studienleistung heraussuchen und zu unserem Meeting mitbringen sollte. Die Ergebnisse schleppte besser Nick als ich. »Ausgang. Die brauche ich wohl länger.«

»Sieben?« Nick zog eine Augenbraue nach oben. »Das Ausleihlimit sind zwei Bücher pro Fakultät.«

Das war die Art von Information, die ich gern gehabt hätte, bevor ich meinen Morgen damit verbracht hatte, den Code, nach dem Bücher einsortiert waren, zu entschlüsseln und die Teile anschließend auch zu finden. So was sagte man nicht nur in der Einführungsveranstaltung am College. Das Event schwänzten ohnehin die meisten Menschen mit vernünftiger Vorstellung von Freizeit. Informationen wie diese gehörten auf ein großes Schild, mehrfach in der Bibliothek verteilt. Mindestens. »Sie werden eine Ausnahme machen müssen«, entschied ich.

Doch diese Entscheidung wankte, als wir gemeinsam zur Ausleihtheke gingen. Die Frau, die hinter dem Tresen saß, war mit Sicherheit keine Studentin – oder eine, deren Semesterzahl mindestens dreistellig geworden war. Vermutlich eher eine Rentnerin mit zu viel Freizeit. Personal wie dieses war ein zweischneidiges Schwert. Hatten Angestellte zu wenig andere Faktoren in ihrem Leben, über die sie sich identifizierten, brannten sie für ihr Unternehmen, die Marke, ihren Beruf. Aber dieselbe Begeisterung schlug zu oft auch in beginnenden Fanatismus und eine chronische Selbstüberschätzung um. Fast wie in Beziehungen wurde man solche Menschen nur schwer wieder los. Die Augen der Bibliotheksangestellten verengten sich zu Schlitzen, als sie den Bücherstapel sah, und sie nahm sofort mich ins Visier.

»Komm.« Ich berührte Nick am Ellenbogen, damit er mir die Bücher zurück in die Bibliothek trug. Warum hatte ich mich bereit erklärt, die Bücher für Elodie und mich zu holen? Ich hatte den ganzen Vormittag verschwendet.

»Du willst schon aufgeben?« Mein Fake-Freund schürzte die Lippen. Ein Funkeln trat in seine Augen und er blinzelte einmal. Es dauerte nur diese eine Sekunde, um den gelegentlich frechen, meistens aber gutmütig-netten Studenten in Englands Vorzeigeprinz zu verwandeln. Der Unterschied war subtil, das Lächeln eine Spur nahbarer, die Augen ein bisschen verschlossener und der Rücken nur ein paar Grad von vollkommen vertikal entfernt. Ich war selbst damit aufgewachsen, Haltung und Mimik zu einem Werkzeug zu machen, konnte mich ebenso verstellen wie er – und doch war ich von seiner Leichtigkeit beeindruckt. Nichts an dem Prozess wirkte unnatürlich oder wie eine Maske, die er aufsetzte. Es war, als hätte ich eine weitere Facette des Mannes vor mir freigeschaltet – eine, die zu sehen sich bisher schlicht nicht ergeben hatte. Vor mir stand noch immer der Nick, der mich mit einem Umzugskarton umgerannt hatte. Nur um eine unsichtbare Krone erweitert.

Er wartete nicht erst auf mich, sondern lief direkt auf die Angestellte zu. Wieder fixierte sie den Bücherstapel, dann mich einige Schritte hinter Nick. »Entschuldigung«, begann er und drehte sich so, dass er den Blick auf mich komplett versperrte, »ich weiß, dass Sie mir die vielen Bücher eigentlich nicht mitgeben dürfen.«

Damit nahm er der Frau vermutlich alles vorweg, was sie an Aussagen tätigen konnte. Sie nickte langsam, die Miene keine Spur entspannter. »Eigentlich« war vermutlich eines der Wörter, die ihre Alarmglocken schrillen ließen.

»Sehen Sie, ich bräuchte diese Bücher über das Wochenende, um einen Trip nach London realisieren zu können. Geburtstag meines Großvaters.« Er ließ den Zusatz genau so lange wirken, bis Erkennen über das Gesicht der Frau huschte und sie die Verknüpfung von Student-mit-Extrawünschen zu Prinz-der-zum-Geburtstag-des-Königs-muss herstellte. »Es ist alles andere als ideal, dass ich den Samstag nicht hier verbringen kann. Sie wissen nicht zufällig, an welche Ansprechpartner ich mich für eine Ausnahme wenden kann?«

Langsam gab die Bibliotheksangestellte ihre Abwehrhaltung auf und schenkte Nick ein zögerndes Lächeln. »Wie alt wird Ihr Großvater denn?«, fragte sie. Ihre Stimme war überraschend freundlich.

Dass Nick den Charme nur noch weiter hochdrehte, konnte ich ihm ansehen, noch ehe er antwortete. »Neunundsiebzig. Die ganze Familie reist an, ich kann schlecht als einziges Enkelkind schwänzen.«

»Natürlich nicht«, beeilte sie sich, ihm zuzustimmen. Ich machte einen halben Schritt zur Seite, um gänzlich freie Sicht auf die Frau zu haben. Sie war wie ausgewechselt. Am selben Platz mit demselben Gesicht saß eine Frau, die sich von der vorhin nicht mehr hätte unterscheiden können: umgänglich, fast schon zuvorkommend.

»Der Professor zeigt sich wegen einer Verlängerung nicht kompromissbereit und langsam fühle ich mehr wie die Jungfrau in Nöten als wie ein heroischer Ritter.« Die Rolle Prince Charming hatte er perfektioniert, das musste man ihm lassen. Sogar ich glaubte ihm fast, dass er die Bücher für sich brauchte – und ich hatte sie selbst herausgesucht.

Ein Seufzen entwich der Angestellten, gefolgt von einem unterdrückten Lachen. Ziemlich sicher stand bei den Briten und ihren seltsamen Gesetzen die Todesstrafe auf das Auslachen königlicher Sprosse. Allerdings war Nick zahm genug, um Gnade vor Recht ergehen zu lassen.

»Es ist eine absolute Ausnahme«, begann sie, »aber wir können schlecht den König wegen einer Uni-Leistung versetzen, richtig?«

Nick antwortete nicht, strahlte sie aber vermutlich so sehr an, dass er sie halb blendete. Anders konnte ich mir nicht erklären, wie sie erst Nicks Konto öffnete und dann jedes der Bücher verbuchte und ihm ordentlich gestapelt zurückgab. »Danke«, sagte er nun doch, eine Art von distanzierter Wärme in der Stimme, die ich noch nie von ihm gehört hatte.

Die Dame sagte noch etwas, das ich aber nur halb mitbekam. Nick nahm den Stapel entgegen und bedeutete mir mit einem Nicken, ihm zu folgen. »Die Freundin«, meinte er an die Dame gewandt. »Deutlich interessanter als all die Schinken zusammen, aber dafür glücklicherweise ohne Rückgabefrist.«

Der Witz war so furchtbar, dass es nur jahrelange Übung war, die meine Miene vor völliger Entgleisung bewahrte. Doch die Frau lachte laut auf. Im Gegensatz zu mir fand sie den Witz anscheinend hervorragend.

»Das war einfacher als gedacht.« Nick stieß mich leicht mit dem Ellenbogen an und grinste. »Wobei ich mich schon frage, was du mit den Schinken planst.«

»Weltherrschaft natürlich.« Ich verdrehte die Augen.

»Natürlich. Und jetzt im Ernst? Hausarbeit?«

Schlimmer. Gruppenprojekt. Eines, das Elodie viel zu ernst nahm, um sich mit einer halbherzigen Prüfungsleistung zufrieden zu geben, und eines, für das sie so sehr brannte, dass sie mir maximal Handlangerjobs zutraute. Etwas vor den Kopf gestoßen hatte sie mich damit. Ich musste Dinge nicht mögen, um sie durchziehen zu können, ich musste nicht innerhalb meiner Komfortzone sein, um Leistung zu erbringen. Ich war hier, oder nicht? Und noch war ich weder verstorben noch akademisch untergegangen. Eine versenkte Yacht war nichts!

»Elodie hat mich wegen der Bücher geschickt. Wir sollen einen Aufsatz schreiben. Die Zahl der Seiten ist kleiner als die der Quellen; damit ist alles gesagt.« Ich strich mir die Curtain Bangs, die mittlerweile definitiv zu den schlechteren Entscheidungen in meinem Leben zählten, aus dem Gesicht. »Danke. Du hast was gut bei mir.«

Er zuckte mit den Schultern. »Unseren Food-Tasting-Trip verschieben wir dann, schätze ich. Du wirst meinen Großvater mögen.«

Hell no. Fremde Großväter waren ein No-Go. Meiner war Zumutung genug, mit anderen wollte ich nichts zu tun haben. Eine Krone auf dem Kopf änderte absolut nichts daran. »Kommt nicht in Frage.«

Nick zog eine Augenbraue nach oben. »Du hast Pläne, die wichtiger als eine Einladung in den Palast sind?«

»Ich habe ein Leben«, betonte ich, »das wichtiger ist als eine Einladung in den Palast. Abgesehen von einem Aufsatz, den ich schreiben muss.«

»Mit Elodie.«

»Mit Elodie«, bestätigte ich.

»Elodie ist auch in London«, sagte Nick leise. »Sie und meine Großmutter sind ein Herz und eine Seele. Das, und sie fährt bei mir mit. Falls du dich gefragt hast, warum sie die Bücher alle ausleihen wollte.«

Umso besser. Wenn Elodie eigentlich auf einem Familientreffen war, konnte ich sie überreden, mich den ersten Entwurf des Aufsatzes schreiben zu lassen, und hatte damit einen Grund, Nick nicht begleiten zu können. Für »Meet-the-Family« war ich nicht bereit, würde es vielleicht jeder Presseaktion zum Trotz nie sein. Das war es, was den Unterschied von Spiel zu Realität verschwimmen ließ. Anonymen Fremden vorzumachen, ich würde Nick daten, das war eine Sache. Aber seine Familie kennenzulernen würde es irgendwie real machen. Und das war wirklich das letzte, was ich wollte. »Das nächste Mal vielleicht.«

Ich hasste, wie verletzlich meine Stimme bei den Worten klang, und ich hasste, dass Nick das Thema augenblicklich fallen ließ. Für jemanden, dem ich eigentlich nicht trauen sollte oder wollte, machte er seinen Job ziemlich gut.

»Wohin soll ich die Bücher bringen?«

»Du kannst sie mir auch geben.« Ich verlagerte das Gewicht von einem Bein auf das andere. Die Stimmung, wie sie jetzt war, missfiel mir. Ich brauchte Abstand, um mich zu sammeln und meine Mauern wieder hochzuziehen.

»Kommt nicht in Frage. Wenn jemand sieht, wie ich meine Freundin«, er zog beide Augenbrauen nach oben und warf mir einen eindeutigen Blick zu, »den ganzen Stapel schleppen lasse, können wir morgen entweder von einer Beziehungskrise lesen, oder ich gelte als der miserabelste Gentleman des Landes.«

Ich zwang mich zu einem Lachen. »Das können wir natürlich nicht riskieren. Wobei wir dich immer noch nach New York umsiedeln könnten, falls du hier geächtet wirst.«

»New York«, echote er. »Irgendwann will ich das auch sehen.«

»Du warst noch nie?«

Er schüttelte den Kopf. Na das war kein großer Verlust. New York hatte furchtbare Hotdogs, Autofahrer, gegen die ich mustergültig lenken konnte, jede Menge Staub und wenn die Stadt nicht gerade erfror, verwandelte sie sich in eine Sauna. Sie war ... mein Zuhause. Ein Zuhause, in dem ich nicht war und in das ich mich irgendwie auch nicht zurückzukehren traute.

»Das solltest du irgendwann ändern.«

»Sollte ich. Und ich sollte die Bücher abstellen, bevor ich einen Bandscheibenvorfall bekomme. Leider forsche ich nicht an Schmerzmitteln, die ich mir eben im Labor zusammenmischen kann.« Er zwinkerte mir zu.

Fuck, die Bücher. Über New York hatte ich sie schon wieder vergessen. »Sorry, Elodie sitzt im Speisesaal, soweit ich weiß. Ich gehe noch deinen Becher holen und komme nach.«

»Shit, ja. Danke, Cammie, den hätte ich vollkommen vergessen.«

»Wir sind ein gutes Team.« Gelegentlich.

Nick schien die Halbherzigkeit nicht zu hören oder bewusst zu überhören. Mir sollte es nur recht sein. Hauptsache er lief in Richtung Elodie und ich atmete in Ruhe und ohne Publikum durch. Und danach würde ich mich um eine Ausrede für das kommende Wochenende kümmern.

***

Wie es aussah, musste ich mich um keine Ausrede kümmern, Mutter Natur stellte mir bereitwillig eine zur Verfügung. Sehr zu Elodies Leidwesen – wobei sie gut reden hatte. Sie war nicht diejenige, die sich von Wärmflasche zu Wärmflasche hangelte und nur versuchte, den Tag mit Schmerzmitteln und drittklassigen Filmen herumzubringen.

»Langsam glaube ich, niemand will mit mir feiern gehen«, quengelte sie am Telefon. »Erst hat Jean ihre Tage, wenn wir die Hochzeit feiern, und jetzt, wo Nick dich zu seinen Großeltern schleppen will, fällst du damit aus.«

»Sei froh, dass du nicht diejenige bist, die sich gefühlt

abstechen lassen muss«, murmelte ich und angelte nach dem Eistee, den ich gestern aus einem der Getränkeautomaten des Colleges gekauft hatte. Für einen Softdrink war er zu wenig süß, aber eine Packung Zucker aus dem Café hatte dahingehend Abhilfe schaffen können.

»Ja.« Elodie seufzte. »Hast du eine Ahnung, wie langweilig das heute wird? Selbst mit Nick, Conrad, Josephine und mir ist der Altersdurchschnitt mindestens über vierzig. Und die ewigen Politik-Themen ... Du kannst dir nicht vorstellen, wie zäh es spätestens nach dem zweiten Stück Kuchen wird. Es gibt nichts Schlimmeres als Rentner, die sich nicht in das Tagesgeschehen einmischen dürfen, aber zu viel Meinung haben, um sich damit abzufinden!«

»Ich gehe davon aus, dass deine englischen Rentner nicht anstrengender sind als meine amerikanischen. Alle mit zu viel Geld, zu viel Einfluss und eindeutig zu viel Freizeit, um sich ständig in irgendetwas hineinzusteigern.« Ich atmete tief durch, als sogar ich meinen Tonfall für zu schnippisch befand. »Tut mir leid. Ich weiß, du würdest den Aufsatz lieber selbst schreiben, aber spätestens heute Abend hast du einen Entwurf und kannst dich damit von deiner Feier verabschieden.«

»Meine Rettung!« So theatralisch wie sie seufzte, hatte sie sich mit Literatur für den falschen Studiengang entschieden. Sie hätte eine Schauspiellaufbahn in Erwägung ziehen sollen. Das, oder die zwei Jahre, die ich älter war, machten einen immensen Unterschied und ich war zu erwachsen für ihre Teenager-Dramatik. Vermutlich ein bisschen von beidem.

»Grüße an Nick, ja?«

»Ja.« Eine kurze Pause. »Gute Besserung, Cammie.«

»Danke. Ich melde mich.« Damit legte ich auf, schaltete den Flugmodus ein, ehe noch mal jemand auf die Idee kam, mich anzurufen, und schaltete den Film wieder ein. Irgendjemand beging einen fatalen Fehler und wurde zum ersten vieler Opfer des Horrorstreifens, aber wirklich mitfühlen konnte ich nicht. Wer ständig den falschen Menschen vertraute oder niemanden hinterfragte, bettelte quasi darum, verletzt zu werden. Der Tod war nur die Extremform des Ganzen.

Vielleicht waren Horrorfilme nicht die ansprechendste Form von Hintergrundkulisse, egal für was, aber Actionfilme verstand ich meistens nicht und Schmonzetten ... nein. Liebe, Happy End und Probleme, die sich auf magische Art und Weise lösten, brauchte ich nicht. Weder im echten Leben noch auf dem Bildschirm. Damit war ich durch.

Ich angelte nach einem der Bücher, die mittlerweile in meiner Wohnung zwischengelagert waren, und blätterte im Inhaltsverzeichnis herum, bis ich einen Aufsatz fand, der sich als Quelle eignete: Nicht zu lang, thematisch halbwegs passend und mit etwas Glück voller Nebensätze, die sich passend zum Kontext oder auch zweckentfremdet zitieren ließen. Für vier Seiten würde es schon reichen, wenn ich ein paar der Texte überflog und einzelne Stellen einbezog. Elodie würde ohnehin die Feinheiten anpassen; die Grundarbeit konnte ich schon leisten. Egal, wie langweilig ich es fand.

Eineinhalb Stunden und einige Leichen im Film später hatte ich drei Seiten voller Stichpunkte und herausgeschriebener Zitate angesammelt, die nur noch zu einem kohärenten Text umgestaltet werden mussten. Nach einer Pause. Ich schaltete den Flugmodus meines Handys wieder aus und wurde wie üblich von einer Flut an Instagram-Markierungen empfangen. Das Smartphone stürzte ab, ließ sich wiederbeleben und ich wischte die meisten

Push-Benachrichtigungen zur Seite. Ein Großteil verlinkte mich in irgendwelchen Posts zu Rutherford Diamonds oder meiner Beziehung zu Nick – kein Grund, die Beiträge zu lesen oder zu liken. Diejenigen, die Jenson erwähnten, waren sowieso gesperrt; was leider nicht hieß, dass nicht dennoch einige Kommentare zu mir durchdrangen, die Querverweise oder auch direktere Meinungen enthielten. So auch heute. Ich schluckte.

Eigentlich sollte ich sie nicht ansehen. Nicht antippen, sondern löschen, sperren, was auch immer. Eigentlich wollte ich sie auch nicht ansehen. Eigentlich.

Bevor ich mich wie sonst zusammenreißen und die App schließen konnte, hatte ich den Beitrag ganz oben auf der Liste geöffnet. Ein Bild, wie Nick und ich mit Lucy unterwegs waren, glücklicherweise eines, auf dem mein Outfit nicht aussah, als hätte mich das Oakfield College verschluckt und pünktlich zu einem Regenschauer wieder hochgewürgt. Wir zwei plus Hund sahen beinahe ästhetisch aus; Nick in einem der Filzmäntel, die er tragen konnte wie kein anderer, ich in einem weniger wetterfesten Trenchcoat daneben, beide aufeinander abgestimmt.

Das Wollkleid, das ich unter dem Trenchcoat trug, hatte ich viel zu lang nicht mehr ausgeführt. Dabei war es gleichermaßen süß wie nerdy. Wenn ich es trug, fühlte ich mich nur noch zu neunzig Prozent wie ein Fremdkörper in meinem Studiengang.

Die Kommentare unter dem Foto, auf dem Lucy so treu zu Nick aufsah, dass man sie beinahe für gut erzogen halten konnte, waren dagegen deutlich weniger wertvoll. Wie üblich datete Sienna Rutherford nur, um sich selbst zu platzieren und für einen Marketing-Coup in Position zu bringen. Keine Romantik involviert, nur Berechnung.

Es war genauso wie damals mit Jenson. Und mein Ruf

hatte damals den geringsten Schaden abbekommen. Wie von selbst wanderte meine Hand in Richtung Hals, hielt aber inne, ehe meine Finger die Haut dort berühren konnten. Ich drückte die Fingernägel in die Handinnenfläche und zuckte vor mir selbst zurück. Als hätte ich auch einen physischen Beweis dafür gebraucht, dass Beziehungen nur wehtaten, auf allen Ebenen.

Mit jedem hasserfüllten Kommentar, mit jedem *#cancelsiennarutherford* oder *#teamjenson* brach mein Herz ein Stück mehr, jedes *#savetheprince* ließ mich etwas fester auf meine Unterlippe beißen. Das hier war kein gesunder Lebensraum für mich, das wusste ich, aber die App schließen konnte ich auch nicht. Also scrollte ich mich weiter durch eine Flut an kritischen Kommentaren verschiedener Schweregrade und zwang mich, bei jedem, der nett war oder sogar den liebesblinden Nick und die manipulative Sienna in Schutz nahm und die Attribute negierte, zu lächeln. Irgendwie würde ich mein Gehirn schon darauf trainieren, das als positiv zu werten, auch wenn es eine Beziehung bejahte, die ich nicht führte oder führen wollte.

Ich kämpfte mich durch den Kommentardschungel, bis ich bei einem Account stehen blieb, der wie meiner oder Jensons verifiziert war und den Titel »Prince« im Handle trug. Conrad. Das war der Thronfolger, oder? Mit der Hochzeit? Ach, sollte mal jemand den Überblick über die Royals behalten. Er gratulierte uns nur dazu, dass wir es gleich an der Uni geschafft hatten, uns zu finden, ohne uns sofort wieder aus den Augen zu verlieren. Im Gegensatz zu ihm und Josephine. Darunter hatte seine Verlobte mehrere Herzen kommentiert.

Immerhin setzten die beiden eine Zäsur, nach der sich die Kommentare zunehmend für uns aussprachen. *#americanprincess* und *#reallifehallmark* machten sich zu

Trend-Hashtags, fürchtete ich. Aber es hätte schlimmer sein können. Und vielleicht konnte ich, wenn auch nur für den Moment, aufatmen, das Handy zur Seite legen, und mich der aktuell dringenderen Baustelle widmen: dem Aufsatz.

Kapitel 17

THREADS

@petunia_n0.j0ke.1.am.actually.nice
Heeey, bin ich die einzige, die igrendwie enttäuscht war,
dass sienna rutherford nicht beim trooping the whatever
(b-day des königs, für alle nicht-briten) dabei war?? Like,
jetzt haben wir eine american princess (to be) und sie wird
erstmal versteckt?? wtf ist da los, so zum schämen sind
wir amis auch wieder nicht …

@authorjamieandersen__x0x0
Josephine Sanderson neben Prince Conrad, Lady Elodie
vertretungsweise an Prince Nicolas' Arm … die Monarchie
ist JUNG und ich bin so was von happy darüber! Wer es
wie ich nicht erwarten kann, die Hals-über-Kopf-Bezie-
hung zwischen Prinz 2 und seiner Schmuckprinzessin live
zu verfolgen, für den wären vielleicht meine Royal Romance Romane etwas? Einen Prinzen, fast so zum Anschmach-
ten wie den echten, findet ihr in »Prince Undercover –
Vom Bodyguard zum Märchenprinz« ♡ Und »Von Prinzen
und anderen Fröschen« ist aktuell über KU kostenlos zu
lesen – oder überall, wo es Bücher gibt xD

@the_winthrope_family.ofc
Auch hier möchten wir HM dem König unsere herzlichsten

Glückwünsche zum Geburtstag überbringen und uns für die freundlichen Gesten und Schreiben in seinem Namen bedanken. Eine besondere Freude ist es für seine Majestät, dass auch die jüngste Generation seiner Familie den Weg in die Hauptstadt auf sich genommen hat, um diesen Tag mit ihm zu begehen. Und nun von uns an Sie: Haben auch Sie einen wundervollen Sonntag im Kreise Ihrer Liebsten!

Bevor ich zu meinem ersten Unikurs aufbrechen musste, überflog ich den Rest des Anhangs, den die Ansprechpartnerin, die Grandpa mir mit Abschluss unseres Vertrags an die Seite gestellt hatte, mit ihrer Mail geschickt hatte. Soweit lief die Produktion gut an, die Zahlen stimmten und die Rechnungen konnte ich so, wie sie waren, an meinen Großvater weiterleiten, während sie die Koordination mit der zuständigen Stelle bei Rutherford Diamonds übernahm. Das Ganze nahm Gestalt an. Mehr als das, das Ganze wurde greifbar. Die ersten Stücke nach Fertigstellung konnten Ende der Woche schon bei mir sein, so die Information.

Bei mir, hier in Bollington? Kam nicht in Frage. Ich wollte die Schmuckstücke nicht mit der Grundausstattung an Werkzeug, die ich dabei hatte, unter einer Schreibtischlampe begutachten, ich brauchte einen ordentlichen Arbeitsplatz. In diesem Stadium übersehene Mängel würden uns Millionen kosten, mindestens. Ehe ich eine finale Freigabe erteilte, musste ich sicher sein können, dass ich mein Okay für etwas gab, worauf ich auch meinen Namen schreiben wollte. Rutherford Diamonds war ein Vorzeigemodell für Qualität, *by Sienna* musste diese Fußstapfen ausfüllen. Mindestens.

Ich schrieb ihr zurück, dass sie meinen Besuch in London organisieren und die Angestellten informieren konnte. Wir hatten eine Außenstelle, wir würden sie nutzen. Sienna Rutherford kam am Samstag, das gab dem Team dort Zeit, sich vorzubereiten und zu sortieren. Die letzten Anfragen in meinem Postfach waren schnell abgearbeitet und ich packte auch meinen Laptop in die Tasche, die ich mit zum College nehmen würde.

Auf dem Weg nach draußen schob ich noch ein Leckerli für Lucy in meine Tasche. Nur eines pro Kurs, damit war Hugh deutlich gewesen, aber hinter der strengen Miene und dem erhobenen Zeigefinger hatte er sein Lächeln kaum verstecken können. Jemand, der extra seine bevorzugte Futtermarke bestellte, um seinem Hund etwas zustecken zu können? So unerwartet wie ihn das getroffen hatte, konnte seine Ex-Freundin nicht einmal dieses Level an Mühe in Lucy und vor allem ihn investiert haben. Das Beziehungsende schien ihm nicht zu viel auszumachen.

Meinen Schirm musste ich auf dem Weg zum Campus nicht aufspannen. Ein gutes Omen. Auch im Kursraum bekam ich einen annehmbaren Platz. Der Tag begann nicht schlecht. Als dann auch noch Lucy ihre nasse Nase in den Rock meines Kleides drückte und auf die Suche nach dem Leckerli ging, pendelte sich meine Laune definitiv bei »gut« ein.

»Sieht man dich auch mal wieder.« Hugh begann, sich auf dem Tisch einzurichten und schenkte mir ein kurzes Lächeln zwischendurch.

Ich legte den Kopf schief. »Wie meinst du?«

»Sonst leiht ihr euch meinen Hund aus und verschwin-

190

det. Nick und du, meine ich.« Er lehnte sich etwas zurück. »Nicht, dass ich mich über den Gassi-geh-Service beklagen würde.«

»Du könntest jederzeit mitkommen?«

»Und mich wie das vierte Rad am Dreirad fühlen?« Er schnaubte. »Nein, danke. Zumal ihr schrecklich glücklich miteinander wirkt.«

Glücklich. Wir. Wie realitätsfern konnte man die Dinge sehen? Mein erster Instinkt war, vehement zu widersprechen und Hugh verstehen zu geben, dass glücklich bei weitem nicht das erste Adjektiv war, das mir zu Nick und mir einfiel. Aber unsere Farce baute darauf, dass niemand Verdacht schöpfte. Selbst, wenn ich Hugh blind vertraute, war ein sich füllender Raum am Oakfield College kein geeigneter Ort für solche Gespräche. Nicht wenige Zeitschriften boten gutes Geld für Informationen über die umstrittene Romanze des Prinzen und dem US-Import; Menschen hatten ihre Ohren überall. Also nickte ich nur langsam. Aktiv anlügen wollte ich Hugh auch nicht.

»Gibt es einen Grund, warum du den Geburtstag seines Großvaters geschwänzt hast? Zumindest die Gartenparty hättest du besuchen können, oder? Sie haben sogar vegetarisch gegrillt.« Er zog eine Augenbraue nach oben. Als wäre eine fleischlose Mahlzeit Grund genug, irgendetwas zu tun. Im 21. Jahrhundert hatte das keine große Sache zu sein, nicht erwähnenswert und schon gar keine Leistung, die gewürdigt werden musste.

»Du warst da.«

»Ja? Was hat das mit irgendetwas zu tun?«

»Falls du nicht plötzlich zu Nicks Verwandtschaft zählst, war das Event mehr als eine nette Feier im engsten Kreis.« Falls Könige etwas in der Art überhaupt hatten. Ich war nicht blaublütig, aber es hatte eine Zeit gegeben, in der mein engster Kreis aus Grandpa und mir bestanden hatte. Keine Großnichten oder wie auch immer Elodie genau zum Königspaar stand. »Bevor man Family and Friends auf mich hetzt, sollte ich wenigstens seine Eltern kennenlernen, schätze ich.«

Im Idealfall übersprangen wir diesen Part komplett. Es war nicht so, als planten wir eine gemeinsame Zukunft mit im Schnitt zwei-Komma-vier-sechs Kindern oder was der aktuelle Wert war. Die Familie des anderen kennenzulernen, erschien mir überflüssig.

»Fairer Punkt.« Hugh nickte langsam vor sich hin und zog leicht an Lucys Halsband, als sie einige Schritte zu weit auf Wanderschaft unter den Tischen ging. Dass irgendjemand etwas gegen ihren Besuch hatte, war unwahrscheinlich. Aber das eigene Tier bei sich behalten zu wollen, war auch legitim. »Sein Dad ist großartig. Er hat sogar selbst mitgegrillt.«

»Das ist gut. Nick spricht positiv von ihm«, antwortete ich schließlich. Sie hatten gemeinsam Streetfood für sich entdeckt, mehr wusste ich nicht über den Mann. Ich war eine furchtbare Fake-Freundin, aber mich mit seiner Familie auseinanderzusetzen? Kein Bedarf. Geschwister hatte er keine, das hatte ich über Elodie erfahren, aber damit war das Ende meiner Kenntnisse auch wieder erreicht.

»Zurecht.« Hugh lächelte und richtete den Blick nach vorne, als der Kurs begann. Während er zuhörte, vertrieben Lucy und ich uns die Zeit mit gelegentlichem Anstupsen der jeweils anderen und in meinem Fall zwei eintrudelnden E-Mails, die ich beantwortete. Freitag würden die ersten Schmuckstücke, eine Kette, ein Armband und zwei Ringe, in der Filiale eintreffen; eindeutig an mich adressiert und für den Tresor bestimmt. Man erwartete mich am Samstag.

Es war das, worauf ich hingearbeitet hatte, für das ich mehr in Kauf genommen hatte, als fair gewesen wäre. Aber egal, was es gebraucht hatte, um an diesen Punkt zu kommen, ich hatte ihn erreicht. Nur fühlte es sich fremd und surreal an.

London. Am Samstag. Das erste Wochenende, das ich mit etwas füllte, das ich wirklich mochte oder tun wollte.

Am Ende des Kurses tätschelte ich Lucy zum Abschied den Kopf, ließ die Gebärde, mit der Hugh sie lobte oder komplimentierte, folgen und wandte mich dem jungen Mann zu. »Ich muss für Samstag absagen. Ich habe einen Termin in London, der sich mit dem Treffen der Lerngruppe überschneidet.«

Hugh nickte. »Guter Termin? Oder sollen wir dir eine Ausrede organisieren? Clarke ...«

... wäre ein großartiges Ablenkungsmanöver, aber in diesem Fall mehr als überflüssig. Ich schüttelte den Kopf. »Sehr guter Termin.« Ich lächelte leicht und erlaubte mir – und ihm – einen Teil der echten Freude dahinter durchblitzen zu lassen.

Endlich, endlich bekam ich den Teil meines Lebens, meiner Identität zurück, der einfach gefehlt hatte. Eine Schmuckprinzessin, wie die Medien mich gern nannten, ohne Schmuck war nur eine Prinzessin. *Pretty Princess*, vollkommen nutzlos, überflüssig und eine Spielfigur für andere. Letzteres hatte sich noch nicht genug geändert. Aber das würde sich jetzt ändern. Einen Schritt nach dem anderen. Angefangen mit Samstag.

»Das freut mich, Cammie.« Hugh erwiderte das Lächeln. »Du hast hier kein Auto, richtig? Du kannst meines nehmen, wenn du möchtest. Lucy fährt nur im Kofferraum mit, falls du wegen der Hundehaare Bedenken hast.«

Ein großzügiges Angebot, aber mit Linksverkehr konnte ich nicht umgehen. Und der Rest der Menschheit würde mit mir im Linksverkehr nicht umgehen können ... fuhr ich selbst, würden weder das Fahrzeug noch ich London in einem Stück erreichen. »Danke, Hugh. Aber ich fahre nicht, nicht im Linksverkehr.«

Er nickte langsam. »Das Angebot steht trotzdem.«

»Danke.« Ich packte meine Sachen zusammen und schulterte die Tasche. »Sehen wir uns später? In der Bibliothek?«

Hugh grinste. »Falls du nicht vorher mit deinem Traumprinzen durchbrennst.«

Haha. Unwahrscheinlich. Ich verdrehte nur die Augen und winkte ihm zum Abschied zu. Treffen musste ich mich kurz mit Nick, daran führte kein Weg vorbei, aber im Anschluss sollte ich doch noch etwas dafür tun, dass ich das Semester erfolgreich beendete. Während des Deals mit Grandpa war es wichtig gewesen, aber jetzt, wo aus Cammie zunehmend wieder Sienna wurde, war es essenziell. Ich war keine gescheiterte Existenz und würde auch nie eine sein wollen. Ich würde ihnen schon allen zeigen, dass sie mich unterschätzt hatten.

Im Labor war Nick aktuell mehr als eingespannt. Sein Italienisch litt unter seinem Schwänzen der Lerngruppentreffen, aber Prioritäten mussten gesetzt werden und seine war die Pharmazie. Und wenn ihn ein Kaffee und ein Sandwich aus einem der Shops am Campus während der langen Arbeitstage freuten, konnte ich es ihm auch vorbeibringen. Wir ließen uns zusammen sehen, ich zeigte Engagement ... es konnte so einfach sein. Ein bisschen positives Auffallen, mehr nicht.

Ich war gut darin geworden, mir das einzureden. Dass alles nur Show war und nichts echt. Es war rein für unsere Farce, dass ich wusste, dass Nick das Sandwich mit Putenbrust lieber mochte als das mit Schinken, dass er am liebsten einen Wrap mit Ei dazu aß, aber selbst nicht kaufte, weil er sich nicht zu viel gönnen wollte ... ich kaufte ihm beides und zog einen der Mehrwegbecher, die ich von ihm übernommen hatte, aus der Tasche, um ihn für ihn befüllen zu lassen. Wer den ganzen Tag im Labor stand, brauchte irgendwann auch eine Stärkung. Niemand wusste, wann Nick sonst eine vernünftige Pause machte, also wollte ich nach ihm sehen. Sollte ich nach ihm sehen. Definitiv sollte.

»Sienna!« Auf dem Weg in den Labortrakt, in dem Nick arbeitete oder forschte, kam mir eine seiner Kommilitoninnen entgegen. Sie beäugte die Papiertüte in meinen Händen, dann deutete sie auf einen Flur, den ich sonst nicht entlanglief. »Er ist bei der chemischen Spülmaschine.«

Aha. Chemische Spülmaschine. Teil jedes vernünftigen Haushalts. Ich nickte dennoch, als würde mir die Bezeichnung mehr sagen als die Wortbestandteile für sich genommen – und als hätte sie nicht den falschen Namen verwendet. »Danke.«

»Nick kann froh sein, dich zu haben.«

»Und ich ihn.« Die Floskel kam so automatisch, als hätte ich sie auswendig gelernt und auf ein Stichwort hin abgespult. Dabei überraschte mich jedes der Worte aufs Neue, vor allem aus meinem Mund. Und noch mehr, dass ich es bis zu einem gewissen Grad auch so meinte. Eine Beziehung zu führen oder vorzutäuschen, vor allem mit einer Person des öffentlichen Lebens, war nichts gewesen, was ich für mich gewollt hatte. Aber wenn es schon sein musste, dann konnte ich mich glücklich schätzen, dass es Nick war, mit dem ich in dieser Situation gefangen war. Er hatte mir nicht auf die Nase gebunden, dass er nicht nur ein Adeliger, sondern der verdammte Lieblingsprinz der Briten war. Aber gefragt, das musste ich mir langsam eingestehen, hatte ich auch nicht. Nicht gefragt, nicht gegoogelt. Weil ich so auf Privatsphäre versessen gewesen war, dass ich die Konsequenzen nicht hatte sehen wollen. Vielleicht hatten Jenson und Grandpa recht und ich hatte noch zu viel zu lernen.

Ich machte einige Schritte in die Richtung, in der ich die Spülmaschine und Nick vermutete und wurde hinter einer offenstehenden Tür fündig: Nick, in weißem Kittel und mit Glasgefäßen in den Händen, stand vor einer Art Geschirrspülmaschine, die er gerade ausräumte.

»Hey«, sagte ich und klopfte leicht gegen den Türrahmen.

»Cammie?« Er sah auf. »Komm rein.«

In seinen pharmazeutischen Arbeitsbereich? Ohne Kittel, Brille und andere Schutzmaßnahmen? Sonst ließ er mich immer vor dem Labor oder gleich außerhalb des Bereichs warten. »Sicher?«, fragte ich und zog die Mundwinkel nach oben.

Nick lachte und wiederholte die Aufforderung mit einem Winken. »Das hier ist nur die Pharmazie-Version von Haushalt. Du kannst reinkommen.« Sein Blick fiel auf die Tüte, die ich in den Händen hielt.

»Komm, ich räume das Ding fertig aus und du kannst essen.« Der Vorschlag war gemacht, noch bevor ich darüber nachgedacht hatte. Mein Interesse, mich mit seinen Gerätschaften auseinanderzusetzen, hielt sich in eng gesteckten Grenzen, aber ich bereute es nicht, es ihm angeboten zu haben.

Schon gar nicht, als sich seine Augen überrascht weiteten und er dennoch zögerte, zu antworten. Es fiel ihm schwer, Hilfe anzunehmen. Ich lächelte, diesmal vollkommen ehrlich, und nickte bekräftigend. »Du wirst mich nicht häufig mit Haushalt sehen, nutze deine Chance?«

»Cammie, du musst nicht ...«

Ja. Musste ich nicht. Aber ich wollte. Warum auch immer, aber ich wollte ihm den Gefallen tun und ihn entspannen sehen, wenn auch nur für einen Moment. »Iss. Guten Appetit.«

Nick nickte und nahm seine Tüte entgegen, dann machte er mir Platz, damit ich verschiedene Glasgefäße auf eine Arbeitsplatte stellen konnte. Eine schrecklich monotone Arbeit – die es aber in dem Moment wert wurde, in dem Nick ein erfreutes Quieken von sich gab.

»Cammie!« Sein freudig-überraschtes Grinsen hob den Vorwurf in seiner Stimme wieder auf. »Du musst mir nicht zwei Sandwiches bringen!«

Musste ich nicht. »Ich wollte«, sagte ich. »Außerdem muss ich dich positiv stimmen, weil ich das Wochenende schwänze. Das«, ich wedelte mit der Hand in der Luft herum, »mit dem Streetfood und uns«

Er legte den Kopf schief. »Wie meinen?«, nuschelte er um einen Bissen Sandwich herum.

»Ich habe ein Meeting in London.«

Er zog eine Augenbraue nach oben. »Mit dem Sternerestaurant?«

Wider Willen lachte ich auf. »Rutherford Diamonds. Ich muss in einer Filiale dort vorbeisehen.« Oder so?

»Ist das eine Frage oder eine Aussage? Hat es mit der Schmucklinie ...« Er brach ab und die Frage verlor sich im Nichts.

Hatte ich ihm das erzählt? Nicht, dass ich mich erinnern konnte. Vermutlich hatte er im Internet von der Verschiebung von *by Sienna* erfahren. Ich hatte ihm zu wenig vertraut, um ihm von der Kollektion zu erzählen, um mich so verletzlich zu machen. Aber jetzt? Jetzt vertraute ich ihm, zumindest so weit. Er konnte dieses Detail haben, schätzte ich. »Ja.« Ich steckte das letzte Reagenzglas in seine Halterung. »Die Probestücke kommen an.«

»Nicht hierher?« Er runzelte die Stirn.

Ich zuckte mit den Schultern. »Du kannst deine Medikamente auch nicht in einer Einbauküche zusammenrühren, oder? Ich brauche eine vernünftige Ausstattung, um ein vernünftiges Urteil fällen zu können.«

»Das ergibt Sinn.« Das Papier seines Sandwiches warf er weg, dann widmete er sich dem Wrap, den ich besorgt hatte. »Traust du deinem Team nicht?«

Doch das tat ich, aber ich musste es trotzdem selbst sehen. Meine Linie, meine Kollektion. Ich konnte das nicht aus der Hand geben. »Nein.« Ich presste die Lippen zusammen. »Nicht damit.«

»Niemandem, oder?« Nicks Stimme war sanft geworden, der Wrap auf halbem Weg zum Mund stehen geblieben. »Deine Linie ist mehr als ein Karriereschritt für dich?«

Sie war ... alles. Früher hatte sie sich den Platz mit Jenson geteilt, aber jetzt? Die Kollektion war mehr als Selbstverwirklichung, mehr als mein Beitrag zu Rutherford Diamonds, mehr als ich. Niemand verstand, warum ich so daran hing, nicht einmal ich wirklich. Nick dagegen schien es mühelos zu gelingen – und er bewertete nicht.

Stattdessen nickte er, lächelte, und biss wieder von seinem Wrap ab. »Wie kommst du nach London?«

»Taxi.« Hughs Auto war keine Option, wenn ich heil ankommen wollte.

»Nein.« Er schüttelte den Kopf. »Ich fahre dich. Ich hätte uns so oder so gefahren, ob zum Streetfood oder

so.« Ein Stocken. »Es sei denn, du willst mich nicht dabei-
haben, natürlich«, beeilte er sich hinzuzufügen.

Mein Herz setzte einen Schlag aus. Ich musste mich zusammenreißen, um mir die Freude über den Vorschlag
nicht zu deutlich ansehen zu lassen. Diesmal war ich es,
die bei ihrer Antwort fast über die eigenen Worte stolperte. »Nein! Ich meine, ja. Ich meine, das wäre nett, danke.«
Wärme schoss mir ins Gesicht, dann den Hals hinunter,
als der Mann mir gegenüber mich anlächelte.

»It's a date!«

Und zum ersten Mal wollte ich nicht ganz vehement
widersprechen.

***

Ich hatte mich so dagegen gewehrt, Nick zu seiner Familie zu begleiten, aber an seinem Arm in die Filiale von Rutherford Diamonds zu gehen, fühlte sich fast so an, als
würde ich ihm meine vorstellen. Nicht die Angestellten,
die uns zwar zuvorkommend begrüßten, aber kein Aufhebens um Nicks Titel machten, nicht der Haufen Gold und
Silber, der sich um verschiedenkarätige Edelsteine
schloss ... Meine Familie kam später, als ich die Probestücke in ihren gepolsterten Verpackungen aus dem Safe
nahm und sofort so nervös war, als würden meine engsten Verwandten dem Urteil eines Partners standhalten
müssen.

Unsinn. Nick war nicht mein Partner, nicht wirklich,
und die Kollektion wichtiger als jedes menschliche Fami-
lienmitglied. Weil sie so sehr ich waren, wie man es nur
sein konnte, ohne ich zu sein? Ganz verstand ich mich
auch nicht. Ebenso wenig wie mein Zögern, die Schatullen zu öffnen.

»Cammie?« Nick hielt sich im Hintergrund, den Blick aber auf mich gerichtet, die Augen voller Wärme und die Stimme sanft. Nichts an ihm war wertend. »Alles in Ordnung?«

»Ja.« Ich zwang mich zu einem Lächeln. Warum musste ich mich zwingen? Warum strahlte ich ihn nicht einfach an? Ich hatte meine Kollektion vor mir, ich hatte genau das, für das ich die letzten Wochen, eigentlich Monate, gekämpft hatte, vor mir. Warum zögerte ich? Warum freute ich mich nicht einfach, öffnete die Schachteln und sah mir die Probestücke an? Ich atmete geräuschvoll aus.

»Nervös?« Er legte den Kopf schief und testete die Stabilität eines der Arbeitstische an, ehe er mir einen fragenden Blick zuwarf. Sobald ich nickte, setzte er sich auf die dunkle Platte und ließ die Beine baumeln. Die Geste war so jungenhaft und wollte weder zu dem seriösen Paar, das wir gespielt hatten, als wir im öffentlichen Bereich der Boutique gewesen waren, noch zu dem erwachsenen Mann, der er war, passen. Dafür passte sie zu Nick.

»Ja«, bestätigte ich und zuckte mit den Schultern. »Ziemlich albern, oder?«

Er legte den Kopf in die andere Richtung schief. »Warum denkst du das?«

Weil ich wusste, wie die Stücke aussahen, zumindest in der Theorie. Ich wusste, wie sich die Komponenten zu einem Gesamtbild zusammenfügten, auch, wie sie sich verhielten, wenn sie geformt oder kombiniert wurden. Ich wusste, was herauskommen sollte – aber nicht, was herausgekommen war. Ich hatte die Designs angefertigt, nicht die Exemplare selbst. Und … ich hatte Angst, dass sie den Bildern in meinem Kopf nicht gerecht wurden.

Dass ich enttäuscht war. Von ihnen … und von mir.

»Es ist nicht albern«, sagte Nick und sah mich direkt

an. »Du hast alle Zeit der Welt, ja? Und wenn du lieber allein sein möchtest, ist das auch okay.« Er zwinkerte mir zu, aber dass er das Angebot ernst meinte, stand außer Frage. Er würde sich mir nicht aufdrängen, er würde den Moment nicht an sich reißen. Nie. Das war nicht seine Art. »Ich bin mir sicher, ich kann einer der netten Damen vor der Tür einen Kaffee abschwatzen. Aber egal ob mit mir oder ohne mich, ich bin mir sicher, dass dein Schmuck wundervoll ist.«

Das brachte mich zum Lachen. Die netten Damen würden ihm einen Kaffee bringen und sich vermutlich weigern, ihn jemals wieder mit mir gehen zu lassen. Nick war so sympathisch, so warm, dass sie ihn behalten wollen würden. So wie ich. Ich erwiderte seinen Blick und erlaubte mir, mich von der Zuversicht und dem Vertrauen in seiner Stimme anstecken zu lassen. Der Schmuck würde wundervoll sein.

»Danke.« Ich schenkte ihm ein Lächeln und öffnete den Verschluss der ersten Schatulle. Erst dann fuhr ich mit dem Finger über ihren blauen Samtbezug. In den Händen hatte ich das Armband und seine Verpackung schon eine Weile, aber erst jetzt wurde es wirklich greifbar. Das hier war kein Unikat, das ich entworfen und für mich oder als Geschenk hergestellt hatte, das hier war der Anfang von etwas ganz Neuem. Ich hatte eine Kollektion. Zumindest in Planung, in Herstellung – was auch immer. Das hier war größer als eine einzelne Kette oder ein Anhänger hier und da. Das hier war der Schritt, mit dem ich einen Teil von mir wirklich mit der Welt teilte. Und zum ersten Mal einen Teil von mir, den ich auswählte und freigab.

Langsam öffnete ich die Schatulle und schob die polsternde Watte mit dem Finger zur Seite. Final würden die Armbänder anders verpackt werden müssen, die Fasern aus den Gliedern zu zupfen war unzumutbar, wenn man Geld dafür gezahlt hatte. Aber das filigrane Armband, das sich unter den Fusseln verbarg, war …

Wow.

Tränen stiegen mir in die Augen und ehe ich es wirklich realisierte, liefen sie mir über die Wangen.

»Cammie?« Noch klang Nick nicht alarmiert, definitiv aber aufmerksam. Aus dem Augenwinkel sah ich, wie er sich etwas aufrichtete.

»Es ist wunderschön.« Ein Stein, dessen Größe ich erst vollends realisierte, als er fehlte, fiel mir vom Herzen. Es stimmte. Das Armband war wunderschön – und die Opfer der letzten Zeit wert. Mehr als wert. All die Mühe, all die Zeit, alles, was ich in Kauf genommen hatte, hatte sich gelohnt. Auch hier musste ich mehrmals den Finger über das Stück gleiten lassen, um zu realisieren, dass ich mir keine Perfektion einbildete, wo keine war. Aber die Übergänge waren nahtlos, die Komposition der Bestandteile stimmig, die Eleganz und Jugend genau die Mischung, die ich hatte erreichen wollen.

Ich legte das Armband zur Seite und nahm mir die weiteren Stücke vor, bis ich Kettenverschlüsse getestet, Pendants bewundert und mich in Ringe verliebt hatte. Mit jedem Moment wuchs mein Vertrauen in meine Kollektion und die Umsetzung, bis ich schließlich meine erste Begutachtung abgeschlossen hatte. Als ich wieder aufsah, hatte auch Nick ein Lächeln im Gesicht.

»Nick?«

»Hm?«

»Ich möchte dir die Linie zeigen. *by Sienna.*«

Dass er kein Aufhebens darum machte, obwohl ich ihm ansehen konnte, dass er den Vertrauensbeweis als solchen erkannte, rechnete ich ihm hoch an. Schritt für Schritt kam er zu mir, bis er schließlich über meine Schulter auf die Schmuckstücke sah, die ich ihm eines nach dem anderen zeigte. Und für jedes davon fand er Worte, die mich Silbe für Silbe in Frage stellen ließen, warum ich je nervös gewesen war, sie ihm zu zeigen.

»Sie sind wunderschön«, sagte er und sein Atem in meinem Nacken ließ sich dort Gänsehaut ausbreiten, »und unverkennbar du. Wie man sie sehen und lieben kann, ohne sich in dich zu verlieben ...« Er verstummte.

Ich wagte nicht, mich zu bewegen. Und selbst wenn ich es getan hätte, wie hätte ich reagieren sollen? Etwas sagen? Etwas tun? Ich schluckte schwer und behielt den Blick auf die Kette gerichtet, die ich in den Händen hielt. »Auf den ersten Blick«, brachte ich irgendwann heraus. »Auf den ersten Blick wunderschön, aber wenn man genauer hinsieht ... ich muss ...«

»Du kannst sie später untersuchen und prüfen, aber ich sage, sie sind wunderschön.« Nick räusperte sich. »Ich bin mir sicher, das wird ein zweiter Blick nur bestätigen. Danke, dass du sie mir zeigst. Ich hoffe, du bist so stolz auf dich wie ich.«

Stück für Stück reparierte er, was er nicht kaputt gemacht hatte, und baute meine Mauern wieder ab. Eigentlich war er es, der wunderschön war, innen wie außen, auf den ersten, zweiten und unendlichsten Blick. Aber sagen konnte ich es ihm nicht.

Stattdessen lehnte ich meinen Kopf gegen sein Schlüsselbein und ließ ihn mein Nicken nicht nur sehen, sondern auch fühlen. »Danke, dass du mitgekommen bist.«

»Ich wäre nirgendwo lieber.« Er fasste um mich und nahm mir, als ich nicht protestierte, die Kette aus den Händen. Langsam hob er sie an, wie um sie genauer zu bewundern. »Vor allem, wenn du mit deinen Edelsteinen um die Wette strahlst.« Ehe ich reagieren konnte, hatte er Anstalten gemacht, mir die Kette um den Hals zu legen.

Ich riss die Augen auf und zuckte weg, stieß mit dem Hinterkopf gegen Nicks Nase oder Kinn, in jedem Fall aber gegen genug seines Gesichts, um ihn von mir zu stoßen.

»Wow!« Er stolperte zurück und sah mich an, sein Gesicht ein Spiegelbild dessen, wie meines aussehen musste: erschrocken, überrascht und verwundert. »Cammie?«

Die Tränen, die mir diesmal in die Augen stiegen, hatten nichts mit Stolz oder Freude zu tun. »Sorry, es tut mir leid!«

Nick tastete seine Nase ab und schüttelte den Kopf. »Du bist erschrocken, alles gut. Bist du okay?« Prüfend ließ er den Blick über mich gleiten.

»Ich trage keine Ketten. Nicht seit ...« Ich machte eine Geste, die den Satz mehr schlecht als recht beendete.

»Jenson?«, fragte Nick leise und streckte die Hand nach mir aus, ließ sie aber zwischen uns in der Luft hängen.

»Jenson«, bestätigte ich. »Es tut mir leid, das eben lag nicht an dir!« Ich griff nach seiner Hand, um meine Worte zu verdeutlichen. »Mit dem Armband hätte ich die Geste süß gefunden.«

»Hättest oder würdest?« Einer seiner Mundwinkel zuckte.

»Würdest.« Wir ignorierten, wie falsch die Form klang. Aber das Lächeln, das sich auf seinem Gesicht ausbreitete, und das auf meines übersprang, während er mir eins meiner Armbänder anlegte, war jede falsche Verbform wert.

Kapitel 18

SPOTTED: Prince Nicolas und seine Sienna beim Kauf eines Verlobungsrings?

Am vergangenen Samstagnachmittag konnten Einwohner*innen und Tourist*innen zugleich Zeug*innen eines potenziell historischen Moments werden, als unsere britisch-amerikanischen Turteltauben die Londoner Filiale von Rutherford Diamonds betraten und sie erst Stunden später – und Arm in Arm – wieder verließen. Rutherford, für ihren exquisiten Schmuckgeschmack bekannt und erst seit Kurzem kaum mit solchem zu sehen, wirkte dabei ungewohnt nahbar und freudig. Auch der Prinz, der sie anschließend durch seine Heimatstadt in Richtung Camden Market führte, lächelte freundlich in jede Kamera und hatte sogar das ein oder andere nette Wort für Journalist*innen wie Passant*innen übrig.

So stellt sich nun die Frage, was es *wirklich* mit dem Trip des jungen Paars auf sich hat – steht nur wenige Wochen vor der nahenden Royal Wedding die nächste königliche Verlobung ins Haus? Ja, die beiden sind jung, doch Sienna Rutherford ist nicht dafür bekannt, lange zu warten.

Wie sich die Royal Romance auch entwickelt, mit uns sind Sie beinahe hautnah, in jedem Fall aber so gut wie live, dabei!

»... als unsere britisch-amerikanischen Turteltauben die Londoner Filiale von Rutherford Diamonds betraten«, las Clarke naserümpfend vor und brach ab, noch ehe das Ende des Satzes erreicht war. »Dafür, dass das Blatt verspricht, dafür zu sorgen, dass seine Leserschaft up to date ist, hat es erstaunlich wenig Hausaufgaben gemacht.«

Ich nickte halb abwesend und setzte eine Standardfloskel unter die Mail, mit der ich mein Okay für die Probestücke gab, die ich gestern begutachtet hatte. Einen Tag ansehen, eine Nacht nachwirken lassen, spätestens dann war jedoch eine schriftliche Einschätzung fällig. Clarke hatte sich erbarmt, mir Gesellschaft zu leisten, und sich mit einer Packung Fertigmuffins auf meinem Sofa ausgebreitet. »Für jemanden, der sonst selbst Thema in Zeitungen wie dieser ist, bist du erstaunlich up to date«, meinte ich und drückte auf Senden.

Es stimmte. Clarke, der weder in echt noch in der Presse ein unbeschriebenes Blatt war, sollte es besser wissen. Nicht alles, was geschrieben wurde, war wahr, und Hausaufgaben machten Medien, die solche Texte veröffentlichten, ohnehin nicht. Mit welchem Sinn auch? Ihre Zielgruppe wollte keine informierten Biografien, sie wollten spannende Einblicke in das Leben völlig Fremder – ob es sich dabei um fiktive Geschichten handelte oder nicht. Ich griff nach meinem Glas Wasser und nahm ein paar Schlucke.

»Guilty Pleasure.« Mit einem halben Muffin zwischen den Zähnen war Clarke noch immer gut verständlich. Sänger eben. Ihn würde man auf den Konzerten auch ohne Mikrofon verstehen, so deutlich wie seine Aussprache war. »Aber komm schon Sienna, wenn *du*«, er betonte das Wort, »aus einem Rutherford-Diamonds-Store läufst, ist ihr erster Gedanke nicht ›Oh, sie haben einen Geschäftstermin', sondern eine Verlobung?« Clarke schüttelte beinahe enttäuscht den Kopf. Als ich nicht reagierte, legte er den Kopf schief. »Muffin?«

Ich schüttelte den Kopf und atmete geräuschvoll aus. »Alles okay, danke. Kein Muffin.«

»Wirklich okay ist es nie.« Die ernste Aussage kam aus dem Nichts. Sonst wirkte Clarke nicht so, als würden ihm seine Affären, Drogenexzesse und anderen Eskapaden, von denen er selbst nur über Zeitschriften erfuhr, viel ausmachen. Bis zu einem gewissen Grad war unbeteiligt zu sein nur eine Farce, immer, aber Clarke hatte immer abgebrühter gewirkt, als ich mich gefühlt hatte.

Ich legte den Kopf schief und bedeutete ihm, weiterzusprechen. Den Laptop klappte ich zu.

»Du kennst Xaden?«

Der Name sagte mir etwas. »Deinen Xaden?« Er gehörte zu Clarkes Band und war mir im Smalltalk nie negativ aufgefallen, das wusste ich, mehr aber kaum noch. Es war nicht so, als hätte ich an Jensons Seite viele andere Sozialkontakte gepflegt ... nicht nüchtern jedenfalls.

Clarke verzog das Gesicht. Offensichtlich war die Frage falsch gewesen. »Nicht mein Xaden, aber der Chasing-Silhouettes-Xaden.«

Den kannte ich tatsächlich. Mehr flüchtig von der ein oder anderen Release-Party und stets am Arm eines wechselnden attraktiven Mannes, vor allem aber mit dem besten Rhythmusgefühl auf der Tanzfläche, das ich je erlebt hatte – Clarke eingeschlossen. Gab es in der Band Streit? Als Frontman gab Clarke den Ton an, zumindest, solange das Management es nicht tat, oder? »Ja«, sagte ich, als klar wurde, dass er eine Reaktion erwartete, bevor er fortfuhr. »Warum fragst du?«

Clarkes Miene verdunkelte sich; ein heftiger Kontrast zu dem Grinsen, das er sonst zur Schau stellte. »Xaden hat gerade einen ziemlichen Skandal laufen. Nacktbilder, Aktbilder, diese Größenordnung.«

Fuck. Dagegen waren erfundene Verlobungsgerüchte Kindergarten. »Wie geht es ihm damit?«

Clarke zuckte nur mit den Schultern. »Er trägt es mit Fassung. Nicht sein erstes Rodeo.« Sein Blick traf auf meinen und trotz der ernsten Thematik prusteten wir beide los. »Pun intended.«

»Nicht das erste Mal?«

»Und im Zweifel nicht das letzte Mal«, bestätigte er. »Xaden kommt klar, unser Image wird es auch überleben, wenn wir Instagram mit Fotos von uns und Hundewelpen fluten, es gehört zum Bandleben. Um fair zu bleiben, man sieht niemanden komplett, also ist viel Spekulation dabei. Aber okay ist es nicht. Nicht ganz, nie.«

»Ist es nicht.« Ich presste die Lippen aufeinander. »Wie geht er damit um? Ihr?«

Er seufzte. »Zu widersprechen oder überhaupt Stellung zu beziehen ... damit macht man alles schlimmer, ich weiß, aber abzuwarten und zuzulassen, was schon wieder verbreitet wird, ist auch nicht besser.«

Ja. Leider. »Das tut mir leid.«

Er zuckte mit den Schultern. »Nichts, was nicht vorbeigeht. Und es betrifft mich nur indirekt, falls das hilft. Es sind ja wenigstens keine Fake News über mich im Umlauf.«

Ich nickte langsam.

»Oh shit, sorry. Bisschen close to home, richtig?« Jetzt sah er bestürzt aus, obwohl es um seinen Freund gehen sollte, nicht um mich. Er hatte genug im Kopf, auch ohne sich um meine Historie zu kümmern.

»Alles gut«, hörte ich mich sagen, aber meine Stimme klang kaum nach mir.

»Wir hätten voneinander profitieren können, weißt du?

Ich will den Durchbruch. Ob mit dir oder ohne dich.« Jenson *ließ sich die Kette, die er einem Mannequin abgenommen hatte, durch die Finger gleiten und dann einfach fallen. Mit einem leisen Klacken kam sie auf dem Boden auf.* »Pretty Princess, sehen wir mal, wie viel dir dein hübsches Lächeln und Grandpas Geld wirklich helfen.«

»Eine ganz andere Frage: Wie kommt es, dass du trotz der Band-Fans, die überall zu finden sind, immer noch ohne Bodyguards herumläufst?«

»Auf dem Campus?« Dankenswerterweise nahm Clarke den ungelenken Themenwechsel sofort an und richtete sich auf. »Sienna, niemand braucht hier Bodyguards, wenn das College lieber dichtmachen würde, als einen Vorfall zu riskieren.«

Soweit war ich informiert. Sicherheitspersonal lief getarnt und unauffällig über das Gelände, hier musste sich niemand Gedanken machen. Zumindest nicht übermäßig. »Außerhalb.«

»Ach so.« Er zuckte mit den Schultern und lehnte sich zurück. »Du kennst das Spiel, nur auf bekannten und berechenbaren Wegen. Routinen, angekündigte Trips, die Faktoren eben.« Seine Augen verengten sich. »Ich lasse mir doch mein Leben nicht wegnehmen!«

Bemerkenswerte Einstellung eines bemerkenswerten Mannes. Ich nickte langsam. »Wahre Worte.«

***

Nick winkte mich über den Campusrasen näher zu sich, signalisierte aber im selben Moment, dass er noch zu Ende telefonieren musste, bevor wir uns unterhalten konnten. Nach dem Trip nach London waren unsere Treffen häufiger geworden … und ungezwungener. Nicht mehr zwangsläufig mit jemandem, der als Publikum fungierte, nicht mehr um jeden Preis anderen angekündigt, sondern entspannter. Ich ertappte mich zunehmend dabei, dass ich mich ehrlich freute, ihn zu sehen und Zeit mit ihm zu verbringen.

Er hatte mich in die Schmuckboutique begleitet, sich wegen eines Geschenks für seine Großmutter beraten lassen und mir anschließend einen Trip zum Camden Market aufgeschwatzt, aber abgebrochen, als ich auf dem Weg beinahe eingeschlafen wäre. Manchmal bemerkte man eine Anspannung erst, wenn sie plötzlich abfiel und alle Energie mit sich nahm. Und Nick hatte es nicht nur bemerkt, sondern auch berücksichtigt. Damit hatte er mehr geschafft als die meisten anderen Männer in meinem Leben. Das Mittagessen, das ich extra hatte anliefern lassen, hatte er sich mehr als verdient.

»Mum, nein, ich bin nicht verlobt!«, erklärte er gerade und verdrehte die Augen. »Ich muss Schluss machen, Cammie kommt – mit Essen.«

Besonders Letzteres war wichtig. In Bollington einen Stand mit Streetfood aufzutun und dann auch noch zum Liefern zu bewegen war mehr Aufwand gewesen, als ich es erwartet hatte. Auskühlen sollte die Mahlzeit nicht, schon gar nicht wegen eines Telefonats.

»Ob ich sie nächstes Wochenende einmal mitbringen kann?« Nick suchte meinen Blick und zog eine Augenbraue nach oben.

Hell no. Bitte nicht.

»Bitte?«, formte er mit den Lippen. Er wollte, dass ich seine Eltern kennenlernte? Himmel, ich mochte ihn, aber das machte mich noch lange nicht zu seiner Freundin. Vor allem zu keiner, die man seiner Familie präsentierte und die man mit nach Hause brachte. Ich war niemand, den man so wollte – auch wenn ein Teil von mir sich wünschte, es wäre anders. Der überwiegende Rest wollte von Beziehungen nichts mehr wissen ... doch auch dieser Rest war nicht gegen Nicks bittende Miene immun, egal, wie gruselig ich den Gedanken an ein Meet-the-Family-Event fand.

Ich nickte und dieses eine Mal bereute ich sofort, ein Zugeständnis gemacht zu haben. Happy Family, das war nicht ich. Das kannte ich nicht, das konnte ich nicht, weder als Sienna noch als Cammie.

Dass Nick sich beeilte, seine Mutter abzuschütteln, war offensichtlich, als er ihr mehrfach ins Wort fiel, bis er schließlich vor mir stand, das Handy längst wieder in der Hosentasche verstaut und die Hände in den Jackentaschen vergraben. »Danke«, sagte er und lächelte. Ob seine Wangen wegen des kalten Windes gerötet waren, oder ob es einen anderen Grund dafür gab, wusste ich nicht. Irgendwie wollte ich es auch nicht wissen. Zu viel, zu früh.

»Ich habe dir Essen gebracht.« Wie gewohnt, nur ungewohnt aufwendig.

Nick nahm seinen Behälter entgegen. »Warm?« Er hob den Deckel an, um das Mysterium der warmen Mahlzeit zu lüften. »Das ist Streetfood!« Seine Augen weiteten sich und er sah von dem abenteuerlichen Nudelgericht zu mir und wieder zurück. Überraschung und Freude standen ihm ins Gesicht geschrieben. »Womit habe ich das verdient?«

Mittlerweile mit nichts mehr, jetzt, wo ich seinetwegen eine königliche Schwiegerfamilie treffen musste. Ich zuckte mit den Schultern. »Einfach so. Bollington hat nicht die größte Auswahl, anders als New York, meine ich, aber ...«

»Ähm«, unterbrach er mich, das Mehrweg-Besteck-Set schon aus dem Rucksack genommen. »Ich studiere seit

211

weiß ich nicht wie vielen Semestern hier und habe noch nie Streetfood aufgetrieben. Wie auch immer du es geschafft hast, ich habe größten Respekt vor deinen Fähigkeiten.« Sein Blick verlor etwas von dem neckischen Funkeln. »Genau wie vor deinem Talent für Schmuck-Design.«

Oh Himmel, der Mann konnte meine schlechte Laune vertreiben wie niemand sonst! Wider Willen zuckten meine Mundwinkel und ich nickte ihm zu. Was Nick sagte, war nett, mehr als nett. Aber das machte seine Worte nicht weniger wahr. Zumal er mich inzwischen gut genug kannte, um zu wissen, welche Komplimente bei mir besonders viel Wirkung zeigen würden: alles über meinen Schmuck. Es gab wenig, was mir so wichtig war wie dieser.

»Heb dir den Charme für die Besänftigung deiner Familienmitglieder auf, die ich unweigerlich vor den Kopf stoßen werde.«

Nick hielt beim Essen inne und atmete beinahe ein Nudelfragment ein. Er wandte sich ab, nieste und lachte. »Du wirst sie umwerfen!«

So wie er mich mit seinem Umzugskarton? Ich verdrehte die Augen. Ich würde mein Bestes tun, eine vorzeigbare Freundin zu spielen, aber … das war ich nicht. Gut, ich war weder Mitgiftjägerin noch anderweitig an Rang, Namen oder Geld interessiert, aber schob man all das zur Seite, blieb ich dennoch die Art Mädchen, die sich keine Mutter für ihr Kind wünschte. Ein Treffen würde ich aber trotzdem schaffen. Irgendwie.

»Wenn du das sagst«, murmelte ich, obwohl ich es noch nicht ganz glaubte. Aber wenn er meinte, würde ich es versuchen.

Kapitel 19

**Der begehrteste U-30-Junggeselle Großbritanniens –
und warum er vielleicht keiner mehr ist**

Nachdem es der amerikanischen Unternehmenserbin
Sienna Rutherford gelang, mit Prince Nicolas den royalen
Schwarm vieler junger Leute weltweit vom Markt zu nehmen, ging dieser Titel auf Lord Hugh FitzAllen über. Der
Sohn zweier Immobilienunternehmer und Angehöriger
des britischen Adels mit einem schmucken Titel, der Ein-
lass in die High Society Englands gewährt, aber ohne königliche Verpflichtungen daherkommt, tritt somit die
Nachfolge von Britain's Sweetheart auf dem Dating-Markt
an. Stets ein gern gesehener Gast auf Charity-Events (siehe Bild 1), häufig in Begleitung seiner vierbeinigen Gefähr-
tin (siehe Bild 2) und ein Vertrauter des Enkels des Königspaares (siehe Bild 3) ist seine Präsenz aus der Gesellschaft
kaum wegzudenken, denn enge Freunde sind für die royale Kernfamilie rar gesät. Angaben seiner Kommiliton*innen zufolge handelt es sich bei ihm trotz seiner seltenen
Auftritte bei Sportveranstaltungen um einen attraktiven
wie auch charmanten jungen Mann, der nach dem Ende
seiner letzten Beziehung das Campusleben als Single be-
streitet.
Dies könnte sich jedoch bald ändern, denn Gerüchte sprechen von wiederholten Sichtungen mit Lillian Abbott (sie-

he Bild 3), Spross jener Abbotts, die zum europäischen Geldadel zählen und vor allem durch ihre Banken-Dynastie Einfluss auf das politische Geschehen auf dem Kontinent nehmen, nun aber auch ihrem Namen Gewicht verleihen will. Bahnt sich hier eine familiäre Kooperation zwischen dem finanziell kämpfenden Immobilienimperium und jener Familie, die trotz ihres Vermögens nur schwer in der gesellschaftlichen Elite des Vereinigten Königreichs Fuß fassen kann, an?

Planen die jungen Leute mehr als eine geschäftliche Verbindung ihrer Familien?

Gelingt es Lillian Abbott, nur wenige Wochen nach Sienna Rutherford, den umschwärmtesten Single des Landes an sich zu binden?

Oder handelt es sich bei all dem nur um Spekulationen? Wie dem auch sei, verfolgen Sie mit uns die Geschehnisse rund um die Romanzen auf dem Parkett königlicher Events – angefangen bei der nahenden Royal Wedding.

(mehr dazu auf S. 27)

Die Duchess of Winthrope war ein Drachen, wie man ihn sonst nur aus Horror-Geschichten über Schwiegermütter kannte. Ich musste nicht religiös sein, um dem Himmel zu danken, dass sie nicht meine Schwiegermutter werden würde. Das, und sie konnte wirklich nicht kochen. Gut, ich auch nicht, aber im Gegensatz zu ihr gestand ich mir meine Unzulänglichkeiten ein und versuchte es nicht erst.

»Das hier ist kein Giftanschlag, versprochen«, flüsterte Nick mir zu, als seine Mutter uns für einen Moment den Rücken zukehrte. Mit seiner Gabel spießte er eine halbrohe Kartoffel auf meinem Teller auf und beförderte sie auf seinen. Besser so – gegessen hatte ich sie bisher nicht und meine Absicht, etwas daran zu ändern, hielt sich in Grenzen.

Falls Nicks Vater etwas von dem Verhalten seines Sohnes mitbekam, ließ er es sich nicht anmerken. Dann wiederum schaffte er es auch, sich einen Bissen des versalzenen Rotkohls in den Mund zu schieben und mit stoischer Miene zu kauen und zu schlucken. Seine Geschmacksnerven waren hart im Nehmen, so viel stand fest.

»Kein Ragout?« Die Schöpfkelle drohend über der Schale voller Rehragout erhoben, wandte sich die Herzogin wieder mir zu, den Kopf schiefgelegt. Ihre Worte waren keine Frage, nicht wirklich. Und falls doch, so gab es nur eine richtige Antwort – die nicht meine war.

»Danke, ich ...«, setzte ich an, unterbrach mich aber, als Nick seine Hand auf meine legte und dem stählernen Blick seiner Mutter begegnete.

Sie hatten dieselben Augen, aber wo Nicks warm und sanft wirkten, waren ihre hart und unbeugsam. Nach Jahrzehnten in der Öffentlichkeit konnte ich es ihr nicht verdenken. Schon gar nicht, wenn ihr einziges Kind nicht irgendeine hübsche Freundin mit nach Hause brachte, sondern eine ehemalige Partyprinzessin, deren Skandalliste länger war als ihr Lebenslauf. An ihrer Stelle wäre ich auch skeptisch gewesen. Was unabhängig davon unhöflich war, war die Vehemenz, mit der sie mir ihr Rehgericht andrehen wollte, auch wenn ich Fleisch dankend abgelehnt hatte.

»Cammie ist Vegetarierin«, erklärte Nick, die Stimme ruhiger als meine es gewesen war – obwohl ich mich bemüht hatte. Kein Wunder, dass ihn seine Mutter und das ganze Land gleichermaßen liebten. Er war der Inbegriff von Britain's Sweetheart. »Aber ich nehme noch mal eine Portion.«

»Geben sie dir am Oakfield College nichts zu essen?«
Sofort verlagerte sich der Unmut der Herzogin auf die
Uni, die wir besuchten.

Ihre Haare waren blond, ein oder zwei Nuancen heller
als meine, ließ man ihnen ihre natürliche Farbe. Und hätte
Nicks Mutter sie nicht so streng zurückgebunden, vielleicht hätte sie ein bisschen nahbarer gewirkt. Dass sie
genau das aber nicht wollte, war offensichtlich. Niemand
wuchs in der Öffentlichkeit auf und wusste nicht, wie er
auf andere Menschen wirkte. Sie wollte mir keinen An-
satzpunkt für ein nettes Gespräch oder eine Art Beziehung geben – das konnte ich respektieren.

»Nick ist wie du, Tilly«, mischte sich ihr Ehemann ein.
Der Duke of Winthrope – Richard, wie ich ihn nennen
sollte – hatte den Kampf gegen den Rotkohl auf seinem
Teller gewonnen und tupfte sich mit seiner Serviette den
Mund ab. »Wenn er im Labor steht, vergisst er alles um
sich herum.«

»Außerdem bringt Cammie mir Mittagessen, Mum.«

»Camille.« Sofort ruhte Mathildas, Tillys, Blick wieder
auf mir. »Immer noch kein Ragout?«

»Immer noch Vegetarierin.« Ich lächelte. »Danke noch
mal für die Einladung.«

Sie winkte ab und setzte sich an den Tisch. »Ich musste
mir selbst ein Bild von der Frau machen, die es im Zuge
einer Party geschafft hat, meinen Sohn an sich zu binden.«
Ihre Augen verengten sich zu Schlitzen. »Und die dabei eine
Yacht beschädigt und eine andere versenkt hat.«

Sie mochte mich wirklich nicht. Und ich konnte es ihr
nicht verübeln. Wahrscheinlich dachte sie, ich wäre hinter Nick her gewesen und hätte einen wilden Abend genutzt, um aus ihm und mir ein »wir« zu machen. Vermut-

lich glaubte sie, ich hätte einen richtigen Plan gehabt. Sie und ... zu viele andere Menschen.

Pretty Princess, so berechnend wie schön – dieses Image hatte Jenson erfolgreich in die Welt gesetzt. Dass es Menschen gab, die hinterfragten, was sie über mich lasen, hatte ich gehofft, aber nicht erwartet. Und doch tat es weh, auch Wochen später noch mit den Folgen meiner letzten Beziehung konfrontiert zu werden. Vor allem, wenn es von Menschen kam, die es besser wissen sollten, die selbst wissen mussten, wie verzerrt das Bild, das die Öffentlichkeit von einem hatte, sein konnte. Aber statt mir, Sienna, Cammie, wie auch immer man mich nennen wollte, eine faire Chance zu geben, hielt Nicks Mutter mich für einen denkbar schlechten Menschen.

»Sei froh, dass meine Mom tot ist, Sienna. Du wärst der Albtraum jeder Schwiegermutter. Zu hübsch, um dich ziehen zu lassen, aber nicht ... genug, um einen Sohn glücklich zu machen. Du hast Glück, dir deine Partner mehr oder minder kaufen zu können.« Jenson fuhr mit dem Zeigefinger über meinen Kieferknochen und lächelte mich so sanft an, als hätte er mich eben komplimentiert statt beleidigt. Aber ... vielleicht hatte er recht. Vielleicht waren mein Name und das Vermögen, das ich teils besaß, teils erben würde, alles, was ihn bei mir hielt. Vielleicht war ich nicht genug – und würde es vielleicht auch nie sein. Niemand wollte nur Sienna; nur Sienna ... war eine Enttäuschung.

Das Echo des Moments, kurz bevor ich endlich aufgewacht und aus der Beziehung ausgebrochen war, hallte genug in mir nach, dass ich auf Mathildas Aussage nur mit einem Nicken reagierte. Ich war keine Enttäuschung. Ich war eine junge Frau mit Ambitionen, aber Nick auszunehmen war keine davon. Danke, ich konnte mir selbst einen Namen machen. Royals und andere Promis brauchte ich nicht dafür. Nur über die Lippen kam mir nichts davon.

»Wenn du so weitermachst, vergraulst du meine Freundin, Mum.« Jeglicher Humor war aus Nicks Stimme gewichten. »Mal wieder.«

Ich war mir sicher, dass die letzten beiden Worte, fast geflüstert, nicht für mich bestimmt gewesen waren; ebenso wenig wie der Blick, den Mutter und Sohn austauschten. Um nicht aufzufallen oder zu stören, schob ich mir eine Bohne in den Mund und kaute sie sorgfältiger als jeden Kaugummi. Dann war der Moment vorbei und die beiden kehrten in ihre Ausgangsrollen zurück.

Mit dem Unterschied, dass Mathildas Blick eine Spur weniger feindselig geworden war. »Kannst du deine Großeltern kommendes Wochenende im Seniorenheim vertreten?«

Der Themenwechsel kam unerwartet – mindestens so sehr wie die mürrische Grimasse, mit der Nick auf die Frage seiner Mutter reagierte. »Seniorenheim«, wiederholte er.

Ich versteckte mein Schmunzeln hinter dem Wasserglas und nahm gleich einen großen Schluck. Wer hätte gedacht, dass Nick doch nicht so perfekt war und Charity-Veranstaltungen nicht mochte.

Unter dem Tisch trat jemand nach mir. Reichlich kindisch. Wenn Nick, der als einziger dafür in Frage kam, meine Aufmerksamkeit erregen wollte, sollte er mich ansprechen oder anstupsen. Er musste kein ausschlagendes Pferd imitieren und meine Strumpfhose in Mitleidenschaft ziehen. Ich zog eine Augenbraue nach oben und unterdrückte den Impuls, direkt zurückzutreten. Wenigstens eine von uns war gut erzogen.

Und doch zauberte das Verlangen, einfach auch nach

ihm zu treten, ein Lächeln auf meine Lippen. Es war fast, als wäre ein Splitter der alten Sienna, dem Wild Child, das gelacht und gefeiert hatte, egal, wer zugesehen hatte, zurück an die Oberfläche gewandert. Gegen den Impuls, die Mundwinkel noch etwas mehr nach oben zu ziehen, wehrte ich mich nicht. Jenson hatte so hart gearbeitet, um mich mich vergessen zu lassen. Wie es aussah, hatte es nur ein paar britische Adelige gebraucht, um die Erinnerungen Stück für Stück zurückkehren zu lassen.

»Hilf mir«, murmelte Nick.

Zurücktreten konnte ich kaum, ohne mich bei seiner Mutter unbeliebter zu machen, als ich es ohnehin schon war. Gegen andere Aktionen sprach dagegen nichts. »Eigentlich hat er mir versprochen, mir Kochen beizubringen«, log ich spontan.

Nick verschluckte sich an seiner Limonade und hustete; sein Vater lachte auf und die Duchess presste die Lippen aufeinander. Noch.

»Aber ich habe nichts dagegen, das zu verschieben.«

»Das bedeutet, du begleitest mich?« Mein Fake-Freund hatte sich schnell gefangen. »Versprochen?«

»Versprochen«, antwortete ich. Immer diese Versprechen, die der royale Spross verlangte. Gut, sollte er es haben. Ich grinste. Er hatte keine Ahnung, auf was er sich hier einließ. »Alte Menschen lieben mich.«

***

»Du hast das ernst gemeint.« Aus großen Augen sah mich mein Date an, als sein Fahrer vor der Seniorenresidenz vorfuhr und mein Lächeln noch immer nicht ins Wanken geraten war. »Du magst alte Menschen, Cammie, ernsthaft?«

Ich zuckte mit den Schultern. Von allen Terminen, die halböffentlich waren, war unser erster gemeinsamer Auftritt tatsächlich in einer Kategorie, die ich nicht furchtbar fand. Gut. Mit einem Prinzen durch die Flure voller Linoleumboden und Desinfektionsmittel zu spazieren war nichts, was ich als Lieblingsbeschäftigung bezeichnet hätte. Aber man hatte uns schon gemeinsam in London gesehen, man hielt uns gelegentlich für verlobt und ... eine royale Mission dieser Größenordnung würde ich auch überleben. Müssen. Und wenn eine Sache Grandpa zeigen würde, wie ernst ich meine Aufgabe nahm, dann diese hier. Hundewelpen, Kinder, Senioren – bessere Publicity gab es kaum und gerade das würde uns guttun, meiner Kollektion und mir. »Alleinerziehender Großvater, schon vergessen?«

Das Stichwort war dasselbe, das ich auch der Presse gegeben hätte. Seiner hochgezogenen Augenbraue nach zu urteilen, bemerkte Nick das auch. »Soll ich das glauben?« Er legte den Kopf schief. »Wenn du Ja sagst, hake ich nicht mehr nach.«

Wann hatte mir das letzte Mal jemand die Wahl gelassen? Nicht nur eine erzwungene Wahl akzeptiert, sondern sie mir von selbst zugestanden? Und warum war es trotz der Neuheit des Ganzen nicht unerwartet oder überraschend. Nick respektierte meine Wünsche; er respektierte mich. Daran hatte ich mich gewöhnt, aber für selbstverständlich würde ich es dennoch nie halten.

»Die wenigsten Menschen in dem Alter haben Social Media«, erklärte ich, den Blick auf sein Gesicht gerichtet. Noch war der Groschen nicht gefallen, seiner Mimik nach zu urteilen. »Für sie bin ich nicht die verwöhnte Erbin oder die manipulative Ex oder die Amerikanerin, die Englands Prince Charming ausnehmen will oder was die aktuelle Meinung zu mir ist. Hashtag Cancel Sienna Rutherford und so.« Ich zuckte mit den Schultern. »Es ist angenehm, wenn Menschen anhand eines ehrlichen ersten Eindrucks entscheiden, ob sie dich mögen oder nicht, statt sich dem neuesten Internet-Trend anzuschließen.«

Für die meisten Rentner*innen war ich eine blonde, jetzt brünette, junge Frau, die miserabel UNO spielte, an Halma-Regeln verzweifelte und gute Gespräche führen konnte. Warum hätte ich abweisend zu ihnen sein sollen? Sie hatten mir nichts getan und dass sie im Anschluss über mich posteten ... konnte ich mir schwer vorstellen.

»Cammie?«

Ich sah auf. »Hm?«

»So habe ich noch nie darüber nachgedacht.«

Sicher nicht. Weil er zum britischen Hochadel gehörte. Man brauchte kein Instagram, um über ihn informiert zu bleiben – schon gar nicht in einem Land, das so auf blaues Blut versessen war wie ich auf Edelsteine in meinen Designs.

»Was du sagst, ist unglaublich traurig.«

Ich zuckte mit den Schultern. Das machte es nur auch nicht weniger wahr. Traurig war nur, dass der einzige alte Mann, von dem ich wollte, dass er mich liebte, so sparsam mit seiner Zuneigung umging. Ich atmete unauffällig tief durch. Auch Asher Rutherford und seine emotionale Distanz wurden nicht weniger Fakt, nur weil ich es bedauerte. Oder weil es plötzlich zu einem präsenteren Thema wurde, kaum, dass ich es nicht mit Cocktails und Wein übertönte.

»Denkst du, wir sollten langsam aussteigen?« Ich nickte in Richtung Autotür. Der Wagen war längst zum Stehen gekommen; nur wir beide unterhielten uns lieber, als unsere eigentlichen Job zu erfüllen. Nicht, dass ich mich beschwerte. Mit Nick verflog die Zeit und kein Thema konnte nicht angesprochen werden. Ich sprach gern mit ihm ... ich verbrachte gern Zeit mit ihm. Das war mehr, als ich über beinahe jeden anderen Mann, Menschen allgemein, sagen konnte.

»Wie wäre es, wenn du das Seniorenheim übernimmst und ich uns etwas zu essen besorge?«

»Wie wäre es, wenn du deine prinzlichen Pflichten erfüllst, und beides tust?« Ich zwinkerte ihm zu, ehe ich wieder ernst wurde. »Du magst den Termin wirklich nicht.«

Es war keine Frage gewesen, dennoch zuckte Nick mit den Schultern. Näher würde er an ein Nicken nicht herankommen. Ein Prinz, der seine Aufgaben nicht mochte, das musste an seinem Pflichtbewusstsein nagen.

»Möchtest du sagen, warum?« Dieselbe Wahl, die er mir gelassen hatte.

Und er traf dieselbe Entscheidung wie ich. »Ziemlich das Gegenteil von dem, was du eben erzählt hast. Wenn ich da reingehe, nicht hier speziell, sondern überall in England, sehen mich alle als den Prince Charming, als den du mich gern bezeichnest. Wer ich wirklich bin, ist den Leuten egal, solange ich nur einen Titel und ein imaginäres Krönchen mitbringe. Pharmazie? Ich wäre überrascht, wenn irgendjemand dort wüsste, dass ich mehr bin als der Enkel des Königs. Alle dort wollen Prince Nicolas, aber den Nick mit Hang zum Streetfood und schlechter Aussprache im Italienisch-Kurs ... niemand will Nick. Manchmal macht mir das mehr aus als an anderen Tagen.«

Wieder zuckte er mit den Schultern, aber anders als sonst war es weder nonchalant noch ein Abschütteln des Gedankens, sondern hilflos. So hilflos, dass ich ihn in den Arm nehmen wollte. Die Enge des Wagens machte das unmöglich, also beschränkte ich mich darauf, ihm eine Hand auf die Schulter zu legen.

»Das mit uns«, sagte ich langsam, »war für dich genauso Schadensbegrenzung wie für mich.«

Ein Nicken. »Du kämpfst darum, das Bild, das man sich von dir macht, zu zerstören – ich muss mein Image um jeden Preis bewahren.«

Niemand wollte einen Prince Charming, der nicht perfekt oder zumindest charismatisch, gut und ... charming war. Er küsste eine Frau? Besser, sie war seine Freundin, sodass der Kuss einen Grund und eine Berechtigung hatte. Auf eine Art war sein goldener Käfig mehr Gefängnis als mein edelsteinbesetzter. Ich hatte gewusst, dass er verstand, was die Öffentlichkeit mit einem machte. Aber Nick war mein Spiegelbild, was das betraf. Ich schluckte.

»Du musst da rein. Ich bin niemand, der dich in Watte packt und dir sagt, dass es dir erspart bleibt. Das funktioniert nicht.« Die Illusion, dass mich irgendjemand für einen gleichwertigen Ersatz für Nick hielt, mussten wir uns nicht machen. So sehr ihm der Termin zuwider war, so sehr war es seiner. »Aber ich kann dir sagen, dass du da nicht allein durchmusst.«

Einige Sekunden lang trafen sich unsere Blicke und er ließ mich die Dankbarkeit in seinen Augen sehen, bevor der Schalk aus ihnen blitzte. »Ungewohnt kitschig für dich, Cammie. We're all in this together?«

Nick, englischer Prinz, zitierte Highschool Musical? Der Mann steckte voller Überraschungen. Ich lachte. Wenn ich ihn jetzt darauf ansprach, würden wir ein neues Gespräch anfangen und nie im Seniorenheim ankommen, egal, ob wir vor dem Eingang parkten oder nicht. »Wartet ein Fotograf auf uns, wenn wir gleich aussteigen?«

»Davon ist auszugehen.« Er zwinkerte mir zu. »Glücklicherweise ist meine Begleitung bezaubernd.«

»Wer ist jetzt hier kitschig?«, entgegnete ich, aber als er mir die Hand hinhielt, um mich aus dem Auto zu führen, legte ich meine doch in seine. Manchmal war etwas Kitsch nicht zu verachten ... und manchmal brauchte es einen Prinzen, damit man sich wie eine Prinzessin fühlte.

Und mit einem Mal waren die Kameras und die Presse, die unweigerlich auf unseren Besuch folgen würde, vollkommen egal. Denn Nick nahm mich mit in seine Welt, die er so hasste wie ich meine manchmal, aber all diese Aspekte rückten in den Hintergrund. Er bot mir den Arm, ich hakte mich unter und wir ließen das Blitzlicht an uns abprallen. Die Leiterin des Wohnheims begrüßte uns und als Nick sich unter meinem Arm versteifte, summte ich leise Highschool Musical, bis sein Lächeln wieder seine Augen erreichte.

Kapitel 20

INSTAGRAM:

@cookiesanddreams_0871__
Meine Grandma hat einfach @real.pr1nce.charm1ng getroffen und mir statt Selfies mit dem Prinzen ein Bild von »dem netten Mädchen« gezeigt, das mit ihm dort war O.o Like … Prince Nicolas war zu Besuch und sie interessiert sich für Schach-Partien mit seiner Begleitung??

> 213 Kommentare
> **@real.pr1nce.charm1ng – angepinnt**
> Das war Cammie (@siennarutherford) :) Ich freue mich, dass deine Grandma Spaß hatte – und ich stimme ihr voll und ganz zu: Cammie ist die Interessante von uns ♡
>
>> **@who.is.hugh.080903**
>> Second this! Du verlierst zu selten im Schach, ich würde auch lieber gegen Cammie spielen als gegen dich :)
>> **@ellebelle_giselle**
>> Oh, Nick ist furchtbar mit Schach. Gut, dass sie nicht Monopoly gespielt haben … #teamcammie – die zieht mich wenigstens nicht ab! :p
>> **@real.pr1nce.charm1ng**
>> Jede*r wie er*sie es verdient :)

225

138 weitere Kommentare anzeigen

@william_t_q_1o66

Ist hier noch jemand so begeistert von den jungen Royals, die Social Media nicht nur als Fotogalerie für gestellte Highlights nutzen?

> **@crownsanddbooksandfairytales__**
> Voll! (Auch wenn Lord Hugh streng genommen kein Royal ist und Lady Elodie genauso wenig^^)

@mindy.a.1205.99

Streber. Ich finde es süß, wie sie sich so hinter Cammie Rutherford stellen!

@emilienordstroem0801_99

*Sienna

Ein neuer Name macht noch keinen neuen oder *besseren* Menschen ... Haben ernsthaft alle vergessen, was sie ihrem Ex angetan hat??

> **@msssampson.lssng935**
> ok no idea von was du hier schreibst ... muss an mir vorübergegangen sein ... context pls

> **@gemmabella.diamondofthefirstwater**
> Sienna Rutherford hat ihren ehemaligen Verlobten @therealjensonmarlowe und seine steile Karriere ausgenutzt, um eine Plattform für ihre eigenen Kollektionen (Schmuck) zu haben. Als er sich dagegen gewehrt hat, hat sie ihn mit großem Drama fallen lassen. Jetzt wiederholt sie dasselbe Spiel mit Prince Nicolas, weil sie weiß, dass es Fotos von ihr mit ihm in die Medien schaffen, sodass sie ihn ständig vor ihrem Schmuckgeschäft ablichten lässt. Neue

Zielgruppe, I guess, in Europa kennt die Z-Promis sonst ja keiner …

@msssampson.lssng935
wooooow o.o didn't see that one coming … WILD.

@t3ll_m3_li3s_and_mak3_th3m_tr3e
Vermutlich, weil die Wahrheit ganz anders ist als das, was Jenson Marlowe und seine Armee an Fans oder Journalisten daraus basteln und veröffentlichen. Hinterfrag den doch mal

2 weitere Kommentare anzeigen

@j33333ziscomin.g
Dieser Kommentar wurde verborgen, da es sich bei ihm um Spam handeln könnte. *Ansehen*

@d0cs.n.cr0cks.1573
Können wir bitte aufhören, alles als »krank« zu bezeichnen, was uns seltsam vorkommt? Es gibt pathologisch kranke Menschen, für die der Begriff bitte nicht verwässert werden soll.

@j33333ziscomin.g
f*ck diese Insta-Ärzte auf ihrem hohen Ross

58 weitere Kommentare

»Jenson hat *was* gemacht?«, rief Clarke aus, obwohl wir uns doch eigentlich nur mit der Lerngruppe getroffen hatten und ich alles wollte, nur kein Drama.

Sein alarmierter Ton war ansteckend und mir glitt der Stift aus den Fingern, noch ehe ich überhaupt wusste, was passiert war. Vielleicht sprach er auch nicht von meinem

Jenson, sondern von einem anderen ... unwahrscheinlich. Der Vorname war nicht häufig genug, um in denselben Kreisen mehr als einmal aufzutauchen, ohne dass alle Mitglieder der Partyclique davon wussten.

»Clarke?« Marys Stimme war oberflächlich mahnend, da wir uns immer noch in der Bibliothek befanden, aber der schiefgelegte Kopf und die Tatsache, dass auch sie ihre Arbeit eingestellt hatte, sprachen eine andere Sprache. Sie war neugierig, was Clarke diesmal an Geschichten anschleppte. »Was ist los?«

»Sienna, gib mir dein Handy, bitte«, sagte er stattdessen und lenkte damit auch Hughs und Nicks Aufmerksamkeit auf sich. Niemand außer dem Sänger nannte mich in dieser Runde Sienna ... und irgendwie fand ich das zunehmend schade. Ich fühlte mich wieder wie ein Kind, das mit dem Schuleintritt beschloss, jetzt groß und den alten Kosenamen wie »Knirps« entwachsen zu sein. Der Name, den ich mir gegeben hatte, um nicht ich sein zu müssen, wurde zu klein, zu eng ... er war nicht ich.

Und ich wollte wieder ich sein. Ich war mehr als eine amerikanische Studentin, die sich irgendwie einen Prinzen geangelt hatte. Ich war eine selbstständige junge Frau mit eigener Identität, keinem Interesse an verstaubter Literatur und beruflichen Ambitionen, die nicht mit der brünetten Cammie zusammenpassen wollten. Wenn ich das nächste Mal in London war, würde ich mir meine blonden Haare zurückholen – danach meinen Namen und die Kontrolle über mein Leben. Ich hatte den Abstand gebraucht, aber was auch immer Jenson jetzt wieder tat oder auch nicht tat, er würde es mit Sienna aufnehmen müssen, nicht mit dem verschreckten Prinzesschen, zu dem er mich gemacht hatte. Ohne ihn hatte ich auch keinen Alkohol mehr gebraucht, um meinen Alltag zu ertragen. Noch mal würde er mich nicht in eine Position bringen, in der mir mein Leben so wenig gefiel. Nicht, wenn endlich alles so gut lief, wie bevor er in mein Leben gekommen war.

»Warum?« Reflexartig legte ich die Hand über das Smartphone.

Er begegnete meinem Blick und wie erwartet lag nichts als Freundschaft, gepaart mit Sorge, in ihm. »Ich möchte nicht, dass du das siehst.«

»Falls das mein Interesse im Keim ersticken soll, machst du einen miserablen Job. Raus damit, was hat er getan.«

»Clarke«, schob Hugh halb warnend, halb neugierig hinterher. »Jenson ist Cammies Ex, ja?«

»Ja.« Ich schluckte. Warum konnte ich ihm so energisch entgegentreten wollen, und im selben Moment doch innerlich einknicken, sobald nur sein Name oft genug fiel? Wie sollte das mit dem Wehren jemals funktionieren? Nach außen konnte ich es lernen, schätzte ich, und wenn ich lange genug so tat, als käme ich zurecht, würde es sich irgendwann auch innerlich richtig anfühlen.

»Ihr Ex, der im Internett offen vor ihr warnt«, korrigierte Clarke und zog die Augenbrauen zusammen. »Damit nicht schon wieder«, er malte Anführungszeichen in die Luft, »ein nichtsahnender junger Mann von ihr geblendet wird, nur um sich etwas später ausgenommen und ausgenutzt im Netz ihrer Manipulation wiederzufinden.«

Mein erster Instinkt war es, aufzuatmen. Das war nichts Neues. Was konkret Jenson in den letzten Wochen und Monaten über mich gepostet hatte, hatte immer in diese Kerbe geschlagen – was versprach er sich davon, die Show weiterhin abzuziehen? Er erzählte nichts Neues, das war gut ... hoffte ich.

»Was er macht, ist, mir Kompetenz bei der Wahl meiner Freundin abzusprechen.« Nick zuckte nonchalant mit den Schultern und griff nach meiner Hand, um einen Kuss auf sie zu drücken. Gemeinsam mit den Schmetterlingen in meinem Bauch breitete sich auch ein Lächeln auf meinem Gesicht aus.

»Was er macht, ist, sich in der Publicity, die Sienna rein namentlich generiert, festzukrallen, weil er weiß, dass seine Modekollektionen nicht so viel Aufmerksamkeit auf sich ziehen wie seine Lügen über eine tatsächlich talentierte Designerin.« Clarke verschränkte die Arme vor der Brust. »Sienna, ich hab dich lieb«, sagte er, wurde aber von Hughs auffällig unauffälligen Husten und einem »Du hast sie quasi als Schwester adoptiert« unterbrochen.

»Was ich sagen will«, betonte mein Ersatzbruder, »ist, dass du einen miserablen Männergeschmack hast. Anwesende Prinzen ausgenommen.«

Nick lachte. »Sogar mich hat sie anfangs rein in die Freunde-Schiene gesteckt. Hashtag princezoned oder so.«

Oder so. Denn egal, wie wahr das, was Nick eben gesagt hatte, war, so unwahr fühlte es sich jetzt an. Nick war nicht mehr ein beliebiger Freund, der in denselben Kreisen verkehrte wie ich. Nick war ... was auch immer er war, er war mehr.

Was machte ich mir eigentlich vor. Was auch immer er war ... ich wusste genau, was oder wer er war. Er war der angehende Pharmazeut, Streetfood-Liebhaber und der Mann, für den ich Gefühle entwickelte. Ob ich es wollte oder nicht.

»Hashtag princezoned«, echote ich dennoch und suchte Nicks Blick. »Fühlt sich beinahe wie aus einem anderen Leben an.«

Nicks Mundwinkel wanderte beinahe unmerklich nach

oben. Dafür, dass Mary die Nase rümpfte und Clarke die Augen verdrehte, reichte es dennoch. »Gut für mich.« Sein Tonfall war scherzhaft, aber die Intensität, mit der er mich ansah, sprach eine andere Sprache. Eine, die die Grenzen, die ich mühsam um mich gezogen hatte, verschwimmen ließ.

»Fraglich«, murmelte ich, um mich nicht weiter mit dem, was Nick in mir auslöste, beschäftigen zu müssen. »Zumindest, wenn es um Jensons Einschätzung geht.« Es machte mich beinahe stolz, seinen Namen zu sagen, ohne über ihn zu stolpern. Wie weit hatte er mich gebracht ... ich wollte nicht darüber nachdenken.

»Was soll er schon sagen?« Hugh stützte die Unterarme auf den Tisch auf. »Dass Cammie spontan den Schmuck für die Royal Wedding stellen will, um daraus ihre Bühne zu machen?« Er schüttelte den Kopf, als wäre allein die Idee schon unsinnig.

»Möglich«, antwortete ich schließlich und zuckte mit den Schultern. Ich sah gleichgültiger aus, als ich mich fühlte. Besser so.

»Aber Sienna, ich meine es ernst. Sieh dir nicht an, was er wieder über dich schreibt.« Clarke streckte einen Arm nach mir aus, ließ ihn aber wieder sinken. Die Geste zählte trotzdem. »Es ist nichts Besonderes, aber«, Clarke räusperte sich, »er greift diesmal nicht nur dich an, sondern auch deine neue Beziehung.«

Ich nickte langsam. Das war nichts Besonders, zumindest nichts, was Jenson nicht zuzutrauen gewesen war. Trotzdem war es anders, wenn er plötzlich auch auf Nick abzielte, ihn oder seine Familie mit in etwas hineinzog, das zwischen meinem Ex und mir war. Nick bekam nur etwas ab, weil ich an seiner Seite war, weil ich ...

»Sieh es dir nicht an«, wiederholte Clarke. »Ich kann

dir ansehen, dass du dir die Schuld für alles, was Jenson schreibt, geben würdest. Sieh es dir nicht an. Es ist nicht deine Schuld, Jenson ist von ganz allein ein Arsch.« Er zwinkerte mir zu.

Ich nickte erneut. Clarke hatte recht, da wusste ich. Ich musste mir nicht ansehen, was Jenson jetzt wieder verbreitete. Zumindest nicht jetzt. »Ich habe den sozialen Medien überwiegend abgeschworen.«

»Du hast wirklich so viel Besseres als ihn verdient«, sagte Clarke mit Nachdruck. »Jemanden, der dich nicht kaputtmachen will.«

Ich erstarrte. Was sagte man darauf? Ein Teil von mir wollte seine Worte, seine Sorge abschütteln und von sich schieben, ein anderer in den Arm genommen werden. Denn recht hatte er. Ich hatte Besseres verdient als jemanden, der mir so viel genommen hatte. Jenson hatte mir nicht nur die Zukunft, die ich zu haben geglaubt hatte, genommen, sondern schlimmer auch mich selbst. Irgendwann in unserer Zeit hatte ich mich selbst verloren und ...

»Besseres wie zum Beispiel ein Date auf der Royal Wedding.« Nick zwinkerte mir zu und zog die Aufmerksamkeit der anderen auf sich, als er so tat, als würde er um einige Zentimeter wachsen. »Prince Charming inklusive.«

Mary schnaubte. »Die Einladungen sind seit mindestens einem Jahr verschickt. Du kannst nicht einfach deine neue Freundin zum königlichen Event nächsten Jahres mitbringen.« Ihr Blick huschte zu mir. »Das ist nicht persönlich gemeint«, fügte sie nicht unfreundlich hinzu.

Ich zuckte mit einer Schulter. »Du hast recht«, meinte ich nur. So nett es auch war, dass er das Thema von meiner miserablen letzten Beziehung weglenken wollte, konnte er schlecht spontan die Gästeliste erweitern. Den Gedanken hatte er definitiv nicht zu Ende gedacht.

Oder auch schon. »Ich bringe nicht eine frische Beziehung zu einem hochoffiziellen Termin mit«, entgegnete Nick, unterbrach sich aber. »Also schon. Aber vor allem bringe ich Cammie zur Hochzeit meines Cousins mit, vergiss das nicht.«

Der Zusatz war an Mary gerichtet gewesen, aber auch ich blinzelte einen Moment. Manchmal war es leicht zu vergessen, dass diese Menschen nicht irgendwelche Monarchen für Nick waren, sondern seine Familie. Für die Welt war es die Royal Wedding, für Nick zugleich auch die Hochzeit seines Verwandten. Trotzdem. Ich kannte nur seine Eltern, von denen fünfzig Prozent mich bestenfalls tolerierten; ich konnte nicht zu einem Familienevent erscheinen, egal, ob es medial begleitet wurde oder nicht.

»Nick, deine Familie kennt mich nicht«, murmelte ich und legte eine Hand auf seinen Arm. »Wie soll ich denn da ...«

Mit einem Finger auf meinen Lippen brachte er mich zum Schweigen – vermutlich, weil wir beide gleichermaßen von seiner Geste überrascht waren. Es war, als würde ich mich in seinen braunen Augen verlieren und dabei auch Hochzeiten und Ex-Verlobte zurücklassen. Für einen Moment waren es nur wir beide, ohne Lerntreff in der Bibliothek, ohne die Clique um uns herum. Für diesen Moment war Nick alles, was wichtig war – und Himmel, fühlte er sich richtig an.

Dann, als meine Augen zu brennen begannen, blinzelte ich und der Augenblick endete. Nick nahm den Finger von meinen Lippen und zog den Kopf beinahe unmerklich ein, die Ohrenspitzen rot angelaufen. »Das mit meiner Familie ließe sich ändern«, sagte er leise. »Deinen Ex ... sieh dir nicht an, was er erzählt. Alle haben immer eine Meinung über uns – aber wir entscheiden, welche zählt, ja?«

Ich ertappte mich dabei, wie ich nickte. Er hatte recht, natürlich hatte er recht.

»Dann bleibt nur eine Frage.« Nick nahm meine Hand in seine und sah mir in die Augen. Nichts an der Situation fühlte sich gestellt oder nach einer gespielten Beziehung an – weil es das nicht war, nicht mehr. Was auch immer wir waren, es war mehr als das Versprechen, einander aus einer misslichen Lage zu helfen.

»Die da wäre?« Clarke gab sich alle Mühe, gelangweilt zu klingen, aber nicht einmal als Sänger hatte er genügend Kontrolle über seine Stimme, um die Neugierde in ihr zu verbergen, die ihm zusätzlich ins Gesicht geschrieben stand.

Nick ließ sich nicht beirren. »Cammie, möchtest du mit mir auf die Hochzeit meines Cousins gehen?«

Kapitel 21

Nacktbilder-Skandal um Boyband-Mitglied Xaden Button – Start eines Love-Songs oder viel Lärm um nichts?

Beinahe hätte das nahende Großevent Großbritanniens, die Hochzeit zwischen Platz zwei der Thronfolge und seiner Josephine, auch dieses Thema verschluckt. Doch mit der nun öffentlichen Zusage der Band, zur Feier im Anschluss an die öffentlich übertragene Trauung zu erscheinen, rückt auch das Quartett rund um Sänger Clarke Davidson wieder ins Rampenlicht.
Mit sich bringen die jungen Männer dabei folgende Frage: Wer ist der Mann, der das Herz von Schlagzeuger Xaden Button erobert hat? Wer sieht sich in den Nacktfotografien verewigt? Und wird Xaden Button seine Flamme als Plus-Eins zur Royal Wedding führen, oder handelt es sich dabei um ein bereits etabliertes Mitglied der Gruppe? Dürfen wir auf Schnappschüsse der beiden Liebenden, die das Rätsel um die Identität des Glücklichen lösen, hoffen?
Für einen Großteil der Fans steht fest: Der Musiker ist verliebt. Wenngleich er selbst sich in Schweigen hüllt, äußern sich unsere Quellen wie folgt …

Um diesen Artikel freizuschalten, melden Sie sich bitte mit Ihren Benutzerdaten an oder schließen Sie die Registrie-

rung in drei einfachen Schritten ab. Starten Sie jetzt in unsere 7-tägige kostenlose Probezeit!

»Nick?«

Angesichts meiner erschreckend dünnen Stimme und der vollkommen falschen Tonlage hielt mein Begleiter noch beim Aussteigen inne und sortierte seine Beine zurück in den Wagen, der uns zum Kennenlernen mit seinen Großeltern gebracht hatte.

Als er von einem zwanglosen Treffen auf dem Landsitz seiner Großmutter gesprochen hatte, hatte ich ein gut situiertes Rentnerpaar erwartet, das anstelle selbst gebackenen Apfelkuchens mit Catering aufwartete, nichtsdestotrotz aber zum Kaffeeklatsch im Wintergarten lud. Dass Nick mit einer Tasche in Stiefelform angerückt war, hätte mich warnen sollen – statt des Gepäckstücks hatte ich jedoch nur Augen für ihn gehabt. Seit wann war er so attraktiv? Es war, als würde ich ihn mit jedem Tag intensiver wahrnehmen, mehr in ihm sehen als zuvor. Dass er ein Poloshirt – wie konnte man in Poloshirts heiß aussehen? – trug, das seine Oberarme genau richtig in Szene setzte, und seine Wimpern im Sonnenlicht durch das Autofenster Schatten auf seine Wangen malten, half auch nicht. Nicht, wenn ich unwissentlich in einen Reitausflug eingewilligt hatte, statt Nick einfach zu seinen Großeltern zu begleiten.

In London, bei Rutherford Diamonds, hatte er gesehen, was mir wichtig war. Heute wollte ich diese Geste erwidern, egal, wie schwer es mir auch fallen mochte. Jetzt, wo wir längst auf dem Landsitz, den ich mir mit gepflegten Gärten und hübschen Kieswegen vorgestellt hatte, angekommen waren, war es zu spät für Ausflüchte. Und Himmel, hätte ich welche gefunden.

»Cammie?« Sofort hatte Nick seine Aufmerksamkeit auf mich gerichtet, die Augen aufgerissen und eine Hand halb nach mir ausgestreckt. »Was ist los?«

Ich zwang mich, seinem besorgten Blick zu begegnen. Mit einem Mal kam mir meine Reaktion albern vor. Wunderbar. Er wollte eben mit mir reiten gehen. Keine große Sache. Es waren nur Pferde und keine Monster. Auch wenn das Kind in mir beides gleichsetzte, seit mich eines beinahe überrannt hatte. Trotzdem, nur Pferde. Kein Grund, panisch zu werden. Aber jetzt war es ohnehin zu spät, einen Rückzieher zu machen.

Der junge Mann vor mir war alarmiert und ehe er nicht wusste, was mich meine übliche Fassung verlieren ließ, würde er nicht aufhören, sich Gedanken zu machen. Das war einfach, wie Nick funktionierte: stets um andere bemüht und so aufrichtig aufmerksam, dass es ihm beinahe zum Nachteil werden konnte. In der Welt, in der wir uns bewegten, war es nie gut, sich zu sehr um andere zu sorgen.

Ich lächelte ihn an. Hoffentlich wirkte es so neckisch, wie es sollte. »Ist das ein guter Zeitpunkt, um zu sagen, dass ich keine Pferde mag?«

Es dauerte einige Sekunden, ehe Nick reagierte. Erst blinzelte er, als wüsste er nicht, ob er lachen oder eine Grimasse schneiden sollte. »Du magst keine Pferde«, echote er.

»Im Sinne von: ich schätze Sicherheitsabstand.«

Kurz war ich versucht, ein »zu meiner Kleidung« hinterherzuschieben, aber ... was machte ich mir vor? Nick würde mir nicht glauben, dass ich mir genug aus ersetzbaren Outfits machte, um sie vor Tieren schützen zu wollen. Wann hatte er mich so gut kennengelernt? Irgendwann zwischen gemeinsamen Mittagessen und den Unmengen an Thermobechern, die ich geleert von ihm mitgenommen, ausgespült und befüllt wieder mitgebracht hatte, wahrscheinlich. Und irgendwann in der Zeit hatte ich vergessen, dass mir diese Art von Vertrautheit Angst machte.

»Du hast Angst vor Pferden«, übersetzte er.

»Ich mag meine Gliedmaßen festgewachsen. Pferde neigen dazu, sie amputieren zu wollen.«

»Du bist zum Anbeißen«, zog er mich auf, vergaß aber, den Witz in seiner Stimme mitschwingen zu lassen. »Trotzdem gehe ich davon aus, dass keines der Tiere hier spontan zum Fleischfresser mutiert, wenn es dich sieht.« Er zwinkerte mir zu, dann wurde er wieder ernster. »Warum hast du nichts gesagt?«

Ich zuckte mit den Schultern. »Wir treffen deine Großeltern. Ich dachte nicht, dass das ausgerechnet Pferde beinhalten würde.« Gefragt hatte ich allerdings auch nicht.

»Wir müssen nicht zu den Pferden gehen, wenn du nicht willst, Cammie.« Diesmal zögerte Nick nicht und er griff wirklich nach meiner Hand. Seine Finger schlossen sich um meine und drückten sie sanft. »Meine Großeltern verstehen das.«

Vielleicht. Aber sie würden mich weniger mögen, wenn ich sie gleich beim ersten Treffen vor den Kopf stieß, oder? Es sollte mir nichts ausmachen, mich nicht stören, schließlich waren sie nicht meine künftigen Schwiegergroßeltern oder so ... sondern nur das verdammte Königspaar des Landes. Allein das sollte Grund genug sein, sich gut mit ihnen zu stellen. Ich wollte, dass sie mich mochten, irgendwie. Nicht wegen des Versprechens, das ich Nick wie in einem anderen Leben gegeben hatte, sondern weil sie zu ihm gehörten. Und ich ... ich wollte auch zu seinem Leben gehören.

»Solange ich nicht reiten muss«, sagte ich schließlich und lächelte tapfer. »Hast du ein eigenes Pferd hier?«

Hier, das war Westhill Manor; Wochenendresidenz und privater Rückzugsort von King Benedict und seiner Frau Gwendolyn, eigene Stallungen und Ländereien inklusive. Ich hatte gedacht, Hughs Familie hätte ein riesiges Anwesen – die Royal Family stach sie aus. Dafür wirkte es im selben Moment heimeliger, bewohnter. Hier und da fügte sich ein Strauch nicht in die geordnete Struktur der umliegenden Pflanzen ein, so mancher Baum stand schief in der Gegend herum und ... war das eine verwitterte Schaukel? So reich diese Menschen auch sein mochten, sie hatten ihren persönlichen Touch hier hinterlassen. Ich kam nicht umhin, das sympathisch zu finden.

»Ja.« Keine Ahnung, ob er selbst es bemerkte, aber allein das Wort und vermutlich der Gedanke an sein Pferd ließen Nicks Miene noch offener und freudiger werden, als sie es im Alltag war. Mit jedem Moment, den wir hier verbrachten, fiel eine seiner Mauern. Und das, obwohl wir das Auto noch nicht einmal verlassen hatten.

»Wie heißt es? Oder er? Oder sie?« Das Tier war mir egal, aber wenn Nick so lächelte, wünschte ich, er würde nie damit aufhören. Wenn er so lächelte, war es, als wäre zumindest meine Welt vollkommen in Ordnung.

»Walter.«

Walter. Ein Prinz, gebildet, mit den Vierbeinern aufgewachsen, wahrscheinlich ein Ass im Reitsport, hatte ein Pferd namens Walter. Ich konnte mir ein Grinsen nicht verkneifen. »Ich wäre erfreut, Walter kennenlernen zu dürfen.«

Nick lachte nur und stieg aus, diesmal wirklich und dicht von mir gefolgt. »Ich lasse kontrollieren, ob heute alle Pferde, die du potenziell zu Gesicht bekommst, gefüttert wurden. Und falls dich eines auffressen will, werde ich dich heroisch verteidigen.«

Ein tiefes, warmes Lachen erklang und ich, bei Nick untergehakt, wurde mitgezogen, als er sich in Richtung des Geräuschs drehte. Fast erwartete ich, einem älteren Herrn gegenüberzustehen, sank schon fast in den dezenten Knicks, auf den ich mich vor dem Spiegel vorbereitet hatte, sah dann aber in das Gesicht eines deutlich jüngeren Mannes. Von »alt« war er noch mindestens fünfzig Jahre entfernt.

Sein Gesicht war klar definiert, kantiger als Nicks und die Haare dunkelblond zerzaust. Er war großgewachsen, vielleicht vier oder fünf Zentimeter größer als Nick, und ein Fleck undefinierbaren Ursprungs prangte auf seinem Shirt. Auch die Reithose hatte schon deutlich bessere Tage gesehen – und doch erkannte ich diesen Mann sofort: Conrad, Nicks Cousin, Prinz und Bräutigam der nahenden Royal Wedding. Vielleicht war der Knicks doch angebracht.

Nick klemmte meinen Arm in einem Schraubstockgriff an sich fest, um mich am Knicksen zu hindern.

»Kein Knicks«, bekräftigte Conrad und schenkte mir ein Lächeln. Stattdessen streckte er mir eine staubige Hand entgegen. »Ich bin Conrad.«

»Ich bin Cammie«, sagte ich, obwohl ich lieber Sienna gesagt hätte. »Sehr erfreut.« Ich ignorierte die Tatsache, dass auch braune Schlieren und Mistflecken auf seiner Haut prangten, und schüttelte seine Hand kurz.

»Ich habe viel von dir gehört.« Das Lachen in Conrads Stimme war zurück und er patschte Nick auf die Schulter. »Gutes, versteht sich. Ihr besucht Granny?«

Nick nickte. »Und Pops. Sind sie drinnen?«

Conrad gab ihm einen Daumen nach oben. In seinem ausgewaschenen Stalloutfit sah er kaum aus wie der polierte Prinz, als den ich ihn auf Fotos gesehen hatte.

Nicht, dass ich angenommen hatte, er würde freiwillig immer Anzüge tragen und gestriegelt durch die Gegend laufen, aber den attraktiven jungen Mann vor mir mit dem künftigen König in Einklang zu bringen, war doch weniger selbstverständlich als erwartet. Dafür sympathisch. Echt. »Passt auf, dass euch auf dem Weg ins Haus keine grasfressenden Raubtiere anfallen. Nick hier ist nicht halb so ritterlich, wie er tut.«

Im Vergleich zu seinem Cousin war Nick es rein optisch nicht. Er war niemand, den ich als schlaksig oder schwächlich bezeichnen würde, aber direkt neben seinem robust gebauten und trainierten Verwandten war er der drahtigere Prinz. Etwas nerdy, wenn ich ihn mir genau ansah. Die Haarspitzen, die bei unserem ersten Zusammenprall eine perfekt geschnittene Länge gehabt hatten, fielen ihm nun fast mehr in die Augen als in die Stirn und ... ich kannte ihn einfach. Der Typ konnte im Schlaf Strukturformeln herunterbeten und einen halben Spaziergang von Säulen oder anderen Laborprozessen erzählen, ohne mehr als einmal Luft zu holen. Ganz abgesehen davon, dass mir immer warm ums Herz wurde, wann immer mich anlächelte. Er war der attraktivste Mann, den ich kannte.

Aber kein Ritter. Zum Glück. Von Männern, die sich vor mich stellten und meine Kämpfe oder mein Leben übernehmen wollten, hatte ich genug. Lieber hatte ich Prinzen als Ritter – Pferde durften mir trotzdem weiterhin gestohlen bleiben.

»Kommst du?« Nick löste seinen Schraubstockgriff um meinen Arm etwas, sodass Blut zurück in meine Hand floss, und bedeutete mir, mit ihm zum Gebäude zu gehen.

»Schön, dich kennengelernt zu haben«, sagte ich noch an Conrad gewandt und lächelte brav.

»Gleichfalls. Wir sehen uns!« Damit joggte er davon und ließ mich mit Nick zurück.

Dieser sah mich an und legte den Kopf schief. »Er mag dich.«

»Er ist ein Prinz. Er sollte jedem das Gefühl geben, ihn zu mögen.« Ich zog eine Augenbraue nach oben. »Zumindest bin ich mir verhältnismäßig sicher, dass das zur Stellenbeschreibung gehört.«

»Er mag dich«, betonte er. »Sonst hätte er weder mich vor dir aufgezogen noch mehr als drei Sätze von sich gegeben.«

»Das freut mich«, sagte ich nur. Wenn mich das Königspaar auch noch besser leiden konnte als Nicks Mutter, hatte ich für heute viel gewonnen. »Für deine Großeltern ist die Anrede Majestät, richtig?« Irgendwie klang ich nervöser, als ich wollte. Zusammenreißen, schalt ich mich selbst. Ich war doch sonst nicht aufgeregt, wann immer ich irgendwelcher Prominenz begegnete. Adelige sollten dabei keine Ausnahmen darstellen, schon gar nicht, wenn ich seit Monaten mit ihrem Nachwuchs befreundet war. Aber ... diese Monarchen waren Nicks Familie, ihm wichtig. Ich wollte wirklich, dass sie mich mochten.

»Richtig«, bestätigte Nick und stieß die Tür auf.

»In Ordnung«, murmelte ich. Majestät. Richtiges Adressieren, ein perfektionierter Knicks ... die Ballettstunden, mit denen Grandpa mich als Kind beschäftigt gehalten hatte, hatten sich bezahlt gemacht. Ich knickste vorbildlich und eleganter als die meisten gebürtigen Royals in den YouTube-Videos, die ich gesehen hatte.

»Cammie.« Mit nur einem Wort, einem Namen, schaffte Nick es, mich von der Einrichtung des Gebäudes abzulenken. Der erste Eindruck war ... heimelig. Nicht rustikal, nicht ländlich, noch immer auf den ersten Blick hochwertig und edel, aber persönlich. Unmengen an Fotos hingen an den Wänden, von goldenen Rahmen umschlossen, die nicht zu der Mischung aus Schnappschüssen und Familienporträts passen wollten, und es doch taten.

»Nick?« Den Blick von der Galerie im Eingangsbereich wegzureißen war einfach. Von Natur aus war Nick interessanter als jeder Blick hinter die Kulissen einer amtierenden Königsfamilie.

Sanft löste er meine Finger aus ihrer verkrampften Haltung; hinderte sie daran, weiter die manikürten Nägel in die Handinnenfläche zu bohren. Ich hatte es nicht bemerkt. »Kein Grund, nervös zu sein«, murmelte er und fuhr mit der Fingerkuppe über die halbmondförmigen Druckstellen. »Du triffst nicht den König und die Königin, sondern meine Großeltern.«

»Genau das ist das Problem«, rutschte es mir heraus, ehe ich meine Ehrlichkeit zurück hinter die Maske jahrelangen Trainings schieben konnte. Sofort hatte sich sein Blick mit meinem verschränkt und seine ungeteilte Aufmerksamkeit lag auf mir.

»Wie meinst du das?«

Himmel, jetzt war es auch zu spät, ihn mit einer Halbwahrheit oder einer Floskel und einem hübschen Lächeln abzuspeisen. Ganz abgesehen davon, dass Nick jeden meiner Mechanismen, um mein Gegenüber zu manipulieren und abzulenken, durchschauen würde, wollte ich ihn nicht abfertigen. Er hatte mich in sämtlichen Stadien von zerknautscht über selbstbewusst oder betrunken zu verschreckt gesehen – und er war nie gegangen, hatte es mir nie zum Vorwurf gemacht.

Er hatte mir nie wehgetan.

Nick hatte mich oft, zu oft, verletzlich gesehen und er hatte es nie ausgenutzt, *mich* nie ausgenutzt. Die Worte fühlten sich ungelenk an, noch bevor sie mir über die Lippen kamen, aber was sie nicht waren, war beängstigend. Sie waren natürlich und ... längst überfällig.

»Ich will, dass sie mich mögen«, sagte ich leise. »Nicht wegen unseres Versprechens, sondern wirklich.« Dagegen, dass ich den Kopf etwas einzog, konnte ich nichts tun. Dennoch sah ich weiterhin in Nicks braune Augen. Ein einsamer Schmetterling flatterte in meinem Bauch, sog die sanfte Wärme, die mein Gegenüber in mir auslöste, in sich auf.

Ich brauchte keine stürmischen Romanzen, keine großen Emotionen und allumfassende Verliebtheit. All das hatte ich gehabt und es hatte mich zerbrechen lassen. Nick dagegen war die Ruhe und Sicherheit, die ich gebraucht hatte, um mich wieder zusammensetzen zu können. Und jetzt, wo ich ganz war, war er noch immer da und wartete.

Unter anderem darauf, dass ich weitersprach. Ich schenkte ihm ein Lächeln, das nichts mit dem, das ich auf dem Campus zur Schau stellte oder für Kameras aufsetzte, gemein hatte. »Ich will, dass sie mich mögen, weil ich dich mag, Nick. Ich will sie häufiger sehen, nicht nur für irgendwelche Royal Weddings oder Termine. Ich will ...«

Jetzt stockte ich doch. Nicks Augen waren geweitet, seine Lippen leicht geöffnet und der sonst so schlagfertige Mann war wie erstarrt. »Du ...«, brachte er heraus, befeuchtete seine Lippen mit der Zunge und blinzelte. Die Geste sorgte dafür, dass sich etwas in mir zusammenzog.

»Ich will mehr für dich sein, nicht nur die Frau an deiner Seite. Ich will Teil deiner Welt sein, nicht nur gespielt.« Da war er, der Satz, den ich gefühlt hatte; lange, bevor ich ihn hatte in Worte fassen können. Nun stand er zwischen uns und nicht nur ich war um Worte verlegen.

Auch Nick schienen sie im ersten Moment zu fehlen. Dafür festigte er seinen Griff um meine Hand und zog mich näher an sich, bis ich nicht länger neben ihm, sondern direkt vor ihm im Eingangsbereich stand. Er legte die Hände an meine Taille und verringerte den Abstand zwischen uns weiter. Unwillkürlich drückte ich das Rückgrat durch und lehnte mich in seine Berührung. Nick würde mich halten – er würde mich immer halten.

»Cammie«, brachte er heraus und nur ein Teil von mir registrierte, wie heiser er klang.

»Sienna«, murmelte ich.

»Sienna«, wiederholte er und löste eine Hand von meiner Hüfte, um mir eine Haarsträhne aus dem Gesicht zu streichen. Seine Finger glitten über meine Wange und er ließ sie einen Moment dort verweilen. Gänsehaut folgte jeder seiner Berührungen und ich erschauderte.

Ich fuhr mit einem Finger von seinem Hals hin zum Ausschnitt seines Shirts, ließ den Fingernagel über sein Schlüsselbein kratzen. Diesmal war er es, der erschauderte. Gut.

»Sienna, ich möchte dich küssen.« Der Wechsel zu meinem eigentlichen Namen kam ihm wie selbstverständlich über die Lippen. Gott, diese Lippen! Ich wollte auch, dass er mich küsste. »Diesmal so, dass du dich daran erinnerst.«

Und Himmel, ich würde mich daran erinnern. Nichts an dem Kuss war so nerdy und sanft, wie ich Nick sonst kannte. Unsere Lippen prallten aufeinander, unsere Nasen stießen aneinander und doch lösten wir uns nicht voneinander, um unsere Köpfe zu koordinieren. Meine Finger gruben sich halb in den Stoff von Nicks Oberteil, halb in den Mann darunter, und seine Hände verhakten sich in meiner Frisur. Nichts an unserem Kuss war fotogen oder medientauglich – nicht die Hitze, mit der mir das Blut

durch die Adern schoss und mein Dekolletee rosig anlau-
fen ließ, nicht die Unbeholfenheit, mit der Nick sich aus
meinen Haarsträhnen zu befreien versuchte, nicht die
knitternden Outfits.

Nichts an unserem Kuss war schön anzusehen, aber er
war perfekt. Wer wollte schon einen gestriegelten Prinzen
und eine polierte Edelsteinerbin, wenn man Nick und Sienna
haben konnte. Unordentlich, drängend und ... echt.

Ein Räuspern ließ uns auseinanderfahren und reflexartig strich ich meine Kleidung glatt. Für meine Frisur
würde jede Rettung zu spät kommen, bis nicht ein Spiegel
und ein Kamm involviert waren. Angefühlt hatte es sich
gut, aber was Nick hinterlassen hatte, ähnelte vermutlich
eher einem Vogelnest als dem hübschen Dutt, den ich extra zusammengesteckt hatte.

»Pops.« Nick beeilte sich ebenfalls, sein Outfit wieder
in Ordnung zu bringen. »Hi.«

Ich sank in den geübten Knicks und erntete nur ein
Auflachen von dem Mann, der mir gegenüberstand. In
einem Pullunder mit Rautenaufdruck über einem karierten Hemd, Cordhose und Crocks sah der Mann kaum wie
der stolze Monarch eines ganzen Länderverbunds aus. An
meinem Gruß würde das nichts ändern. »Majestät.«

Anstelle einer Antwort bekam ich nun ein volles Lachen, das so amüsiert und zugleich herzlich klang wie
Nicks auch. Die beiden waren verwandt; um das zu erkennen, brauchte es dieselbe Nasenform und dasselbe
warme Braun der Augen nicht. Beide schafften es, Humor
zu äußern, ohne dass man annahm, dass über einen selbst
gelacht wurde. »Du bist also Cammie«, meinte er dann,
ehe er seinen Enkel anvisierte. »Du hast mir unterschla-
gen, wie sehr sie dir den Kopf verdreht hat.«

Besagter Kopf meines ... Nicks lief rot an. »Sienna ist

ziemlich cool«, sagte er dann, in etwa so artikuliert wie ein Dreizehnjähriger. Ich fand es erstaunlich charmant – auch, dass er noch immer den Namen verwendete, den ich ihm inmitten unseres Moments genannt hatte. Nick konnte sich in einem Kuss verlieren – er konnte mich mich in einem Kuss verlieren lassen – und im selben Moment aufmerksam bleiben, auf seine Partnerin achten, all ihre Zeichen respektieren ... wie konnte ein Mann so perfekt sein? Warum hatte ich ihn nicht viel früher kennengelernt?

»Du bist selbst ziemlich cool«, flüsterte ich ihm zu und legte einen Arm um seine Taille. Wir konnten uns der Peinlichkeit des Augenblicks, in dem uns der König wie zwei hormongesteuerte Teenager beim Kuss erwischt hatte, gemeinsam stellen. Als das Team, das wir waren.

Ein Lächeln breitete sich auf dem Gesicht des Monarchen aus. »Ihr erinnert mich daran, als Gwendolyn und ich jung waren.« Er zwinkerte Nick zu. »Ich habe nicht nur eine ihrer wunderschönen Hochsteckfrisuren ruiniert.« Dann streckte er mir eine Hand entgegen. »Ich bin Benedict. Schön, dass wir dich endlich kennenlernen.«

»Sienna«, erwiderte ich und schüttelte seine Hand. »Die Freude ist ganz meinerseits.«

Die Königin von England buk so schlecht, wie ihre Tochter kochte. Aber ihre heiße Schokolade war genau richtig und als Benedict und Nick zu Conrad und den Pferden gingen, packte sie in klischeehafter Großmuttermanier ein Album voller Kinderfotos ihres Enkels aus. Als wir uns abends verabschiedeten, um zurück zum Campus zu fahren, waren auch wir per du – und ich zur Royal Wedding eingeladen.

Kapitel 22

Transkription des Videos für blinde und sehbehinderte Rezipierende. Instagram-Reel.

Der Videoausschnitt zeigt Prince Nicolas und seine Cousine 3. Grades, Lady Elodie, in London. Beide halten Papiertragetaschen verschiedener Marken-Boutiquen in den Händen. Sie steuern auf einen schwarzen Wagen zu, gefolgt von Sicherheitspersonal. Der Fahrer steht zum Öffnen der Türe bereit.

E: Danke für die Begleitung, Nick.

N: Gerne wieder. Aber nicht vor nächstem Jahr. *Er verdreht die Augen, als er sie an sich vorbeilaufen und zuerst zum Wagen gehen lässt.*

E: Hey, wir haben etwas gefunden! Jean wird die Kette lieben!

N: Ich verstehe nicht, warum du neuen Schmuck kaufst, wenn du eine halbe Boutique zu Hause hast. Vom Familienschmuck ganz zu schweigen. Jean hätten wir auch noch ausstaffieren können.

E: *Sie winkt ab und lässt ihre Tragetaschen dabei durch die Luft fliegen.* Jean würde keinen Familienschmuck nehmen, du kennst sie. Müsstest du außerdem nicht froh sein, wenn ich Schmuck kaufe? *Sie hebt eine Tasche mit dem Logo von »Rutherford Diamonds« an.*

N: *Er lacht und bedeutete dem Fahrer, die Autotür zu öff-*

nen. RD ist mir egal. Bis Sienna mit ihrer Kollektion alle umhaut, meine ich. Dann fange sogar ich an, unsere Kronjuwelen zu modernisieren.

E: Fang besser mit den Uniformen an, die sind mehr oder minder antik.

N: Und darum, liebe Elodie, geht kaum ein Prinz mehr freiwillig zum Militär. Ich trage grundsätzlich Frack.

E: Im Ernst? *Sie hält inne, ohne in den Wagen zu steigen.*

N: *Er schnaubt, legt sich eine Hand auf das Gesicht und lacht mit bebenden Schultern.* Sicher, Elodie. Sicher.

Ende des Clips.

»Deine Haare sind kürzer«, teilte Hugh mir mit einer Ernsthaftigkeit mit, als würde es ihm sehr am Herzen liegen.

»Nein.« Ich schüttelte den Kopf und unterdrückte den Impuls, mir mit den Fingern durch die Haare zu fahren, nur, weil er sie ansprach.

»Du siehst anders aus.« Er legte die Stirn in Falten, fast, als würde ich ihn für ein unlösbares Rätsel stellen. Bis eben hatte ich gedacht, nur Männer aus klischeehaften Filmen oder gesichtsblinde Menschen könnten eine so offensichtliche Veränderung nicht wahrnehmen. Hugh überzeugte mich vom Gegenteil. Und doch hatte er mich ohne jede Verzögerung erkannt.

»Ich bin wieder blond«, erlöste ich ihn und spielte nun doch mit einer Strähne. Wahrscheinlich hatte er mich auf Bildern gesehen, die mich blond und, die aktuelleren jedenfalls, nicht immer nüchtern gezeigt hatten – oder Haare interessierten ihn wirklich so wenig wie Schlagzeilen, die ihn nicht direkt betrafen.

»Sieht gut aus.« Mit einer beiläufigen Handbewegung schob er Lucys Nase, die sich gefährlich nah an seinen Bagel bewegt hatte, zur Seite und brachte sein Frühstück in Sicherheit. Unser Kurs war spontan entfallen, nicht, dass ich mich beklagt hatte, und wir nutzten die Gelegenheit für ein zwangloses Zusammensitzen. Lernen wollte keiner von uns und auch sonst ... Pausen waren mindestens so wichtig für das Studium wie Veranstaltungen. Oder so. Zumal wir ewig kein längeres Gespräch miteinander geführt hatten.

»Danke.« Ich lächelte. Das hatte Nick auch gefunden, als er mich – widerwillig und nur unter Versprechen eines Trips zum Camden Market im Anschluss – zu dem mehrstündigen Termin begleitet hatte. Aber nach unserem Kuss ... ich hatte den Gedanken, meinen freien Tag nicht mit ihm zu verbringen ebenso wenig ertragen können, wie die Vorstellung, keinen ordentlichen Salon an meine Haare zu lassen oder auch nur einen Tag länger mit falschem Namen und falschem Aussehen herumzulaufen.

Cammie hatte ich gebraucht, um wieder im Leben ankommen zu können. Jetzt, wo ich den Schritt zurück geschafft hatte, wollte ich mein Leben als ich leben, nicht als Version meiner selbst.

Nicht als das zerbrochene Mädchen, das in Bollington angekommen war.

»Raus damit.« Hugh nahm einen Bissen von seinem Bagel. »Was bringt dich so zum Strahlen?«

Ich zuckte mit den Schultern. Vielleicht ließen mich die helleren Haare besser gelaunt wirken. Oder der entfallene Kurs. Einen konkreten Anlass gab es heute nicht.

»Wenn du jetzt noch lächelst, siehst du fast schon nahbar aus«, fügte er hinzu und steckte der bettelnden Lucy ein Stück Lachs von seinem Bagel zu.

Fast schon nahbar. Klang, als hätte meine Eisprinzessinnenfassade Risse bekommen. Damit konnte ich leben. Prompt schenkte ich Hugh ein Lächeln, das hoffentlich so beunruhigend-zuckersüß auf ihn wirkte, wie ich wollte.

Wie erwartet verzog mein Gegenüber das Gesicht und rümpfte die Nase. »Raus damit«, wiederholte er. »Du kommst mit *blonden*«, er betonte das Wort, »Haaren zurück aus London, siehst zum ersten Mal, seit ich dich kenne, wirklich glücklich aus, und Nick spricht von dir als Sienna. Was ist passiert und warum erst jetzt?« Er schwächte die Forderung in seiner Frage mit einem schiefen Grinsen ab. »Du musst das nicht beantworten«, schob er hinterher.

Ich zuckte mit den Schultern. »Nick und ich hatten ein gutes Wochenende. Wir haben seine Großeltern besucht und ... ich bin wirklich glücklich. Er ist einer von den Guten.« Meine Mundwinkel wanderten noch ein Stück weiter nach oben.

»Was du vorhin gesagt hast ...« Nick ließ den Satz ins Leere laufen. Nicht, dass das nötig gewesen wäre, ich wusste, worauf er anspielte. Ich hatte gesagt, ich wollte für mehr als unser Versprechen an seiner Seite sein. Unser Gespräch hatte sich in einen Kuss verwandelt, keine Beschwerden darüber, aber beendet hatten wir es nie. Er räusperte sich und begegnete meinem Blick. »Das möchte ich auch, Sienna.«

Als ich angeführt hatte, dass eine Beziehung zu mir noch viele Schlagzeilen mit sich bringen würde, hatte er all meine Bedenken abgeschmettert. Wir hatten die letzte abenteuerliche Berichterstattung über uns gemeinsam durchgestanden, wir würden auch weitere Headlines und Instagram-Threads überstehen. Die Sicherheit in seiner

Stimme hatte mich halb überzeugt, der folgende Kuss endgültig. Und als der Fahrer in weiser Voraussicht den Sichtschutz zur Rückbank heruntergefahren hatte, war aus der gespielten Beziehung eine echte geworden.

»Das ist er«, bestätigte Hugh. »Du auch.«

Fraglich. »Die ganze Clique«, meinte ich diplomatisch. »Aber genug von meiner Beziehung. Wie war dein Wochenende?«

Er stöhnte und kniff die Augen zusammen. »Geschäftsessen mit den Abbotts.«

Sagte mir absolut nichts. Ich nickte langsam. »Das ist gut?«

Ein Schulterzucken. »Pflichttermin.« Er senkte die Stimme. »Meine Eltern erhoffen sich viel von der Partnerschaft mit den Abbotts. Finanziell.« Hugh schnitt eine Grimasse.

Oh. Dass das Immobilienimperium seiner Familie in diesem Jahr wackeliger stand als im Jahr zuvor, hatte ich am Rande mitbekommen. Hughs Familienanwesen sprach nicht davon, dass die Probleme existenzbedrohend waren, und zu fragen stand mir nicht zu. Er hatte das Thema bisher nicht von selbst angeschnitten und so wenig wie ich Rutherford Diamonds mit ihm besprach, tat er es mit seiner unternehmerischen Zukunft. Wenn er das heute ändern wollte, bekam er trotzdem immer ein offenes Ohr. »Klingt nach einem wichtigen Abend. Lief es in Ordnung?«

»Ich denke.« Das letzte Stück Bagel steckte er Lucy komplett zu. Offenbar setzte ihm die Thematik doch etwas zu. »Sie hatten eine ihrer Töchter dabei. Mein Job war, sie sich willkommen fühlen zu lassen.«

Ein Aber schwang ungesagt in seinen Worten mit und ich legte den Kopf schief, um ihn zum Weitersprechen zu animieren. Was war mit der Abbott-Tochter? Hatte sie Hugh den Kopf verdreht? Allem Anschein nach nicht. Aber er war Single, das hatten sowohl die halbe Campus-Bevölkerung als auch die Presse mitbekommen. Und wenn mein Großvater auf Ideen mit gespielten Beziehungen kam, schloss ich Ähnliches bei seinen Eltern nicht aus. Hugh hatte die junge Frau verzaubern sollen, oder?

»Lillian Abbott«, seufzte er, »ist noch scharfzüngiger als du. Nur ohne den Charme, den du trotzdem mitbringst. Der Abend war ... interessant.«

Damit schien für ihn alles gesagt und er wandte sich anderen Themen zu – von Lucy, deren Entwurmungstablette er noch abholen musste, über Mary, die sich vor lauter Langeweile Tinder heruntergeladen hatte, hin zu Kursen, die mich nicht interessierten. Hier und da nickte ich, zufrieden mit meiner Welt und dem Vormittag, bis ich irgendwann zu meinem nächsten Kurs aufbrach.

**

Mit Asher Rutherford zu telefonieren war ein seltenes Ereignis. Noch seltener war es, ein durchwegs harmonisches Gespräch zu führen – aber in letzter Zeit war genau das stets der Fall gewesen. Grandpa freute sich mit mir über meine nun echte Beziehung und noch mehr über die netten Schlagzeilen, die Nick und ich gesammelt hatten, als wir ein Tierheim besucht und uns anschließend einer Gruppe Freiwilliger, die zum Gassigehen gekommen waren, angeschlossen hatten. Ich freute mich über die Produktionsupdates zu meiner Kollektion, die er bereitwillig gab und sogar per E-Mail schriftlich schickte.

»Wie sind deine Pläne für Weihnachten, Sienna?«,

fragte Grandpa. Im Hintergrund hörte ich das Klappern einer Tastatur. Er würde nie lernen, leise zu tippen.

»Das kommt etwas auf deine an.« Mit Nick hatte ich bisher nicht über die Feiertage, die schnell näherkamen, gesprochen. Wollten wir sie überhaupt schon gemeinsam verbringen? Einen Kontinent voneinander entfernt zu feiern und uns mit der Zeitverschiebung nur kurz telefonisch zu erreichen fühlte sich falsch an. Aber gemeinsame Weihnachtstage?

Ich wollte in Nicks Nähe sein, je mehr, desto besser. Dennoch hatte ich gelernt, wie schnell sich eine Welt, ein Leben auf einen einzigen Menschen reduzieren konnte, wenn dieser das wollte und man selbst es erlaubte. Nie wieder. Nie wieder würde ich mich in diese Situation bringen. Abstand war gut, Abstand war wichtig. Mindestens so sehr wie Nähe.

Mich nach Grandpa zu richten und seinen Vorstellungen für eine glückliche Familie über die Feiertage zu folgen, nahm mich aus der Verantwortung, mich für oder gegen Planungsgespräche mit Nick zu entscheiden. Er würde mich verstehen, egal, ob ich Nähe oder Abstand erbeten würde, aber entschied ich falsch, wäre er trotzdem enttäuscht. Ob er es zeigte oder nicht.

»Ich gebe ein Dinner an Heiligabend«, teilte er mir mit und schon seine Stimmlage implizierte, dass meine Anwesenheit nicht optional war.

Kurse hatten wir bis zum 23. Dezember, was bedeutete, dass ich entweder schwänzte oder ein Zeitproblem bekam. »Lass deine Assistenten den Flug buchen, ich bin da«, meinte ich. Eigentlich hatte er es verdient, mich über das Dilemma aus perfekter Anwesenheit an Uni und für Rutherford Diamonds klagen zu hören, so wichtig, wie ihm meine Leistungen am Oakfield College gewesen waren. Den Streit brauchten wir allerdings nicht. Endlich lief es gut zwischen Grandpa und mir, das wollte ich nicht absichtlich zerstören.

»Sehr gut. Sienna?«

»Ja?«

»Erzähl mir von Nicolas.« Etwas knarzte, wahrscheinlich einer der dunkelgrünen Ledersessel in seinem Arbeitszimmer. Grandpa hatte sich umgesetzt; eben war er noch am Schreibtisch gewesen. Was kam jetzt?

»Er studiert Pharmazie«, setzte ich an. »Er liebt den Reitsport, kommt aber kaum noch dazu, sein Pferd zu sehen. Er mag Streetfood.«

»Keine Fakten«, unterbrach Grandpa mich. »Erzähl mir von deinem Nicolas. Behandelt er dich gut?«

Oh. Mein Großvater war sparsam damit, seine Zuneigung und die eigentlich grenzenlose Liebe, die er für seine einzige Enkeltochter empfand, zu zeigen. Die Frage musste ihm auf der Seele gebrannt haben, wenn er sie jetzt so offen stellte.

»Ja«, antwortete ich und setzte mich ebenfalls in einen Sessel. »Mehr als gut. Grandpa, er liebt das Reiten, aber würde mich nie zu seinem Pferd zwingen, auch wenn es Walter heißt und angeblich das netteste Tier der Welt ist. Er trinkt seinen Kaffee am liebsten aus Coffee-to-Go-Bechern und ich habe eine absurde Menge davon in meiner Wohnung stehen, damit ich ihm welchen ins Labor bringen kann. Manchmal versucht er, mir zu erklären, was genau er forscht, aber ich verstehe nichts davon.« Ich lachte. »Er isst so ungesund, dass es ein Wunder ist, dass er so fit ist, wie er es ist, und dank ihm kenne ich jetzt jeden Imbiss im Umkreis von einer Stunde Fußmarsch.«

»Du läufst zu Fuß?« Grandpa klang ungläubig, vielleicht auch belustigt.

»Linksverkehr und ich werden keine Freunde.« Ich lachte. »Aber Nick würde mich nie drängen, mich dem zu stellen. Lieber kommandiert er seinen Fahrdienst ab, um mich zu chauffieren, oder fährt mich selbst.« Auch wenn er lieber einen zusätzlichen Labortag eingelegt hätte, statt mich zu einem Friseurtermin zu bringen. »Er macht mich glücklich.« Wieder lachte ich auf, diesmal war ich es, die ungläubig klang. Ich hatte nicht gedacht, das noch mal zu erleben. »Er macht mich glücklich und ich liebe ihn.«

Und irgendwann würde ich ihm das auch so sagen. Selbst, wenn er es jetzt schon so wusste wie ich von seiner Seite aus. Unsere Küsse, unsere Zweisamkeit hatte das mehr als deutlich gemacht. Aber Nick war niemand, der drängte. Er würde mich nicht unter Zugzwang setzen, indem er zuerst aussprach, was für uns beide längst klar war.

Am anderen Ende der Leitung knarzte der Sessel einmal mehr. »Das freut mich, Sienna.« Bei den Worten brach Grandpas Stimme etwas. »Auch, dass es dir wieder besser geht.«

»Ja«, entgegnete ich nur. Es ging mir besser, aber das war nur bedingt sein Verdienst. Er hatte mich quasi fallen gelassen – dass ich auf beiden Beinen gelandet war, oder mich zumindest wieder auf beide Beine gestellt hatte, war nicht dank ihm gewesen.

Der Anstoß war von ihm gekommen, das musste ich ihm zugestehen. Aber dass ich hier Freunde gefunden hatte, die beinahe Familienersatz geworden waren, hatte er sich nicht zuzuschreiben. Nur den ganzen Druck und den Zwang, hier zu sein.

»Zeit heilt viele Wunden«, fuhr Grandpa fort und seufzte. »Auch deine, wie es aussieht. Die, die ich hinterlassen habe, tun mir leid, Sienna.«

Oh. Well, fuck. Asher Rutherford entschuldigte sich. Das war neu. Ich blinzelte. »Du?« Die Frage war unspezifisch, aber für mehr reichte auch meine Schlagfertigkeit nicht.

»Ich habe dich nie gefragt, was du brauchst. Nach ... Jenson.« Den Namen sprach er nur zögerlich aus, fast, als hätte er Angst, mir damit wehzutun. »Sondern entschieden.«

Ich zuckte betont nonchalant mit den Schultern, auch wenn er es nicht sehen konnte. Allein die Geste half mir, mir selbst vorzuspielen, dass ich die Schwere des Themas abschütteln konnte. Zumindest ein bisschen. »Um fair zu sein glaube ich nicht, dass ich nach der Trennung«, selbst wollte ich den Namen meines Ex-Verlobten nicht in den Mund nehmen, »irgendwas hätte entscheiden können. Ich hatte mehr Alkohol im Körper als Blut. Wahrscheinlich war es gnädiger von dir, mich nach England zu verfrachten.«

Gnädiger und pressetauglicher. Eine illegal trinkende Erbin? Keine ideale Presse. Eine im Ausland studierende Enkelin? Deutlich besser. Ich machte mir nichts vor, so sehr Grandpa sich um mich gesorgt haben musste, und das hatte er mit Sicherheit, mindestens genauso hatte er sich um Rutherford Diamonds gesorgt. Und dass ich sowohl an unserem Unternehmen als auch an meiner Rolle darin hing, hatte ihm das einzige Druckmittel gegeben, das noch auf mich gewirkt hatte.

Mein Großvater lachte gequält. »Ich hatte Angst um dich. Was Jenson zurückgelassen hat ... ich habe schon eine Tochter verloren.« Er räusperte sich, unwillig, weiter Emotion zu zeigen. Als er weitersprach, war seine Stimme so ernst und geschäftsmäßig wie gewohnt. »Ich freue mich, dich Heiligabend hier zu haben.«

Ich schluckte. Grandpa hatte recht. Er hatte schon Mom verloren, auf eine ganz andere Art und Weise, aber er hatte sie gehen lassen müssen. Und seine letzte Familie war vor seinen Augen zerbrochen. Kein Wunder, dass er so falsch reagiert hatte, wie ich es auch oft genug tat. Das machte das Gefühl, verlassen und ungewollt zu sein, nicht ungeschehen oder besser – aber es ließ mich ihn besser verstehen. Am Ende des Tages war Asher Rutherford auch nur ein Mensch, schätzte ich.

»Ich freue mich auch«, sagte ich und meinte es zu meiner Überraschung auch so. Die ganze Zeit hatte ich unbedingt nach New York zurückkehren und dort mein altes Leben wiederaufnehmen wollen. Jetzt lernte ich ein ganz Neues kennen. Ein eigenes, das aus New York und Bollington bestand, aus Edelsteinen und College und Nick. »Vielleicht können wir den Weihnachtstag zusammen verbringen? Und dann einen Kurztrip nach Bollington anschließen?«

»Damit ich sehe, wo du studierst?«

Ich atmete tief durch. Die Idee war spontan, wahrscheinlich irrsinnig, aber ... ich wollte das. »Damit mein Freund auch meinen Großvater kennenlernt, nachdem ich seinen getroffen habe.«

***

»Sekunde.« Ich hielt einen Finger hoch, um Nick zu bedeuten, dass er mich zu Ende telefonieren lassen sollte, ehe er seine Lippen auf meine drückte. Meine Assistentin würde die schmatzenden Kussgeräusche vermutlich weniger zu schätzen wissen als ich die Erfahrung aus erster Hand.

»Danke, Sarah«, sagte ich. »Ich verlasse mich auf Sie.« Damit legte ich auf und überließ es der Angestellten, sich mit dem Lieferanten für die Schatullen, in denen die Stücke meiner Kollektion verkauft werden würden, anzulegen. Nur weil er spontan seinen Lieferanten geändert hatte, hieß das nicht, dass ich meine Farbwünsche und die vertraglich vereinbarten Bedingungen in Qualität und Ausführung anzupassen gewillt war. Ich hatte mir etwas dabei gedacht, die Modelle auszuwählen, und er hatte sie zu beschaffen. Für den Moment war mit Sarah zumindest eine kompetente Ansprechpartnerin für die Sache zuständig. Ich hatte andere Prioritäten.

Das Handy steckte ich in die Tasche meines Wintermantels, dann drehte ich mich zu meinem Freund, der mich mit einem leichten Lächeln auf den Lippen ansah, auch wenn um uns herum immer wieder ein »Hi Nick!« oder ein »Guten Morgen, Prince Nicolas« zu hören war. Dieser Mann sah mich so an. Mich. Wie hatte ich das nur verdient?

Auf meinem Gesicht breitete sich ebenfalls ein Lächeln aus und ich machte die paar Schritte auf ihn zu, um ihn in die Arme zu schließen und meine Lippen auf seine zu pressen. Ich schlang die Arme um seinen Hals und er legte seine Hände an meine Taille. .

»Hi«, flüsterte ich in den Kuss hinein und verstärkte den Druck meiner Lippen auf seine sofort wieder.

»Hi«, erwiderte er und löste eine Hand von meinem Rücken, um mit einer meiner blonden Locken zu spielen. »Habe ich dich gestört?«

»Nein.« Ich löste mich etwas von ihm, ohne die Umarmung aufzugeben, und schüttelte den Kopf. »Lieferanten mit zu viel Eigeninitiative. Eigentlich hätte sie mich dafür nicht einmal anrufen müssen.« Dass sie es doch getan hatte, sprach für sie. Lieber ich kümmerte mich einmal zu viel selbst um eine Kleinigkeit, als dass etwas unterschätzt und dann zum Verhängnis wurde. »Uninteressant. Wie geht es dir? Du siehst müde aus.«

»Musst du gerade sagen.« Er zwinkerte mir zu und mein Herz flatterte. Mein Blick blieb an seinen unglaublich perfekten Wimpern hängen und eine Welle von Ungläubigkeit flutete mich einmal mehr. Nick gehörte wirklich zu mir. Weil er es auch wollte, nicht, weil wir in einem Versprechen gefangen waren. »Ich bin bereit für das Wochenende.«

»Für das Wochenende oder Elodies Geburtstagsparty?«

Er stöhnte und vergrub das Gesicht in meiner Halsbeuge. Dafür musste er sich etwas ducken und so albern es auch aussah, so sehr genoss ich die Geste. »Den hatte ich verdrängt.« Die Worte waren von Sinnlichkeit weit entfernt, und doch breitete sich Gänsehaut auf meinem Hals aus, als sein heißer Atem auf die Haut traf.

Nick schreckte auf und sah mich an, die Augen weit aufgerissen. »Ich habe noch kein Geschenk.«

Ich legte die Stirn an seine Brust und biss mir auf die Lippe, um nicht laut loszulachen. Er klang so entsetzt, so panisch, dass meine Selbstbeherrschung schon nach Sekunden ihre Grenze erreicht hatte und meine Schultern zu beben begannen. »Was mag Elodie?«, brachte ich noch immer an ihn gelehnt heraus.

»Jean.«

»Und?«

»Pferde und glitzernde Sachen?«

Glitzernde Sachen. Manchmal war er so ein Mann. »Schmuckdesignerin«, gab ich ihm als Stichwort. Die Bezeichnung ging mir wie selbstverständlich über die Lippen. »Ich kümmere mich darum, versprochen. Du dagegen brauchst jetzt einen Kaffee und später einen freien Abend.« Ich sah auf, um ihm einen strengen Blick zuzuwerfen. »Lass deine bahnbrechenden Medikamente noch eine halbe Stunde länger warten, ja? Ich habe Becher«, ich klopfte auf meine Tasche, »und eine volle Stempelkarte für das Campus-Café. Spontanes Date?«

»Ich habe dich nicht verdient«, murmelte Nick und nickte zustimmend. Aber er hatte unrecht. Wenn ich die perfekt-unperfekten Momente mit Nick, die schönen Stunden am Oakfield College, das Gefühl, endlich anzukommen und das Leben genießen zu dürfen, für mich annehmen konnte, mir sagen konnte, dass ich es verdient hatte – dann konnte Nick das erst recht. Wer, wenn nicht er?

Kapitel 23

INSTAGRAM:

@therealjensonmarlowe und @byjensonmarlowe
Helloo ihr Lieben, long time no see. Ich melde mich aus meiner Social-Media-Pause zurück. Manchmal braucht es digitalen Detox so sehr wie menschlichen und … ihr versteht.
Ich habe eines gelernt: Manchmal muss man durchs Feuer gehen, um das brennende Haus zu verlassen. Und wie ein Phönix aus der Asche erhebt sich nun auch bald eine ganz neue Kollektion aus dem Scherbenhaufen meines Lebens! Ich kehre nicht mit leeren Händen zurück, sondern darf euch schon heute einen ersten Entwurf der »Pretty in Pink: Wanna be my Princess? by Jenson Marlowe« enthüllen!
Auf dass ihr zu wahren Märchenprinzessinnen werdet und euch auch für eure Prinzen als solche erweist!
#byjensonmarlowe #jensonmarlowe #outnow #princess #prettyinpink #princessdress # #ordernow #staytuned

   9.427 Kommentare
   @therealjensonmarlowe
   #siennarutherford #royalwedding #tabloidprincess
   #rutherforddiamonds #royalfamily #princenicolas
   #nicolasandsienna

@vxhurp.xxx.4987
Pretty pathetic, wenn man nach der Trennung
noch die Hashtags der Ex für den Algorithmus
nutzt UND dann in den Kommentaren versteckt… Dramaqueen und Blutegel, das sind
mir die Liebsten.
@esther.cunningham.royally.intrigued__
True that! #canceljensonmarlowe
@kasey.hey.00431
Warum muss immer jede*r gleich gecancelt werden? Dick-Move ja, Grund für canceln nein?
@not.a.tree.but.still.a.willow
OMG, muss ich haben! Allein, um ihn zu unterstützen – und das Kleid ist so so schön O.o
@james_is_a_girl_s_name_too_0122
Ich kann den Launch kaum erwarten! Abschlussball
ich komme ♡ ♡ ♡ #inlove
9.421 weitere Kommentare anzeigen

Elodie mochte ja eine geborene Lady sein, aber den Titel
der Partyprinzessin verdiente sie deutlich mehr, als ich es
je getan hatte. Das Mädchen wusste, wie man feierte.

Auf einen Nachmittag in ihrem Elternhaus, royale Verwandtschaft inklusive, folgte eine deutlich lebhaftere Feier mit ihrem Freundeskreis. Clarkes Geburtstagsgeschenk
an sie war ein angemieteter Club gewesen. Das Gelände
war abgegrenzt und wir waren weit entfernt von Yachten,
die wir betrunken versenken könnten. Blieb zu hoffen,
dass niemand mit Filmriss und einer neuen Beziehung
aufwachte, wenn der Spaß morgen vorbei war. Dann wiederum hatte ich mein Glück in einem solchen Filmriss ge-

funden und wenn ein solcher bedeutete, dass man Wochen später Arm in Arm dastand und den Abend genoss ... es hätte alles so viel schlimmer enden können.

»Wein?« Mary trat zu uns, neben ihrem eigenen auch ein weiteres Glas in der Hand, den Kopf schief gelegt.

Ich schüttelte den Kopf. Wenn ich einmal damit anfing, wusste ich nicht, ob ich damit umgehen konnte. Wein hatte mich durch viele Stunden gebracht, die ich andernfalls nicht überstanden hätte, aber er hatte seinen Preis verlangt. Das, und ich hatte nicht das geringste Bedürfnis, diesen Bestandteil meines alten Lebens in mein neues zu lassen.

»Danke.« Nick nahm das Weinglas entgegen und stieß mit seiner Freundin an. Einmal mehr nahm ich mir vor, ihn nach dem genauen Ursprung dieser Freundschaft zu fragen. War sie wie Clarkes und meine nebenbei entstanden und irgendwann »aktiviert« worden? Hatten sich die sanfte und einfühlsame Art von Nick und die unverblümte und ehrliche Art von Mary einfach immer ergänzt? Ich hatte nichts gegen Mary – aber ich wollte es wissen, wie ich am liebsten alles über Nick wissen wollte. Über ihn wollte ich alles lernen, über den Vorlesungsstoff ... weniger. »Endspurt im Semester. Was steht danach an?«

Auch wenn seine Aufmerksamkeit im Gespräch auf Mary gerichtet war, tippte Nick wiederholt mit den Fingerkuppen auf meinen Rücken, immer eins-zwei-drei-vier, den Daumen ließ er aus. Hätte er so auf einem Tisch herumgetippt, hätte er mich wahnsinnig gemacht. So fand ich es beinahe süß.

Für ganze zwei Minuten, bis mich das Gespräch rund um Marys geplanten Skiurlaub genug langweilte, um mich auch meinen Freund und seine Finger nervtötend finden zu lassen. Ich drückte seine Schulter, um ihn vorzuwarnen, und löste mich aus der halben Umarmung, um mir ein Grüppchen zu suchen, an dessen Unterhaltung ich auch teilnehmen wollte.

»Sienna!« Clarke streckte einen Arm nach mir aus, um mich zu sich zu ziehen, kaum, dass ich mich drei Meter von Mary und Nick entfernt hatte. »Komm zu uns!«

»Sienna«, echote einer der jungen Männer aus der Runde, die Stirn in Falten gelegt. »Hieß sie nicht Cammie?«

»Cammie war die Brünette, Shawn«, warf ein anderer ein. Beide ernteten sie einen Klaps von Clarke.

»Sie heißt eigentlich Sienna. Und solange sie so genannt werden möchte, nennen wir sie so.«

»Die Haare waren mal braun«, fügte ich hinzu, um nicht nichts gesagt zu haben oder Clarkes Anweisung als solche stehen zu lassen. »Hi. Shawn und Shawns Freund.«

Shawns Freund lachte. »Lewis. Jeans Bruder.«

»Ich habe auch eine Schwester«, meinte Clarke und zupfte grinsend an einer meiner Locken.

»In der light-Version«, fügte ich hinzu. »Du hast mich adoptiert, als ich schon groß war.«

Die Jungs lachten und Lewis stürzte sich in eine Anekdote über die Emo-Phase, die Jean als Vierzehnjährige durchlebt hatte, und von der er wünschte, er hätte sie mit mehr Fotos dokumentiert.

»Wer möchte noch mal Drinks?« Shawn ließ den Blick über die Runde gleiten. »Was darf ich euch bringen?«

»Was du trinkst«, sagte Lewis und Clarke schloss sich nickend an.

»Sienna?«

Ich hob abwehrend eine Hand. »Danke, nichts.«

Lewis rümpfte die Nase. »Sind Bier und Cocktails nicht nach deinem Geschmack? Lieber Champagner?«

Etwas an seinem Tonfall gefiel mir nicht. Ich war keine verwöhnte Göre, nur weil ich den Alkohol, der angeboten wurde, nicht haben wollte. Champagner würde daran auch nichts ändern. Das letzte Mal, das ich getrunken hatte, hatte nur durch Zufall nicht in einer permanenten Katastrophe geendet. Noch einmal brauchte ich das nicht. »Lieber nichts, danke«, wiederholte ich mit festerer Stimme und warf ihm einen deutlichen Blick zu.

»Solange du nicht schwanger bist.« Er lachte, als hätte er einen guten Witz gemacht, aber anhand der Köpfe, die sich allein bei seinem Stichwort in unsere Richtung drehten, war klar, dass der Spaß schon aufgehört hatte.

Wenn morgen keine absurden Gerüchte in den Medien gelandet waren, konnten Nick und ich von Glück sagen. Menschen wie Lewis waren die Lecks im Privatleben.

»Geht ihr die Drinks holen?« Clarkes Frage war eine miserabel getarnte Aufforderung, aber Shawn und Lewis stapften dennoch brav davon. Es hatte Vorteile, ein bekannter Popstar zu sein, schätzte ich. Besagter Popstar berührte mich sanft am Oberarm. »Sienna?«

»Ich bin nicht schwanger, falls du das meinst.«

Clarke schnaubte. »Und wenn, wäre es deine und Nicks Sache. You okay?« Er machte eine Geste in Richtung der beiden Männer, die Bierflaschen öffneten.

Ich zuckte mit den Schultern. »Die zwei werden nicht meine neuen besten Freunde. Alles in Ordnung. Danke, Clarke.«

Er tätschelte mir die Schulter. »Dafür bin ich da. Und hier kommen unsere Charmebolzen schon zurück. Sicher, dass du den Absprung nicht schaffen willst?«

Wollte ich. Mit einem stummen Winken zog ich weiter und gesellte mich zu Elodie und einigen ihrer Freundinnen. Zum Teil hatte ich die Gesichter am Oakfield College schon gesehen, der Rest musste aus ihrer Zeit außerhalb des Studiums stammen.

»Cammie!« Elodie fiel mir um den Hals, die Wangen gerötet und die Aussprache leicht verwaschen. Nicht ihr erster Becher … was auch immer die grellrote Flüssigkeit war.

»Happy Birthday«, sagte ich zum ungefähr dritten Mal heute und erwiderte die Umarmung. Wie alle, die nachmittags und abends anwesend gewesen waren, hatte Elodie das nette Winterkleid gegen ein partytauglicheres Outfit ausgetauscht. Nur die Kette, die Nick und ich ihr geschenkt hatten, hatte sie nicht abgelegt. Um fair zu sein, passte sie perfekt zu dem Seiden-Top, das genau die Mischung aus quirlig und erwachsen einfing, die Elodie auch charakterlich ausmachte. Wir lösten uns voneinander und ich ließ zu, dass das Geburtstagskind mich zwischen Jean und eine andere dunkelhaarige junge Frau schob.

»Elodie sagt, du hast den Schmuck designt, den sie trägt?« Jean lächelte mich unsicher an.

Ich nickte. Vor der Party zu den Midterms hatte ich ihr schon einmal Schmuck geschenkt, damals ein Stück von unseren Designern im Haus. Der Stil hatte ihr gestanden und, wichtiger, gefallen, also hatte ich zumindest einen Anhaltspunkt gehabt, was ihr Unikat betraf. Gut, die Filiale in London war nur bedingt begeistert gewesen, als ich schon wieder angereist war, aber häufiger würde ich meine Pläne auch nicht umwerfen, um Einzelstücke herzustellen. »Den Anhänger, ja. Die Kette ist aus dem Sortiment.«

»Sie hat ungefähr fünfzig Selfies von der Kette gemacht, wahrscheinlich die Hälfte davon gepostet.« Mit jedem Wort wurde ihr Lächeln fester, echter.

Ich erwiderte es. Mein Schmuck kam an. Unabhängig von Geburtstagsgeschenken war es genau das, wofür ich arbeitete. Menschen freuten sich über meinen Schmuck, Menschen trugen ihn und stellten ihn zur Schau ... innerlich wuchs ich um mindestens zwei Zentimeter. »Das freut mich.«

»Euer Geschenk hat echt ins Schwarze getroffen«, fügte sie hinzu.

Etwas in mir stockte. Unser Geschenk. Nick und ich als Einheit – und zum ersten Mal waren wir heute vor seiner Familie als Einheit aufgetreten, die echt war. Sicher, seine Großeltern hatten uns in diesem ersten Moment von »mehr« erlebt, aber mehr einzeln als gemeinsam, und seine Eltern ... ich war das Mädchen an seiner Seite gewesen, nicht die Freundin, nicht die Partnerin, aber ... warum machte mir das etwas aus? Es war gut, dass Nick und ich ein Team waren. Wir funktionierten, wir harmonierten, ich genoss jeden Moment in seiner Gegenwart. Und doch war der Gedanke, nicht nur als Einheit gesehen zu werden, sondern auch eine zu sein, gerade zu viel. Ich blinzelte und zwang meine Lippen, ihr warmes Lächeln aufrecht zu erhalten. Ich war jemandes Freundin. Ich war jemandes Freundin in der Absicht, eine langfristige Bindung zu haben, ich war ...

... vollkommen überfordert und zu nüchtern, um mich dem, was sich hinter dem Gefühlschaos verbarg, zu stellen. Würde ich zu sehr darüber nachdenken, warum ich Angst hatte, würde ich Wunden aufreißen, die gerade mühsam zugewachsen waren. Ich wusste, was sich unter der Oberfläche versteckte, wusste, warum ich Angst bekam, aber stellen konnte ich mich dem Ganzen nicht.

Für den Moment war ich glücklich mit Nick. Ich musste

nicht mehr darüber nachdenken. Zumindest nicht für den Moment – und schon gar nicht für den Abend.

»Dann ist es gut«, hörte ich mich sagen, aber meine Stimme klang sogar für mich fremd und falsch. »Du bist Juristin, richtig? Elodie hat viel von dir erzählt.«

Jeans Augen leuchteten auf und sie wippte leicht auf und ab. Wie es aussah, waren das die richtigen Worte gewesen. »Angehende Juristin.« Sie strich sich eine Haarsträhne hinters Ohr. »Also ich studiere Jura. Viertes Semester, noch nicht so lange also.« Sie begann, von ihrem Studium zu erzählen und mit jedem Satz wuchs mein Respekt vor ihr. Ich hatte gedacht, sich durch ein Literaturstudium zu quälen, wäre eine einzige Zumutung, aber wenn die Texte dann auch noch aus trockenen Paragraphen bestanden, wurde die Angelegenheit vollends zum Kraftakt. Jean war ziemlich badass, wenn sie das durchzog.

»Bist du auch so ein Pferdefan wie Elodie?« Ich nicke in Richtung des Pferdezubehörs, das sie in solchen Massen geschenkt bekommen hatte, dass es sich nun an der Wand stapelte. Decken, andere Decken, kleine Decken, Eimer voller Futter, Bürsten ... dieses Tier hatte eine größere Garderobe als ich.

»Himmel, nein!« Jean lachte. »Ich nehme Reitunterricht, ihr zuliebe, aber mehr als ein netter Sport ist es für mich nicht.«

Ihr Lachen war ansteckend. »Und hier dachte ich, alle Royals würden Pferde lieben. Ist das nicht Teil der Berufsbeschreibung?« Immerhin fuhren ständig Leute mit Kutschen irgendwohin, wenn es ein offizielles Event gab.

»Den Teil habe ich dann überlesen.« Eine weitere junge Frau trat zu uns. Sie war mindestens Mitte zwanzig, trug ein elegantes, aber sehr schlichtes, schwarzes Kleid, und die dunkelblonden Haare in einer netten Flechtfrisur. Das Gesicht kannte ich schon aus der Zeitung. Oder dem Cover eines Klatschblatts. Irgendwoher jedenfalls

»Josephine, hi!« Jeans Gruß gab mir den Kontext, den ich brauchte. Josephine, Conrads Verlobte, die heute Nachmittag noch hatte arbeiten müssen, ehe sie zum ungezwungeneren Teil nachkam. Die Braut des Prinzen.

»Das ist Cammie. Oder Sienna? Elodie schwankt.« Jean schnitt eine Grimasse. Mittlerweile war sie aufgetaut und so sympathisch, dass ich mich nicht wunderte, dass Elodie ihr völlig verfallen war.

»Sienna«, sagte ich. »Elodie hat mich als Cammie kennengelernt, aber ich heiße Sienna. Schön, Sie kennenzulernen.«

»Josie.« Sie hielt mir die Hand hin und ich schüttelte sie. »Hat irgendjemand hier die Softdrinks gesehen? Ich verdurste und möchte außerdem nicht wissen, wie viele Leute die Bowle schon aufgepeppt haben.«

Oh, ein Mensch nach meinem Geschmack. Als Freundin der Gastgeberin wusste Jean genau, wo wir die Softdrinks finden konnten, und nebenbei nahmen wir die Pferde-Unterhaltung wieder auf. Wie es aussah, hatte nicht nur ich mit einer Aversion zu kämpfen, während ich einen reinen Pferdenarren datete. Immerhin hatten wir für das nächste Polo-Spiel einander als Gesellschaft – und nur eine halbe Stunde später auch eine WhatsApp-Gruppe für genau diesen Zweck.

»Bist du schon aufgeregt mit der Hochzeit?«, fragte Jean, als wir uns mit einer zweiten Runde Softdrinks an die Barhocker zurückgezogen hatten.

»Nicht so sehr wie meine Mum, aber ja?« Josie stöhnte und vergrub das Gesicht in den Händen. »Ich habe es noch gut«, sagte sie. »Ich habe Unmengen an Eventmana-

270

gerinnen und Personal Assistants, die sich um alle Details und die Organisation kümmern, aber es ist ...« Sie verstummte und sah auf. Nichts an ihrem Gesichtsausdruck erinnerte an eine glückliche Braut. »Es ist ein Zirkus und nichts davon ist das, was Conrad oder ich uns vorgestellt haben. Nichts davon ist ... wir.«

Eine einzige Show für die Öffentlichkeit, die live zusehen würde. Ich presste die Lippen aufeinander und nickte. Was sagte man dazu? Ich kannte das Problem, auf einer anderen Ebene, aber das würde ihr nicht helfen. Zumal sie nicht in diese Welt geboren worden war. Freiheit und Selbstbestimmung über solche Events aufzugeben musste viel schwieriger sein, als sie nie gehabt zu haben. Josie mochte den Traumprinzen bekommen haben, aber zu beneiden war sie nicht. »Magst du dein Kleid?«, fragte ich, um sie auf einen Bestandteil zu bringen, den sie hoffentlich wirklich genoss.

»Das definitiv! Erst fand ich den Gedanken, zwei Kleider zu haben, eines für die Trauung und eines für den Abend, ziemlich dekadent. Jetzt bin ich froh, einmal meine Märchenprinzessinnenfantasie ausleben zu können und mich abends wieder wie ich zu fühlen.« Sie lachte und verlor dabei einen Teil der verkniffenen Miene von eben. »Conrad werden die Augen aus dem Kopf fallen, wenn man meiner Schwester glauben kann.« Sie zwinkerte, was wiederum Jean und mich losprusten ließ.

Wir drei mochten uns vor heute nicht gekannt haben und auch ohne die Royals in unserem Leben nie kennengelernt haben, aber die beiden waren cool. Ich war froh, sie getroffen zu haben.

***

»Dein Schmuck war ein voller Erfolg.« Nick ließ die Hand durch meine Haare gleiten.

Seit sie wieder blond waren und ich nicht länger jeden Morgen die Locken mit dem Glätteisen bekämpfte, hatte er die Finger ständig zwischen den Strähnen. Und ich, die ich außer meinen Friseur kaum jemanden an sie herangelassen hatte, genoss jede Sekunde davon. Ich ließ den Kopf gegen seine Hand sinken und seufzte. »Elodie hat sich gefreut, das reicht.«

Nick lachte und malte kleine Kreise auf meine Kopfhaut. Momente wie diese waren selten. Momente, in denen wir auf meinem Sofa hingen, nicht ganz sitzend, nicht ganz liegend, und einen ruhigen Nachmittag genossen. Momente, die still waren, in denen wir nur miteinander Zeit verbrachten. Ohne Show, ohne Publikum, egal, wie familiär dieses auch war. »Elodie hat ihre Freude quasi in die Welt hinausgeschrien, zumindest sah ihr Instagram-Account danach aus. Solltest du je eine Dauerwerbesendung brauchen, wissen wir, wen wir anfragen können.«

»Du bist ein Instagram-Mensch?« Ich versuchte, den Kopf soweit zu überstrecken, dass ich ihm ins Gesicht sehen konnte, scheiterte aber.

»Im Labor wartet man viel.«

Ja. Auf Säulen und andere Prozesse, die Präzision und Geduld erforderten. Aber dass er in der Zeit ausgerechnet auf Instagram herumscrollte, hatte ich trotzdem nicht gedacht. Mir waren die vielen Followerzu- und -abgänge, die Markierungen, die Nachrichtenanfragen meistens too much. Von der ungefilterten Meinung sämtlicher Menschen über mein Umfeld und mich ganz zu schweigen. Präsenz war allerdings trotzdem gut, fürchtete ich. Irgendwann würde ich wieder mehr als den automatisch geposteten Beitrag beitragen müssen. Irgendwann bald, wenn der Algorithmus mich rechtzeitig zum Launch von *by Sienna* wieder mögen sollte. Vielleicht fing ich mit einem netten Pärchenbild von uns an. Oder repostete etwas von Elodie, Hugh oder Nick. Keine Herausforderung für heute. Dem würde ich mich irgendwann stellen.

»Smartphones und Kaffeepausen«, zog ich Nick auf. »Wann arbeitest du eigentlich?«

Mit seiner freien Hand pikste er mich in die Seite, sodass ich erschrocken aufquiekte. »Du bist die Königin der Fremdbeschäftigung an der Uni.« Er pikste mich gleich noch mal. »Glaub nicht, Elodie und Hugh würden dich nicht verraten.«

Ich zuckte mit den Schultern. »Studium und Rutherford Diamonds sind beides Arbeit, aber nur für eines von beiden werde ich bezahlt.«

»Fair enough«, meinte er und ging nun wieder dazu über, mit meinen Haaren zu spielen. »Weißt du eigentlich, wie schön du bist?«

Ja. Wusste ich. Zumindest hatte Jenson es mir jeden Tag, mit jedem Kosenamen, gesagt. Ich ließ das Kompliment an mir abprallen – ich konnte nicht ganz erklären, was es in mir auslöste. »Nicht so umwerfend wie du.« Der Teil von mir, der auf charmante Schlagfertigkeit trainiert war, schaltete auf Autopilot.

Nick lachte. »Habe ich mich je dafür entschuldigt?«

Ich hatte nicht die geringste Ahnung. »Ich betrachte mich als mehr als entschädigt. Aber gegen einen Kuss protestiere ich auch nicht.«

Mit einer flüssigen Bewegung veränderte Nick unsere Positionen so, dass ich nicht länger halb neben ihm hing, sondern beinahe auf ihm saß. Er umfasste mein Gesicht mit beiden Händen, sah mir einen Moment in die Augen, und presste dann seine Lippen auf meine.

Der Kuss war so drängend und stürmisch, dass mir innerhalb von Sekunden heiß wurde und ich aufkeuchte, als wir uns kurz voneinander lösten. Ich fuhr mit den Fingern über Nicks Brust. Der tiefe Laut, der ihm entwich, ließ alles in mir sich zusammenziehen und ich krallte die Fingernägel etwas fester in seine Haut. In seinen Augen blitzte ein Verlangen auf, das dem gleichkam, das auch mich zu überrollen drohte.

Anziehung, Lust, der Moment – all das waren Gründe, die gut genug waren, um nicht zu stoppen. Ich wollte seine Hände auf meiner Haut spüren, ohne die vielen Lagen Stoff zwischen uns, ohne Rücksicht – und wenn das, wie Nicks Körper auf meinen reagierte, ein Indikator war, ging es ihm genauso.

Ich fing seinen Blick auf, legte den Kopf leicht schief und bekam ein Nicken zur Antwort. Wenn möglich intensivierte sich das Brennen, mit dem das Blut durch meine Adern floss, nur. Seine Lippen an meinem Mundwinkel, meinem Kinn, meinem Hals hinterließen eine heiße Spur auf meiner Haut und entlockte mir ein Stöhnen. Anziehung, Lust und die Hitze des Moments mochten Gründe genug sein, aber das Vertrauen, das bei uns hinzukam, machte den Augenblick perfekt. Ich konnte, wollte, mich fallen lassen. In Nicks Arme, Hände … ihn.

Kapitel 24

WERBEANZEIGE.

Werde zum Diamond of the Season – exklusiv mit *by Sienna*. Neue Kollektion aus dem Hause Rutherford Diamonds ♂ Diamonds are a Girl's (or Guy's) Best Friend ♂
Du möchtest mit handverlesenen Edelsteinen um die Wette strahlen? Dann sind die modernen und doch zeitlos-eleganten Designs der neuen jungen Linie bei Rutherford Diamonds genau richtig für dich! In nur wenigen Wochen erblickt sie das Licht der Welt: Stay tuned!

Es wurde ernst. Langsam, aber sicher, rückte der Launch von *by Sienna* in Reichweite und spätestens, als die ersten Werbeanzeigen geschaltet wurden, rückten das Oakfield College und die Finals in den Hintergrund. Sogar die Royal Wedding, die halb Großbritannien gedanklich in Anspruch nahm, war ein reiner Nebenschauplatz geworden, von Weihnachten ganz zu schweigen. Die Feiertage kamen von selbst und früh genug, bis dahin gab es genügend andere Dinge zu tun.

Beispielsweise letzte Fragen verschiedenster Bereichsleitungen bei Rutherford Diamonds zu beantworten, die sich damit direkt an mich wandten, als den Weg über

Grandpa zu gehen. Besser so. Es war meine Linie, ich wollte entscheiden. Auch wenn das zur Folge hatte, dass ich wieder viele Stunden in der Bibliothek verbringen musste, in denen ich mühsam aufholte, was Hugh oder Elodie brav mitgeschrieben und an mich weitergegeben hatten. Die beiden verdienten die größten Weihnachtsgeschenke der Welt.

Nick hatte im Labor so viel zu tun wie ich an meinem Laptop, sodass wir beide kaum mehr Zeit füreinander hatten als kurze Kaffeepausen oder Lunchdates – die Abende, die wir nicht mit Protokollen oder Laborberichten und dem Absegnen weiterer Marketingstrategien oder finaler Details verbrachten, endeten meist im Bett, wo wir nebeneinander schliefen, aber nicht miteinander, weil wir immer sofort einschliefen. Heute tapste ich in Leggings und einem von Nicks Uni-Sweatshirts durch seine Wohnung. Für einen Prinzen lebte er erstaunlich normal.

»Willst du auch etwas zu trinken?« rief ich aus der Küche und öffnete den Kühlschrank. Nichts von den Inhalten lachte mich an. Dann wiederum war ich auch nicht aus Hunger gekommen, sondern, weil ich kurz hatte aufstehen und meine Beine bewegen müssen, ehe ich mich den letzten Mails des Tages widmete. Meine Knie hatten den Schneidersitz mit balanciertem Laptop weniger gut gefunden als ich.

»Ist noch Schokomilch da?«

Schokomilch. Um halb zwölf abends. Wäre es nicht Nick, ich hätte allein den Gedanken ekelerregend gefunden. Allerdings schüttete er das Zeug auch in sein Müsli, das die Bezeichnung kaum verdiente, so viel Schokolade und Zucker wie in den Flocken war, also wunderte mich nichts mehr. Ich hob die Glasflasche an. Für heute würde es noch reichen. »Ja!«

»Dann ein Glas davon.« Er stöhnte. »Wenn ich nicht bald Zucker bekomme, drehe ich mit der Auswertung noch durch.«

Angesichts der vielen Werte, die er in einen Graph oder ein Diagramm oder was auch immer es genau war, was er anfertigte, eintrug, war das mehr als verständlich. Ich beneidete ihn nicht. Ich leerte die Flasche in ein Glas, lud für zusätzlichen Zucker noch die zwei Donuts, die von unserem Nachmittagssnack übrig geblieben waren, auf einen Teller, und kam damit und mit einer Flasche Eistee für mich wieder zurück ins Wohnzimmer, wohin sich unser Co-Working verlagert hatte.

Beim Anblick seines Getränks und der Nervennahrung hellte sich Nicks Gesicht auf und er tauschte das Glas gegen einen Kuss auf meine Schläfe. »Du bist zu gut zu mir.«

Ich schenkte ihm ein Lächeln und stellte den Teller mit den Donuts auf den Wohnzimmertisch. »Jeder, wie er es verdient.«

»Dann verdienst du die Welt.« Er zwinkerte mir zu und ich lachte, als er sich einen Donut griff und die erste Hälfte mit nur zwei Bissen verspeiste.

»Mit einem Kuss würde ich mich zufriedengeben.«

Nick stellte seinen Donut ab, umfasste mein Gesicht mit beiden Händen und küsste erst meine Stirn, dann meine Nasenspitze und endlich auch meine Lippen. Der Kuss schmeckte nach Erdbeerzuckerguss, Erschöpfung und Vertrauen. Viel zu schnell löste er sich wieder von mir und machte sich über den Rest seines Gebäcks her. Er stöhnte, als er einmal mehr in den frittierten Teig biss.

»Ich weiß nicht, ob ich beleidigt sein soll, dass der Donut dir mehr Laute der Verzückung entlockt als ich«, zog ich ihn auf, schob ihm aber den Teller mit meinem Donut zu. »Ich glaube, du brauchst den hier mehr als ich.«

»Wenn du den Unterschied zwischen meiner Reaktion auf süßes Streetfood«, er nickte in Richtung Teller, »und meiner Reaktion auf dich schon vergessen hast, müssen wir die Erinnerungen wohl zurückholen.« Seine Augen glitten ungeniert über mich und obwohl ich wusste, dass mein Outfit nur bequem und nicht hübsch war, ließ sein Blick mich begehrenswert fühlen. Auf Instagram hatte ich einmal gelesen, dass Liebe war, sich auch unperfekt zeigen zu können, im Wissen, trotzdem akzeptiert und angenommen zu werden. Oder in diesem Fall begehrt zu werden.

»Dagegen habe ich absolut nichts einzuwenden«, meinte ich und befeuchtete meine Lippen, »aber ich befürchte, dass das weder deinem noch meinem Workload zugutekommt.«

Das Stöhnen, das ihm diesmal entwich, hatte nichts mit Befriedigung zu tun. »Du nimmst den zweiten Teil von sexy Studentin zu genau, Sienna.«

Ich lachte nur und zog meinen Laptop wieder an mich heran. »Iss deinen Donut und mach weiter, sonst werden wir heute nie fertig.«

Aber die Luft war für uns beide raus, das bemerkte ich, als Nick trotz Zuckerschub nur noch sporadisch irgendwelche Ergebnisse eintippte und auch ich nur halbherzig durch eine Reihe an Mock-ups, die ich zur Freigabe ins Postfach bekommen hatte, scrollte. Diese Art von Bildern war immer gleich: Ein Plan, was sie mit den nächsten Fotomodels für das nächste Shooting der Kollektion im Sinn hatten. Der letzte Satz in der Mail ließ mich innehalten. Sie wollten Fotos von und mit mir? Wie ich den Schmuck trug?

Unwillkürlich zuckte meine Hand in Richtung meines

Handys. Das Bild mit meiner ersten Kette, noch immer mein Sperrbildschirm, war ein Blickfang, das leugnete ich nicht, aber meine Linie selbst zu modeln? Mein Herz setzte einen Schlag aus und auch wenn es sofort in seinen Rhythmus zurückfand, war es doch nicht dasselbe. Ich konnte keine Ketten tragen, nicht einmal für ein dummes Foto. Ringe, Armbänder, Ohrringe, alles keine große Sache, aber Ketten ... Sie mochten zentrale Stücke der Kollektion sein, aber nicht für mich. Ich hatte mir einmal eine Kette angelegt und nicht gewusst, dass es gleichbedeutend mit in Ketten gelegt zu werden war. Nie wieder.

Doch ... ich hielt inne. Für meine Kollektion war ich über jede meiner selbst gesteckten Grenzen gegangen, hatte mich mit einem Studium arrangiert, das ich hasste, mich zurück in eine Dating-Welt gewagt, die mir Angst gemacht hatte und manchmal noch machte, mir in einem fremden Land ein neues Leben aufgebaut und parallel dazu meines wieder zusammengesetzt ... wenn ich wirklich musste, würde ich auch noch mal eine Kette anlegen. Und es wirkte anders, wenn die Designerin, vor allem die Rutherford-Erbin, nicht nur mit ihrem Namen, sondern auch mit ihrem Gesicht für die Schmuckstücke stand. Warum also zögerte ich, nicht nur die Konzepte, sondern auch meine Rolle dabei abzusegnen?

Vor allem wusste ich nicht, wie ich jemandem erklären konnte, warum ich ein Problem damit hatte. Es waren Ketten, filigrane, hübsche Designs, die ich selbst angefertigt hatte, die für mich so unverkennbar mein Stil waren, dass sie mir fast wie eine natürliche Fortsetzung meines Wesens erschienen. Nichts, wovor sich eine erwachsene Frau – ein normaler Mensch – fürchtete. Nichts, was in irgendeiner Form beängstigend wirken sollte. Und doch schwebten meine Finger über der Tastatur, unfähig, sich zu einem Zweizeiler von Zusage durchzuringen.

»Alles okay?«

Nicks Frage ließ mich den Kopf heben. Er sah mich an, eine Mischung aus Besorgnis und Interesse in seinen Augen.

Eigentlich sollte ich bejahen, aber ich brachte das Wort nicht über die Lippen. Stattdessen zuckte ich mit den Schultern. Sofort stellte Nick sein Gerät zur Seite und rutschte zu mir herüber, um mit auf meinen Bildschirm sehen zu können. »Ist das die neue Kollektion?«

»Genau.«

»Ich fasse es immer noch nicht, dass du solche Designs zwischen Tür und Angel raushaust.« Er grinste und wiegte den Kopf hin und her.

»Zwischen Tür und Angel ist etwas übertrieben«, murmelte ich und schnitt eine Grimasse. Stunden, Unmengen an entsorgten Skizzen und ein steifer Nacken von zu langem Sitzen trafen es eher. Aber wenn ich letztlich die Musterstücke in der Hand hielt oder Mock-ups sah, konnte ich selbst nicht ganz glauben, dass das wirklich mein Schmuck war. Meiner, niemandes sonst.

Er wedelte mit der Hand in der Luft herum. »Elodies Geburtstagsgeschenk?«

»Die Ausnahme.« Und auch nicht das beste Schmuckstück, das ich je designt hatte. Aber es gefiel ihr und seit ihrem Geburtstag hatte sie die Kette nicht abgenommen. Der Gedanke ließ mir warm ums Herz werden.

»Wenn du das sagst.« Seinem Tonfall nach glaubte er kein Wort dessen, was er sagte, richtete seinen Fokus aber wieder auf mich. »Was ist los?«

Ich lehnte mich auf dem Sofa zurück und legte mir die Hände auf das Gesicht. Um mich vor der Welt zu verstecken oder vor meinen Worten oder vor Nick … keine Ahnung. Es war so albern. Ich war eine erwachsene Frau, ich sollte nicht wegen eines Bilds zögern, nur, weil ich eine Kette tragen musste. Eine Kette, die ich selbst designt hatte noch dazu. Aber vielleicht war gerade das das Problem?

»Sienna?«

»Du wirst es dumm finden«, nuschelte ich.

»Try me.« Ich musste Nick nicht sehen, um zu wissen, dass er eine Augenbraue nach oben gezogen und die Arme vor der Brust verschränkt hatte. Es war besser, dass ich es nicht sah, denn diese Haltung und sein dünnes Shirt brachten seine Muskeln eine Spur zu gut zur Geltung, um nicht ablenkend zu wirken.

»Es geht um Promo-Fotos für *by Sienna*. Die Idee ist, sie mit mir zu machen. Um mein Gesicht mit der Kollektion zu verknüpfen.«

»Bisher finde ich nichts dumm.«

Der Teil kam auch noch. Ich seufzte, löste die Hände von meinem Gesicht und setzte mich auf. Meine Wangen brannten. »Ich kann keine Ketten tragen.«

»Du kannst alles tragen. Du bist wunderschön.« Nicks Augen waren riesig, voller Ehrlichkeit, und er nahm meine Hand.

Der Mann hatte ein Herz aus Gold und die Naivität eines Kindes. Dennoch entlockte mir die Antwort, die er ohne zu zögern gegeben hatte, ein kurzes Lächeln. »Ich kann keine Ketten tragen«, wiederholte ich langsamer, »weil ich Panik bekomme.«

»Wegen Ketten?« Die Stirn in Falten gelegt sah Nick so überfordert und niedlich aus, dass ich mich nicht gegen den Impuls, seine Hand zu drücken, wehren konnte. »Wie in London.«

»Wegen der Kette. Wegen Ketten allgemein«, bestätigte ich. »Und ich weiß, dass es albern ist und es ist auch nie wirklich etwas passiert und nur weil Jenson ...«

»Dein Ex hat es geschafft, dass du Angst bekommst, wenn du Ketten trägst?« Wieder hatte sich seine komplette Mimik in Sekundenbruchteilen auf eine neue Emotionspalette umsortiert. Die Besorgnis von eben war zurück, dazu Mitgefühl und, hinter beidem verborgen, Wut. »Oh, Sienna, das ist nicht albern!« Er drückte meine Hand zurück. »Und du musst mir nichts erzählen, wenn du nicht möchtest. Falls du reden willst oder ein offenes Ohr brauchst oder etwas anderes bin ich da, aber du musst das nicht erklären.« Er unterbrach sich und sah mir direkt in die Augen. »Es ist nicht«, betonte er, »albern. Auch nicht dumm oder deine Schuld oder was auch immer du dir gerade einredest. Du lebst und atmest Schmuck. Niemand hat das Recht, dir das kaputt zu machen.«

Ich atmete tief durch. »Meine erste Kette.« Mit meiner freien Hand schaltete ich den Sperrbildschirm meines Handys an, damit er sie vor Augen hatte. »Es ist eigentlich nicht der Rede wert, aber Jenson hat sie gehasst, weil ich sie über seine Outfits und Looks gestellt habe. Er hat sie mir vom Hals gerissen.«

Wie immer, wenn ich zu nah an diese Erinnerung kam, spürte ich das Echo des reißenden Verschlusses im Nacken, das Fehlen des Anhängers am Dekolleté, den Stich, den es meinem Herzen versetzt hatte. Nicks Finger hielten mich noch fester und der Ärger in seinem Blick wurde prominenter.

»Er hat mir nicht wehgetan oder sonst die Hand gegen mich erhoben«, beeilte ich mich zu sagen und hasste, wie meine Stimme bei den Worten zitterte. »Aber ...«

»Kein Aber, Sienna. Er hat dir wehgetan. Er hat die Hand gegen dich erhoben.« Auch seine Stimme bebte.

»Und es war nicht deine Schuld, für sein Verhalten gibt es keine Entschuldigung.« Er presste die Lippen aufeinander. »Ich würde dich gern in den Arm nehmen, aber ich weiß nicht, ob ich darf.«

Statt einer Antwort flüchtete ich mich beinahe in seine Umarmung und klammerte mich mindestens so sehr an ihm fest wie er sich an mir. Ein Teil von mir hatte erwartet, in Tränen auszubrechen oder zusammenzubrechen. Nichts davon geschah.

»Es ist auch nicht deine Schuld, dass das Spuren hinterlassen hat«, sagte Nick in meine Haare. Im Gegensatz zu mir war er es, dessen Körper zitterte. »Du musst keine Ketten mehr tragen. Nie wieder, wenn du das nicht möchtest, auch nicht für *by Sienna* oder irgendeine andere Werbeaktion, die sich Marketingexperten ausdenken. Sollen sie sich etwas anderes überlegen.«

»Nein«, sagte ich und überraschte mich selbst damit, wie sicher ich nicht nur klang, sondern auch in dem Moment, in dem mir das Wort über die Lippen kam, war. »Ich möchte das machen.«

»Das ist auch in Ordnung.« Er musste überrascht sein, so schlagartig, wie sein Körper an meinem erstarrt war. Eine Weile schwiegen wir beide.

»Nick?«, fragte ich dann. »Kannst du bitte mitkommen, wenn ich die Fotos mache?«

»Natürlich. Versprochen.«

***

Ich wollte das machen. Ich war freiwillig hier. Die Sätze waren etwas wie ein Mantra, das ich mir wieder und wieder vor Augen hielt, aber letztlich halfen sie doch nur oberflächlich. Eine Kette anlegen und für *by Sienna* präsentieren, was hatte ich mir dabei gedacht, dem Vorschlag zuzustimmen? Meine Linie war alles für mich und natürlich war ich bereit gewesen, alles für sie zu tun, aber in der Umsetzung ...

»Du musst das nicht machen«, sagte Nick, nicht zum ersten Mal, seit wir zu dem Fotografen, den die Marketingexperten gebucht hatten, nach London aufgebrochen waren. Seine Unterstützung war Gold wert, aber je häufiger er mich daran erinnerte, einen Ausweg zu haben, desto mehr wollte ich ihn nutzen.

»Ich möchte das machen.« Ich lächelte ihn über den Spiegel, vor dem ich saß, an. Sein Spiegelbild zu betrachten war seltsam. Ein Gesicht, das ich in- und auswendig kannte, das ich unendlich oft betrachtet und bewundert hatte, das ich auch im Dunklen mit den Fingern erkundet hatte, bis mir jedes Detail vertraut geworden war, das jetzt aber spiegelverkehrt war. Während die Stylistin meine Haare zurechtsteckte, behielt ich den Blick auf ihn gerichtet, bis mir auch sein Spiegelbild nicht mehr fremd war. Ich lächelte.

Von seinem Platz auf einem Ledersofa, das modern, aber nicht bequem, aussah lächelte er zurück.

Die Stylistin sprühte noch etwas Haarspray auf meine Frisur, dann nickte sie mir zu. »Was denken Sie, Miss Rutherford?«

Diesmal war es mein eigenes Spiegelbild, das ich betrachtete. Ich sah schön aus – ich fühlte mich schön. Über mein Aussehen hatte ich mir selten Gedanken gemacht, seit ich gelernt hatte, dass ein Edelstein ein Blickfang sein konnte, der von potenziellen Unsicherheiten ablenkte, aber als ich mich jetzt sah, wuchs mein Selbstbewusstsein doch etwas an. Die blonden Haare hatte die Frau halb offen zurückgesteckt, sodass sie mir nur über die linke

Schulter fielen, das Make-up hatte sie stark genug gehalten, um auf Aufnahmen sichtbar zu sein, aber dezent genug, um nicht von meinem Schmuck abzulenken. »Ja, danke.«

Mit einem weiteren Nicken verschwand die Stylistin, vermutlich, um dem Fotografen zu melden, dass ich bereit war. Oder zumindest bereit aussah, denn bereit fühlte ich mich nicht. Jetzt fehlte nur noch die Kette. Von Strähnen befreit und mit einer in Szene gesetzten Kieferpartie akzentuiert wirkte mein Hals leer. Zu leer.

Ich griff nach der Schatulle, die vor mir auf dem Schminktisch lag, um das Schmuckstück herauszunehmen, scheiterte aber schon an der Schnalle, die die beiden samtüberzogenen Hälften zusammenhielt. Warum bebten meine Finger, noch ehe ich etwas getan hatte? Und warum breitete sich das Zittern über meinen ganzen Körper aus?

Ich wollte ein filigranes Schmuckstück anlegen, nicht meine alte Kette und schon gar keine Fesseln. Ein zweites Mal versuchte ich mich am Verschluss, legte dann aber die Schachtel zur Seite, bevor sie mir aus den Händen fiel.

Über den Spiegel suchte Nick meinen Blick. Wie immer wertete er nicht, sondern sah mich nur ruhig lächelnd an. »Hast du die Sissi-Filme auf Netflix gesehen?«, fragte er unvermittelt.

Ich blinzelte. »Nein?« Nicht, dass ich wüsste. An einen Namen wie diesen hätte ich mich erinnert. »Sind sie gut? Warum?«

Nick winkte ab. »Alte deutsche Filme. Oder österreichisch? Bayerische Prinzessin heiratet österreichischen Kaiser und muss ihre Liebe mit dem höfischen Leben vereinen.« Er legte die Stirn in Falten und vielleicht hatte ich sein Spiegelbild doch nicht lange genug studiert, denn die

Bewegung brachte seine Gesichtszüge durcheinander und war trotz der Vertrautheit wieder fremd.

»Klingt nach einer schrecklichen Royal Romance. So was schaust du? Als Prinz?« Ich nahm den Worten die Schärfe, indem ich ein breites Grinsen hinterherschickte.

Ein Schulterzucken. »Dürfen Polizisten keine Krimiserien mögen? Für dich hätten die Filme zu viel rosarote Brille, aber worauf ich hinauswollte, ist eine Szene, in der Franz, das ist der Kaiser, seine Frau mit einer Kette überrascht.«

»Aha.«

»Ich zeige dir, was ich meine«, entschied er. Vielleicht bildete ich es mir nur ein, aber ein Funkeln, das ich nicht zuordnen konnte, trat in seine Augen, dann war er aufgestanden und aus meinem Blickfeld verschwunden.

Wollte er die Filmszene gemeinsam ansehen? Aus einem alten Film, von dem wir nun beide wussten, dass er mir zu kitschig sein würde? Jeder andere als Nick hätte allein für die Implikation einen Kommentar kassiert.

Er trat hinter mich und griff um mich herum nach der Schatulle. In seinen Händen wirkte sie plötzlich anders; weniger wackelig und weniger ... bedrohlich. »Darf ich?«

Ich traute meiner Stimme nicht, also nickte ich nur, und sah Nicks Spiegelbild dabei zu, wie er die Kette langsam auspackte und mir an den Hals hielt. Der Anhänger, so leicht er auch war, legte sich schwer in die Kuhle zwischen meinen Schlüsselbeinen. Es dauerte einen Moment, bis ich mich daran gewöhnt hatte – und als ich so weit war, hatte Nick den Verschluss längst in meinem Nacken eingehakt und seine Finger von meiner Haut genommen.

»Was denkst du?«, fragte er.

»Ich ...« Ich wusste nicht, was ich denken sollte, was die angemessene Reaktion war. Beinahe hatte ich erwartet, dass die Kette ein Gewicht mit sich bringen würde, das sich schwer auf meine Schultern legen würde. Dass sie mir die Luft abschnüren würde. Nichts davon passierte. Stattdessen war da ... nichts. Ich hatte mehr erwartet. Mehr Gefühl, dafür weniger Gleichgültigkeit. Ich wusste nicht, was ich davon hielt. »Ich bin okay«, vervollständigte ich meine Antwort und drehte den Kopf zu Nick um. In diesem Moment verstand ich. Wenn er es war, der mir eine Kette anlegte, konnte es sich nicht falsch anfühlen, weil alles, was wir teilten, so verdammt richtig war. Nichts von dem, was er je tat, war mit der Intention, zu schaden oder zu verletzen; nichts von dem, was er je tat, konnte sich wie Gefahr anfühlen.

Nick küsste meinen Hals, direkt hinter meinem Ohr. »Das freut mich«, sagte er sanft. Sein Atem kitzelte in meinem Nacken und ich wehrte mich nicht gegen das Lächeln, das sich über mein Gesicht ausbreitete. Einen Kuss nach dem anderen arbeitete er sich meinen Hals entlang, bis er den Verschluss der Kette erreichte. Gänsehaut folgte der Spur, die seine Lippen hinterließen, und ich erschauderte.

Ein Teil von mir befürchtete, die Stylistin, der Fotograf oder jemand anderes würde hereinschneien und uns stören, dem anderen, größeren, Teil war das egal. Ich griff hinter mich, fand Nicks Haare und ließ die Finger durch sie gleiten, als er Kuss für Kuss meine Welt auf sich reduzierte. Der Fototermin und auch die Kette rückten mehr und mehr in den Hintergrund, bis nur noch Nick und ich existierten.

Und dann war der Moment vorbei. Nicks Lippen fehlten an meinem Hals und ich fuhr von seinen Haaren ausgehend seine Kieferpartie nach, unfähig, ihn schon gehen zu lassen. Im nächsten Augenblick fehlten nicht nur seine

Lippen, sondern auch das Gewicht der Kette, so gering es war, an meinem Hals. Ich blinzelte. Er hatte sie mir wieder abgenommen.

Der Kuss, den Nick an die Stelle, an der der Hals in meine Schulter überhing, setzte, war deutlicher als die federleichten, die er zuvor verteilt hatte. »Du bist okay«, wiederholte er meine Aussage von eben. »Du bist die stärkste Frau, die ich kenne, Sienna. Leg dir die Kette selbst an – du brauchst mich nicht dafür.«

Ich wollte das machen. Ich war freiwillig hier. Ich wollte das, ich wollte endlich wieder ich sein und mir Ketten anlegen, die sich nach mir anfühlten und mich zu mir machten. Und mit Nick im Rücken tat ich es auch.

***

»Du siehst mehr tot als lebendig aus.« Elodie schob mir einen Energy Drink über den Tisch zu. Sie selbst musste mindestens zwei Dosen intus haben, so lebhaft, wie sie auf ihrem Klappsitz im Hörsaal herumhüpfte. Jede ihrer Bewegungen ließ ihre roten Locken herumspringen.

»Danke für das Kompliment.« Ich rückte die Dose etwas zur Seite, um Platz für meinen Laptop zu schaffen. So sehr das Koffein auch nötig war, Energy Drinks waren ungenießbar. Aber die Geste zählte. »Ich glaube es nicht, dass ich das sage, aber ich bin froh, wenn der Launch geschafft ist«, meinte ich. Der konkrete Termin, pünktlich zum Semesterende vor Weihnachten und damit beinahe greifbar, war gerade mal vor zwei Stunden angekündigt worden, aber mein Handy hatte sich schon dreimal aufgehängt. Mit Nachrichten und Verlinkungen in den sozialen Medien bombardiert zu werden hatte es offenbar nicht gemocht.

»Ich beneide dich nicht.« Elodie lachte und strich sich eine Locke aus dem Gesicht. »Und dazu die Klausurenphase ... egal, wie schön deine Fotos sind, ich würde nicht tauschen wollen.«

Dabei sah sie angestrengter aus, als ich mich fühlte. Ihren Augenringen nach schob sie schon jetzt Nachtschichten beim Lernen, auch wenn ich nicht ganz wusste, warum. Wer, wenn nicht sie, wusste beinahe mehr als die Dozierenden?

»Die Prüfungsphase macht dir wahrscheinlich mehr Druck als mir. Aber du wirst so oder so Bestnoten schreiben.«

»Das sagst du so leicht.« Elodie zog einen Flunsch. »Wer soll mit mir lernen, wenn du mit *by Sienna* beschäftigt bist?«

»Hugh?«

Sie schnaubte. »Damit ich mich mit seinem Fanclub herumschlagen darf, weil wir Zeit miteinander verbringen?«

»So schlimm?«

Ihre Augen wuchsen auf Untertellergröße an. »Hast du das ernsthaft nicht mitbekommen? Seit Nick offiziell vergeben ist, ist das halbe College hinter ihm her.«

»Immerhin nur das halbe.«

»Der Rest wäre bereit, dich zu lynchen, weil du Prince Charming«, sie malte Anführungszeichen in die Luft, »vom Markt genommen hast. Die Schnittmenge ignorieren wir einfach.«

Ich verdrehte die Augen. Irgendjemand wollte mich immer lynchen, wie sie es ausdrückte. Erst, weil ich mit dem edelsteinbesetzten goldenen Löffel im Mund geboren worden war, dann, weil ich Jenson gedatet hatte, weil ich Jenson nicht mehr gedatet hatte, weil ich Nick datete ...

Menschen mochten mich so oder so nicht, egal was ich tat. »Genau genommen hat er mich vom Markt genommen.«

Sie winkte ab. »Tut nichts zur Sache.« Dann wurde sie stutzig. »Moment. Er dich?«

Ich zuckte mit den Schultern. »Wir haben uns geküsst, damals, auf der Party. Am nächsten Tag hat er gefragt, ob wir einen Schritt weiter gehen wollen.« Dass es anfangs nur gespielt gewesen war, musste niemand wissen.

Sie drehte den Kopf hin und her. »Die wenigsten wollen Zeit mit ihm verbringen, weil sie ihn als Mensch mögen, sondern weil er einen Titel hat. Du bedeutest ihm viel, weißt du das?«

Wusste ich. Andernfalls hätte er mich nicht einen halben Tag dabei zugesehen, wie Werbebilder für den Launch meiner Kollektion, der heute angekündigt werden sollte, gemacht wurden. Andernfalls hätte er nicht etwas in mir geheilt, das er nicht kaputt gemacht hatte; hätte nicht Kuss für Kuss etwas wieder zusammengesetzt. Ja, ich wusste, dass ich Nick viel bedeutete – und er bedeutete mir mindestens genauso viel. Mehr, als ich in Worte zu packen vermochte ... »Er mir auch.« Und ich hatte noch immer Angst, es zu verderben. Aber ich wollte ihm auch etwas Gutes tun. Das hatte er mehr als verdient. »Darf ich dich etwas fragen?« Der Gedanke spukte mir in den letzten Tagen häufiger im Kopf herum, aber Nick dazu auszuhorchen barg das Risiko, uns beiden falsche Hoffnungen zu machen, falls mein Plan rein logistisch unmöglich war.

»Wenn es darum geht, was man zum ersten Weihnachten in der Beziehung schenkt, bin ich genauso planlos. Sonst schieß los!«

Ich lachte. »Es hängt damit zusammen, aber nein.« Geschenke konnte ich improvisieren, wenn es darauf ankam. »Wie verbringt Nick normalerweise Silvester?«

»Ohne Feuerwerk und mit Raclette, das überwiegend aus überbackenem Käse besteht, wenn sich jemand erbarmt auch mit Brettspielen.« Sie warf mir einen eindeutigen Blick zu. »Niemand spielt freiwillig mit ihm Brettspiele.«

Ich nickte langsam. »Danke.«

»Warum?« Elodie legte den Kopf schief. »Also warum die Frage, nicht warum der Dank.«

»Er war noch nie in New York«, sagte ich langsam, zumindest hatte er es einmal erwähnt, als wir kurz auf das Thema zu sprechen gekommen waren. Weihnachten würden wir nicht gemeinsam verbringen, von einem der späteren Feiertage vielleicht abgesehen, und mit dem nahenden Launch sah ich auch das zunehmend skeptisch. Selbst, wenn wir uns sehen würden, würde entweder er familiär oder ich geschäftlich eingespannt sein und ... Silvester war vielleicht der eine Tag, an dem wir mit einem Abend fernab unserer Verpflichtungen davonkommen konnten. Und New York an Silvester ... für einen kurzen Trip und einen ersten Eindruck gab es kaum einen besseren Termin, zumindest, wenn man die überlaufenen Hotspots umgehen und die Beziehungen, die ich in der Stadt hatte, für Abkürzungen nutzen konnte. Ich konnte ihm meine Stadt, meine Welt zeigen und einen Punkt von seiner Liste an Reisezielen streichen. Raclette und Käse konnten wir auch dort organisieren.

Elodie begann zu strahlen. »Das wird er lieben!«, versicherte sie mir. »Er wird dich dafür lieben! Mehr als sonst, meine ich, was er auch nicht müde wird, zu erwähnen.« Sie rümpfte die Nase. »Ihr zwei seid erschreckend süß zusammen. Du bist erschreckend süß, wenn es um ihn geht.«

Den Rest ihrer Aussage hörte ich kaum, nur: Er sprach

über mich, er liebte mich. Ein Gedanke für ruhigere Momente. »Perfekt, danke, Elodie.«

Sie winkte ab und schaltete ihr Tablet an. Die Katzensticker auf der Hülle hatten auch schon bessere Tage gesehen. Dem einen Tier fehlte der halbe Schädel, vermutlich war er dem ewigen Ein- und Auspacken für Kurse zum Opfer gefallen. Das Studium kostete nicht nur uns Studierende Kopf und Kragen, wie es aussah.

»Oh nein.«

Ihr alarmierter Ton, noch dazu während des beginnenden Chaucer-Kurses, ließ mich aufhorchen. »Was ist?«

Sie schob mir ihr Tablet herüber, ihre Instagram-App geöffnet, und sah mich an. Ein Videozusammenschnitt aus Bildern von meinem Fototermin für den Schmuck, Screenshots verschiedener Posts, unter anderem von Jenson, und einem Clip, auf dem Elodie und Nick zu sehen waren, lief ab. »Royally F*cked Up: Parasit Sienna Rutherford befällt nun auch britisches Königshaus«, so die Caption. Ich blinzelte, aber auch das vertrieb die Worte auf dem Bildschirm nicht.

Elodie schluckte. »Das geht gerade viral.«

Fuck. Wer seinen Launch ankündigte, wollte mediale Aufmerksamkeit, Presse und Interesse. Nur hatte ich keinen Gedanken daran verschwendet, dass es diese Art von Presse sein konnte.

Kapitel 25

SPILL THE TEA WITH ME (UK) – DER BLOG
»Royally F*cked Up: Parasit Sienna Rutherford befällt nun auch britisches Königshaus« – Was ist dran?
Ein Artikel von H. Hastings

Wie es initial zu dem Post kam und wie er das Internet im Sturm erobert hat, kann rückblickend kaum ausgemacht werden. Fakt ist jedoch, dass innerhalb weniger Stunden eine Montage verschiedener Einzelposts und -videos viral ging. Versionen desselben Inhalts gingen um die Welt. Deutlich wird hier das Comeback der bereits im Spätsommer die Schlagzeilen dominierenden Sienna Rutherford, Erbin des Schmuckimperiums Rutherford Diamonds, und lässt es zugleich in einem ganz anderen Licht erscheinen. Ganz konkret? Was ist plötzlich anders? Woher kommt das verstärkte Interesse and er jungen Frau?
Den neuen Schwerpunkten der Berichterstattung zufolge handelt es sich bei der Beziehung zwischen dem britischen Prince Nicolas und der amerikanischen Sienna nicht um eine zufällig publik gewordene College-Romanze, sondern um einen raffinierten Marketing-Coup im Zuge des Launchs ihrer vielfach angekündigten und mehrfach verschobenen Schmuckkollektion. Wir wollen nun einen Blick auf die zentralsten Bestandteile des Videos

richten, um Ihnen und uns die Frage zu beantworten: Was ist an diesen Gerüchten dran?

BEWEISSTÜCK A: Die Vorgeschichte
Einst das Traumpaar der Fashionwelt zogen Sienna Rutherford und Jenson Marlowe bereits früher im Jahr mediale Aufmerksamkeit auf sich, als sie kurz vor ihrer Hochzeit ihre Trennung bekanntgaben. Während sich Rutherford anschließend in Partyexzesse stürzte, nutzte Marlowe unterschiedlichste Plattformen, um sich dort mit seinem Resümee der Beziehung auseinanderzusetzen und diese Erkenntnisse aufzuarbeiten. Das dort dargestellte Beziehungsmuster und seine Aussagen bezüglich seiner Ex-Partnerin gegenüber weisen deutliche Parallelen zu den aktuellen Vorwürfen auf. Auch in der Korrespondenz mit uns war er zu einem Statement bereit: »Sienna ist keine Hochstaplerin, ihre Designs sind wirklich gut. Das muss ich neidlos anerkennen. Aber das bedeutet nicht, dass sie sich nicht ausgezeichnet darauf versteht, die Welt zu ihrem Vorteil zu manipulieren und zu ihrer Bühne zu machen. Es tut mir leid, dass meine Erfahrungen dahingehend kein Einzelfall geblieben sind.« Wir finden, das spricht Bände.

BEWEISSTÜCK B: Die Timeline
Im Frühjahr standen die Zeichen noch auf US-Amerikanische Märchenhochzeit, im Spätsommer folgten das skandalreiche Liebes-Aus im Hause Rutherford-Marlowe und der Zusammenbruch des It-Girls. Im Herbst bereits strahlte die Erbin an der Seite des beliebtesten Junggesellen Großbritanniens. Rasante Entwicklungen, sonst nur in Serien wie »Dynasty« oder »Nashville« zu verfolgen, lassen die Welt stutzig werden. War die Abwesenheit der jungen

Frau aus den sozialen Medien eine emotionale Reaktion auf die Trennung oder nur die Planungsphase für ihren nächsten Marketing-Coup? Waren unüberbrückbare Differenzen der Grund für den Split mit Marlowe oder war er ein Hindernis auf dem Weg zum noch medienwirksameren Junggesellen? Oder ist all das nur heiße Luft und Sienna Rutherford ist selbst von den Entwicklungen ihres Lebens überrascht worden? Möglich – aber auch wahrscheinlich?

BEWEISSTÜCK C: Vorzeige-Royal in ersten Skandal verwickelt

Gut, selbst wir müssen eingestehen, dass das Wort Skandal groß ist, wenn sich ein Angehöriger des britischen Königshauses nach einer wilden Studierendenparty nur für eine gemeinschaftlich versenkte Yacht, etwas zu viel Alkohol und einen Kuss mit einer bildhübschen jungen Frau zu verantworten hat. Kontrastiert man das Ergebnis dieser einen Nacht jedoch mit den durchwegs positiven Schlagzeilen, die zuvor Prince Nicolas' Pressevita schmückten, scheint der Begriff nicht falsch gewählt. Erst der Einfluss der Amerikanerin auf sein Leben führte zu diesem Umschwung – gut für uns, denn seither ist die Berichterstattung rund um das Liebesleben von Britain's Sweetheart auch aus unserer Mediengruppe nicht mehr wegzudenken. Dennoch stellt sich die Frage, ob Prince Nicolas allein je dieses Level an kritischer Beobachtung statt gutmütiger Schwärmerei für seine Person erreicht hätte.

BEWEISSTÜCK D: Der Prinz als Werbegesicht

Wir sind ganz offen und ehrlich, liebe Lesende, bis zum folgenden Punkt waren auch wir geneigt, von einem großen Zufall auszugehen und weder Sienna Rutherford vorschnell zu verurteilen, noch den Spitzen ihres ehemaligen

Verlobten unreflektiert Glauben zu schenken. Doch folgendes Zitat des künftigen Duke of Winthrope lässt uns offen hinterfragen, inwieweit er – neben Lady Elodie, einer als Vertraute der Queen bekannte Sympathieträgerin der Royal Family – als Marketing-Instrument aufgebaut und eingesetzt wird; ob mit oder ohne sein Wissen davon: »RD ist mir egal. Bis Sienna mit ihrer Kollektion alle umhaut, meine ich. Dann fange sogar ich an, unsere Kronjuwelen zu modernisieren.«

Von der New Yorker Partyszene in die High Society des königlichen Europas – Sienna Rutherfords rasante Eroberung eines neuen Kontinents für sich und ihre unternehmerischen Absichten bleibt auffällig. Ob sie auf der Jagd nach ihrem persönlichen »Happily Ever After« jedoch die Rolle der Märchenprinzessin oder der bösen Hexe einnimmt, bleibt abzuwarten. Das Internet ist gespalten*, ihre Rolle heiß diskutiert.

Unumstritten ist dagegen eines: Mit uns sind Sie stets up to date!

*Für weitere Beiträge zu diesem Thema und exklusive Stellungnahmen Vertrauter der Beteiligten wie Expert*innen aus aller Welt besuchen Sie uns auf Instagram unter @spill_the_tea_with_me.ofc.uk – wir freuen uns auf Sie!

Haben auch Sie spannende Informationen über die glitzernde Welt der Oberschicht? Zögern Sie nicht, sich an uns zu wenden! Sie erreichen uns unter harriet@intern-spilltheteawithme.news.uk – wir freuen uns auf Sie!

»Du musst nicht mitkommen, ehrlich«, murmelte ich, als Clarke und ich an einer Gruppe Studentinnen vorbeiliefen, deren Gespräche verstummten, kaum, dass wir in Hörweite waren. Als sie dachten, wir wären längst vorbei, ging das Geschnatter sofort weiter. Kein Wunder, nach den Schlagzeilen der letzten Tage.

Die neuesten Gerüchte, dass ich einen Mann wegen seiner Pressetauglichkeit datete, ihn nur benutzte, um bessere Ausgangsbedingungen für meine Linie zu schaffen, ihn eigentlich nicht lieben konnte ... natürlich hatten sie sich wie ein Lauffeuer verbreitet. Natürlich stürzte sich die Presse darauf, natürlich wurde ich sofort zur Dämonin erklärt. Und Nick badete es mit mir aus. Vielleicht hatte die Presse recht und ich war ein Parasit, der alle in ihr Verderben stürzte, ob absichtlich oder nicht. In jedem Fall hatte sie mir aber eine Zielscheibe auf den Rücken geklebt, auf die nun munter geschossen wurde. Aus allen Richtungen, besonders auf dem Campusgelände.

»Sienna.« Clarkes Ton war mahnend, aber nicht unfreundlich. Ein Student kam uns entgegen, die Augen fest auf mich gerichtet und das Handy schon in der Hand. Mein Begleiter brachte ihn allein durch seinen Blick dazu, sein Vorhaben abzubrechen und uns Platz zu machen. Wie um seinen Punkt zu unterstreichen, sah Clarke zu mir, die Augenbrauen hochgezogen.

Ich seufzte. »Point taken.«

»Gut.« Clarke presste die Lippen aufeinander und musterte mich. »You okay?«

Ich zuckte mit den Schultern. Irgendwie schon. Irgendwie nicht. Irgendwo dazwischen lag die Wahrheit. »Ich habe nicht das Bedürfnis, mein Leben mit ein oder zwei Flaschen Wein auszublenden, wenn du das meinst.« Die

Worte klangen harscher als beabsichtigt und ich schnitt dem Sänger eine Grimasse, um ihnen die Schärfe zu nehmen.

In einem Moment setzte Clarke zu einer Erwiderung an, im nächsten ertönte ein »Das ist die Amerikanerin!« und wir sahen uns beide nach der Studentin, die den Ausruf von sich gegeben hatte, um. Der Sänger presste die Lippen aufeinander und sah zu mir herüber. Ich gab mir alle Mühe, mir nicht anmerken zu lassen, wie sehr mich die Bezeichnung traf.

Die Amerikanerin. Ich hatte auch einen Namen; einen Namen, den ich endlich wieder als meinen sehen konnte, mit dem ich angesprochen werden wollte. Und kaum war ich soweit, ihn mir zurückzuholen, nahm man ihn mir wieder weg. Ich war nur noch die Amerikanerin, die Intrigantin, der Parasit, ... Mit dem Namen nahm man mir auch die Persönlichkeit. Ich war nicht mehr als Mensch greifbar. Das machte es nur leichter, zu urteilen oder zu verurteilen.

»Hör nicht hin«, flüsterte ich und griff nach Clarkes Hand, als er immer stockender weiterlief. Am Ende war er noch auf Konfrontation aus – vollkommen verschwendete Mühe. Gegen die Presse und die sozialen Medien kam man nicht an, das musste er wissen. Er wusste es auch, aber es zu wissen und es aushalten zu können waren zwei unterschiedliche Dinge. »Du kennst das alles. Eine Schlagzeile bringt andere dazu, ein Detektivspiel zu starten. Details werden herausgesucht und notfalls umfunktioniert, bis es irgendwann genügend Informationen und isolierte Details gibt, um eine Theorie zu entwickeln, die genügend wahre Elemente hat, um zu funktionieren.«

Als ich noch mal an Clarkes Hand zupfte, lief er endlich von selbst weiter. »No shit«, kam es nur von ihm.

»Das legt sich wieder, wie immer irgendwie.«

Wie immer. Gerade mochte es sich viel und schrecklich anfühlen, wie jedes Mal, wenn der eigene Name durch den Matsch gezogen wurde, aber ich wusste, dass es vorbeigehen würde. Jetzt mochten mich die Menschen hassen, weil ich angeblich opportunistisch den Lieblingsadeligen unserer Generation zu meinem wandelnden Werbemaskottchen gemacht hatte.

»Nicht, wenn es nach deinem Ex geht«, meinte Clarke und löste seine Hand aus meiner, um den Kragen seiner Jacke zurecht zu zupfen. »Jenson ist auch als erster auf den Zug aufgesprungen. Wenn er nicht selbst der Lokführer ist.«

»Jenson hasst mich.« Andernfalls hätte er sich nicht direkt nach unserer Trennung als denjenigen, der den Absprung geschafft hatte, der irgendwie davongekommen war, inszeniert – und mir die Rolle der bösen Ex zugeschrieben, ohne es explizit so zu formulieren. Andernfalls hätte er nicht kurz vor dem Launch meiner Kollektion noch einmal nach mir getreten, nur weil ...

Warum eigentlich? Weil ich es wagte, ohne ihn Erfolg zu haben? Weil ich es wagte, glücklich zu sein oder zumindest einen Partner zu haben, an dessen Seite ich gern stand? Weil ich in seinen Augen mit Nick genau das hatte, was er sich von mir erhofft hatte?

Jenson konnte mich nicht einfach in Ruhe lassen. Wenn mein Name in den Medien war, musste er seinen dazusetzen. Im Idealfall so, dass er besser dastand als ich, so, dass ich unsympathischer wirkte als er. Wenn einer von uns den anderen ausnutzte, um eine Bühne zu haben, dann war er es. Er, nicht ich. Zum ersten Mal sah ich glasklar, was ich die letzten Wochen über nur unterschwellig wahrgenommen hatte. Jenson wollte mir wehtun, damals wie heute. Er musste mich wirklich hassen.

»Jenson hasst alles und jeden, wenn er denkt, dass etwas zwischen ihm und dem Ruhm, den er gern hätte, steht.« Clarke verschränkte die Arme vor der Brust. »Ich bin froh, dass du ihn nicht geheiratet hast.«

Geheiratet. Allein das Wort fühlte sich an wie aus einem anderen Leben. Weil es genau das war. Ein anderes Leben. Ein schrecklich einsames, trauriges Leben. Ich nickte nur und erntete ein Seufzen von meinem Freund.

»Wie machst du das?« Seine Frage kam unvermittelt.

»Was?«

»Das alles«, mit seiner freien Hand machte er eine Bewegung, die wohl die gesamte Situation einfangen sollte, »an dir abprallen zu lassen.« Er suchte meinen Blick. »Sie stürzen sich wie Aasgeier auf eine Intrige, wo keine ist. Und du ... kaufst weiterhin Kaffee in diesen albernen Bechern, besuchst einen Prinzen, der sich im Labor vor der Welt versteckt und zulässt, dass sie sich das Maul über euch zerreißen. Macht das nichts mit dir?«

Clarke kannte mich. Wirklich gut zwar erst, seit wir hier zu richtigen Freunden geworden waren, aber auch zuvor genug, um zu sehen, dass nichts von dem, was Jenson getan hatte, je spurlos an mir vorübergegangen war. Und diesmal war es nicht anders, obwohl alles anders war. Diesmal betraf es nicht nur mich, meinen Ruf, meine Familie – sondern auch den Mann, den ich liebte.

»Was soll ich tun?« Ich legte den Kopf schief. »Allein gegen Windmühlen anschreien? Du kennst das Spiel, Clarke, man kann es nur verlieren. Reagiert man, ist es ein Schuldeingeständnis, ignoriert man es, ist es eines ...« Ich brach ab und suchte seinen Blick. Wir wussten beide, dass Nicks Mangel an Reaktion weder ein Schuldeingeständnis noch die Überzeugung, ich hätte Schuld, war. Es war Angst, Ohnmacht und der Mangel an Erfahrung in diesen Situationen. Vielleicht hätte ich ihn besser darauf vorbereiten sollen, dass ich eine tickende Zeitbombe war, was Schlagzeilen betraf. »Ich weiß, dass es ein Statement geben müsste. Von Rutherford Diamonds, von Nicks Familie, von ihm selbst ...«, sagte ich leise. »Du hast recht. Er stürzt sich in seine Versuche und Berichte und wartet darauf, dass seine Familie das irgendwie regelt. Er hat mir die Zeit gegeben, bis ich bereit war, mich meinen Ängsten zu stellen. Die Zeit muss ich ihm jetzt auch geben.« Auch wenn es wehtat; nicht nur mir, sondern auch meiner Linie.

»Es ist dein Name, der mit Intrige gleichgesetzt wird, nicht seiner.«

»Auch schlechte Presse ist Presse.« Das Argument war unsinnig, das wusste ich selbst. Aber was blieb mir anderes übrig, als das Problem auszusitzen? Jenson war nicht dumm. Er bewegte sich mit seinen Posts und seinen Aussagen in einer Grauzone, in der ich ihn nicht anrühren konnte, egal, wie viele teure Anwälte ich darauf ansetzte. Er konnte sagen, was er wollte.

»Das hast du nicht gesagt, als du mit der versenkten Yacht in den Schlagzeilen warst.«

»Da wusste ich auch nicht, dass ich nur ein Schiff rammen muss, um meinen Märchenprinzen zu bekommen.« Ich legte eine Spur zu viel Humor in meine Stimme, als dass die Antwort ernst klingen konnte.

Er verstand und ließ das Thema wieder fallen. Die Yacht, vor allem in Kombination mit dem Filmriss, hatte sich auch einmal wie das Ende der Welt angefühlt, zumindest einen Morgen lang. Aber auch da hatte sich die Presse bald auf ein neues Opfer gestürzt und es war Gras über die Sache gewachsen, bis aus dem Gras ein gepflegter englischer Rasen geworden war. Nick und ich waren als

Team aus dem Pressechaos hervorgegangen – wir konnten auch das hier meistern. Irgendwie.

Die letzten Meter zum Labor legten wir schweigend zurück und erst an der Tür ließ Clarke mich allein weitergehen. Pharmazeuten neigten nicht zu großen Gefühlsregungen, hatte ich gelernt, wahrscheinlich ging er davon aus, dass ich zumindest hier nicht fürchten musste, gelyncht zu werden. Zumindest nicht, wenn ich Frühstück mitbrachte und Nick damit zwischen seinen Reagenzgläsern hervorlockte.

»Guten Morgen!«, rief ich und schlug den Weg zu dem Trakt, in dem er aktuell arbeitete, ein.

Sofort tauchte ein brauner Haarschopf in einer der Türen auf, aber statt Nick steckte nur einer der Doktoranden den Kopf in den Flur. »Suchst du Nick?«, fragte er, ohne den Gruß zu erwidern.

Statt einer Antwort zog ich den eingetüteten Wrap aus meiner Tasche und nickte.

»Wir bräuchten mehr von deiner Sorte«, murmelte der Doktorand und schob die Zeigefinger unter die Schutzbrille, die schon tiefe Druckstellen auf seinem Nasenrücken hinterlassen hatte. Ohne den dicken Rand gab es nichts mehr, was seine Augenringe kaschierte.

Mehr von meiner Sorte. Mehr Menschen, die die überarbeiteten Naturwissenschaftler ans Tageslicht zerrten? Oder mehr Aufregung in ihrem Leben? Wie auch immer, ich nahm es als Kompliment.

»Nick«, plärrte der Mann plötzlich. »Sienna ist da!«

Ich hätte auch schreien können. Wenige Sekunden später kam Nick angetrabt, ein müdes Lächeln auf den Lippen und seinen Kittel schief zugeknöpft. »Guten Morgen.« Die letzten Schritte zu mir wurde er langsamer, bis er schließlich vor mir stand und seine Arme um meine

Taille schlang. Er vergrub die Nase in meinen Haaren, atmete den Duft meines Shampoos und vermutlich einige Strähnen tief ein und nieste mir einen Moment später in die Halsbeuge.

Bei jedem anderen hätte ich es ekelhaft gefunden und mich geschüttelt – bei Nick ließ es mich nur die Umarmung erwidern und ihn so lange festhalten, bis er mir durch ein leichtes Fingertippen signalisierte, dass er wieder bereit war, loszulassen.

»Guten Morgen«, sagte ich etwas verspätet zurück, stellte mich auf die Zehenspitzen und drückte ihm einen Kuss in den Mundwinkel. »Wie geht es dir?«

Für jemanden, der ihn nicht gut kannte, wäre seine Kinnbewegung ein Zucken oder ganz unsichtbar gewesen, für mich war sie ein Zeichen, dass wir dieses Gespräch unter vier Augen führen würden. Also ab zur chemischen Spülmaschine, die ich ohne Kontaminationsgefahr ausräumen konnte, während Nick frühstückte – hinter verschlossener Tür.

Ich folgte ihm in den kleinen Raum, reichte ihm seinen Wrap und den Thermobecher mit Kaffee, und nahm mir die verschiedenen Kolben vor. Irgendwann würde ich lernen, wie sie hießen und wohin sie sortiert werden mussten, heute reichte es, wenn ich sie auslud und vereinzelt nachtrocknete.

»Wie geht es dir?«, fragte ich, als er zwei Bissen genommen hatte.

»Sollte nicht ich dich das fragen?«

Ich zuckte mit den Schultern. »Ich frage dich.« Der größte Skandal, den er selbst miterlebt hatte, war vermutlich irgendwo zwischen einem Kuss-Foto und den Party-Fotos seines Cousins angesiedelt. Wenn ich sah, wie erst Wrap und Kaffee Farbe auf seine Wangen brachten, raubte ihm die Sache mehr Schlaf als mir. »Wie geht es dir, Nick?«

Seine Schultern sackten herunter und dabei fiel der ganze Mann etwas in sich zusammen. »War schon besser«, gab er zu. »Ich fühle mich unglaublich hilflos und hätte ich nicht ...«

Oh Himmel hilf, gab er sich ernsthaft die Schuld? »Nicht dein Fehler«, fiel ich ihm ins Wort.

Nick sah mich nur zweifelnd an. Ich zog eine Augenbraue nach oben und erwiderte seinen Blick, bis er wieder um zwei Zentimeter kleiner wurde.

»Es ist nicht dein Fehler, wenn sich jemand an deinen Privatgesprächen bedient und deine Worte aus dem Kontext reißt, um sie als Waffe zu verwenden«, wiederholte ich.

»Ich hätte nichts sagen sollen.« Wieder schlug Nick die Zähne in seinen Wrap, diesmal jedoch mit einer Heftigkeit, als wollte er einem Huhn den Kopf abbeißen.

»Und dann?« Wieder war mein Ton schnippischer als beabsichtigt. Ich seufzte und milderte auch diese Frage mit einem entschuldigenden Lächeln ab.

»Wie meinst du?«

»Und dann was?«, fragte ich noch mal. »Du hättest nichts sagen sollen? Wo soll das hinführen? Willst du für immer schweigen, wenn du das Haus verlässt, nur, damit niemand deine Worte hört und nutzt?« Ich verschränkte die Arme vor der Brust.

Nick schrumpfte noch einmal und diesmal versetzte mir seine niedergeschlagene Haltung einen Stich ins Herz. Es war nicht seine Schuld – weder, dass sich die Presse auf uns gestürzt hatte, noch, dass ihn das alles mitnahm. Und statt als seine Partnerin an seiner Seite zu stehen und ihn zu stützen, bis er wieder festen Boden unter den Füßen hatte, machte ich ihm auch noch Vorwürfe, kaum, dass ich ihm mit einem Eier-Wrap das Maul gestopft hatte. »Tut mir leid«, sagte ich. »Das war gemein.«

Als er antworten wollte, verschluckte Nick sich an seinem Frühstück und hustete heftig.

»Geht es?« Ich streckte eine Hand nach ihm aus, um ihm notfalls auf den Rücken zu klopfen.

»Alles gut«, brachte er heraus, hustete noch mal und fing sich wieder. Dann suchte er meinen Blick. »Das war nicht gemein, Sienna«, sagte er langsam, »sondern das, was ich hören musste. Danke.«

Ich blinzelte. Von allen Erwiderungen, die ich mir hatte vorstellen können, hatte ich nicht mit dieser gerechnet. Er bedankte sich dafür, dass ich ihn zurechtstutzte. Manchmal verstand ich den Mann vor mir nicht – dafür schätzte ich ihn immer. »Wenn du das sagst«, meinte ich.

Wieder setzte er zu einer Antwort an, wieder kam es nicht dazu, dass er sie aussprach. Ein Handy klingelte. Es musste seines sein, denn meins war zwar im WLAN-Netz des Oakfield Colleges eingeloggt, aber sonst im Flugmodus. Solange mich zu viele Leute anriefen, kappte ich einfach die Verbindung zur Außenwelt. Grandpa konnte mich anderweitig erreichen, meine Mails checkte ich so oder so und alle anderen ... konnten warten. Mussten warten, solange Nick und ich nicht beide bereit waren, einen Schlachtplan zu entwickeln. Nick zog das Handy aus der Kitteltasche und schnitt eine Grimasse.

»Hm?«

»Meine Mum«, sagte er nach einem kurzen Blick auf das Display. Er ließ den Finger über dem Bildschirm schweben und atmete tief durch, dann nahm er den Anruf an. Noch ehe er sich das Handy ans Ohr hielt, hörte ich Mathilda schon zetern. Himmel, mit ihr als Mutter war

man auch gestraft. Oder als künftige Schwiegermutter ...
ich beeilte mich, mich wieder mit den Kolben und Gläsern
zu beschäftigen, während Nick versuchte, sich in *Tillys*
Monolog einzuklinken.

»Mum«, sagte er immer wieder einmal, meist gefolgt
von einem Seufzen, als sie ihn ignorierte und weitersprach.

»Mum!« Als Nick die Stimme erhob, erstarrte nicht nur
ich. Auch er selbst war von seiner Version eines Gefühls-
ausbruchs überrascht und blinzelte, ehe er die Stille am
Telefon nutzte, um weiterzusprechen. »Das ist nicht Siennas Schuld. Wenn jemand dein Kleid bei Grannys Gartenparty lobt, ist das genauso wenig ein Beweis für deinen
Geschmack wie eine Kritik am selben Kleid das Zeugnis
über miserable Kleiderwahl ist. Die Leute schreiben, was
sie wollen, damit hat Sienna nichts zu tun.«

Er schwieg; offenbar hatte sich Mathilda von dem
Schreck, ihren Sohn mit eigener Meinung zu erleben, er-
holt. Das, oder ihre Kritik an mir war ein Automatismus.

»Wenn du jemanden verantwortlich machen willst,
dann mich, Mum«, meinte er schließlich. »Das Theater ist
losgegangen, als ich Siennas Schmuck ins Spiel gebracht
habe, nicht, weil sie irgendwas gesagt hat.« Er zwinkerte
mir zu, als er die nächste Tirade der Herzogin über sich
ergehen ließ. »Oder du fragst Pops, was er denkt.«

Ein Lachen. Hatte er es ernsthaft geschafft, dieses Ge-
spräch so zu drehen, dass sogar seine Mutter Anflüge von
Belustigung zeigte? Ich blinzelte und hängte die feuchten
Geschirrtücher, die ich verwendet hatte, weg.

»Ja, ich weiß, dass Pops meine Freundin adoptieren
würde, wenn er könnte. Ich stimme ihm vollumfänglich
zu.«

Das ließ mich innehalten. Nicks Großvater, der König

von England, wohlbemerkt, mochte mich? Dass er mich für Nick mochte, hatte ich mitbekommen, aber darüber hinaus hatte ich seine Freundlichkeit nicht hinterfragt.

Ein Großvater, der sich nichts davon erwarten oder versprechen konnte, mich zu mögen, mochte mich genug, dass seine Tochter und sein Enkel darüber sprachen, als wäre es eine bekannte Tatsache? Mich, ohne den Schmuck und den Familiennamen im Gepäck, nur mit Pferdeaversion und als Freundin eines der Enkelkinder. Ein Teil in mir, von dem ich nicht gewusst hatte, dass er zerbrochen gewesen war, fügte sich wieder zusammen und ich schluckte.

»Ich muss los Mum«, sagte Nick in sein Handy. »Mein Versuch ist gleich fertig und ich will nicht, dass ich ihn zu lange stehen lasse und wiederholen muss, wenn ich mich nicht beeile. Bis dann!«

Und ehe ich noch mal blinzeln konnte, hatte Nick die Duchess of Winthrope einfach abgewürgt. Er schenkte mir ein sanftes Lächeln. »Sorry.«

»Wofür?« Ich strich mir eine Strähne hinters Ohr. »Ich bezweifle, dass deine Mom es zu schätzen gewusst hätte, hättest du ihren Anruf ignoriert.«

Mein Freund steckte das Handy in seine Kitteltasche und nahm meine Hand, um mit meinen Fingern zu spielen. In Filmen sahen Gesten wie diese immer romantisch aus, in der Realität waren sie ... seltsam. Von den Kolben und Gläsern waren meine Finger feucht und beinahe schrumpelig, Nicks etwas schwitzig vom Telefonieren und wir ... unperfekt perfekt. Nicht showtauglich, aber echt. Ich erwiderte sein Lächeln.

Nick zuckte mit den Schultern. »Meine Mum denkt zu viel wie die Presse, auch wenn sie damit allein dasteht. Dad spricht mit ihr, denke ich. Josephine fühlt mit dir,

mein Großvater hat einen Sprecher der Familie darauf an-
gesetzt und Elodie piesackt Conrad, dass er auf Instagram
Stellung bezieht.« Er verdrehte die Augen. »Granny versteht nichts von Social Media, aber sie hat deinen Ex als
Designer für offizielle Events gesperrt.«

Das war ... »Wow.« Ich sah ihn aus großen Augen an.

Dafür erntete ich nur ein Schulterzucken. »Das ist Familie, Sienna. Wir halten zusammen und wenn jemand
dich schlecht macht, macht es das persönlich.« Er seufzte.
»Auch wenn wir privat anders fühlen, als wir offiziell reagieren können.«

Ja. Das Dilemma kannte ich. Aber privater Rückhalt ...
das war mehr, als ich bisher gehabt hatte. Nick konnte
nicht ahnen, wie viel das wert war. Oder auch schon.

Kapitel 26

INSTAGRAM:

@vannysvanlife.and.m0re
4 Monate Social Media Detox und ich versteh die Welt nicht mehr. Wtf ist hier los dass eine random Studentin angeblich die MoNaRcHiE sabotiert? Wer hat sich den Unsinn ausgedacht?

> 38.141 Kommentare
> **@emilienordstroem0801_99**
> Sienna Rutherford hat erst ihren damaligen Verlobten abgesägt, nachdem er sich nicht hat ausnehmen lassen. Jetzt wiederholt sie das Spiel mit Prince Nicolas, dem Enkel des Königspaars und alle sind überrascht. Und das, *obwohl* @therealjensonmarlowe die ganze Zeit vor ihr gewarnt hat …
>> **@m3lodyrhod3s.33333**
>> Wirklich offensichtlich hat sie es aber auch erst gemacht, als sie ihren Prince Charming dazu gebracht hat, Werbeslogans herauszuposaunen: Prinz als Werbegesicht kündigt Modernisierung der Kronjuwelen an … das war zu viel, um wegsehen zu können! #cancelbysienna
>> **@ellebelle_giselle**
>> Oh f*ck off. Nick und Sienna sind glücklich mitei-

nander. Niemand will irgendwelche Kronjuwelen ersetzen, niemand ist Werbegesicht für Sienna außer … Sienna selbst

128 weitere Kommentare anzeigen

@gemmabella.diamondofthefirstwater

Was wirklich ein wtf verdient, ist, dass sich das Königshaus immer noch weigert, sich von ihr zu distanzieren und Stellung zu den Vorwürfen zu nehmen. Nicht einmal Rutherford Diamonds äußert sich – klassisches Schuldeingeständnis würde ich sagen. #cancelsiennarutherford #cancelbysienna

> **@t3ll_m3_li3s_and_mak3_th3m_tr3e**
> WTF ist nur die angemessene Reaktion darauf, dass Faktenchecks im 21. Jahrhundert offensichtlich optional sind. Warum selbst denken, wenn man einfach jeden Trend der Klatschpresse glauben kann …

> **@not.a.tree.but.still.a.willow**
> Persönliche Erfahrungen mit Parasit Sienna >>> aufgehübschte Statements Außerdem haben wir autobiografische Texte aus einem Schreibkurs … sie inszeniert sich immer als Opfer und trotzdem ist sie in jeder Schlagzeile … Dramaqueen much

> > **@pkrgrrrrrl.080713**
> > Du kannst sie nicht ab, wir haben es verstanden, Willow^^ Aber sogar du musst zugeben, dass sie nichts getan hat, was diesen Shitstorm rechtfertigt :)

> > **@de_lilah_lic0us__**
> > du hast WAS? autobiografische texte aus dem schreibkurs?! die sind PRIVAT!!

> > *73 weitere Kommentare anzeigen*

@paisleyanderson.writes

Mal im Ernst, warum wehrt sie sich nicht? @sienna-rutherford Ist es dir wirklich egal, was sie über dich sagen?!

> **@yvain.l10nkn1ght5**
> wie scheinheilig ist es eigentlich von der welt einer 20-jährigen manipulation etc zu unterstellen und den 27jährigen ex zu verherrlichen?! mal im ernst, das waren ein mann und ein kind, kein wunder, dass sie sich nicht mehr traut, sich zu wehren. imo verdient sienna rutherford von uns allen eine massive entschuldigung
>
> **@killarneyracing_j_mck**
> Das ist 50 Shades of F*cked Up – bitte sagt mir, dass @paislyanderson.writes Thriller schreibt und keine Romance … bisschen mehr Empathie wäre schon gut gewesen …

12.828 weitere Kommentare

Die Menschen auf Instagram hatten recht, langsam wurde es auffällig, dass sich weder Nicks noch meine Familie zu unserer Beziehung äußerten. Gut, ein amtierendes Königspaar hatte nur begrenzt Möglichkeiten, sich auf eine Schlammschlacht mit selbsternannten Experten einzulassen, aber ein Statement, dass man sich von den Vorwürfen distanzierte … zumindest mein Großvater konnte reagieren. Mit jedem Tag rückte der Launch der Kollektion näher und mit jedem Tag, an dem alles um mich herum schwieg, überließen wir der negativen Presse das Feld. Der Hashtag cancelsiennarutherford trendete – genauso wie cancelbysienna. Damit war das Maß voll, ich hatte nicht um die Linie gekämpft, um sie mir jetzt nehmen zu lassen. Aber wenn ich weiter um sie, für sie – für mich – kämpfen wollte, musste ich zurück in die Medien, um mich zu verteidigen. Aber dafür brauchte ich Rückendeckung. Grandpa steckte mit mir da drin, vertraglich wie auch im Unternehmen, er musste reagieren. In der Theorie.

Ich verdrehte die Augen, als das Freizeichen ein weiteres Mal ertönte. Grandpa konnte das Gespräch annehmen, so schwer war es nicht. Nicht, wenn meine Nummer direkt durchgestellt wurde.

»Rutherford Residence, O'Brian am Apparat, wie kann ich Ihnen helfen?« Das dünne Stimmchen klang abgehetzt und unsicher.

»Sienna Rutherford«, sagte ich, falls die Frau am Telefon es nicht ohnehin abgelesen hatte. »Ich würde gern Asher Rutherford sprechen.« Ich pflückte mir einen losen Faden aus dem Schal und schlug den Weg in Richtung Bollington ein. Zu Hause war mir die Decke auf den Kopf gefallen. Ich musste meine nervöse Energie mit einem Spaziergang loswerden.

Kurz darauf hatte ich meinen Großvater in der Leitung. »Sienna? Geht es dir gut?«

Eine Steilvorlage. Perfekt. »#cancelsiennarutherford zu ignorieren, egal, wie lange Jenson den Hashtag schon am Leben hält, ist eine Sache. Aber jetzt ist #cancelbysienna der neue Spitzenreiter und ich weigere mich, dabei zuzusehen, wie mir dieser Mann jetzt nicht nur meine Beziehung, sondern auch meine Linie sabotieren will. Also nein, es geht mir nicht gut.« Ich grub die Fingernägel in die Handinnenfläche. »Es ginge mir aber besser, wenn irgendjemand mit mir meine Beziehung und meine Kollektion verteidigen würde.«

Dass ich auf Nick nicht zählen konnte, tat weh, war

aber bis zu einem gewissen Grad verständlich. Er versteckte sich, hoffte, dass alles von selbst vergehen würde, sah weg. Nicht hilfreich, nicht schön ... aber auch nichts, was ich nicht auch getan hatte, direkt nach der Trennung von Jenson. Ich hatte soziale Medien gemieden, mich nicht geäußert – und zugelassen, dass mein Name durch den Dreck gezogen wurde, weil ich dem nichts entgegensetzte. Vielleicht musste man manche Fehler machen, um aus ihnen zu lernen. Nur dass Nicks Schweigen auch mich betraf. Trotzdem, einen Vorwurf konnte ich ihm nicht machen. Im Privaten hatte ich seinen Rückhalt ja, rief ich mir ins Gedächtnis. Nur reichte das nicht. Ich brauchte auch nach außen Menschen, die hinter mir standen.

Egal. Ich würde es überstehen. Irgendwie. Was nicht hieß, dass ich die Situation gut wegsteckte.

Die Kratzer und abblätternden Ecken meiner sonst perfekt manikürten Nägel sagten alles. Ich versteckte sie in der Jackentasche. Wenn das jemand sah, würde ich morgen in Magazinen lesen, dass ich die Kontrolle über mein Leben verlor. Ausnahmsweise musste sich dafür dann niemand eine Lüge ausdenken.

»Das habe ich gesehen.« Grandpa schwieg. Rückhalt konnte ich mir offenbar abschminken.

»Auch, dass die Leute immer noch schreiben, dass ich Nick und seine Familie nur als mein Ticket in die britische Adelswelt sehe, in der ich meinen Schmuck loswerden will? Oder dass irgendeine Studentin sogar meine Texte aus einem Kurs im kreativen Schreiben haben will?« Als Elodie mir einen Screenshot davon geschickt hatte, war mir für einen Moment das Blut in den Adern gefroren. Es gab nicht viele Texte aus dem Kurs, die nicht irgendwo bei mir abgeheftet waren. Eigentlich nur die Midterm-Prüfung. Was zu dem Hinweis, es handle sich um einen autobiografischen Text, gepasst hatte. Ich hatte kurz überlegt, einen der Anwälte bei Rutherford Diamonds anzurufen, dann aber doch gezögert. Sich zu wehren machte es manchmal nur schlimmer. Der Text handelte von mir, als ich noch mit Jenson zusammen gewesen war, nicht von Nick und mir und nicht von *by Sienna*.

»Ich habe Nick weder benutzt noch date ich ihn für einen Marketing-Coup«, sagte ich, als Grandpa weiter schwieg. Nach den letzten Wochen fühlten sich die Worte beinahe wie eine abgespielte Aufnahme an.

Das habe ich auch nicht angenommen. Ich wartete auf die Erwiderung meines Großvaters, ob mit diesen oder ähnlichen Worten, aber sie kam nicht. Weder nach einigen Herzschlägen noch, als die Sekunden schließlich zu Minuten wurden. Sie kam nicht.

Gott, ich war so dumm. Wie hatte ich annehmen können, Grandpa würde hinter mir stehen? Nach Jenson war ich durchgedreht. Ich hatte Hilfe gebraucht und statt mich in den Arm zu nehmen oder das mit mir durchzustehen, hatte er mich lieber außer Landes gebracht und weggeschoben. Dass ich nicht zurechtgekommen war, hatte er spätestens nach der missglückten Party gesehen – und auch dann hatte er sich mehr um unseren Ruf gekümmert als um … mich.

Die Einzigen, die sich zuerst um den Menschen und dann um den Namen gekümmert hatten, waren meine neuen Freunde hier gewesen. Aber ich dummes Ding hatte nach unserem letzten Telefonat gedacht, wir wären wie eine halbwegs intakte Familie.

»Warum gibt Rutherford Diamonds kein Statement heraus?« Vielleicht brauchte er eine deutliche Frage als Impuls, um sich zu äußern. Vielleicht wollte ich mir das aber auch nur einreden.

»Wie sollte es deiner Meinung nach lauten?« Grandpa seufzte. »Rutherford Diamonds weist die Vorwürfe, Sienna Rutherfords Beziehung sei ein Marketing-Coup, entschieden zurück. Am Launch der neuen Linie des Unternehmens wird festgehalten. So?«

Sogar ich fand, dass das albern klang. Und wahrscheinlich nur Öl ins Feuer gießen würde. Ich presste die Lippen aufeinander. »Es ist nicht nur der Launch, weißt du? Es tut weh, dass sie Nicks und meine Beziehung angreifen«, sagte ich leise. Wie zaghaft ich klang. Fast, wie ein Kind, das sich vor dem Spielplatz voller größerer Kinder fürchtete. »Mehr als bei Jenson und mir.«

Stille. Wenige Sekunden später: »Warum das?« Die Geschäftsmäßigkeit war aus der Stimme meines Großvaters gewichen.

Ja, warum? Ich atmete tief durch. »Weil ich Nick wirklich liebe. Und Jenson kann gegen mich schießen, das kenne ich von ihm. Aber wenn er gegen Nick geht, ...« Dann war es eine andere Sache. »Wie auch immer. Das ist nicht deine Schlacht.«

Grandpa seufzte wieder. Es klang so hilflos, wie ich mich fühlte.

»Musst du den ganzen Weg blockieren?«, pflaumte mich eine Joggerin mit neongrünem Stirnband an, als sie mich passierte, und ich rückte die eineinhalb Schritte zur Seite. Offenbar schaffte ich es auch abseits der Medien, Menschen gegen mich aufzubringen.

»Sienna?« Grandpa hatte seine Stimme wohl doch noch mal gefunden.

»Nur eine Joggerin. Ich sollte aufhören, zu telefonieren, denke ich. Danke für das Gespräch.«

»Es tut mir leid«, glaubte ich ihn noch sagen zu hören, als ich auflegte – Wunschdenken konnte ich allerdings auch nicht ausschließen. Ich schloss die Augen und atmete tief durch, ehe ich sie wieder aufschlug. Nichts um mich herum hatte sich verändert – nur fühlte es sich an, als wäre genau das der Fall. Als wäre die Stille mit einem Mal zu laut, das Grau des englischen Himmels zu grell, die Welt zu viel. Ich wollte alles zum Schweigen bringen, einen Filter über die Natur hier legen und ... vergessen, dass ich am Ende des Tages doch allein war.

Ich setzte einen Fuß vor den anderen, weg vom Wegesrand und in Richtung Supermarkt. Es reichte, den nächsten Schritt zu machen, oder? Nicht über eine Wurzel stolpern, dann der Pfütze ausweichen, die Straße überqueren ... ich musste nicht weiter denken als das. Wenn ich dachte, plante ich. Wenn ich plante, verließ ich mich auf Menschen oder das, was ich in ihnen sehen wollte. Und wenn ich mich verließ, verletzte es mich nur. Mehr als es eine dumme Schlagzeile oder ein Kommentar in den sozialen Medien konnte. Ich wollte, dass das alles aufhörte, oder zumindest aufhörte, wehzutun.

***

Well, fuck. So rasant mein Alkoholkonsum in sich zusammengefallen war, kaum, dass ich in England eingereist war, so schnell hatte sich auch meine Toleranz verabschiedet. Der Wein, den ich gestern noch gekauft hatte, hatte schlecht genug geschmeckt, dass ich nicht mehr als ein paar Becher getrunken hatte – aber er hatte gereicht, um mich nicht nur einschlafen, sondern auch mit Kopfschmerzen direkt aus der Hölle wieder aufwachen zu lassen. Weder Schmerzmittel noch ein halber Liter Wasser hatten sie vertreiben können, was bedeutete, dass ich nicht lange auf dem Campus bleiben würde. Nur sehen lassen musste ich mich.

»Du siehst krank aus.« Elodie rückte vorsichtshalber weg, als ich mich zu ihr in den Chaucer-Kurs setzte.

Es wunderte mich, dass sie angesichts des riesigen Schals, in den ich mich gewickelt hatte, überhaupt genug von mir sah, um die Aussage treffen zu können. »Nach dem Kurs fahre ich wieder nach Hause. Ich will nur nicht morgen lesen, dass ich den Kopf in den Sand stecke.«

»Ich bezweifle, dass das neben der Diskussion um dein Liebesleben, deinen Geschäftssinn und deinen Charakter viel Aufmerksamkeit bekommen würde.«

Wahrscheinlich hatte sie auch damit recht. »Außerdem habe ich sowieso genügend Fehlzeiten, um heute anwesend sein zu müssen.«

»Hmpf«, machte sie und kramte in ihrer Tasche. »Schmerzmittel? Hustenbonbon?« Sie wühlte weiter. »Proteinriegel?«

Proteinriegel? Seit wann mochte Elodie die Dinger? Ich legte den Kopf schief.

»Du isst immer wieder einen, also habe ich einen Aufmunterungsriegel dabei. Willst du? Oder Schmerzmittel? Hustenbonbon? Oder nichts davon?«

»Nichts davon, nur Ruhe.« Ich legte den Kopf auf den Tisch und hob ihn erst wieder, als unsere Dozentin ihren heutigen Vortrag begann.

»Ich schreibe für dich mit«, murmelte Elodie neben mir und ich schenkte ihr ein dankbares Lächeln, bevor ich alibimäßig meinen Laptop vor mir aufbaute und ziellos im Internet herumklickte. Irgendwann, ob auf Autopilot oder in einem Anflug von Masochismus wusste ich nicht, fand ich mich in den sozialen Medien wieder – inmitten einer

Diskussion, an der eine Willow beteiligt war. Sie repostete fleißig Jensons alte Aussagen zu mir.

Ich fühlte nichts. Keinen Frust, keinen Ärger, nichts. Zumindest nicht auf Jenson. Dass er mich gern kleinmachte, gern für alles verantwortlich machte, kannte ich. Aber all diese anderen Menschen – es sollte endlich aufhören.

Persönliche Erfahrungen mit Parasit Sienna >>> aufgehübschte Statements

Außerdem haben wir autobiografische Texte aus einem Schreibkurs... sie inszeniert sich immer als Opfer und trotzdem ist sie in jeder Schlagzeile ... Dramaqueen much

Es war genug. Es war endlich genug und ein Punkt erreicht, an dem ich es nicht bei dem Kommentar, dass Willow nichts in meinen privaten Texten verloren hatte, belassen wollte. Bevor ich es mir anders überlegen konnte, loggte ich mich in die Webversion der App ein und rief den Thread als @siennarutherford auf. Fast minütlich kamen neue Kommentare hinzu und als ich den, auf den ich antworten wollte, wiedergefunden hatte, hatte Willow – so viele Willows mit persönlicher Vendetta gegen mich konnte es hier nicht geben, oder? – schon ein Bild darunter angehängt. Ein Bild eines Textes, der mir durchaus bekannt vorkam und den sie nicht haben sollte. Den niemand außer dem Professor haben sollte.

Kurz gefror mir das Blut in den Adern, im nächsten Augenblick rauschte es mir wieder heiß durch die Adern. Wie konnte Willow es wagen? Das war privat. Meine Geschichte. Meine allein.

Zeit, sie mir zurückzuholen. Ich biss mir auf die Unterlippe, bis ich Blut schmeckte, um mich zumindest für einen Moment ganz auf mich zu besinnen. Aber auch mit diesem Reiz wachte ich nicht plötzlich aus einer Trance auf oder so – sondern wollte nur noch mehr, dass unter all den Versionen von meiner Geschichte auch meine war. So schmerzhaft sie gewesen war, es immer noch war, sie gehörte mir.

Ich kommentierte direkt unter dem Bild des Texts, das Willow hochgeladen hatte und hängte meinerseits einen Link, der zu einem Bild führte, an. Zu dem, das noch immer mein Sperrbildschirm war, dem, das meine erste Kette zeigte. »Das war ich vor Jenson Marlowe. Der Text, von dem ich gern wüsste, woher sie ihn hat, ist echt und von mir«, schrieb ich und machte einen Absatz.

»›Ich erinnere mich, wie ich mich gefragt habe, wie ich mit jemandem zusammen sein soll, der seine Kreationen über meine stellt, seine Vision über meine, sein Glück über meines. Ich erinnere mich daran, dass unsere Beziehung in dem Moment, in dem du die Kette zerrissen hast, zu Ende war, auch wenn ich es damals nicht gewusst habe – vielleicht, weil ich nicht gewusst habe, dass es nicht meine Schuld gewesen ist‹«, zitierte ich dann, gefolgt von meinem Statement. »Das ist alles, was ich zu unserem Beziehungsende zu sagen habe. Nur, falls ihr euch je gefragt habt, warum Sienna Rutherford nie wieder Ketten getragen hat.«

Dann antwortete ich auf meine eigene Antwort, indem ich das Bild aus der Werbeanzeige für meine Linie verlinkte. »Dass das (das neue Bild mit Kette) überhaupt möglich ist, verdanke ich Nick. Und zu diesem Thema: Es ist mein Gesicht, das ihr in der Marketingkampagne seht, nicht seines.«

Als ich den zweiten Kommentar postete, hatte der erste schon duzende Likes gesammelt, wurde in Storys zitiert und brachte meinen Laptop an die Grenzen seiner Belastbarkeit. Es ... fühlte sich gut an, endlich etwas gesagt oder geschrieben zu haben. Trotzdem war ich an der Grenze meiner Belastbarkeit angelangt. Dabei hatte ich mich dem »Danach« noch lange nicht gestellt und wusste auch nicht, ob ich mich dem stellen konnte.

Kapitel 27

Transkription des Videos für blinde und sehbehinderte Rezipierende. Tiktok-Video aus der Kategorie »Duet This«.

Die initialen Videoausschnitte zeigen Sienna Rutherford auf dem Gelände des Oakfield Colleges. Sie trägt eine dunkle Sonnenbrille, einen schwarzen Mantel und telefoniert. Teile des Gesprächs sind aufgezeichnet.
Darauf reagiert @royallyflawed_j3nny mit Einschüben und Kommentaren zu der aktuellen Situation um Sienna Rutherford, ihren Ex-Verlobten Jenson Marlowe und ihren aktuellen Partner, den britischen Prince Nicolas.
S: Ich musste das tun. *Sie seufzt.* Natürlich wusstest du das nicht und nein, ich hätte es dir nicht erzählt. Aber nachdem mein Text aus dem Schreibkurs gepostet wurde, konnte ich es nicht einfach unkommentiert lassen. *Sie seufzt erneut.* Ich weiß, dass du mich nicht gezwungen hättest, das Bild mit der Kette zu machen, wenn du von, *sie senkt die Stimme,* Jensons und meiner Vorgeschichte gewusst hättest. Ich wollte das. So wie ich wollte, dass niemand Nick für mein Maskottchen oder Werbegesicht hält. Das konnte ich nicht einfach so stehen lassen!
R: Das hätte ich an ihrer Stelle auch gesagt. Aber ist euch aufgefallen, wie sie Nick zu ihm sagt und nicht Nicolas oder Prince Nicolas? Nur als Kontrast verlinke ich euch in der Beschreibung ein Video, in dem Sienna sich zu ihrem

Ex äußert. Seine Freunde nennen ihn gelegentlich Jen, nur sie hat in jedem der Interviews von Jenson gesprochen – so wie jetzt auch. Vielleicht ein Zufall, vielleicht ein erster krasser Unterschied zwischen den Beziehungen … Und machen wir uns nichts vor, wir haben alle den Text gelesen, der uns nichts angeht. Wenn es stimmt, was sie schreibt, verdient Sienna Rutherford eine massive Entschuldigung von der Welt. Sehen wir weiter.

S: *Sie läuft auf dem Campusrasen auf und ab, fasst sich wiederholt an die Stirn.* Nick ist kein Marketing-Coup, spätestens jetzt gehört das in ein Statement. Ja, ohne Titel. *Sie hält inne und greift sich nun endgültig an den Kopf.* Natürlich. Wenn du noch immer dein Veto einlegst, Grandpa, erübrigt sich die Sache natürlich.

R: Damit sollte uns nun allen klar sein, dass sie mit Asher Rutherford telefoniert, oder? Und Rutherford Diamonds weigert sich, eine Pressemitteilung zu verfassen. Klar, die Royal Family ist immer zaghaft, aber ein Konzern … turns out, dass es mehr der Opa ist, der sich ziert, als die Firma. Bei der Familie brauchst du keine Feinde, oder?

S: Ich habe nicht noch mal nachgesehen, aber wenn du sagst, dass meine Kommentare viral gegangen sind, glaube ich dir. *Sie sieht sich um, scheint die auf sie gerichtete Kamera jedoch nicht zu entdecken.* Ja, auch hier sind die Leute neugierig und stellen Fragen zu meinen Beziehungen, *by Sienna*, Nick … ich bin in den kommenden Tagen wahrscheinlich nur über E-Mail zu erreichen. Eine Pause. Überleg es dir. Bitte. *Das letzte Wort ist kaum zu verstehen. Sie steckt das Handy in ihre Manteltasche und sieht sich um, ehe sie sich an einen nahestehenden Baum lehnt. Mit zitternden Fingern wischt sie sich unter den Brillengläsern über das Gesicht, dann schiebt sie sich in die Sonnenbrille in die Haare.*

R: Leute. Ich weiß, ich bin ein Royals-Account. Aber das hier ist royally fucked up, ohne dass unsere Royals Schuld sind. Aber schaut euch das Mädel an, die Gute ist fertig. Was zur Hölle tut das Internet einer Zwanzigjährigen an? Ich bin fünf Jahre älter als sie und wäre schon lang zusammengeklappt.
Was ich euch mitgeben will: Sieht so eine Intrigantin aus? Ich habe großes Vertrauen in die Königsfamilie, besonders in Prince Nick. Wenn er nach allem zu seiner Sienna hält, sollten wir es ihm gleichtun und nicht einen shady Jenson Marlowe zum Propheten und Prediger erklären. Deal? Deal!

Ende des Clips.

Für *by Sienna* war mein Kommentar zur aktuellen Situation vermutlich gut gewesen, zumindest hatte ich eine begeisterte E-Mail vom Marketing bekommen. Für mich, die echte Sienna ... nicht so sehr. Meine Beziehungen wurden analysiert, verglichen, mein Verhalten diskutiert und auch wenn ich zumindest ein Statement abgegeben hatte, hatte sich nicht viel verändert. Nicht, wenn ich ausgerechnet von Nick keine Unterstützung bekam. Nicht, wenn genau seine Stille von allen, die gegen mich waren, als Beweis dafür gesehen wurde, dass ich verlogen war. Ich hatte versucht, mich zu wehren – und gelernt, warum ich es bisher immer unterlassen hatte.

Sienna Rutherford wird nicht einmal von ihrem angeblichen Freund verteidigt – das las ich überall. Oder hatte es gelesen, bis ich mich von meinem Account abgemeldet hatte, um nichts mehr mitzubekommen. Offiziell hatte ich mich krankgemeldet, sowohl bei Nick als auch am College. Dem penetranten Klopfen an meiner Wohnungstür, mit dem Clarke mich quälte, nach, hatten nicht alle meine Ausrede geschluckt.

»Sienna, entweder du machst von selbst auf oder ich rufe Bertie an und lasse ihn einen Welfare Check machen.«

Seinem Tonfall nach zu urteilen, war es Clarke ernst. Bertie. Den Namen kannte ich, aber wirklich zuordnen konnte ich ihn doch nicht. Was ich dagegen wusste, war, dass ich weder den Sänger noch den anderen Mann hier haben wollte.

»Ich bin ansteckend«, rief ich zurück und setzte mich auf, um auf meine volle Stimmkraft zurückgreifen zu können. Bei der Gelegenheit schüttelte ich das Sofakissen, das ich plattgelegen hatte, etwas auf. Es sah so zerknautscht aus, wie ich mich fühlte. »Was auch immer Hugh hatte, er hätte seine Bazillen für sich behalten sollen!«

Hugh hatte das miserabelste Immunsystem, das ich je erlebt hatte und mal wieder krank gewesen. Dass er jemanden ansteckte, war plausibel, schätzte ich.

»Hugh ist haarscharf an einer Lungenentzündung vorbeigeschrammt, Sienna. Mach auf, ich möchte sehen, dass es dir gut geht.«

Nur wollte ich nicht, dass er sah, was um mich herum war. Mich mit Haaren, die meine wirren Emotionen widerspiegelten, und verlaufener Mascara zu zeigen, das war kein Problem. Der Weinfleck, von dem ich nicht wusste, wie ich ihn aus dem Teppich bekommen würde, das würde Clarke eher aufschrecken lassen.

Er würde mir einen Nervenzusammenbruch attestieren und mich in Watte packen und auffangen wollen, wenn alles, was ich wollte … meine Ruhe war. Alternativ nahm ich auch einen Freund, der sich als Puffer zwischen der

Presse und mir positionierte, aber wenn ich mich dem gerade kaum stellen konnte ... wie sollte Nick es können? Nick, der mit Lob und einem perfekten Ruf aufgewachsen war, statt als Teenager von Schlagzeile zu Schlagzeile zu schlittern. Nach all den Jahren wusste ich noch immer nicht, wie ich am besten mit der Presse umging. Wie sollte es jemand, der den Wahnsinn das erste Mal wirklich durchlebte, tun?

»Ich lebe noch, das kannst du Bernie ausrichten, und falls ich morgen nicht mehr niese, komme ich zum Campus«, sagte ich so nachdrücklich ich konnte.

»Bertie«, kam es von vor der Tür.

Meinte ich ja. »Bertie«, echote ich. Er stand also immer noch vor der Tür.

»Wir machen uns Sorgen.« Clarkes Stimme war leiser als eben noch. »Nick macht sich Sorgen.«

»Ich habe mit Nick telefoniert.« Kurz, um mit schlecht gespieltem Husten einen Infekt vorzutäuschen, und ihm und mir das Gespräch über das Öl, das ich mit meiner Stellungnahme ins Feuer der Diskussion um uns gegossen hatte, zu ersparen. Ich bereute nicht, endlich etwas zu Jenson und mir gesagt zu haben, aber ... aber gut machte es die Situation jetzt auch nicht.

»Hugh sieht später mit Lucy vorbei, falls du ein bisschen frische Luft gebrauchen kannst.«

»Kann ich nicht, ich bin krank.« Oder einfach auch nur zu feige, um mich vor meine Tür zu wagen. Direkt nach dem Kurs, in dem ich mich geäußert hatte, hatte ich auf dem Heimweg die auf mich gerichteten Blicke bemerkt. Noch mehr als sonst. Es würde mich nicht wundern, wenn jemand sogar meine Telefonate verfolgt hatte, aber schon die Blicke hatten gereicht. Ich wollte niemanden sehen –

und nicht gesehen werden. Nicht einmal Lucy, mit der Hugh schwere Geschütze auffuhr, änderte etwas daran.

Clarke seufzte. »Was kannst du denn gebrauchen?«

Ruhe. Aber vielleicht brauchte Clarke das Gefühl, helfen zu können. »Was gibt es Neues? Hugh hat vorhin in die Gruppe geschrieben, dass er Champagner kauft.«

Ein Schnauben. »Er hat eine Stelle als Hilfskraft am Lehrstuhl angeboten bekommen und würde gern über die Ferien dortbleiben und arbeiten, aber seine Eltern hätten lieber, dass er mit ihnen auf Geschäftsreise geht. Die Abbotts veranstalten das Ganze, aber du kennst Hugh. Er und Business ...«

Ich nickte langsam. Hugh war vieles, vor allem einer der nettesten Menschen, die ich kannte, aber kein Geschäftsmann. Er fühlte sogar mit fiktiven Figuren, die längst veraltet und verjährt waren, er würde in jedem Unternehmen untergehen. »Das bekommt er hin, oder?«

»Sicher.« Clarke klang zuversichtlich. »Du auch. Du hast das alles lange an dir abprallen lassen können, wie auch immer du das geschafft hast.«

Gar nicht, offensichtlich. Ich fasste mir an den Kopf. Um meine besorgten Freunde wollte ich mir nicht auch noch Gedanken machen müssen. Ich wollte nur wieder schlafen, oder zumindest nicht mehr denken müssen. »Ja.« Ich hustete alibimäßig, um ihn an meine vermeintliche Krankheit zu erinnern. »Können wir die Tage reden? Für heute will ich mit meinem Schnupfen allein sein.«

Ein Seufzen. »Natürlich.«

Gut. Ich atmete etwas auf. Clarkes Schritte entfernten sich. Für den Moment fühlte ich mich taub an, zugleich wie unter Strom, und doch bewegungsunfähig. Irgendwie mochte ich es. Und ich wollte, dass es anhielt.

***

»Was wird das, eine Intervention?« Ich verschränkte die Arme vor der Brust, als Clarke, Elodie, Hugh und Nick in meine Wohnung drängten, kaum, dass ich die Tür einen Spalt geöffnet hatte.

Der Sänger sah mir direkt ins Gesicht, dann zu dem schlecht entfernten Weinfleck auf meinem Teppich. »Hast du das Gefühl, du brauchst eine?«

Ich hatte das Gefühl, auch meinen letzten Rückzugsort zu verlieren, wenn die vier mich überfielen und die Fenster aufrissen, mich ins Wohnzimmer schoben und sich dann aufteilten, nicht, dass sie in irgendeiner Form hilfreich waren. »Nein.«

»Clarke, sein lieb zu ihr!«, rief Elodie aus der Küche und steckte den Kopf ins Wohnzimmer. Sie warf mir einen mitfühlenden Blick zu. »Wenn du das nicht kannst, lass Nick das mit dem Reden machen.«

»Es gibt nichts zu reden.« Nicht von meiner Seite jedenfalls. Ich wollte nicht darüber sprechen müssen, schon gar nicht, wenn sie mich alle so mitleidig ansahen. Mitleidige Blicke konnte ich weniger ertragen als alle Schlagzeilen der Welt. »Und ich verstehe nicht, warum ihr quasi hier einbrecht.«

Elodie seufzte. »Hier ist es messy«, sagte sie. »Die ganze Situation, ehrlich, aber mit der Wohnung können wir helfen.« Sie machte eine vage Geste in Richtung Küche, was wohl ihren Aufgabenbereich umfasste. »Bisschen durchlüften, den ersten Müll loswerden und so.« Sie suchte meinen Blick. »Das gilt auch für dich.«

»Das Durchlüften«, kam es von Hugh. »Nicht der Teil mit dem Müll.«

Ich rang mir ein Lächeln ab. Ich hatte sie nicht verdient. Alle vier nicht.

»Für das Durchlüften bin ich zuständig.« Nick kam zurück ins Wohnzimmer, eine Reisetasche in den Händen. Er stellte sie ab und machte die paar Schritte zu mir herüber, einen Arm angehoben. Die stumme Einladung, mich in den Arm zu nehmen, gerade nach den letzten Tagen, trieb mir die Tränen in die Augen und ich starrte ihn nur an. »Du kannst auch nein sagen«, flüsterte er so leise, dass nur ich ihn hören konnte, dann wickelte er mich in seine Arme, den Blick immer auf mich gerichtet.

Ich vergrub das Gesicht in seinem Shirt und hinterließ wahrscheinlich nasse Abdrücke, wo meine Augen waren, aber Nick schob mich nicht von sich. Keine zehn Sekunden später hatte ich die Hände in den Stoff gekrallt und ihn an mich gezogen. Und Himmel, hatte ich das vermisst. Mit einem Schlag wich ein Teil der Anspannung aus mir und was vorher zu laut, zu grell oder auch zu taub gewesen war, wurde wieder ... zu mir.

»Ich glaube, du musst mal raus, Sienna«, murmelte Nick in meine Haare und ohne die Worte wirklich zu registrieren, nickte ich. »Ich habe dich zu lange mit dem Ganzen allein gelassen. Das tut mir unendlich leid. Aber fahr mit mir weg. Ein Wochenende ohne Medien, ohne Meinungen, nur Abstand und Durchlüften, wie Elodie sagen würde.«

Wollte ich das? Zumindest wollte ich es nicht nicht, das wusste ich. Ich sah Nick nur an.

»Deine Tasche habe ich schon gepackt und das Auto steht unten.«

»Und die Wohnung?«

Nick lachte und sein ganzer Oberkörper vibrierte. »Clarke kann sich YouTube-Tutorials für Teppichreinigung ansehen, Hugh hat Duftbäume gekauft und Elodie wird die beiden schon in Schach halten.« Er schob mich etwas von sich, ohne seine Hände von mir zu lösen. »Du hast dich lange genug um alles gekümmert, Sienna. Jetzt kümmern wir uns ein bisschen um dich – wenn du das möchtest.«

Wenn ich es zulassen konnte. Was Nick eigentlich meinte, musste er nicht aussprechen. Die Kontrolle abgeben, noch mehr Kontrolle, in einer Situation, in der ich ohnehin schon kaum mehr welche hatte. Aber ich vertraute ihm. Ihnen, eigentlich, vor allem aber Nick. Ich nickte langsam.

»Deine Tasche habe ich vorsichtshalber schon gepackt.« Er suchte meinen Blick. »Bequeme Kleidung. Wir sind nur zu zweit, versprochen, aber wenn du lieber selbst ...«

Ich schüttelte den Kopf. Bequem klang gut. Schlimmstenfalls hatte ich Leggings und konnte mir einen Pullover von Nick ausleihen, aber ich wollte mich nicht mit Packen auseinandersetzen müssen. »Danke. Was brauche ich noch?« Mein Handy hatte ich auf dem Wohnzimmertisch, die Handtasche war noch so, wie ich sie zurückgelassen hatte, die Schlüssel konnte ich Elodie geben.

»Nichts. Dich.« Nick strich mir eine Strähne aus dem Gesicht. Wahrscheinlich war sie fettig, sicher aber unordentlich. Irgendwo hatte ich auch meine Brille, aber brauchte ich sie? Wahrscheinlich nicht, so lange ich nicht selbst hinter dem Steuer saß. »Sienna und ich fahren los. Schlüssel hängen im Flur, bis Sonntag!«

Okay, die vier hatten sich im Vorfeld abgesprochen, das stand fest. Ich winkte einmal halbherzig in die Runde, als Clarke, Elodie und Hugh noch mal den Kopf ins Wohnzimmer steckten, und ließ mich von Nick aus dem Haus führen.

Wie angekündigt hatte er sein Auto direkt vor dem Eingang geparkt, aber von Begleitfahrzeugen oder Sicherheitspersonal war nichts zu sehen. Kein Personal als

Pflichtprogramm dabei. Wieder wurde es etwas leichter, zu atmen und zu sein.

»Mylady.« Nick zwinkerte mir zu und hielt mir die Beifahrertür auf, nur um dann die Tasche auf den Rücksitz des Wagens zu stellen und selbst einzusteigen. »Und einmal für die Dame.« Er zückte einen Thermobecher und drückte ihn mir in die Hand. »Kaffee mit Zucker und Hafermilch.« Eine Plastikbox folgte. »Pancakes nach amerikanischem Rezept.« Die Sonnenstrahlen des Morgens brachen sich in seinen Augen und ... wusste er eigentlich, wie schön er war? Innen wie außen? »Also American-Style-Backmischung. Mary hat mir geholfen. Aber zur Abwechslung bekommst du mal Frühstück gebracht.« Er startete den Motor und fuhr los.

»Danke.« Ich versuchte nicht einmal, meine Augen am Überlaufen zu hindern. »Ich habe dich nicht verdient.«

Schlagartig wurde sein Tonfall ernst und er griff über die Mittelkonsole nach meiner Hand, noch ehe wir die erste Autobahn erreicht hatten. Wohin auch immer es ging. »Das hast du nicht. Nach dem Mist, den Jenson ...« Er verstummte, blinzelte, räusperte sich, blinzelte wieder und fuhr doch an den Straßenrand. Nick wischte sich über die Augen. »Es geht mich nichts an. Aber was ich gelesen habe, der Aufsatz ...« Wieder brach er ab und zog sich den Stoff seines Ärmels über die freie Hand, um unter seinen Augen entlang zu wischen. »Fuck, Sienna. Nach dem Mist, den du durch hast, hättest du mehr verdient als jemanden, der den Schwanz einzieht, wenn es schwierig wird.«

»Es ist nicht ...«

»Doch, Sienna.« Er drückte meine Hand. »Nur, weil meine Großeltern sich nicht äußern können, heißt das nicht, dass ich es nicht hätte tun können. Oder müssen.

Stattdessen verstecke ich mich im Labor und lasse zu, dass Menschen so mit dir umgehen. Schon wieder. Bevor du dir das einredest, nichts davon ist deine Schuld.«

Ich blinzelte. Das wusste ich. »Es war auch nicht meine Schuld, dass Jenson ein Arsch ist.« Ich überraschte mich selbst, wie leicht mir die Worte über die Lippen kamen, wie selbstverständlich ich die Aussage treffen konnte. Vielleicht war ich doch nicht so kaputt, wie ich mich die letzten Tage gefühlt hatte. »Aber abbekommen haben wir es trotzdem.«

»Ja.« Nick seufzte. »Und ich habe es nicht besser gemacht. Ich hätte hinter dir stehen und dich auffangen sollen. Es tut mir leid, Sienna. Ich verstehe, wenn du nicht mehr ...«

»Nein«, fiel ich ihm ins Wort. Ich wollte ihn, sonst wäre ich weder in sein Auto gestiegen noch in England geblieben. Ich war noch hier. Im Land, in Bollington, in einer Beziehung. Egal, wie schwer es geworden war, ich war noch da. Es war eine Entscheidung gewesen. Für ihn. Für uns. Wie jetzt auch. »Nick, nein.«

»Du willst ernsthaft immer noch ...«

Ich nickte. »Ich liebe dich, Nick.«

Er sagte es nicht zurück, nicht mit Worten. Aber das musste er nicht, wenn aus jeder seiner Gesten sprach, was ich in einen Satz gepackt hatte. Nick war gekommen, hatte gesehen, wie sehr ich aus Bollington wegmusste, hatte mir Kaffee und Frühstück gebracht und mich doch nie gezwungen oder gedrängt. Er war zu mir gekommen, nicht andersherum. Das sagte mehr als alle Worte der Welt.

»Ich habe noch etwas für dich.« Nicks Aussage ließ mich aufsehen – direkt in seine Augen. Wie man seinen warmen, ehrlichen Blick erwidern konnte, ohne sich direkt in ihn zu verlieben, wusste ich nicht. Musste ich auch nicht. Dieser Mann gehörte zu mir, hatte sich aus irgend-welchen Gründen für mich entschieden. Ich durfte in seine Augen sehen, mich jedes Mal mehr in ihn verlieben, ohne mein Herz in Gefahr zu bringen.

»Noch mehr?« Ich biss mir auf die Unterlippe und blinzelte. »Nick, du entführst mich schon ins Wochenende, du hast mir Frühstück gemacht und ...«

Er legte einen Finger auf meine Lippen, um mich zum Schweigen zu bringen. Als er sicher war, meinen Protest erstickt zu haben, nahm er seine Hand von meinem Gesicht und zog ein kleines Tüllsäckchen aus dem Seitenfach des Autos. »Du hast so viel Mist erlebt und bist immer noch da, Sienna. Damit du nie vergisst, wie stark du bist.«

Ich nahm das dunkelblaue Säckchen entgegen und testete sein Gewicht. Schwer war es nicht. Ich sah auf.

»Ich bin nicht du«, sagte Nick und kratzte sich am Hinterkopf, »also erwarte nicht zu viel.«

»Du machst mich neugierig.« Ich lächelte ihn an und öffnete es. Ein dünnes Armband, eher ein Armkettchen, fiel heraus. Filigrane, silberne Glieder setzten sich zu einem dünnen Band zusammen an dem nur zwei Anhänger – eine Strukturformel und ein angedeuteter Edelstein – waren. Zwei Anhänger, aber die Zahl wurde der Menge an Gedanken, die er sich dazu gemacht haben musste, nicht gerecht. Nick schenkte mir Schmuck – ich bekam nie Schmuck geschenkt. Und dann auch noch welcher, der uns entsprach, der so perfekt zu uns passte, zu ihm, zu mir ... und es war keine Kette. Meine Gedanken sprangen wild umher und ich konnte keinen der Aspekte des Geschenks ausreichend würdigen, aber jeden davon unendlich lieben. »Danke.« Auch dieses Wort fing nicht ein, was ich sagen wollte. Aber es war ein Anfang. »Ich liebe es«, fügte ich hinzu und fuhr mit einem Finge rüber die Glieder des Kettchens, dann über die Anhänger. Ich liebte es. Und ich liebte ihn.

»Ich will nie die Art Mann sein, vor der du zurückweichen willst oder die seine Wünsche über deine stellt. Wünsche, Bedürfnisse ...« Er verstummte kurz. »Ich hätte gleich deutlich zu dir stehen und halten sollen. Es tut mir leid.«

Ich nahm seine Hand in meine und drückte sie. »Danke.« Ich suchte seinen Blick. »Du hast mir Schmuck geschenkt.«

Er lächelte schief. »Mit *by Sienna* kann er nicht mithalten und perfekt ist anders, aber die Geste zählt?«

Die Geste zählte. Mehr als nur ein bisschen. Ich wusste nicht, wann ich das letzte Mal ein Geschenk bekommen hatte, von dem ich den Blick nur abwenden konnte, weil ich den Schenker mehr liebte als es. Oder wann ich das letzte Mal Schmuck bekommen hatte, den ich tragen würde, weil ich es wollte, nicht, weil es gut für Rutherford Diamonds war – der wirklich zu mir, uns, passte, ohne, dass ich ihn selbst entworfen und auf mich abgestimmt hatte.

»Er ist perfekt unperfekt.« Wie wir. »Ich liebe ihn. Und ich liebe dich, Nick. Danke.«

Seine Ohrenspitzen liefen rot an. »Ich liebe dich auch.«

»Ich habe ein ernstes Wort mit dem König gewechselt«, sagte er dann, als ich das Armband angelegt und wir einige Momente geschwiegen hatten. Das Echo eines anderen Gesprächs hallte nach, eines, in dem er für mich noch kein Prinz und ich für ihn noch keine Schlagzeilenprinzessin gewesen war. »Und ich würde gern nachholen, was ich versäumt habe. Wenn du erlaubst.«

Ich legte den Kopf schief. »Was hast du vor?«

»Ein offizielles Statement des Palastes, dass wir gemeinsam die Royal Wedding besuchen. Und ich gebe ein Interview.«

»Du gibst nie Interviews.« Nie. In meinen schwachen Momenten, und davon hatte es einige gegeben, hatte ich das Internet durchforstet. Support hatte ich gefunden, gelegentlich, aber nie eine Äußerung von Nick. Zu nichts.

»Ich gebe ein Interview, ich stelle klar, dass wir ein Paar sind, keine Zweckgemeinschaft.« Er drückte meine Hand einmal mehr. »Nicht mehr.«

»Nick ...«

»Man müsste Grundregeln festlegen. Keine Fragen zu bestimmten Themen und so. Wer die Fragen kontrolliert, kontrolliert die Antworten – und es wird Zeit, dass unsere Antworten gehört werden, meinst du nicht?«

»Ich glaube nicht, dass ich ...«

»Du musst nichts sagen. Oder tun. Aber ich muss etwas dazu sagen, für dich, aber auch für mich. Wenn du es absegnest.«

Absegnen. Natürlich würde ich es absegnen. Ich nickte, einmal, zweimal, bis ich mich wie ein Wackeldackel fühlte und mein Gesicht einmal mehr tränenüberströmt war. »Nick, ich weiß nicht, was ich sagen soll.«

»Nichts.« Seine Antwort war so einfach, ließ es so einfach klingen. »Für dieses Wochenende nichts. Denk darüber nach und, wenn du möchtest, setzen wir uns nächste Woche mit meiner Familie und deinem Großvater zusammen. Aber du musst da nicht mehr allein durch. Nie wieder. Wir sind ein Team, versprochen.«

»Versprochen«, echote ich. »Pinky Promise.«

Er zwinkerte mir zu. »Royal Promise.«

Liveticker zur Royal Wedding:

09.48 Uhr:	Die ersten Gäste erreichen die St Paul's Cathedral; allesamt nationale sowie internationale Politiker und Diplomaten.
09.51 Uhr:	Nun mischen sich Vertreter*innen der Kunst- und Sportszene unter die Ankommenden. Auffällig ist das Fehlen der Boyband Chasing Sillhouettes, deren Anwesenheit im Vorfeld als gesetzt galt. Mindestens so viel Aufmerksamkeit erregt jedoch Schauspielerin Tessa Oliver, die in einem schlichten beerenfarbenen Outfit erscheint und ihren Schmuck – zweifelsohne der neuen Linie von Rutherford Diamonds zuzuordnen – den Kameras präsentiert.
9.57 Uhr:	Entfernt mit den Royals verbundene Gäste, angeführt von Emmett Weston-Briggs, dem Patenkind der Duchess of Winthrope, beginnen, die Kirche zu erreichen. Dieser scheint etwas kamerascheu zu sein und eilt, von einer vorbeiziehenden Straßenband musikalisch begleitet, ins Innere der St Paul's Cathedral.
10.00 Uhr:	Die Polizei löst aufgrund von Sicherheitsbedenken mehrere ausgelassene Straßenfeste in den Wohngegenden Londons auf. Von dort werden trotz der frühen Uhrzeit stark alkoholisierte Randale gemeldet.

10.01 Uhr:	Während sich die hinteren Teile der Kirche nach und nach füllen, untermalen die englischen Fernsehsender ihre Liveberichte mit Interviews aus dem Umfeld des Hochzeitspaares, angefangen bei dem Angestellten, dem die Aufgabe zuteilwurde, das Outfit des Bräutigams zu bügeln. Er gab zu, panische Angst gehabt zu haben, versehentlich Brandschäden zu verursachen.
10.13 Uhr:	Bei der Wahl ihrer Accessoires haben die Anwesenden vor und in der St Paul's Cathedral sich offenbar auf eine schlichte Wahl geeinigt. Statt funkelnder Juwelen und auffallender Hüte bestechen die Geladenen durch simple Eleganz.
10.16 Uhr:	Hier sind sie: Chasing Sillhouettes erscheint in gesamter Besetzung. Gerüchten zufolge haben sie den Song für den Brautwalzer eigens für das Paar komponiert und werden live performen.
11.03 Uhr:	Nationaler und internationaler Hochadel erscheinen! Den Anfang machen der Sohn des schwedischen Königspaars und seine Gattin, gefolgt von den Kronprinzessinnen der Niederlande, Belgiens und Norwegens. Die Monarchie ist jung, so die klare Botschaft! Auch hier gilt wieder »weniger ist mehr«, wenn es um die Ausstattung der royalen Gäste geht; auch hier zeigt sich ein Trend zu jungen, modernen Designs.

11.14 Uhr:	Auch die Familien des Brautpaars treffen nach und nach ein. Am anderen Ende der Stadt startet Prince Conrad seinen Weg zur Kirche. In einem cremefarbenen Bentley fährt er durch Straßen voller jubelnder Brit*innen und Girlanden mit dem Paar als Motiv.
11.21 Uhr:	Lady Elodie, Lord Hugh und zwei weitere junge Damen machen sich auf den Weg in die St Paul's Cathedral. Handelt es sich bei Lord Hugh's Begleitung um Lillian Abbott? Deutlich hörbar unterhält sie sich mit der Großnichte des Königspaars über deren eleganten Schmuck – der ist *by Sienna*, so erklärt die Lady.
11.37 Uhr:	Cousin und enger Vertrauter des Bräutigams, Prince Nicolas, erscheint mit Sienna Rutherford. Rutherford, die vergangenes Jahr die Schlagzeilen dominiert hat, sieht freundlich in die Kameras, flüstert ihrem Partner etwas zu und verfolgt sein unterdrücktes Lachen mit einem Lächeln. Bis auf eine Kette, die nicht ihrer Linie *by Sienna* entstammt, ist die ganz in Blau gekleidete Erbin schmucklos elegant.
11.40 Uhr:	Prince Nicolas begleitet seine Partnerin bis zu ihrem Platz bei Lady Elodie und Lord Hugh, im vorderen Drittel der Kathedrale, küsst sie und macht sich anschließend auf den Weg zum Kern der Königsfamilie. Offenbar hat nicht nur Prince Conrad sein privates Glück gefunden.

11.45 Uhr:	Der Bräutigam erscheint und schreitet zum Altar, wo er von seinem Cousin empfangen und in ein Gespräch verwickelt wird. Die Aufregung ist in den geröteten Wangen des künftigen Königs sichtbar, er meistert die Situation jedoch souverän.
11.52 Uhr:	Ein erster Blick auf das Brautkleid! In einer, dem Winterwetter entsprechend geschlossenen, Kutsche fährt die Braut nun in Richtung Kathedrale. Unter ihrem Mantel lugt Spitze hervor, als sie in Begleitung ihrer Mutter sowie ihrer Brautjungfer und Schulfreundin, Elizabeth Pierce, den Jubelnden zuwinkt. Zuvor standen die Wetten 8:1, dass Josephine Sanderson in einem Traum aus Tüll heiraten wird.
...	
13.55 Uhr:	Eine Überraschung bei der Trauung! Von Quellen aus dem Palast offiziell bestätigt staunen wir mit der Welt über die Trauringe des royalen Paars, die in ihrem Design unverkennbar dem Stil der Schmuckdesignerin und Freundin eines der Prinzen, Sienna Rutherford, entsprechen. Der Palast teilt mit, dass es sich hierbei um den ausdrücklichen Wunsch der Brautleute gehandelt habe, dem Sienna Rutherford »dankenswerterweise auch unter Berücksichtigung des engen zeitlichen Rahmens nachgekommen« sei.
...	

14.20 Uhr:	Diese Trauung wird von einem gemeinsamen Singen der Nationalhymne beschlossen. Auf lange Predigten wie auch wiederholte lange Lieder verzichtete dieses royale Paar, sodass es nach knapp 80 Minuten seine Hochzeitsgesellschaft aus dem Innenraum der St Paul's Cathedral leitete. Besonderes Augenmerk ist hier auf den Kopfschmuck der Braut, ein Diadem aus dem persönlichen Bestand ihrer Schwiegermutter zu richten – doch kein Schmuck der Welt strahlt so wie das Brautpaar ... und nicht einmal dieses so sehr wie Miss Rutherford und Prince Nicolas. Ob bald eine weitere Royal Wedding folgen wird?

Danksagung

Wer hätte gedacht, dass ich mich nach dem harten Pflaster des Spitzensports (*hust Scoring Love, *hust) in die nicht minder umkämpfte Welt der Prinzen und Kronjuwelen wage? Ein Teil von mir flippt immer noch vor Freude aus, dass ich dieses Projekt realisieren darf (und Hand aufs Herz, ich war mindestens genauso begeistert, als ich Emily Bährs wundervolles Cover dazu gesehen habe ...) :)

Dieses Buch ist ein Schmuckstück – und wie die Designs aus Siennas Kollektion besteht es auch aus vielen Komponenten, die erst möglich machen, dass es erstrahlen kann. Und einigen davon möchte ich gern namentlich danken.

Lena, was wäre der Roman ohne dich? Egal ob ich dich mit Fragen wie »Kann ich den Trenchcoat als Mantel bezeichnen?« löchere oder mit den korrekten Anreden verschiedenster Adeliger Hilfe brauche, du hast für alle meine Probleme eine Lösung. Ohne dich hätte ich mich nie an eine Royal Romance herangewagt und wäre so manches Mal ins Straucheln geraten, wenn ich einen Hofknicks versucht habe. Ganz im Ernst, du gehörst für deine Unterstützung in den Adelsstand erhoben oder zumindest zum Ritter (nicht Iwein, nicht Erec) geschlagen! Ich gebe zu, ein Teil von mir wollte seit unseren ersten Unterhaltungen im WiSe 18/19 immer eine Royal Romance schreiben, nur um sie dir widmen zu können <3

Alex, könnte ich Schmuck so designen und herstellen wie Sienna, du könntest dich vor Freundschaftsanhängern und Kollektionen kaum retten! Dass wir einmal mehr parallel Bücher geschrieben haben (und jetzt auch noch Buch-Zwillinge schaffen), war ein echtes Highlight! Lass uns bitte nie damit aufhören, gemeinsam Spaß an Texten zu haben – ohne dich wäre die Schreibarbeit nur halb so schön und mit niemandem säße ich lieber im Ikea. Danke, dass du mit offenem Ohr, Motivation und Humor ein Teil meines »Schmuckstück Buchs« bist. I mean it.

Nach »Match on Ice« habe ich nicht gedacht, jemals wieder ein so langes Titel-Brainstorming zu erleben – ich würde sagen, den Rekord haben wir hier geknackt. Aber Elke, ehrlich, mit niemandem diskutiere ich englische Wörter für einen Buchtitel so gern wie mit dir – und mit niemandem mache ich so gern Bücher. Nicht viele Menschen haben das Glück, mit ihren Freundinnen gemeinsam Projekte realisieren zu dürfen – und ich glaube, wir rocken :) Danke danke danke, dass jeder Mailaustausch (und jedes echte Gespräch) mit dir einfach Spaß macht; hätte Sienna Menschen wie dich im Leben gehabt, wäre es nie entgleist :)

Simone und Silvia – ich hoffe, ihr habt die besprochene Stelle gefunden :) Ne, im Ernst, DANKE, dass ihr wieder ein Buch mit mir macht, dass ihr trotz Alltagschaos immer Zeit für meine Romane und mich findet, und vor allem für eure Freundschaft! Sienna kann sich Freundinnen wie euch nur wünschen – ich habe sie <3

Theresa. Wo wäre ich ohne dich? Ich gebe es offen zu, ohne dein Feedback wäre ich so manches Mal mehr als nur aufgeschmissen. Du findest jede Schwachstelle, bist eine meiner liebsten und besten Testleserinnen und ich fühle mich jedes Mal geehrt, dass du »Royal Promise« und mir deine Zeit schenkst. DANKE für alles, ehrlich.

»Da fehlt das Ende«, hast du gesagt, als du nach Irland nachgereist bist. Ich habe nicht erwartet, dass du so schnell durch fast alles von Sienna lesen würdest, sonst hätte ich dir die Durststrecke nicht angetan :p Aber so habe ich deine Begeisterung direkt mitbekommen – und es war unglaublich motivierend, wie schnell und gebannt du gelesen hast. Danke, ehrlich! Und Tamara ... bitte mach beim Lesen einfach die Augen zu, wenn chemische Reinigungsgeräte und andere Dinge in die Richtung auftauchen – mein Halbwissen musst du dir nicht antun O.o

Fam, du bist echt der Hammer. Bisschen wie ein besonders hübscher Edelstein im Schmuckstück (ich kann es kaum erwarten, etwas von dir über das Thema zu lesen <3) – du bist humorvoll und ehrlich und deine Anmerkungen sind in etwa so großartig wie du. Danke, dass Lektorat mit dir immer lehrreich und vor allem aber schön ist. Das ist unglaublich viel wert.

Und wieder ein riesiges DANKE an meine Bloggerinnen. Ihr seid super, jede von euch, und ich kann mich mehr als glücklich schätzen, euch an meiner Seite zu haben. Ich sage es wahrscheinlich nicht oft genug, aber ich habe riesigen Respekt vor eurer Kreativität und dem Engagement, das ihr mitbringt. Ihr haut mich immer wieder um. Danke dafür!!

Zuletzt natürlich: Danke dir, dass du »Royal Promise« und mir eine Chance gegeben hast! Ich hoffe, du warst gut unterhalten! Vielleicht liest man sich ja wieder?

Inhaltswarnung

In diesem Roman werden Themen aufgegriffen, die für Betroffene potenziell belastend sein können. Eine Auflistung dieser befindet sich im Folgenden, enthält vereinzelt jedoch kleinere Spoiler für die Handlung.

— Üble Nachrede/Mobbing in den sozialen Medien
— Rückblicke auf eine emotional toxische Beziehung
— Alkoholmissbrauch